林 임꺽정

벽초 홍명희 소설

6

의형제편 3

사계절

일러두기

1   이 책은 본사에서 펴낸 1985년 1판과 1991년 2판, 1995년 3판을
    토대로 하였고, 이미 2판과 3판에서 시행한
    조선일보 신문연재분과 1939년, 1940년에 나온 조선일보사본,
    1948년에 나온 을유문화사본 대조작업을 한번 더 거쳐 나온 것이다.
2   표기는 원문의 느낌을 최대한 살리는 선에서 현행표기법에 따라 바로잡았다.
    지문에서는 표준말을 원칙으로 하였으나 표준말이 없는 것은 그대로 놔두었다.
    대화에서는 방언이나 속어를 살리되 현행 한글맞춤법에 맞도록 표기하였다.
3   원전에 나와 있는 한자 가운데 일반적인 것은 더러 빼기도 하고
    필요한 한자는 더 보충해 넣기도 하였다.
4   독자들이 읽기에 편리하도록 현재 흔히 쓰지 않거나
    꽤 까다로운 말은 뜻풀이를 첨부하였다.

차례

008 서림

098 결의

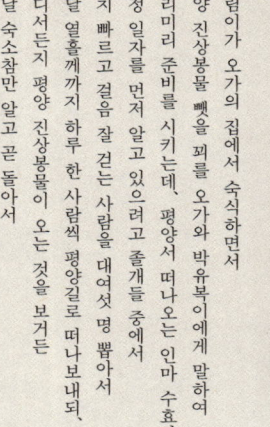

서림

서림이가 오가의 집에서 숙식하면서 평양 진상봉물 뺏을 꾀를 오가와 박유복이에게 말하여 미리미리 준비를 시키는데, 평양서 떠나오는 인마 수효와 노정 일자를 먼저 알고 있으려고 좋개들 중에서 눈치 빠르고 걸음 잘 걷는 사람을 대여섯 명 뽑아서 섣달 열흘께까지 하루 한 사람씩 평양길로 떠나보내되, 어디서든지 평양 진상봉물이 오는 것을 보거든 그날 숙소참만 알고 곧 돌아서 밤도와 오라고 일러 보내게 하였다.

서림

1

 을사년에 십이세 된 어린 왕이 등극한 후 윤원형이 왕대비의 동기로 권세를 잡기 시작하여 한 해 두 해 지나는 동안 발호가 차차로 심하여져서 주고 빼앗는 것은 차치하고 살리고 죽이는 것까지 거의 임의로 하게 되니 조정이 왕의 조정이 아니요, 곧 윤원형의 조정이라 왕이 연세가 이십이 가까우며부터 내심으로 윤원형을 몹시 꺼리었다. 그러나 대비가 엄하기 짝이 없어서 왕이 조금만 뜻을 거슬러도 곧 화를 내며
 "네가 오늘날 임금 노릇하는 것이 뉘 덕이냐? 내 오라버니와 내 덕이 아니냐!"
왕을 너라고 하고 야단칠 뿐 아니라 심하면 두들기기까지 하여서 효성 있는 왕이 대비께 승순하기˚를 힘쓰므로 윤원형의 권세를 빼앗을 가망이 없었다.

왕은 윤원형의 권세를 갈라나 보려고 생각하고 갈라줄 만한 사람을 왕비 심씨沈氏 곁쪽에 물색하여 보았으나, 왕비의 조부 심연원沈連源 심정승이 사람이 점잖고 조심성이 많아서 조각권세나마 잡지 못하도록 자제들을 누르고 부원군府院君 심강沈鋼이 그 부친의 뜻을 잘 받아서 조정 정사를 조금도 알은체하지 아니하던 때 마침 부원군의 처남이요, 왕비의 외숙인 이량李樑이 등과하니, 왕은 이량을 등용하여 윤원형과 권세를 갈라 잡게 하려고 유의하였다. 이량이 상총*받는 것을 보고 이량에게 붙좇는 사람이 많아져서 조신 중에 이감李戡, 권신權信, 고맹영高孟英, 김백균金百鈞, 이령李翎의 무리는 이량의 심복이란 지목을 받았다. 윤원형과 원혐*이 있어서 이량에게 붙는 축에는 윤원형의 친조카 윤백원尹百源 같은 사람이 있고, 윤원형과 이량의 사이에서 두길보기하는 축에는 을사년 위훈에 참예한 김명윤金明胤 같은 사람이 있었다. 윤백원은 원로의 아들이니 그 아비를 죽인 사람이 실상은 삼촌이라고 원형을 아비 죽인 원수로 여기는 사람이고, 김명윤은 소시에 다소간 이름이 있어서 기묘년 현량과에 참예하였던 위인이 나중에 개두환면*하고 나서서 벼슬을 다니다가 을사년에 경기감사로 애매한 계림군과 봉성군을 모함하고 사람에까지 해독을 입힌 사람인데, 나이 젊은 이량을 아비같이 섬겨서 '늙은 아들에 젊은 아비'란 말까지 있었다.

평안도관찰사가 궐이 난 때 이량이 극력 주선하여 김명윤을 평

- 승순(承順)하다
윗사람의 명령을 순순히 좇다.
- 상총(上寵) 임금의 총애.
- 원혐(怨嫌) 못마땅하게 여겨 싫어하고 미워함.
- 개두환면(改頭換面)
머리와 얼굴을 바꾼다는 뜻으로, 겉으로만 변화시키고 실제 속내용은 예전과 같이 변함 없는 상황을 이르는 말.

안도관찰사를 시키고 위에 바칠 진기한 물품을 많이 구하여 보내 달라고 비밀히 부탁하였다. 이때 이량이 상총을 구하려고 가지각색 진기한 물건을 널리 구해서 위에 바치는 중이었다. 김명윤이 평안도로 떠나기 전에 윤원형에게 하직하러 왔더니 윤원형이 마침 사랑에서 문객을 데리고 바둑을 두는데, 김명윤이 방에 들어와서 절하는 것을 보고도 간신히 고개만 한번 끄덕하고 장지 밖에 꿇어앉은 김명윤은 보지 않고 바둑판을 들여다보면서

"대감, 어느 날 떠나겠소?"

하고 물어서

"일간 곧 떠나겠습니다."

하고 김명윤이 대답하였다.

"공거公擧(이량의 자)의 슬하를 떠나기가 섭섭지 않소?"

"공거의 슬하라니 대감께서도 실없는 말씀 하십니까?"

"공거가 대감의 젊은 아비라고 세상에서 말들 한답디다그려."

하고 윤원형이 껄껄 웃으며 비로소 바둑판을 밀쳐 내놓았다.

김명윤이 문객 보기 부끄러워서 잠깐 얼굴을 붉히었다가 곧 비위 좋게

"실없는 말씀 맙시오."

하고 싱글싱글 웃었다.

"나는 실없는 말로 한 말이 아니오."

"실없는 말씀이 아니시라는 건 더욱 심하신 말씀이올시다."

"참말 공거보고 호부呼父한 일이 있소?"

"그럴 리가 있습니까."
"내게 호부 좀 하오."
"이번 말씀도 실없는 말씀이 아니오니까?"
"실없는 말을 했소. 실상 나는 공거보고 호부하는 사람에게 호조呼祖 받기도 원치 않소."
"소인 같은 낫살 먹은 것을 너무 놀리시면 대감의 덕이 손상되십니다."
윤원형이 김명윤의 말에는 대답 않고 입을 크게 벌리고 하품한 뒤
"어째 졸리다."
하고 혼잣말하였다.
"곤하시면 좀 눕시지요."
"글쎄, 낮잠 한숨 자볼까."
"소인은 곧 하직 여쭙겠습니다."
하고 김명윤이 일어나서 절하였다.
"평안히 가우."
"안녕히 기십시오."
김명윤이 윤원형의 집 사랑 대문 밖을 나섰을 때 윤원형과 바둑 두던 문객이 쫓아나왔다.
"나를 부르시나?"
"아니올시다. 시생이 대감께 청할 말씀이 있습니다."
"무슨 말인가?"

"오늘 밤에 대감께서 댁에 기시겠습니까?"

"내게 오려나?"

"댁에 기시면 가 보입지요."

"가만있게. 오늘 밤에는 내가 집에 없을는지 모르니 내일 아침에 오게."

"그럼 내일 아침에 꼭 가겠습니다."

이튿날 아침에 윤원형의 집 문객이 김명윤을 찾아왔다. 윤원형의 집 문객 중에도 윤원형에게 가까이 도는 문객이라 김명윤은 지체 않고 곧 맞아들이고 인사수작이 끝난 뒤에 먼저

"내게 무슨 청할 말이 있나?"

하고 물었다.

"사람 하나 구처해줍시사구 청하러 왔습니다."

"어떤 사람인가?"

"광주 사람에 서림徐霖이란 자가 있습니다. 그자가 말하자면 시생과 세의도 있고 친분도 있는 터인데, 위인은 똑똑하고 영리해서 백집사˙ 가감˙입니다."

"광주 사람을 평안감사에게 청하다니 우습지 않은가?"

"시생의 말씀을 더 들어주십시오. 서림이란 자가 광주 아전으로 경기 감영 영리營吏를 다니었는데 지금 함경감사가 경기감사로 있을 때 그자를 무엇에 밉게 보았든지 포흠 있는 것을 탈잡아 가지고 구실을 떼고 잡아 가두기까지 했었습니다. 그자가 놓여 나온 뒤에 시생에게 와서 먹고살게 해내라고 매어달리니 인정에

차마 떼칠 수가 있어야지요. 그래 작년에 평양 서윤庶尹이 새로 부임할 때 천거해서 평양으로 보냈습니다. 아직까지 서윤의 심부름하고 있는 모양입니다. 평양 가셔서 불러보시구 구실 하나 붙여주시면 시생에겐 대단 생광스럽겠습니다."

문객의 말이 다 끝난 뒤에 김명윤이

"그자의 성명을 쪽지에 써서 나를 주게. 아무쪼록 잊지 않도록 함세."

하고 문객의 청을 허락하였다.

김명윤이 평양에 도임한 뒤 어느 날 우연히 성명 적은 쪽지를 보고 윤원형의 문객의 부탁을 생각하고 서림이를 불러보았다. 서림이는 문필도 있구 언변도 좋고 남의 뜻을 짐작도 잘하고 비위를 맞추기도 잘하였다.

김명윤이 서림이를 신통하게 보아서 수지국˚ 섭사˚를 시켜 가까이 부리는데 한번 조용한 틈에 서림이를 불러서 물어보았다.

"네가 경기 감영 영리로 포흠을 많이 진 일이 있었다지?"

"녜, 황송합니다. 소인이 적지 않은 포흠을 진 일이 있었소이다. 소인의 늙은 아비가 중병으로 죽게 되었숩는데 의원 말이 산삼 반근가량 먹여야 살릴 수 있다구 하기에 소인이 우매하온 소견에 아비 대신 죽어두 좋거니 생각하옵구 막중상납˚에서 범포˚를 내서 병든 아비에게 산삼을 먹

- 백집사(百執事) 온갖 일.
- 가감(可堪) 어떤 일정한 일을 능히 해냄.
- 수지국(收支局) 조선시대에 둔, 토관 종칠품 문관 사무국.
- 섭사(攝事) 조선시대에, 함경도, 평안도 지방의 토착민에게 주던 종구품의 문관 벼슬.
- 막중상납(莫重上納) 임금에게 바치던 매우 중요한 진상품.
- 범포(犯逋) 국고에 낼 돈이나 곡식을 써버림.

였소이다. 아비가 산삼 효험으루 병은 좀 나았사오나 소인이 잡혀 갈힐 때 놀라서 소인 옥에 있는 동안에 죽었소이다. 소인이 아전으루 포흠 지옵구 자식으루 불효하온 것이 실상은 생각 한번 잘못 먹은 탓이외다. 하여간 소인은 천지간에 용납키 어려운 죄인이올시다."

서림의 아비가 자식이 옥에 갇힌 동안에 죽은 것은 정말이나 서림이가 아비를 산삼 먹이느라고 포흠 졌다는 것은 거짓말이다. 그러나 김명윤은 이 거짓말을 알 까닭이 없어서 서림의 거짓말을 정말로 듣고

"포흠을 진 것은 죄로되 포흠 진 이면에는 효심이 있으니 내가 그때 경기감사로 있었든들 네 죄를 용서하였겠다."
하고 말하니

"황송하오이다."
하고 서림이 눈물까지 흘리었다.

"네 처자는 지금 어디 있느냐?"

"소인의 처는 자식 남매 데리구 처가에 가 있소이다."

"처가는 어디냐?"

"경기 양지올시다."

"처자를 이리 데려올 생각이 없느냐?"

"사또께옵서 내년에 내직으루 승탁되옵시거든 소인두 사또를 뫼시구 가서 일평생 댁 낭하에서 살기가 소원이올시다."

"서울 갈 때 가드라두 여기서 살림 못할 것 무어 있느냐."

"데려오구 데려가구 하기가 번거하와 한 일년 더 객지에서 지내려구 생각하옵네다."

"시종이 여일하게 성심으로 일만 잘해라. 그러면 내년에 서울로 데리고 가마."

"사또 분부면 부탕도화˚라두 즐겨 하겠소이다."

이후로 김명윤은 서림을 더욱이 신임하여 진상할 물건 구하는 일을 맡기었더니 서림이 영롱한 수단으로 각 골 토산과 중국 물품을 구하여 들이되 감사의 체면을 다치지 않게 하였다. 김명윤은 서림이를 사자 어금니같이 여기게 되어서 반년 동안에 서림이를 섭사에서 급사給事로, 급사에서 장사掌事로 올려서 수지국 일을 주관하게 하니 이런 발탁은 전에 없는 일이었다. 서림이 감사에게 긴한 것을 보고 이 사람 저 사람이 서림이의 환심을 사려고 하여서

"서장사, 나 좀 보시우."

하고 보자는 사람도 많고

"서장사, 놀러 나갑시다."

하고 끄는 사람도 많았다. 서림이 본래 계집을 좋아하건만 감사의 눈 밖에 날까 조심하여 기생집에 잘 가지 않던 사람이 남에게 끌려서 한번 두번 놀러다니는 중에 조심이 풀려서 밤은 고사하고 낮에도 틈이 있으면 기생집을 찾아가게 되었다. 서림은 풍류를 짐작하고 시조를 얌전히 부르고 또 우스갯소리를 잘하여 감사에게 일긴˚인 것을 자세하지 않더라도 기생들에게 떠받들릴 만하

● 부탕도화(赴湯蹈火)
끓는 물이나 뜨거운 불도 가리지 아니하고 밟고 간다는 뜻으로, 아주 어렵고 힘겨운 일이나 수난을 겪음을 이르는 말.
● 일긴(一緊)하다
가장 긴요하다.

였다. 여러 기생들이 서림과 친하려고 애쓰는 중에 감사의 수청 기생 옥부용玉芙蓉까지 저의 거문고 조예造詣를 알아주는 맛에 서림이에게 정을 주었다. 감사의 신임을 받는 서림이가 감사의 총애를 받는 옥부용과 서로 배가 맞아서 감사의 속을 뽑아내되 감사는 둘을 다 의심하지 아니하였다. 그러나 불 땔 굴뚝에서는 연기가 나는 법이라 서림과 옥부용의 사이를 눈치챈 사람이 하나씩 둘씩 생겨서 감영 하인들이 쑥덕쑥덕 말하게 된 끝에 예방비장의 귀에 말이 들어갔다. 예방비장은 서림을 곱지 않게 보는 사람이라 곧 감사에게 고하려다가 다시 생각하고 서림을 불러다가 말을 물었다.

"자네가 옥부용의 집에 자주 놀러간다니 정말인가?"

"더러 갔습니다. 그러나 자주 간 일은 없습니다."

"더러는 어째 갔나?"

"옥부용이 거문고를 들으러 오라구 불러서 갔습니다."

"선화당 수청을 자네가 데리구 놀아두 아무 탈이 없을까?"

"사또께 가까이 뫼시는 아이라 데리구 실없는 말 한마디 한 일이 없습니다."

"상관까지 했단 소문이 자자한데 무슨 딴소리야!"

"천만의 말씀이올시다."

"정말인가?"

"정말이다뿐입니까."

아무리 물어야 서림이 잡아뗄 줄 알고 예방비장은 묻기를 멈추

고 한동안 서림이를 노려보다가

"자네 말이 정말 같지 않으나 내가 한번 속는 셈잡구 아직 덮어둘 텔세. 그 대신 오늘부터 다시는 옥부용의 집에 가지 말게. 한번이라두 갔단 말이 내 귀에 들리면 곧 사또께 여쭤서 별반거조를 낼 테니 그리 알게."

하고 말을 이르니

"황송합니다. 나리 분부대루 이담엔 다시 안 가겠습니다."

하고 서림이 대답하였다. 서림이 예방비장의 말을 들은 뒤에 한번 남몰래 옥부용과 만나서 사정을 이야기하고 옥부용의 집에 발을 끊고 상종 않는 표를 남에게 보이려고 일부러 친한 기생 도화桃花의 집에 가서 숙식하고 있었다. 옥부용은 간간이 서림이를 생각하여 한번 병 핑계하고 집에 나와서 서림을 만나자고 밤에 계집아이를 보냈더니 서림이 계집아이더러는 먼저 가라고 돌려보내고 나중에도 오지 아니하여 옥부용은

"도화에게 반해서 벌써 나를 잊었구나."

하고 서림을 원망하고

"안 만나두 고만이다. 어디 보자."

하고 서림을 벼르기까지 하였다. 어느 때 창성昌城서 초피, 수달피水獺皮를 많이 구해와서 좋은 것은 진상품으로 따로 두고 그 나머지는 선사품으로 집어둘 때 서림이 감사 몰래 선사품에서 수달피 한두 장을 훔쳐내다가 도화를 주어서 도화가 그 수달피로 덧저고리 안을 받쳐 입었다. 옥부용이 이것을 알고 감사에게 고자

질하여 감사가 그 당장에 도화를 불러다가 수달피 안 받친 덧저고리를 바치라고 야단을 치게 되었는데, 서림은 이때 마침 수지국에 가 있어서 도화의 수달피 덧저고리로 야단난 것을 빨리 알지 못하였다.

　서림이 수지국에 있다가 감사에게 불려서 선화당으로 들어오며 보니 도화가 층계 아래 쪼그리고 앉았는 모양이 잡혀온 것이 분명하였다.

　'도화가 무슨 일루 잡혔을까. 내게 무슨 언걸을 입혔을까.'
　서림이 의심을 먹으며 층계 아래에 와서 도화에게 가까이 서려고 하니 나장이 중간을 가로막았다. 감사가 서림이 대령하였단 말을 듣고 곧 앞창을 밀치고 내다보며

　"서림아, 네 죄를 아느냐!"
하고 호령을 내리기 시작하여 서림은 어리둥절하였다.

　"막중진상할 물건을 훔쳐내다 기생년을 주다니, 죽일 놈이다."
　감사의 호령을 듣고 서림이 비로소 수달피 탈인 줄 짐작하고 발명할 말을 생각하며

　"소인이 언감생심 그런 짓을 할 리가 있소리까."
하고 천연스럽게 말하였다. 감사가 통인을 시켜 수달피 안 받친 덧저고리를 내보이며

　"이놈, 그것 좀 보아라! 그것이 네가 훔쳐다 준 것 아니냐? 그런 짓을 할 리가 있소리까? 빤빤한 놈 같으니. 너 같은 놈은 그대로 둘 수 없다. 곤장 좀 맞아보아라!"

추상같이 호령하고 곧 곤장 칠 거조를 차리게 하였다.

"소인이 수달피 두 장을 손쓴 일은 있사오나 훔친 것은 아니올시다."

"네가 훔치지 않았으면 수달피가 어디서 났단 말이냐?"

"요전에 창성서 피물 가지구 온 하인이 수달피 두 장을 따루 가지구 와서 소인을 주옵는데 소인이 싫다구 받지 않았습더니 부사가 보내신 걸 도루 가지구 가면 탈을 당한다구 하인이 지성으루 받으라구 하옵구 마침내 두구 갔소이다. 소인이 그 수달피를 토시 안이라두 넣기가 맘에 께름하온 까닭에 내버리는 셈으루 도화란 년을 주었소이다."

"창성부사에게 뇌물받은 것이고 진상물품에서 훔쳐낸 것이 아니란 말이냐?"

● 조수(照數)하다
수효를 맞추어보다.

"창성서 온 피물 중에 초피가 이십오 장이옵구 수달피가 십삼 장이온데 초피 이십 장과 수달피 십 장은 진상품으루 골라두옵구 그 나머지 초피, 수달피는 선사품으로 묶어두옵는 것을 사또께서 감鑑하옵신 바이오니 여기 내다가 조수하게˙ 하옵시면 소인의 애매하온 것을 곧 통촉하실 줄 생각하옵네다."

창성서 온 수달피가 십오 장인 것을 서림이 두 장을 줄이고 십삼 장이라고 말하였다. 그때 감사가 물목物目을 보고 서림을 내주어서 물건을 조수하여 받게 하였는데 서림이 물건을 받고도 물목을 자기 손에 두었다가 두 장을 가무린 뒤에 슬그머니 없애버린 까닭에 서림의 거짓말을 잡아낼 거리가 없었다.

"뇌물받은 것도 징치할 만한 죄지만 이다음 창성에다가 알아보아서 네 말이 맞지 않으면 함께 치죄할 테니 그리 알고 있거라."
하고 감사가 서림은 곤장을 치지 않고 내보내고 도화는 덧저고리를 주어서 내보냈다. 서림이 말을 잘 꾸며서 당장 곤장은 면하였으나 뒷날 걱정이 아주 없지 않은데다가 감사가 서림을 믿는 마음이 줄어서 진상할 물건 수합하는 일을 서림에게 일임하여 두지 않고 예방비장을 시켜 총찰하게 하였다. 예방비장이 일은 잘 알지 못하며 공연히 까다롭게 굴어서 서림이 성가시기 짝이 없는 중에 서방님 낯 보아가며 아기씨 대접을 달리하는 사람들이 서림이 감사의 신임을 못 받는 줄 짐작하고 대접들이 현저히 전과 달라져서 서림은 앙앙한 마음을 먹게 되었다. 이 뒤로 서림이는 진상할 물건을 구하여 들일 때마다 자기의 실사귀˙를 잊지 않아서 슬금슬금 뒤로 돌리는 것이 있건만, 일 모르는 예방비장은 서림에게 속아서 감사가 총찰시킨 보람이 없었다.

김명윤이 평안감사로 오며부터 구하여 들인 모든 물건을 섣달에 세찬들 보낼 때 진상하도록 하려고 미리 봉물을 짐 꾸미며 물목을 발기 적게 하였다. 토산 물품은 관하 사십이관四十二官에서 거두어 바친 산삼, 사향, 안식향과 초피, 수달피, 청서피靑鼠皮와 백옥, 오옥烏玉, 담청옥淡靑玉, 수포석水泡石, 마노瑪瑙 등속이요, 중국 물품은 주단으로 홍공단, 백공단과 운문단雲紋緞, 운문사雲紋紗와 궁초, 공릉貢綾 등속이 있고, 문방제구로 단계端溪벼루와 호주湖州붓과 휘주徽州먹도 있거니와 옥필통과 금향로도 있으며,

유명한 사람의 서화도 있고 옥잔과 옥저와 장도, 자마노지환紫瑪瑙指環은 오히려 신기할 것도 없고, 옥다리미와 비취대접과 자가 넘는 산호 가지와 돌에 섞인 덩이 주사朱砂가 모두 진귀하고, 굵기가 콩알만 한 둥근 진주와 밤에 광채 나는 흰구슬은 희한한 보물이었다. 서림이 물목 발기를 적느라고 예방비장청에 종일 있다가 사처로 돌아오니 도화는 저녁상을 보아놓고 기다리는 중이었다.

"오늘 좀 늦었네. 밥 먹었나?"

"나리 오시기를 기다리고 있습니다. 오늘 어째 이렇게 늦으셨습니까?"

"진상할 물건 발기 내느라고 종일 해를 보냈네."

"물건이 얼마나 많으면 발기 내는 데 하루가 걸립니까?" ● 실사귀 실속.

"한편으루 물건을 조수해가며 발기를 내니까 자연 더디지."

"진지 곧 잡수시렵니까?"

"배가 고팠네. 어서 갖다 주게."

서림이 저녁밥상을 받은 뒤에 도화가 상머리에 앉아서 말을 물었다.

"진상 갈 물건에 희한한 것이 많답지요?"

"많구말구."

"그중 제일 보배가 무엇입니까?"

"야광주가 제일 되겠지."

"야광주란 것이 무엇입니까?"

"야광주란 것이 밤에 광채 나는 구슬일세."

"어둔 데서도 광채가 납니까?"

"촛불이나 등불 밑에서 광채가 찬란하게 난단 말이야."

"구경이나 한번 했으면 좋겠네. 그 구슬이 몇 개나 됩니까?"

"단 한 개지. 그런 보배가 어디 그렇게 많은가."

"그다음 좋은 보배는 무엇입니까?"

"글쎄, 진주가 그다음일까?"

"진주는 저도 구경했습니다."

"진주두 진주 나름이지, 그런 굵은 진주는 자네 구경 못했을 걸세. 사또두 처음 보셨다네."

"얼마나 굵읍니까?"

"콩알 굵기만 할 걸세."

"나는 녹두알만 한 것을 구경했습니다. 그것을 밀가루와 같이 싸서 두면 새끼를 친답지요."

"그러면 자네가 구경했다는 것은 진주가 아니구 무궁줄˚세."

"진주와 무궁주와 다릅니까?"

"다르구말구. 무궁주는 진주 같은 광채가 나지 않네."

"그럼 나는 진주도 구경 못했습니다그려. 진상 갈 진주두 단 한 갭니까?"

"굵은 진주는 한 개구 그버덤 잔 것은 여러 갠가 부데."

"진주가 잔 것이 여럿이거든 한 개 갖다가 구경 좀 시켜주십시오."

"이 사람, 누구를 죽이려구 그런 소리를 하나. 진상 갈 진주를 훔쳐내보게. 나는 말할 것 없구 자네두 요전 수달피 몇곱절 혼이 날 걸세."

"남만 안 보이면 고만이지요. 여보세요 나리."

"진상 갈 봉물은 벌써 선화당 벽장 다락에 들어가 있네."

"핑계 마세요."

"핑계가 아닐세. 오늘 죄다 상자에 담을 것 상자에 담구 궤짝에 넣을 것 궤짝에 넣었네."

"고만두세요. 나리두."

"저런 사람 보게. 공연히 골을 내네."

"누가 골을 내오."

"여보게 가만있게, 선물루 보내는 데두 잔 진주가 있으니까 어디 코세."

● 무궁주(無窮珠)
염할 때 죽은 사람의 입속에 넣는 깨알처럼 작고 까만 구슬.
● 메지메지
물건을 여럿으로 따로따로 나누는 모양.

"어디 보자지 말고 꼭 한 개 갖다 주세요. 믿고 있겠습니다."

하고 도화는 상긋 웃고 서림이의 대궁상을 돌려놓고 밥을 먹었다.

서림이 도화에게 졸리어서 진주 한 개 가무릴 마음을 먹고 있는 중에 서울 갈 선물을 메지메지˚ 나눠서 싸놓으라고 감사의 분부가 내리었다. 예방비장이 택호와 물종을 적어 들고 갈라 싸는 것을 지휘하는데 진주 열 개는 이승지 댁과 윤영부사 댁에 보내도록 다섯 개씩 두 몫에 나눠서 싸놓았다. 예방비장은 선화당에 불려가고 물건 싸던 통인 둘에 하나는 밖에 나갔을 때, 서림이 남은 통인 하나를 심부름시켜 내보내고 방에 사람이 없는 틈에 싸놓은 진주 한몫을 뜯어서 다섯 개를 네 개로 줄이고 감쪽같이 다시 싸놓았다. 서림이 어찌 알았으리, 심부름시킨 통인이 방문 밖에서 엿본 것을.

저녁때 서림이가 태평으로 훔친 진주를 가지고 나간 뒤에 통인이 엿본 것을 예방비장에게 고하고, 예방비장이 통인의 말을 감사에게 고하여, 감사가 서림이를 당장 잡아들이라고 호령호령하였다. 감영 안이 떠들썩할 때 형방비장이 감사 앞에 나가서

"전일 수달피와 이번 진주를 합해 생각하오면 서림이가 뒤루 돌린 물건이 한두 가지만이 아니올 듯하오니 서림이 숙식하는 도화의 집을 집뒤짐해보구 서림을 잡아 족치는 것이 좋을 듯하외다."

하고 품하여 감사가 그리하라고 허락하였다. 형방비장이 감사의 명을 받고 집뒤짐하러 데리고 나갈 나장이들을 불러모으는데 감영 관노로 있는 도화의 외사촌 오라비가 사단을 짐작하고 도화에게 뒷길로 통기하여 주어서 도화가 선통을 받고 어떻게 하면 좋으냐고 서림이에게 물으니 서림이가 선뜻

"장물만 들춰 나지 않으면 자네는 빠질 수 있을 테니 내가 갖다 준 물건을 죄다 찾아 내놓게."

하고 말하였다. 도화가 진동한동 세간에서 옥, 산삼, 피물皮物 등속을 찾아 내놓을 때 상목 몇필이 있는 것을 서림이가 보았다.

"그 상목두 치우세."

"이건 아니에요."

"아니지만 그렇다구 우기면 발명하기가 성가시니 내놓게."

모든 물건을 둘둘 뭉쳐 큰 보자기로 싸는데 진주도 그 속에 넣었다.

"마루 밑에 집어넣을까요?"

"집안에는 두는 것이 불긴해."

"그럼 뉘게 맡겨요?"

"자네 맡길 데 없나?"

"없어요."

"내가 어디 갖다 맡겨봄세."

서림이 보자기 싼 것을 들고 일어서며

"내가 들어오기 전에 만일 자네가 잡혀가게 되거든 내게 물건 받은 것이 없다구만 잡아떼게. 그러면 무사할 걸세."

말하고 곧 밖으로 나갔다. 얼마 동안 뒤에 형방비장이 나장이 팔구명을 데리고 대들어서 도화와 도화의 집 사람을 한옆에 몰아놓고 뒨장질을 시작하여 온 집안을 샅샅이 뒤졌으나 장물 잡아낼 것이 별로 없었다. 형방비장이 도화를 앞으로 불러내서 말을 물었다.

"서장사 어디 갔느냐?"

"잠깐 어디 갔다온다고 나가셨습니다."

"저녁 안 먹구 나갔느냐?"

"저녁 잡숫고 나가셨습니다."

"진주는 너 주구 나갔겠지."

"웬 진줍니까?"

"잡아떼지 마라."

"정말 구경도 못했습니다."

"가만있거라. 이따 보자."

하고 형방비장은 한동안 서림이 돌아오기를 기다리고 있다가 서림이가 들어오지 아니하여 나중에 도화만 잡아 앞세우고 감영으로 들어갔다. 서림이는 그날 저녁으로 종적을 감추어서 김명윤이 삼사일 동안 두고 서림이 잡아 대령하라고 야단치다가 말고 도화만 매를 쳐서 내보냈다.

서림이 그날 저녁에 바로 평양서 도망하여 서울로 올라오는데, 평양 떠난 뒤 나흘 되던 날 금교역말 와서 잤다. 이튿날 눈이 부슬부슬 오는 중에 금교서 떠나서 탑거리를 지나 탑고개를 넘어올 때 고갯길에 수건으로 머리 동인 수상한 사람이 둘이 나타나서 서림이 걸머진 보따리가 큼직한 것을 보고

"보따리에 든 것이 무엇이오?"

하고 묻는 것을

"흔 옷가집니다."

하고 대답하였더니

"어디 보자."

하고 함께 대들어서 서림의 양편 팔을 붙들고 보따리를 벗기었다. 서림이는 도적들을 막을 힘이 없는 까닭에 하릴없이 보따리를

벗어놓았다. 물건을 빼앗기는 것도 아깝거니와 헌 옷가지라고 거짓말한 것이 뒤가 나서 속으로 조급하였다. 속으로 조급할수록 겉으로는 더욱 태연한 체하고 도적들이 앉히는 대로 쪼그리고 앉아서 보따리 푸는 걸 보고 있었다.

"피물 아닌가."

한 도적이 겉에 싸인 수달피를 잡아 헤치니

"옥돌 보게."

다른 도적이 속에 있던 옥노리개를 집어들었다. 도적들이 서림이를 돌아보며

"이것이 흔 옷이냐?"

"고따위 입에 발린 가짓말을 우리가 곧이들을 줄 알았느냐!"

"너 같은 멀쩡한 놈은 성하게 보내지 않을 테다."

"다리 마등갱이를 퉁겨줄 테다."

하고 둘이 받고채기로 욕설하는데 서림이는 대꾸 한마디 않고 지수굿하고 있다가 도적들이 보따리 속을 다 뒤져보고 거듬거듬 다시 쌀 때

"볼 것 다 보았거든 인제 도루 이리 내우."

하고 씩씩하게 말하였다.

"저놈 보게."

하고 한 도적이 벌떡 일어나 쫓아와서 서림이의 언 뺨을 보기좋게 한번 우렸다.

"내 말 좀 듣구 나서 손질하우."

"이놈아, 말이 무슨 말이냐?"

"그게 내 물건이 아니오."

"네 물건이 아니니 도루 달란 말이냐? 시러베아들놈 다 보겠다."

"나는 변변치 못해서 뺏기구 가드래두 물건 임자는 만만치 않아서 안 찾구 고만두지 않으리다."

"만만치 않은 놈이구 만만한 놈이구 다 오래라. 우리 청석골 와서 물건 찾아갈 놈은 세상에 아직 생겨나지두 않았다."

"물건 임자가 찾으러 올 때는 지금같이 큰소리 못하리다."

"대체 물건 임자가 어떤 놈이냐?"

"양주 장사 임꺽정이가 물건 임자요."

서림이 경기 감영에 있을 때 양주 백정의 아들 임꺽정이가 장사로 소문이 나서 광주, 용인 근처의 좀도적들은 말할 것 없고 부평, 인천 등지의 유명한 화적패들까지 꺽정이 이름만 듣고도 겁들을 낸다고 여러 사람에게 이야기를 들었던 까닭에 청석골 도적놈도 혹시 그럴까 하고 임꺽정이의 성명을 대어보았더니, 아니나 다를까 기고만장하던 도적이 입을 딱 벌리고, 옆에 와서 수작을 듣고 있던 다른 도적이 나서서

"양주 임장사의 물건을 댁이 어디서 가지구 가우?"

하고 물었다. 서림이 우연히 생각난 꾀가 바로 맞는 것을 보고 빙그레 웃으면서

"양주 임장사가 나와 연사 간이오. 내가 평안도루 볼일 보러

갈 때 물건 사다 달란 부탁을 받았소."
하고 수월하게 거짓말하였다.
 "댁은 어디 사우?"
 "광주 사우."
 "연사간이라니 임장사하구 어떻게 되우?"
 "임장사가 우리 사돈의 사촌이오."
 서림에게 말 묻던 도적이 저의 동무를 돌아보며
 "여보게, 사돈의 사촌두 촌수를 따지나?"
하고 묻고 그 동무가
 "촌수는 무슨 촌수야? 그저 연사간이지."
하고 대답한 뒤

● 연사(連査) 사돈.

 "어떻게 할라나?"
 "헛물켰지 별수 있나."
 "동네루 끌구 가세."
 "두령이나 우리나 마찬가지지, 임장사의 물건을 뺏을 수 있나."
 "그대루 보내드래두 가서 말씀이나 하구 보내세."
 "아무리나 하세."
 두 도적이 서로 지껄이고 서림이를 보따리 지워 앞세웠다. 서림이 내빼고 싶은 마음은 골똑하나 섣불리 내빼려고 드는 것이 도리어 이롭지 못할 줄 생각하고 도적들이 가자는 대로 쫓아서 탑고개 동네 어느 집 앞에 왔을 때, 봉당에 섰는 목자 불량한 군들이

"저런, 괴나리 하나야?"

 "보따리가 속이나 단단한가?"
하고 물어서 서림이를 데리고 오는 도적 하나가

 "속은 단단하구두 빈탕이라네."
대답하고 방 앞에 가서 방문을 열고 들여다보며 피물이니 옥이니 임장사니 여러 말을 하더니

 "그놈을 이리 끌어오너라!"
하는 우렁찬 말소리가 방안에서 울려나왔다.

 서림이가 방문 앞으로 끌려가서 방안을 들여다보니 나이 새파랗게 젊은 사람 하나가 아랫목 자리에 앉아서 늙은 사람 서넛과 같이 술을 먹는데, 그 젊은 사람이 도적의 두목인 것은 묻지 않고도 알 수 있었다. 늙은 사람들은 삐끔삐끔 밖을 내다보아도 두목만은 사발술을 들이켜며 내다보지 않더니 사발을 상에 놓고 안주를 입에 넣고 한동안 있다가 고개를 밖으로 돌이키며

 "네 말이 양주 임장사의 사돈이란다니, 그 아들은 아직 장가를 안 들었는데 어떻게 되는 사돈이냐?"
하고 묻는 말이 곧 호령이었다. 그 두목이 임꺽정이의 집안을 잘 아는 것 같아서 서림이가 꺽정이를 팔기가 떨떠름하였으나 졸개 도적에게 한 말을 갑자기 달리 꾸미기 어려워서

 "임장사가 우리 사돈의 사촌이올시다."
하고 대답하였더니 젊은 두목은 어이없는 듯이 웃으면서

 "옳지, 임꺽정이가 네 사돈이 아니구 사돈의 사촌이야? 그런

데 임꺽정이는 사돈이 없는걸."
하고 예사 언성으로 말하였다.
 "의심쩍거든 임꺽정이에게 물어보시오."
 서림이 말하는 것을 젊은 두목은 듣는 체 만 체하고 졸개들을 바라보며
 "얼른 끌구 가서 집어치워라. 그러구 보따리는 들여오너라."
하고 분부하니 졸개 도적들 중에 두 놈이 앞으로 나와서 양편에서 서림이를 내끌었다. 서림이 화색禍色이 박두한 것을 깨닫고
 "잠깐만 참아주."
일변 졸개들에게 사정하며
 "말씀 한마디만 더 들어줍시오."
일변 두목에게 애걸하였다.
 "무슨 말이냐?"
 "제가 물건을 여기 두구 양주 가서 임꺽정이를 데리구 올 테니 제 말이 거짓말인가 참말인가 물어보십시오."
 "양주를 갔다오겠다?"
 두목은 오겠다란 말에 특별히 힘을 주어서 뇌더니
 "고만둬라."
하고 손을 내저었다. 서림이가 졸개 도적들에게 끌리어 나오다가 도망해볼 생각으로 별안간 두 팔을 뿌리치니 한 도적은 손을 놓치고 한 도적은 매어달리며
 "이리들 좀 오게."

하고 소리질러서 봉당에 있던 도적 서너 놈이 쫓아나왔다.
"이놈이 뿌리치구 내뺄라구 하네."
매어달린 도적이 말하는 것을 여러 도적들이 듣고 서림이를 중간에 넣고 주먹질 발길질로 초주검을 시켜놓았다. 여러 도적들이 다 죽어가는 서림이를 뒷결박지워서 앞에서 끌고 뒤에서 밀며 죽이러 나갈 때 탑고개 동네 사는 사람 대여섯이 나와서 구경들 하였다. 그중에 젊은 사람 하나가 서림이의 얼굴을 바라보더니 가까이 와서 이모저모 뜯어보다가 도적 하나를 보고
"이 사람이 어디 사람인가?"
하고 물으니 그 도적이
"광주 사람이라우."
하고 대답하였다.
"광주 사람이여?"
하고 그 사내가 눈 감은 서림이에게 와서
"성명이 무어요?"
"광주 서형방 아니시오?"
하고 물으며 서림이의 몸을 흔들었다. 그 사내의 묻는 말을 서림이 알아들었던지 눈을 뜨고 고개를 끄덕거리었다. 그 사내가 곧 도적들을 돌아보며
"여보게. 이 사람이 우리 집의 은인일세. 내가 가서 말하구 나올 테니 잠깐만 참아주게."
부탁하고 바로 두령 있는 집으로 뛰어갔다.

그 사내는 곽오주에게 원수를 갚으려고 길막봉이를 끌어오던 작은 손가니, 지금 탑고개 동네에 나와서는 풍헌˚ 노릇하고 청석골 적굴에 들어가서는 작은 두목 노릇하는 사람이다. 작은 손가가 두령 있는 집으로 한달음에 뛰어와서 방에도 들어가지 않고
"길두령, 나 좀 보시우."
하고 소리질렀다. 이날 탑고개에 나와 있던 두령은 길막봉이다. 작은 손가가 전 같으면 막봉이 하고 이름을 불렀을 터이지만 청석골 적굴 칭호대로 두령이라고 부르는 것이었다. 이때 청석골에는 팔로八路 모산지배˚가 많이 모여들어서 도당이 사오십명이나 되는데 졸개 위에 두목이 있고 두목 위에 두령이 있어서 등분이 엄절하였다. 막봉이가 방문을 열치고 내다보니 손가가 가쁜 숨을 돌리면서

● 풍헌(風憲) 조선시대에, 유향소에서 면(面)이나 이(里)의 일을 맡아보던 사람.
● 모산지배(謀算之輩) 꾀를 내어 이해타산을 일삼는 무리.

"그 사람을 살려주어야겠소."
하고 방문 앞으로 들어섰다.
"그 사람이 누구야?"
"지금 죽이는 사람 말이오."
"왜?"
"그 사람이 우리 형님의 은인이오."
"그 사람이 누군데?"
"광주에서 형방 다니던 서림이란 사람이오."
"서림이, 서림이 성명은 나두 들은 법하군."
"우리 형님이 광주 분원서 살인옥사에 걸렸을 때 빼놓아준 사

람이오."

"옳지, 그때 성명을 들었었군. 지금 그자가 큰 죄는 없지만 하두 가짓말을 하니까 밉살스러워서 죽이라구 했어."

"그 사람을 살려주면 집의 아주머니부터 좋아하실 거요."

서림이를 놓아주란 말이 막봉이 입에서 떨어지기 전에 막봉이의 누님이요, 작은 손가의 형수인 여편네가 쫓아와서 먼저 시동생을 보고

"지금 끌려나간 사람이 광주 서형방이오?"

하고 묻고 그다음에 친동생을 보고

"서형방은 우리 집 은인이니 우리 인정 좀 보아주게."

하고 청하니 막봉이는 두말 않고

"그러우."

하고 쾌히 허락하였다. 막봉이가 졸개들을 불러들여서

"아까 집어치우란 사람을 그대루 놓아보내라."

하고 이른 뒤에 작은 손가는 바로 형수와 함께 졸개들 뒤를 따라 나가고 막봉이는 다시 방문을 닫고 늙은이들과 같이 술을 먹었다. 늙은이 하나가 첨속°으로

"거짓말쟁이가 덕택에 살아갑니다그려."

하고 말하니 막봉이는 싱그레 웃으며

"큰 죄 없으니까 누님 생색을 내주었소."

하고 말하였다.

"누님이 진 은혜를 갚아드리는 것이 여간 잘하시는 일인가요."

"그까짓 일에 잘하구 못하구가 어디 있소."

"큰 손서방이 살인한 일이 있나요?"

"그 변변치 않은 위인이 살인할 주제나 되우?"

"전에는 똑똑하던 사람이 곽두령 쇠도리깨에 골통이 터진 뒤루 천치가 되었다면요."

"전에두 사람이 순하기만 하지 변변치는 못했소."

"그런데 어떻게 살인옥사 같은 데 간련이 되었든가요?"

"광주 분원서 사기 구울 때 사기막에서 싸움 끝에 살인이 났는데 싸움 말린다구 덤볐다가 살인죄의 종범˙으루 붙들려갔드라우."

"싸움 말리다가 그런 봉변한 사람이 탑거리두 하나 있는데, 그 사람은 애매하게 귀양까지 갔다 왔지요."

● 첨속 아첨하는 마음.
● 종범(從犯) 남의 범죄행위를 도움으로써 성립하는 범죄.

"우리 매형이란 사람두 잘못하면 귀양가게 되는 것을 서가란 자가 힘을 써서 무사히 놓여 나왔다우."

"손서방 집에서 은인이라구 할 만하구먼요."

그 늙은이가 말을 그친 뒤에 여러 늙은이들이 끼리끼리 지걸이기 시작하여

"거짓말쟁이가 보따리 물건을 찾지 못해서 아까웠겠네."

"무슨 경황에 물건을 찾을 생각하겠나. 목숨 부지한 것두 천만 뜻밖이지."

"자네, 집에 가지 않으려나?"

"나는 좀더 있다가 가겠네."

이런 말 저런 말들을 하는 중에 홀제 방문 밖에 신발소리들이 나고 뒤미처 방문이 열리며 작은 손가가 서림을 부축하고 들어오는데, 여러 늙은이들은 고사하고 막봉이까지 보따리를 찾으러 온 줄로 의심하였다. 서림이가 막봉이를 향하고 공손히 절하는데 엎드리고 일어나는 것을 작은 손가가 거들어주었다. 막봉이가 서림이 절하는 것은 본체만체하고 작은 손가를 바라보면서

"그대루 보내지 왜 데리구 왔나. 보따리를 찾아달라든가?"

하고 물으니 작은 손가가 고개를 가로 흔들며

"아니오, 사례하러 오셨소. 아주머니하구 나하구 집으루 가시자구 말하니까 두령께 와서 죽이지 않은 은혜를 사례하구 가신다구 해서 아주머니만 먼저 집으루 가시게 하구 나는 이리 뫼시구 왔소."

하고 대답하였다.

"사례는 고만둬두 좋지."

막봉이 말끝에

"죽게 된 건 내 잘못이구, 살려주신 건 두령의 은덕입니다. 나를 낳아준 이두 부모요, 나를 살려준 이두 부모라니 두령은 곧 나의 부모신데 내가 정신을 차리구서야 먼저 와서 보입지 않을 길이 있습니까."

서림이가 나직나직 말하는데 말소리는 약하나 말하는 것은 똑똑하였다. 막봉이가 머리를 몇번 끄덕끄덕하고

"보아하니 몸이 괴로운 모양이니 어서 저 사람을 따라가서 편히 쉬우."
하고 말한 뒤 작은 손가가
"인제 고만 가십시다."
하고 서림을 다시 부축하고 나갔다.

　서림이가 손가의 집에 와서 후대를 받으며 수일 조리하는 동안에 작은 손가에게서 청석골 이야기를 많이 들었다. 늙은 두령 하나와 젊은 두령 넷이 위에 있고 그 아래 두목과 졸개가 사오십명이 있어서 송도의 포도군사들이 근처에 와서 어른대지 못하고 사방 십리 안에 있는 동네들은 모두 청석골에 매여 지내는데, 그중에 탑고개와 양짓말과 구룡동 같은 동네는 젊은　● 겨끔내기 서로 번갈아 하기.
두령들이 겨끔내기로 나와서 돌아 들어가기도 하고 간혹 묵어가기도 한다고 하였다. 서림이가 청석골 이야기를 꼬치꼬치 파물어보는 중에 평양서 올 진상 물건을 적당에게 가르쳐줄 생각이 나서 작은 손가더러
"나를 적굴에 좀 데리구 갈 수 있소?"
하고 물으니 작은 손가는 고개를 외치며
"구경 못 가십니다."
하고 거절하였다.
"구경가자는 것이 아니오."
"그럼 입당하실 생각이 있습니까?"
"두령들이 허락한다면 입당해두 좋소."

"상주 같으신 분이 적당에 입당하실 리가 있나요? 실없는 말씀이지."

"실없는 말이 아니오. 나두 오늘날 신세가 헐수할수없이 되었소."

하고 서림이가 경기도서 포흠 지고 죽을 뻔한 일과 평안도서 작죄하고 도망한 일을 대충대충 이야기하였다.

"참말 입당하시렵니까?"

"두 번 다질 것 없소."

"내가 먼저 두령들에게루 청을 들여보내 보지요."

"내가 폐백을 가지구 가서 입당할 테니, 청할 때 미리 귀띔해 두시우."

"무슨 폐백인가요?"

"열 몫에 나누면 장자長者 열이 날 만한 큰 재물이 내 뒤에 있소."

"참말씀입니까?"

"거짓말 아니니 염려 마우."

"그 재물이 어디 있습니까?"

"청석골 두령들이 내 말만 들으면 그 재물이 어디 있든지 곧 청석골루 굴러들어올 게요."

"실상 까놓구 말씀이지 내가 청석골 작은 두목의 한 사람인데 늙은 오두령부터 다섯 두령이 다 나를 믿습니다. 내가 힘써 천거하면 입당은 어렵지 않습니다."

"말 듣기 전에 나두 다 짐작했소."

"청을 들여보내 본다구 말씀한 건 내가 먼저 한번 갔다오려구 한 것인데 뒤에 큰 재물을 가지구 오신 줄 알면 두령들두 좋아할 거니까 바루 나하구 같이 가십시다."

"큰 재물을 잡아오자면 하루라두 일찍 준비하는 것이 좋으니까 가기가 늦지 않거든 오늘이라두 같이 가십시다."

"지금이라두 가기는 늦을 것 없지만 산길을 걷기가 아직 어렵지 않으시까요?"

"염려 없소. 오늘 갑시다."

겨울해가 한낮이 훨씬 기운 때 서림이 작은 손가를 앞세우고 탑고개 동네서 나섰다.

산길을 잡아든 뒤로 큰 고개, 작은 고개를 패어 넘는데 기어오를 비탈이며 뛰어건널 구렁에서 서림이는 현기가 나서 손가에게 손 붙들린 것이 한두 번이 아니었다. 적굴은 아직 보이지 않고 해는 얼마 남지 아니하였을 때 서림이가 앞서가는 손가를 불러세우고

"앞으루 몇 리나 남았는지, 어둡기 전에 들어가겠소?"

하고 물으니

"인제 저 등갱이 하나만 넘으면 고만입니다."

하고 손가는 건너편에 있는 산잔등을 가리켰다. 서림이가 다리가 아파서 손가보다 훨씬 뒤떨어져 장등으로 올라오는데 장등 위에 난데없는 장정 두엇이 나타나서 먼저 올라간 손가와 한참 무엇을

지껄이더니 장정들은 어디로 들어가고 손가만 혼자 서서 서림이 올라오기를 기다리고 있었다.

"다리가 아프신 모양입니다그려."

"좀 쉬어갑시다."

"그러십시오."

"지금 나왔던 망꾼들은 어디 갔소?"

"망꾼인 줄을 어떻게 아셨습니까?"

"눈치가 빠르지 못하기루서니 그것쯤이야 짐작 못하겠소."

손가는 한번 빙그레 웃은 뒤에 눈 덮인 돌 하나를 찾아가서 손으로 눈을 쓸어버리며

"이리 오십시오."

하고 서림이를 불렀다. 서림이가 돌 위에 와 앉아서 쉬는 동안에 장등 아래에 저녁연기가 올라오는 것을 보고 장등 앞에 나와 서서 아래를 내려다보니 골 안에 집이 많이 들어앉았는데, 조금조금한 초가들은 말 말고 크고 작은 와가만도 예닐곱 채나 되었다.

"탑고개보다 크구려."

하고 서림이가 손가를 돌아보니 손가는 서림이 옆으로 나서면서

"배포가 크지요."

하고 대답하였다.

"집들이 깨끗한 게 모두 새집 같구려."

"새집들입니다. 전에는 저 안침에 있는 묵은 기와집 한 채뿐이었는데 올 봄부터 여름 가을 내처 역사를 했습니다."

"목수, 미장이 같은 장색*들은 난데서 불러다 쓰우?"
"저 묵은 기와집 사랑채 세울 때는 난데 장색을 불러다 썼지만 졸개들이 많이 모인 뒤루는 졸개 중에 목수가 없나요, 미장이가 없나요, 대장장이, 기와장이 갖은 장색이 다 있어서 가을에 도회청 지을 때는 난데 장색 하나두 쓰지 않았습니다."
"한복판에 있는 그중 큰 기와집이 도회청이오?"
"네, 원채가 도회청이구 좌우 옆채는 길두령하구 배두령하구 각각 한 채씩 씁니다."
"오두령이란 이는 저 묵은 집에 있소?"
"네, 그 집에 박두령하구 같이 있습니다."
"작은 기와집들은 사람 거처하는 집이 아니오?"

● 장색(匠色)
손으로 물건을 만드는 일을 업으로 하는 사람.

"네, 곳간들입니다. 군기 두는 군기고두 있구, 군량 두는 군량고두 있구."
"초가는 모두 졸개들의 집이구려."
"네, 두목과 졸개의 살림하는 초막들입니다."
"졸개들 중에 처자 데리구 살림하는 사람이 많소?"
"처자 있는 사람이 반이 못 될 겝니다."
"길두령 배두령은 도회청 옆채에 있구, 오두령 박두령은 묵은 집에 있으면, 쇠도리깨 쓴다는 곽두령은 어느 집에 있소?"
"곽두령의 처소는 뒷고개 넘어가서 외따루 있습니다."
"파수 보러 나가 있소?"

"아니요. 그 두령은 우는 어린애하구 비각이라, 말하자면 어린애 피접 가 있는 셈입니다."

"어린애 울음소리를 들으면 미친다니까 피접두 용혹무괴요."

"지금은 전에 대면 나은 셈이라는데, 그래두 어린애 울음소리를 들으면 잠두 못 자구 밥두 못 먹는답니다."

"그래 혼자 가서 끓여먹구 있소?"

"아니요. 수청 드는 아이놈두 있구 심부름하는 졸개들두 있지요. 그러구 조석은 오두령 집에서 날라다 먹는답디다."

눈 위의 찬바람이 앞으로 안기어서 서림이가

"어, 칩다."

하고 몸을 오므려들이니 손가가

"치운 데 섰느니 아래루 내려갑시다."

말하고 곧 서림이와 같이 장등에서 내려왔다.

청석골 적굴의 대소사는 다섯 두령이 같이 의논하여 결처하되 늙은 오가가 연치, 이력, 언변으로 괴수 격이 되어서 의논을 조정하고 결처를 좌우하는 일이 많았다. 서림이가 손가에게서 내막 이야기를 듣고 먼저 오가를 가서 보자고 말하여 작은 손가는 그 말을 좇아서 도회청을 들르지 않고 지나가다가 도회청 길목에서 길막봉이가 박유복이와 같이 나오는 것을 만났다. 손가가 유복이와 막봉이에게 인사하는 중에 서림이는 막봉이 앞에 나가서 하정배하듯이 허리를 굽히고

"지금 보이러 오는 길입니다."

하고 공손히 인사하였다. 막봉이가 서림이의 말에는 대답 않고
"이 사람이 요전 보따리 임자요."
하고 유복이를 돌아보고 유복이는 서림이를 본체만체하고
"생소한 사람을 어째 데리구 왔나?"
하고 손가를 바라보았다.

손가가 서림이를 한옆에 갖다 세우고 와서 박유복이와 길막봉이를 보고 서림이 뒤에 큰 재물이 있다는 것을 이야기하였다.
"두령들이 자기 말만 들어주면 한 달 안에 청석골루 가져온다구 장담합디다."
"그 장담이 허풍인지 누가 아나? 그 말이 나는 어째 곧이들리지 않는데."
"한 달 동안 속는 셈 잡으면 되지 않소."

막봉이와 손가의 수작하는 말을 유복이는 듣고 있다가 손가더러
"자네 말두 유리하니까 어디 의논해보세."
하고 말하였다.
"지금 어디루 가시는 길입니까?"
"집으루 가는 길일세."
"길두령두 같이 가십니까?"
"같이 가네."
"나두 저 사람 데리구 따라가겠습니다."

손가는 곧 서림을 불러서 박유복이에게 인사를 시킨 뒤에 박유

복이와 길막봉이의 뒤를 따라 오가의 집으로 왔다. 손가가 서림이를 사랑 바깥마당에 세우고 먼저 사랑에 들어가서 오가를 보고 다시 서림의 일을 이야기하니 오가가 박유복이와 길막봉이를 돌아보며

"우리 그자를 불러서 말을 한번 자세히 들어보세."

말하고 곧 손가더러 불러들이라고 일렀다. 서림이가 사랑에 들어와서 오가에게 절인사하고 무릎을 꿇고 앉으니 오가가 편히 앉으라고 말하고 나서 바로

"노형 뒤에 큰 재물이 있다니, 그 재물이 지금 어디 있소?"

하고 물었다.

"차차 말씀하오리다."

"차차 말한다구 사람이 갑갑증이 나게 하지 말구 얼른 이야기 좀 하우."

"그 재물이 지금은 평안 감영에 있습니다. 그러나 섣달 보름 안에 서울루 올라옵니다."

"그 재물이 평안 감영 상납이오?"

"아니올시다. 평안감사가 위에 진상하는 재물입니다."

"감사가 위에 바치는 재물이 상납이 아니면 무어요?"

"상납 외에 따루 진상하는 재물입니다."

"따루 진상하는 것이면 토지소산 아니겠소. 소산에 무슨 귀중한 물건이 있기에 열 뭇에 나눠두 장자 열이 난다구 말했소?"

"장자 열이 난다구 말한 것두 줄여 말한 폭입니다."

서림이가 평안 감영에서 진상 올 물건을 이야기하는데, 정신 좋게 물건 가지를 자세히 말하니 방안 사람들이 다 눈을 둥그렇게 뜨고 서림이의 이야기를 들었다.

저녁밥이 되었을 때 오가와 박유복이가 길막봉이를 붙들어서 셋 겸상으로 내다 먹고 서림이는 손가와 겸상하여 윗간에서 먹는데 겸상 반찬이 셋 겸상과 별로 층하가 없었다. 이날 밤에 오가가 밤참으로 술상을 차리게 하고 서림이의 이야기를 듣게 하려고 배돌석이와 곽오주까지 마저 청하여 왔다. 술 먹을 때 서림이만은 다섯 두령과 한상에서 먹게 되었는데, 서림이가 술 먹기 전까지는 여러 두령의 눈치를 살피며 말을 재작하여* 아는 것도 모르는 체하였으나 술이 거나하게 취한 뒤로부터 아는 것은 고사하고 모르는 것까지 아는 체하고 기탄 없이 지껄이었다. 서림이의 말이 천문지리, 의약복서에 막히는 것이 없는 것을 보고 오가는 좋아하고 박유복이는 공경하고 길막봉이와 배돌석이는 놀라워하였으나, 곽오주만은 좋아도 않고 공경도 않고 또 놀라워도 하지 않았다. 밤이 이슥하여 술자리가 파한 뒤에 곽오주는 장등을 넘어가고 길막봉이와 배돌석이는 도회청으로 내려가고 박유복이는 안으로 들어가고 오가만 남아서 서림이와 손가를 데리고 자는데, 손가는 윗간에 자게 하고 서림이는 자기와 같이 아랫간에서 자게 하였다.

이튿날 아침 후에 다섯 두령이 도회청에 모여서 두 가지 일을 의논하게 되었는데, 한 가지는 평양서 오는 진상봉물을 빼앗을

● 재작(裁酌)하다
자기의 생각과 판단에 따라 일을 처리하다.

일이요, 또 한 가지는 서림이를 도당에 가입시킬 일이었다. 진상 봉물은 빼앗기로 의논이 일치하여 결말을 쉽사리 지었으나 서림이의 입당은 곽오주가 찬동하지 아니하여 낙착이 용이하게 나지 않았다. 전날 길막봉이가 탑고개에서 들어왔을 때 서림이가 임꺽정이 팔던 것을 이야기하여 곽오주는 듣고 괘씸하게 치부한 까닭에 서림이를 입당시키지 못한다고 고집을 세우게 된 것이었다. 오주가 사돈의 사촌을 들추면서 고집 세우는 것을 오가가 보고

"여게 곽두령, 내 말 좀 듣게. 서씨가 거짓말한 것은 나두 잘했다구는 생각하지 않네만, 사내자식이 길 나설 때 갓모 하나, 거짓말 하나는 가지구 나서야 한다네. 일시 해버린 거짓말을 가지구 그렇게 미워할 거 없지 않은가."

하고 너털웃음을 내놓으니 오주는 잠시 눈을 끔벅끔벅하다가

"거짓말두 쓸 거짓말이 있지만 서가의 거짓말은 못쓸 거짓말이오. 우리게 와서 우리 형님을 파는 놈이 천하에 뻔뻔한 놈 아니오?"

하고 다시 고개를 설레설레 흔들었다.

"우리가 임장사와 친한 줄을 알았으면 그런 거짓말을 할 리가 있나."

"그러면 꺽정이 형님을 왜 끌어댔단 말이오?"

"천하장사 임꺽정이 이름을 내세우면 길두령이 질끔할 줄 알았던 게지."

"그러니까 더 고약하지 않소."

"글쎄 자네 말이 틀린 말은 아니지만 자네 좀 생각해보게. 지금 우리 중에 꾀를 낼 줄 아는 모사謀士가 하나도 없지 않은가. 거기는 서씨가 아주 안성맞춤일 것 같으니 두말 말구 입당시키세."

"졸개루 입당시킬 테요?"

"우리가 모든 일을 같이 의논할 사람인데 사람 대접이 있지, 어떻게 졸개루야 입당시킬 수 있나."

"그럼 우리 도회청 모듬에 넣을 작정이오? 그건 당초에 안 될 말이오. 들일라면 졸개루나 들이시우."

"본래 군중에는 장수두 있구 모사두 있는데 장수들이 모사를 졸개 대접하는 법은 전고에 없네. 여보게, 생각해 보게. 졸개 대접을 해서야 좋은 꾀를 낼 리가 있나."

● 간나위
간사한 사람이나
간사한 짓을 낮잡아 이르는 말.

"도둑질해먹는 데 장수는 무어구 모사는 무어요?"

막봉이와 돌석이가 곽오주의 말을 나무랄 뿐 아니라 유복이까지 곽오주를 타일렀건만 오주는

"형님두 간나위˚에게 속으시우. 서가가 웃을 때 눈을 살살 감는 걸 보지 못했소?"

하고 전에 잘 듣던 유복이의 말도 듣지 않고 내처 고집을 세웠다. 나중에 오가가 곽오주의 고집을 졸연히 꺾기 어려울 줄 알고 자리에 나앉아서 서림의 입당은 진상봉물을 빼앗은 뒤에 다시 의논하자고 말하니 그 말에는 곽오주도 찬동하였다.

서림이가 오가의 집에서 숙식하면서 평양 진상봉물 뺏을 꾀를 오가와 박유복이에게 말하여 미리미리 준비를 시키는데, 평양서 떠나오는 인마 수효와 노정 일자를 먼저 알고 있으려고 졸개들 중에서 눈치 빠르고 걸음 잘 걷는 사람을 대여섯 명 뽑아서 섣달 열흘께까지 하루 한 사람씩 평양길로 떠나보내되, 어디서든지 평양 진상봉물이 오는 것을 보거든 그날 숙소참만 알고 곧 돌아서 밤 도와 오라고 일러 보내게 하였다. 마지막 졸개를 떠나보내던 날 서림이가 오가를 보고
"인제 중요한 일을 한 가지 작정할 것이 있습니다."
하고 말하여 오가가
"중요한 일이 무엇이오?"
하고 물었다.
"봉물을 뺏으려면 뺏을 자리를 작정해야 하지 않습니까."
서림이는 미리 생각한 일이 있는 어취로 말하는데
"뺏을 자리라니 무슨 말이오?"
오가는 괴이쩍게 여기는 눈치를 보이었다.
"평양 쪽으루 가서 지키든지 서울 쪽으루 가서 지키든지 자리를 골라놓아야 뺏을 계책이 생기지 않습니까."
"탑고개 앞뒤를 지키구, 고개에서 뺏으면 되지 않소."
"탑고개루 올는지 숫돌고개루 갈는지 그것두 아직은 모르지만, 탑고개루 온다구 잡드래두 탑고개는 자리가 신통치 못합니다."

"탑고개가 자리가 신통치 못하다니 별소리를 다 듣소."

"탑고개 자리 된 품이 옴치구 뛸 데가 없어서 도망질칠 사람두 도망질을 치지 못하구, 죽을 작정하구 대들기가 쉽습디다. 그래서 촌 장꾼이나 단출한 행인을 세워놓구 떨기는 십상 좋지만 큰 행차나 다솔 일행을 막아놓구 떨기는 좋지 않을 듯합디다. 이번 평양서 오는 일행이 짐꾼들만 올 리는 만무한 일이구 군관들이 영거領去하구 올 것인데, 좁은 자리에서 군관들과 맞닥뜨려 접전이 나면 이편저편에서 사람이 많이 상할 것 아닙니까. 접전에 이기구 진상봉물을 뜰어온 뒤에는 아무 탈이 없겠느냐 하면 그렇지두 못할 것 같습니다. 탑고개에서 일이 났다 하면 그 지목이 대번 청석골루 돌아올 것이니 셋줄 좋은 김명윤이가 들똘같이* 서울에다가 기별해서 관군을 몇백명

• 들똘같이
조금도 지체하지 않고.

이나 몇천명 풀어서 청석골을 치게 하면 큰 탈 날 것 아닙니까. 사람을 상하지 않구 뒤탈을 당하지 않으려면 탑고개 외에 다른 자리를 고르는 것이 좋을 줄루 압니다."

"말을 듣구 보니 그럴 듯두 하우. 자리를 고른다면 어디가 좋겠소? 생각한 곳이 있거든 말씀하우."

"평양 쪽으루 가서 지킨다면 총수산葱秀山 속두 좋구, 동선령 새남 사이두 좋구요. 서울 쪽으루 가서 지킨다면 임진나루 못미처두 좋구, 혜음령 턱밑두 좋습니다."

"너무 멀리 나간다면 되려 비편한 일이 많을 테니 송도와 평산 중간에서 자리를 고르는 것이 어떻겠소?"

"자리가 여기서 가까울수록 지목을 받기 쉬우니까 그건 생각해 하십시오."

"오늘 여러 두령을 모아가지고 의논해보리다."

오가가 다른 두령들과 자리를 의논해본즉 박유복이 한 사람 외에는 모두 탑고개를 주장하여 마침내 결정을 짓지 못하고 오가가 다시 서림을 보고 탑고개 주장이 많은 것을 말하니 서림이는 고개를 가로 흔들며

"아무리 주장하는 사람이 많드래두 탑고개는 신통치 못합니다."

하고 말하였다.

"노형 말을 들은 뒤엔 내 맘에두 신통치 못해서 자리를 작정 않구 고만두었소."

"여기서 가까운 평산이나 금교에 그 일행이 와서 숙소하거든 그 숙소에서 뺏어오면 어떻겠습니까?"

"숙소에 가서 뺏기가 어디 쉽소?"

"숙소에 가서 뺏기루 작정만 되면 좋은 꾀가 날 겝니다."

"좋은 꾀가 있거든 말씀하우."

"낭패없이 뺏어올 꾀는 제가 목 벨 다짐하구 맡을 테니, 다른 두령들이 딴소리나 못하두룩 해주십시오."

"글쎄, 곽두령 같은 사람이 공연히 고집을 세울는지 모르지만 박두령하구 둘이서 힘을 써보리다."

오가와 박유복이는 서림의 말을 좇아서 평양 진상봉물을 가까

운 숙소에 가서 꾀로 뺏어오자고 다른 두령들과 합의하였다.

2

섣달 초생에 평안 감영 예방비장은 서울 보낼 세찬을 분별하느라고 여러 날 동안 분주하였다. 세찬 보내는 곳이 많아서 초궤˙와 꿀항아리만 서너 짐이 되고 이외에 또 초피, 수달피, 청서피 같은 피물이며, 민어, 광어, 상어 같은 어물이며, 인삼, 복령茯笭, 오미자 같은 약재며, 면주綿紬, 면포綿布, 실, 칠漆, 지치〔紫草〕, 부레〔魚鱐〕 같은 각색 물종이 적지 않아서 세찬이 모두 대여섯 짐이 되는데, 여기다가 상감과 중전께 진상하는 물건과 세돗집에 ● 초궤 궤짝. 선사하는 물건을 함께 올려보내자면 봉물짐이 굉장하였다. 세찬을 다 봉해놓은 뒤에 예방비장이 감사께 들어가서 세찬봉물 끝마친 사연을 아뢰니 감사가 고개를 끄덕이고
 "인제 일간 곧 올려보내도록 해보세."
하고 말하였다.
 "진상봉물두 함께 올려보내시렵니까?"
 "그럼, 함께 보내려구 두지 않았나."
 "소인의 생각에는 따루 올려보내시면 좋을 것 같소이다."
 "어째서 따로 보내는 것이 좋을까?"
 "함께 보내시면 봉물짐이 너무 굉장할 듯합니다."
 "굉장하니 어떻단 말인가?"

"남의 이목에 어떨까 생각합니다."

"남의 이목에 어떻단 말이야."

감사의 언사가 불쾌스럽게 나오니 예방비장은 허둥지둥하며

"아니올시다."

하고 말하였다.

"무에 아니란 말이야. 사람이 말을 좀 똑똑히 하게."

"중로에 적변 같은 것이 염려스러워서 말씀이올시다."

"따루따루 보내면 적변이 염려스럽지 않은가?"

감사의 반문하는 말에 예방비장은 대답을 못하고 한참 동안 손만 비비고 섰다가

"봉물짐이 굉장하오면 더 염려스러울 듯하외다."

하고 부드러운 목소리로 말하였다.

"누가 짐꾼들만 보낼세 말이지. 군관들 시켜 영거해 보낼 텔세."

"진서위鎭西衛 여맹˚ 김양달金良達이가 맨주먹으루 호랑이 잡은 장사랍니다. 그런 장사 시켜 영거해 보내시면 작은 도적들은 염려 없을 듯하외다."

"그런 손이 좋겠지. 그 손이 사람이 어떤고? 여직˚을 부르라게. 좀 자세히 물어보세."

"여직을 지금 곧 부르랍십니까?"

"다시 물어볼 것 무어 있나."

"황송하오이다."

예방비장이 감사 앞에서 물러나간 지 한 식경쯤 지난 뒤에 진 서위 여직이 불려들어와서 선화당 대청에서 문안하는데, 감사가 방으로 들어오라고 말하여 방 윗간에 들어와 양수거지하고 섰다.
　"여맹 김양달이가 장사라지?"
　"녜, 용맹이 놀랍소이다."
　"사람은 어떤고? 성실하냐?"
　"나이 아직 젊은 까닭에 주색이 과합네다."
　"이번에 진상봉물을 영거해 보내려 했더니, 사람이 그러면 시원치 못하군."
　"그런 중난한 일을 혼자 맡기는 좀 어려울 것 같소이다. 그러나 누구든지 데리구 가며 단속하면 탈이 없을 줄 압네다."

● 여맹(勵猛)
조선시대에 둔, 정팔품 토관의 무관 벼슬.
● 여직(勵直)
조선시대에 둔, 정구품 토관의 무관 벼슬.

　여직이 서울 가보고 싶은 눈치로 말하는 것을 감사는 알지도 못하며
　"그러면 잘 알겠다."
하고 고개를 끄덕끄덕하였다. 감사가 얼마 동안 다른 수작 하다가 여직을 내보내고 다시 예방비장을 불러서 봉물짐 영거해갈 사람을 상의하다가
　"누구누구 할 것 없이 자네가 김양달이 데리고 갔다오면 어떻겠나?"
하고 물으니 예방비장은 서울 집에 다녀오는 맛에
　"사또껩서 갔다오랍시면 갔다옵지요."

하고 대답하였다.

"워낙 자네가 가면 세찬들 분전하는 데도 좋겠네."

"그건 이곳 사람보담 좀 낫겠습지요."

"폐일언하고 자네가 영솔하고 가도록 준비하게."

하고 감사가 분부하여 예방비장은 곧 서울 갈 준비를 차리게 되었다.

봉물짐 중에 보물상자 같은 드다루기 조심스러운 것과 꿀항아리 같은 짐 만들기 거북한 것만 짐꾼에게 지우고 그 나머지 봉물과 길양식은 다 말에 싣게 되었고, 영거하여 갈 사람으로 김양달이는 저 하나면 족하다고 장담을 하였지만 마침내 건장한 장교들을 뽑아서 데리고 가게 되었다. 이것은 예방비장이 감사께 취품하여 정한 것이었다. 길 떠날 준비는 섣달 초이렛날 다 되었으나 팔일은 파일破日이자 또 불의출행 일이라 하루 지나서 아흐렛날 예방비장이 일행을 영솔하고 평양서 떠났다. 일행에 사람은 예방비장과 김양달을 수에 넣지 않고 장교 다섯, 말꾼 넷, 짐꾼 셋, 마부 하나 도합 열셋이고, 말은 복마卜馬 네 필 외에 예방비장의 부담마 한 필까지 모두 다섯 필이었다. 일행이 첫날은 평양서 늦게 떠난 까닭으로 겨우 오십리 중화中和 와서 숙소하고, 이튿날은 황주서 중화하고 봉산 와서 숙소하였다. 동지섣달 짧은 해에 구십리 길을 온 까닭에 짐꾼, 말꾼들이 저녁밥 먹고 바로 쓰러진 건 말할 것도 없고, 타고 온 예방비장도 종일 얼었던 몸이 녹으며 졸음이 와서 저녁밥도 변변히 먹지 않고 누우며 곧 코를 골았다. 예

방비장과 같이 사첫방에 들어 있는 김양달은 혼자 봉물짐짝을 의지하고 앉아 있다가 방 밖에서 누가

"이런 달밤에 술 한잔 먹었으면 좋겠다."

하고 혼잣말하는 것을 듣고 술 생각이 불현듯이 나서 방문을 고이 열고 밖으로 나오니 마당에서 달을 치어다보던 젊은 사내가 앞으로 가까이 와서

"손님, 어째 안 주무십니까?"

하고 물었다.

"자네가 이 객주에 있는 사람인가?"

"네, 객주 주인의 동생이올시다."

"지금 술 먹구 싶다구 말한 사람이 자네지?"

"혼자 지껄인 소리를 들으셨습니다그려."

"자네가 술을 잘 먹나?"

"웬걸, 잘 먹을 줄두 모릅니다."

"여기 술 파는 집이 몇 집이나 되나?"

"술 파는 집은 여러 집이올시다."

"큰애기가 술파는 집두 있겠네그려."

"큰애기 술장수는 없습니다만 젊은 여편네 술장수는 더러 있습니다."

"이쁜 술장수 있는 집으루 나를 좀 데려다 주게. 그러면 자네두 술 한잔 줌세."

김양달은 객주 주인의 동생을 데리고 술집에 가려고 객줏집 문

● 분전(分傳)하다
물건 등을 여러 곳에 나누어 전하다.
● 불의출행(不宜出行)
그날의 운수가 먼길을 떠나기에 적당하지 아니함.

밖에까지 나왔다가 곤히 자는 예방비장을 믿고 갈 수 없는 생각이 나서 다시 들어와 큰방 문을 열고 짐꾼, 말꾼들이 가로세로 쓰러진 옆에 따로 떨어져 누워 자는 장교들을 소리질러 깨웠다.

"어느새 무슨 잠들이야? 내가 잠깐 밖에 나가 돌아다니다 올 테니 그동안 사첫방 좀 살펴라."

"예방 나리두 같이 나가십니까?"

"벌써부터 정신 모르구 주무신다."

"소인들이 번갈아가며 일어앉았겠습니다."

장교들의 말을 듣고 김양달은 마음을 놓고 객주 주인의 동생을 앞세우고 술집을 찾아왔다. 머리에서 기름내나는 술장수 계집이 옆에 와서 부니는 바람에 부어라 먹자, 부어라 먹자 하고 술을 부어주는 대로 받아먹었다. 술 먹는 동안에 객주 주인의 동생이 잠깐 밖에 나갔다 온다고 나가서 들어오지 않는데, 김양달은 술장수 계집과 농탕을 치느라고 사람 없는 것을 해롭지 않게 여기어 찾지 아니하였다. 김양달이 술을 실컷 먹은 뒤에 몸에 지니고 나온 상목으로 술값을 놓고 술집에서 나와서 길을 휩쓸며 객주로 돌아나오는 중에 앞길에서

"이놈아!"

"도둑놈아!"

하고 고성치는 소리가 나서 취중에도 정신을 차리고 앞을 내다보니, 사내 하나가 멀지 아니한 골목길로 뛰어들어가는데 뒤에서 쫓아오는 여러 사람이 장교들인 것 같았다. 김양달이 봉물 생각

이 나며 정신이 번쩍 나서 쏜살같이 골목길로 쫓아가서 도망하는 사내를 몇간 안에서 붙들었다. 김양달이 처음에 도적의 저고리 뒷고대를 움켜잡았더니 도적이 몸을 틀어 빼치려다가 못 빼치고 칼손질로 김양달의 고대˚ 잡은 팔을 번개같이 후려쳤다. 김양달이 비록 술이 억병 취하였더라도 손에 잡은 도적을 협협하게 놓칠 사람이 아니라

"이놈 봐라, 하룻강아지 범 무서운 줄 모르구. 이놈아!"
하고 얼른 고대 잡았던 손으로 도적의 팔목을 잡아 뼈가 으스러지라고 꽉 쥐니 도적의 입에서

"아이구, 아이구."

• 고대 옷깃의 뒷부분.

소리가 줄달아 나왔다.

"이놈, 인제는 영문을 좀 알겠느냐?"

"아이구, 살려줍시오. 죽을 때라 잘못했습니다."

도적의 말소리가 귀에 설지 아니하여 김양달이 괴이쩍게 생각하고 다른 손으로 도적의 고대를 뒤로 젖혀서 달 아래 얼굴을 보니 도적은 다른 사람이 아니고 곧 객주 주인의 동생이었다.

"아 이놈, 네가 도둑놈이냐?"
하고 말할 때 장교들이 그제사 쫓아왔다.

"김여맹 나리십니까?"

"나리가 잡으시길 잘했습니다. 하마터면 놓칠 뻔했습니다."

"이놈이 봉물짐 한 짝을 훔쳐냈습니다."

"봉물짐은 어디 있느냐?"

하고 김양달이 급히 물으니 한 장교가 앞으로 나서며

"소인이 마침 일어앉았다가 수상한 기척을 알구 뛰어나와 보니 이놈이 벌써 봉물짐 한 짝을 어깨에 메구 대문 밖으루 나가겠지요. 그래서 소리를 지르구 쫓아나오니까 이놈이 짐짝을 내버리구 도망질을 쳤습니다."

"짐짝을 잃지 않았으니 다행이다."

"소인까지 마저 잠이 들었드면 큰일날 뻔했습니다."

"이놈이 객주 주인의 동생이란다. 객주루 끌구 가자."

김양달이 도적을 장교들에게 내맡기고 장교들의 앞을 서서 객주에 와서 보니 대문 밖에 짐꾼, 말꾼들이 웅긋중긋 나오는데 객주 주인도 그 틈에 끼여 섰다. 김양달이 장교들을 돌아보며

"형놈두 도망하지 못하게 잡아놔라."

이르고 사첫방으로 들어왔다. 앉아 있는 예방비장이 김양달이 들어오는 것을 보고도 말 한마디를 아니하여 김양달은 주저주저하고 섰다가 자리에 펄썩 주저앉아서 예방비장의 찌푸린 상을 바라보며

"놀라셨지요?"

하고 먼저 말을 붙였다.

"여보게 김여맹, 밤중에 어디 갔다왔나?"

"잠깐 밖에 나갔었습니다."

"장교들의 말을 들으니까 초저녁에 나갔다는데. 지금 정밤중이 지났는데 무슨 놈의 잠깐이 그런가."

"잠깐 밖에 거닐러 나갔다가 술집에 들어가서 술잔 먹느라구 좀 지체가 되었습니다."

"떠날 때 사또께서 무어라고 분부하시든가. 이번에 잘 다녀오면 술을 싫도록 먹여줄 테니 서울 가는 동안 술을 끊으라구 분부하시지 않았나. 사또 분부를 하루 동안에 잊어버렸단 말인가."

"잘못됐습니다. 이 앞으루는 다시 안 먹겠습니다."

김양달은 망건 귀를 긁죽긁죽하며 다시 이어서

"아주 맹세를 치오리까? 서울 땅 밟기 전에 다시 술을 먹거든 제 얼굴에 침을 뱉으십시오."

하고 말하였다.

"어디 보세."

"녜, 두구 보십시오."

"도둑놈은 잡아왔나?"

"녜, 잡아왔습니다. 그놈이 객주 주인의 동생놈이랍니다."

"형제놈이 배가 맞아가지구 같이 했는지두 모르겠군."

"혹시 그럴는지 몰라서 형놈까지 잡아놔두라구 일렀습니다."

예방비장이 객주 주인 형제를 잡아들여서 매질하여 문초를 받아보니 동생이 술과 노름을 좋아하여 형이 해준 살림을 세번째 떨어마치고 처자는 처가로 보내고 저 한몸만 형에게 와서 얹혀 있는 위인인데, 봉물짐이 굉장한 것을 보고 일시 불량한 마음이 나서 형도 모르게 한 짓이 분명하므로 형은 놓아주고 동생만 본관本官 맡겨 치죄시키려고 결박하여 놓고 밤을 지내었다.

이튿날 식전 길 떠나기 전에 예방비장이 군수를 들어가 보려고 하다가 군수가 독감으로 앓아서 조사까지 폐하였단 말을 듣고 이방을 보자고 부르러 보냈다. 이때 봉산이방은 성이 배(裵)가니 황천왕동이의 장인 백이방이 사위 연좌로 이방이 떨어지며 곧 뒤를 받아 들어선 사람인데, 그 집이 쇠전거리 아래라 쇠전거리 위에 있는 백이방 집에서 동안이 멀지 않았다. 평양 장교가 이방을 부르러 길청에 왔을 때 이방이 마침 집에 나가고 없어서 평양 장교는 이방이 들어오기를 기다리지 못하고 길청에서 그 집 있는 곳을 배워가지고 집을 찾아 나오는데, 쇠전거리를 다 와서 어떤 사람을 보고

"배이방 집이 어디요?"

하고 물으니 그 사람이 곧 건너편 고샅을 가리키며

"저기 보이는 저 큰 집이오."

하고 가르쳐주었다. 평양 장교가 그 큰 집 앞에 와서 기웃거리다가 마당 쓰는 사람을 바라보고

"여보 여보, 나 좀 보우."

하고 부르니, 그 사람이 손에 비를 든 채 가까이 나왔다.

"여기가 배이방 집이오?"

"녜, 그렇소."

"이방상찰 집에 기시우?"

"녜, 기시우."

"평양 감영서 온 사람이 잠깐 보입잔다구 들어가 말씀 좀 하

우."

"아직 기침하실 때가 못 됐으니 좀 기다리시우."

"질청에 다녀나와서 다시 주무시우?"

"이방 내놓으신 뒤루 질청에 가시지 않소."

"이방을 내놓다니 무슨 소리요?"

"월전에 이방 내놓으신 걸 모르구 왔소?"

"아니 여보, 오늘 죽어서 어제 장사 지냈단 수작이오? 방금 내가 질청에서 다녀나가셨단 말을 듣구 왔소."

"배이방이 다녀나간 걸 잘못 듣구 오지 않았소?"

"아니 여기가 배이방 집이 아니오?"

"아니오, 여기는 백이방 집이오."

"아까 배이방 집이냐구 물으니까 그렇다구 하지 않았소?"

"백이방 집이냐구 묻는 줄 알구 그렇다구 했지요."

"떡 먹듯이 배이방 집이냐구 물었는데 백이방 집으루 들었다니 임자 귓구멍이 좀 덜 뚫렸구려."

"자기 말이 똑똑치 못한 건 생각 않구 남의 귀를 나무라우."

"임자의 귓구멍이 귓구멍이거나 창구멍이거나 그까짓 건 고만두구 여기가 전임 이방 백씨의 집이면 신임 이방 배씨의 집은 어디요?"

"배이방 집은 이 앞 쇠전거리 지나가서 물어보우."

"인제 잘 알았소. 어서 가서 마당이나 쓰우. 나는 가우."

평양 장교가 다시 고샅에서 나와서 쇠전거리 아래 배이방 집을 찾아가서 배이방을 보고 온 사연을 말한 뒤에 같이 나서서 객주로 왔다. 예방비장은 길 떠나기 바쁜 때 지체하였다고 장교를 꾸지람하는데, 쇠전거리 아래위에 사는 배이방, 백이방이 뒤섞인 것을 장교가 이야기하여 다른 사람들은 차치하고 예방비장까지 웃음을 참지 못하였다. 배이방이 예방비장 앞에 들어와서 문안한 뒤 예방비장은 지난 밤에 봉적 할 뻔한 것을 대강 이야기하고 잡아놓은 도적을 징치하여 달라고 부탁하니 이방이 대번에

"그런 놈을 징치하다뿐입니까. 소인이 맡아가지구 단단히 징치하두룩 하올 터이니 염려 말으십시오. 소인네 골에 옵셔서 그런 변을 당합신 일이 매우 황송하외다."

하고 선선히 부탁을 받았다. 예방비장이 옆에 있던 김양달을 돌아보며

"인제 고만 길을 떠나지."

하고 말하여 김양달이 사첫방에서 나와서 짐꾼, 말꾼을 불러내어 길 떠날 준비를 차리게 하였다. 짐꾼, 말꾼들이 짐짝 들어내는 것을 배이방이 보고 섰다가 예방비장을 보고

"저 많은 봉물을 영거합시구 청석골 같은 화적패 있는 곳은 지나갑시기 조심스러우시겠습니다. 숫돌고개루 돌아가시면 모를까 탑고개를 지나가시려면 아무쪼록 저녁때는 지나가지 마십시오. 화적이 저녁때 제일 잘 난다구 하옵디다."

하고 말하니 예방비장이 고개를 끄덕이며

"숫돌고개루 돌아갈 이야기두 있었지만 돌뿐만 아니라 길이

더 험하구 조심스럽긴 매일반이라 청석골루 가기루 됐네. 서흥瑞
興, 평산平山 숙소한 다음에는 금교역말이 대개 숙소참이 될 테니
까 청석골은 아침결에 지나가게 되겠지."
하고 대답하였다. 일행이 봉산서 떠나서 검수역말 와서 중화하고
서흥 와서 숙소하니 이날 길은 칠십리요, 서흥서 떠나서 총수산
중葱秀山中 중화하고 평산 와서 숙소하니 이날 길은 팔십리다. 평
산서 금교는 육십리요, 송도는 백여리니, 송도는 대처라 숙소하
기 좋지마는 짧은 해에 백여리를 참 대기도 어렵거니와 화적 나
는 청석골을 늦게 지나기 무서워서 예방비장은 다음날 숙소참을
금교역말로 작정하고 있는데, 평산 숙소에 들어서 저녁밥을 먹은
뒤에 김양달이 예방비장을 보고 　　　● 봉적(逢賊) 도적을 만남.

"내일 첫새벽 여기서 떠나서 금교역말 가서 중화하구 송도 가
서 숙소하면 숙소두 좋거니와 앞길이 가벼워지니 좋지 않습니
까?"
하고 의견을 말하니 예방비장은 들을 만하고 있다가
"송도 가서 숙소하면 서울을 하루 일찍 들어갈 수두 있지마는
송도 백리가 멀기두 하려니와 청석골을 늦게 지나가기 재미없
네."
하고 고개를 가로 흔들었다.
"화적은 백명 이백명이 나오드래두 제가 혼자서 능준히 담당
할 테니 염려 말구 가시지요."
"일 있는 것버덤 일 없는 게 좋으니까 작정하구 온 대루 내일

은 금교역말 가서 숙소하세."

"일이 있으면 제가 신명떨음이나 한번 해보지만, 무슨 일이 있겠습니까. 제 생각엔 내일 꼭 송도까지 갔으면 좋겠습니다."

"신명떨음하려구 위태한 걸 무릅쓸 까닭 있나? 내일 숙소참은 금교역말이니 딴소리 말게."

김양달이 예방비장과 수작할 때 사첫방 밖에서 방안 수작을 엿듣는 사람이 있었다. 장교 하나가 소변 보러 자는 방에서 나왔다가 사첫방 앞에 사람이 붙어섰는 것을 보고 살며시 가까이 오는데 그 사람이 홱 돌아서며 곧 나는 새같이 바깥 행길로 나가버렸다. 장교가 급히 뒤를 쫓아나와 보니 그 사람은 간 곳 없이 없어지고 술 취한 사람 두엇이 어깨동무하고 콧노래를 부르며 앞을 지나갔다.

"여보, 지금 여기서 사람 하나 나가는 것 못 보았소?"

"어떤 사람이 어디서 나갔단 말이오?"

"못 보았거든 고만두우."

"고만두라니 우리는 고만 갈 테요."

술 취한 사람들이 멀리 가기까지 장교는 사방을 돌아보고 섰다가 사첫방에 와서 사연을 말하니 예방비장이 장교를 보고

"그것이 아마 봉산 객주의 동생놈 같은 불량한 놈인 게다. 오늘 밤엔 우리두 잠을 설잘 게니 너희는 하나씩 번갈아가며 일어앉았거라."

이르고 그다음에 김양달을 돌아보며

"오늘 밤엔 봉산서처럼 밖에 나가지 말게."
하고 말하였다. 상하가 조심하여 무사히 하룻밤을 지내고 이튿날 해가 높이 돋은 뒤에 평산서 떠났다. 오조천吾助川에 와서 중화할 때 홍의역말 사람 두서넛이 짐꾼, 말꾼들과 같이 앉아 이야기하게 되었는데, 그중에 한 사람이 봉물짐이 저같이 굉장한 것을 처음 본다고 말하니 나이 젊은 짐꾼 하나가

"그까짓 것만 브구 굉장하다우? 속에는 천하 보물이 다 들었다우."
하고 자랑같이 말하였다. 그 사람이 비양스럽게 웃으면서

"평안도 사람들 다 살았구려. 등골들을 빼먹히구 무슨 수루 살겠소."
하고 말하는 것을 예방비장이 밖에 나왔다가 귓결에 듣고 곧 장교들을 불러서 그 사람을 잡아내어 매를 치는데 뒤에서 오는 행인 대여섯이 발을 멈추고 구경하였다. 평산서 엿듣는 사람을 뒤져 쫓은 장교가 행인들을 가까이 들어서지 못하도록 밀어내다가 그중에 두어 사람을 보고는 지난 밤 달빛 아래서 본 술꾼들의 모습을 생각하였다. 예방비장이 홍의역말 사람을 매 쳐서 내친 뒤에 금교역말 가서 숙소를 미리 잡으라고 장교 두 사람을 앞서 보내는데, 그 장교들이 행인들과 같이 오며 서로 지껄이는 중에 금교역말 와서 숙소 잡을 것까지 의논하게 되었다.

그 행인들이 좋은 객주 하나를 지시하마 하고 장교들과 같이 금교역말 와서 장터 끝에 있는 어느 집으로 끌고 왔다. 그 집은

술 파는 집이라 안에는 식구가 거처하는 방이 있고 밖에는 술청으로 쓰는 방이 있는데, 거처하는 방은 깨끗하고 술청으로 쓰는 방은 널찍하였다. 그 집 주인 내외는 처음에 객주로 빌려주기를 즐겨하지 않는데, 행인 중에 늙은 사람 하나가 친숙한 말씨로

"여게 이 사람들아, 하룻밤 동안에 술을 팔면 얼마나 팔 텐가. 이런 큰 행차에 객주루 빌려드리구 시중을 잘 들면 상급 나오는 것이 술 파는 데 대겠나. 자네들을 남달리 생각해서 우리가 일부러 뫼시구 왔으니 어서어서 방을 치우게. 그러구 우리가 오늘 밤에 술을 많이 팔아줌세."

하고 말하여 주인 내외는 비로소 저희가 건넌방 술독 옆에서 자기로 하고 안방도 내놓고 바깥방도 치웠다. 뒤의 일행이 다 온 뒤에 예방비장과 김양달은 안방에 들고 장교들과 짐꾼, 말꾼들은 행인들과 같이 바깥방에 들고 말들은 따로 마방집에 갖다 매고 봉물짐과 행구는 모두 안방 안에 들여쌓고 길양식은 조석 두 끼 거리를 떠내서 주인 주고 다시 묶어서 안방 밖에 놓아두었다. 이날 평산서 늦게 떠나고 오조천서 늦잠도린 까닭에 저녁밥을 먹고 났을 때 밤이 되고 달이 높이 올라왔다. 밤이 깊어져서 거의 삼경이나 되었을 때다. 전 같으면 짐꾼, 말꾼은 말할 것 없고 장교들도 천귀잠잠 잠들이 들었을 터인데 바깥방에서 떠들썩하게 지껄이는 소리가 안방에까지 들려서 김양달이 나와 보니 바깥방에 술판이 벌어져서 술사발이 이 사람 저 사람에게로 뻔찔 도는 중이었다. 김양달이 체모도 불고하고

'나두 한 사발 먹자.'

하고 들어앉고 싶은 것을 억지로 참고 장교들을 불러내서

"내일 식전 일쯔 떠날 텐데 자지 않구 술들을 처먹는단 말이냐? 술판 고만 치워라."

하고 일렀다. 김양달이 들어간 뒤에 장교 중에서

"우리 떠들지 말구 가만가만 먹읍시다."

말하는 사람도 있었지만 정작 술을 내던 행인들이 모두 흥이 깨어져서 고만 먹겠다고 주인을 시켜 술판을 치우게 하였다.

"우리 성주받이 구경이나 가세."

"뉘 집에서 성주를 받는다든가?"

"어물전 주인 살림하는 집 문 앞에 황토 펴놓은 것 보지 못했나?"

"황토를 펴놓았기루 꼭 성주를 받는지 어떻게 아나?"

"내가 아까 이 집 주인에게 물어봤네."

"이 집 안주인이 어딜 가구 없나 했더니 성주받이 구경갔네그려."

"우리 가보세."

하고 행인들끼리 지껄인 다음에

"성주받이 구경 안 가실라우?"

"우리 가서 무당년의 낯바대기나 보구 옵시다."

"자, 갑시다. 일어들 서시우."

하고 장교들을 끌었다. 행인 중에 늙은 사람 하나와 장교 중에 조

심 많은 사람 하나만 떨어지고 그 나머지 행인과 장교가 다 성주받이 구경을 가는데, 짐꾼, 말꾼 몇사람까지 함께 묻어 갔다. 늙은 행인이 남은 장교를 보고

"우리는 술이나 좀더 먹읍시다."

말하고 장교가 말리는 것도 듣지 않고 주인을 불러서 술을 가져오라고 일렀다. 주인이 술을 가져온 뒤에 장교는 한두 사발 받아 먹고 더 못 먹겠다고 누웠으나, 늙은 행인은 짐꾼, 말꾼을 자는 사람까지 잡아 일으켜놓고 술을 권하였다. 늙은 행인이 너무 기탄없이 떠드는 것을 보고 장교가

"떠드는 소리가 사첫방에 들리면 우리가 술 먹으며 떠드는 줄루 아시기가 쉬우니 너무 떠들지 마시우."

하고 말까지 하였건만 늙은 행인은

"녜녜."

대답만 하고 짓떠들어서 마침내 김양달이 떠드는 소리를 듣고 바깥방에를 다시 나오게 되었다. 김양달이 나오는 신발소리에 장교부터 눈을 감고 자는 체하고 짐꾼, 말꾼 중에는 자지도 않으면서 흉물스럽게 코까지 고는 사람이 있었다. 김양달이 바깥방 앞에 와서

"이놈들아, 왜 자지 않구 떠드느냐!"

하고 방문을 왈칵 열어젖히니 주인은 분주히 술푼주와 술사발을 한옆으로 치우고 늙은 행인은 얼른 일어나 문 앞을 향하고 서서

"황송합니다."

하고 허리를 굽실하였다.
"지금 떠든 사람들이 누구야?"
"저희들이 술잔간 먹으면서 지껄였소이다."
"장교들은 다 어디 갔노? 정녕 딴 데루 술 먹으러 간 게지."
"아니올시다. 성주받이 구경을 갔소이다."
"성주받이란 게 무슨 구경이야?"
"무당년들 뛰노는 구경입지요. 이 근방은 송도가 가까운 까닭에 송도물이 들어서 사람들이 대체루 신귀두 밝읍지요만, 무당들이 원청간 타도 무당과 다릅니다. 이 근방 무당년들이 소리하구 뛰노는 건 기생 가무를 제쳐놓구 구경할 만합니다."
 김양달이 늙은 행인의 말을 듣고 슬며시 성주받이 구경가고 싶은 마음이 나서
"구경들 간 데가 어디쯤인가. 여기서 가까운가?"
하고 물으니 늙은 행인은 한번 빙그레 웃고
"윗장터 어물전 집이올시다. 장구소리가 여기까지 들립니다. 가만히 들어보십시오. 저기 저 뚱땅뚱땅하는 소리가 거기서 오는 것입니다."
하고 귀를 기울이며 말하였다.
"이놈들이 밤늦도록 자지 않구 내일 길을 어떻게 갈라노. 그대루 내버려두면 언제까지 있을는지 모르지. 내가 가서 몰아와야겠군."
 김양달의 말이 입에서 떨어지자 늙은 행인이 곧 주인을 돌아

보며

"여보게, 자네 좀 뫼시구 갔다오게."
하고 말을 일렀다.
"손님들 주무시거든 구경갈라구 했드니 이왕 가면 아주 구경하구 오겠소."
"저 나리는 이곳 성주받이를 처음 구경하실 테니 잠깐이라두 구경 좀 잘 시켜드리게. 무당들 쉬일 때 젊은 년 하나 붙들어다가 노랫가락이나 한마디 시켜서 들으시두룩 하게."
"내 수루 어떻게 젊은 년을 붙들어내우?"
"주변없는 사람일세. 그 집 젊은 주인만 충동이면 대번 될 것 아닌가."
늙은 행인과 주인 사이에 수작하는 말을 김양달이 잠자코 듣고 섰다가 주인을 보고
"쓸데없는 소리 고만두구 나를 거기까지 데려다만 주게. 나는 장교를 불러가지구 곧 올 텔세."
하고 말하는데 주인이 대답하기 전에 늙은 행인이 나서서
"그러실 거 무어 있습니까. 기왕 가시면 한동안 구경하시다 오시지요."
하고 권하듯 말하니 김양달이 증을 내며
"내야 구경을 하든 말든 웬 참견이야!"
하고 늙은 행인을 무안 주었다.
김양달이 예방비장에게 말하고 나와서 주인을 앞세우고 성주

받이하는 집으로 간 뒤에 늙은 행인은 곧

"뒤보구 와서 잠이나 자야겠다."

혼잣말하고 밖으로 나왔다. 뒤보러 간다고 나온 늙은 행인이 쏜살로 주인한 집 뒷집에 와서 불 없는 방 하나를 열어보며

"여기들 있나?"

하고 말하니 방안에서 어느 사람이

"네, 여기 있습니다."

하고 대답하였다.

"가긴 갔네만 곧 올 모양이니 어떻게 하나?"

"우리두 지금 그런 줄 알구 공론하는 중인데 좋은 수가 있습니다."

"좋은 수가 무슨 수야?"

"잠깐 들어오십시오."

늙은 행인이 방안으로 들어간 뒤에 몇사람이 쑥덕공론하는 소리가 나더니 쑥덕공론이 끝나며 곧 늙은 행인은 도로 나와서 주인한 집으로 돌아왔다.

예방비장은 석후에 바로 잠 한숨을 잤지만 평산서 하룻밤 통이 잠을 설친 까닭에 잠에 취하여 김양달이 장교 부르러 가는 것도 꿈속만 여겼다가 어떻게 정신을 차리고 일어나서 봉물짐을 바라보고 앉아 있었다. 김양달이 오기 전에 또 잠이 와서 머리를 벽에 기대고 깜빡깜빡 조는 중에 얼굴에 찬바람이 훽 끼쳐서 눈을 언뜻 뜨고 본즉 방안에 사람이 들어서고 방문이 열리었다. 들어선

사람을 김양달인 줄만 생각하고

"문을 왜 열어놨어!"

하고 나무라다가 짚신감발한 것이 눈에 뜨이어서 그 사람의 얼굴을 치어다보니 낯모를 사내가 흥증맞게 웃고 서 있다.

"네가 웬 놈이냐?"

"아니꼽게 호령 말구 내 말 들어. 우리 대장이 할 말씀이 있다구 잠깐 오라시니 가세."

"대장이 누군데 나를 오란단 말이냐?"

"가보면 자연 알 테니 어서 일어나."

"가만있거라. 대님이나 좀 매구."

예방비장이 끌러놓은 대님을 찾는 체하고 슬며시 자리 옆에 놓아두었던 작은 환도를 찾아 쥐고 벌떡 일어서며 곧 칼날을 뽑아 앞으로 내밀면서

"이 도적놈아!"

하고 큰 소리를 질렀다. 그 사내는 미리 다 알고 기다린 것같이 슬쩍 대들어서 환도 쥔 팔을 잡아 환도를 뺏어버리고 품에서 긴 수건을 꺼내서 아갈잡이를 시키고 또 활시위를 꺼내서 뒷결박을 지웠다. 예방비장이 아갈잡이와 뒷결박을 안 당하려고 항거하였으나, 그 사내는 마치 허수아비나 어린아이를 다루듯 하여 항거하는 보람이 조금도 없었다. 예방비장이 주저앉아 일어나지 않는 것을 그 사내가 멱살을 잡아 일으켜세우더니 끌어안아서 방 밖으로 내놓으며

"어서 와서 끌구들 가자."
하고 말하였다. 봉당 구석에서 그 사내의 부하 네댓 놈이 우 하고 몰려나와서 예방비장에게 달려들었다. 앞에서 상투를 풀어잡고 끄는 놈에, 좌우에서 팔죽지를 끼어들고 끄는 놈에, 뒤에서 등덜미를 짚어서 미는 놈에 예방비장이 꼼짝 못하고 바깥 행길까지 끌려나왔을 때 바깥방에서 장교와 말꾼, 짐꾼 몇사람이 쫓아나왔다.

"이놈들, 웬 놈들이냐!"
장교의 고함치는 소리가 나고
"이놈아, 소리지르지 마라. 시끄럽다."
방에 들어왔던 사내의 꾸짖는 소리가 난 뒤에 바로 쿵 소리가 나더니
"아이쿠!"
하고 장교가 길바닥에 나가자빠졌다.
"이놈들, 모조리 동댕이를 쳐줄 테니 이리들 오너라."
하고 기세부리는 것은 그 사내요,
"아니올시다, 아니올시다."
하고 뒤를 빼는 것은 짐꾼, 말꾼들이었다. 늙은 행인이 대담하게 앞으로 나와서 예방비장을 가리키며
"이 양반을 무슨 일루 붙들어가우?"
하고 물으니 그 사내가 볼멘소리로
"상관없는 사람은 저리 가라구."

하고 늙은 행인을 한옆으로 떠다밀었다.
"떠다밀지 마우. 늙은 사람 자빠지우."
"잔소리 말구 얼른 저리 비켜!"
"당신이 운달산 박대장패의 젊은 두목 아니시우?"
"나를 언제 봤다구 운달산이니 박달산이니 하구 떠들어."
"내가 연전에 당신 손에 혼난 일이 있는데, 늙은 사람이 눈이 어둡기로서니 당신을 몰라보리까."
그 사내가 늙은 행인의 말을 듣고
"음."
하고 잠깐 생각하더니
"이 늙은 사람을 두구 가면 우리 종적을 가르쳐주기 쉽다. 귀찮지만 붙들어가지구 가자."
하고 부하에게 분부하였다. 늙은 행인이 예방비장 뒤에 붙들려오며 운달산 박대장패의 운자도 입 밖에 내지 않을 터이니 놓아달라고 그 사내에게 애걸하나, 그 사내는 검다 쓰다 말이 없었다. 예방비장은 늙은 행인의 말을 주워듣고
'늙은 사람의 말을 들으니 운달산 화적패가 분명한데 어째서 나를 잡아갈까. 나를 잡아다 놓구 봉물짐을 갖다 바치라구 할 셈인가?'
속으로 생각하고, 무섭기도 하고 춥기도 하여 벌벌 떨며 끌려갔다.

김양달이가 성주받이하는 집에를 와서 보니 남녀노소 구경꾼

들이 넓은 마당에 가뜩 들어섰는데 장교는 하나도 눈에 뜨이지 않았다. 데리고 온 객주 주인에게 찾아보라고 일러서 주인이 한두 사람더러 물어본 끝에 뜰아랫방에 들어앉았던 장교들을 불러냈다. 장교들은 같이 온 행인들의 주선으로 그 집 젊은 주인에게 주식酒食 대접을 받던 중이라 불려나올 때 어떤 장교는 입에 음식을 꺼귀꺼귀 씹으며 나왔다.

"일찍 자랬으면 잘 것이지 구경이 무슨 구경이냐! 내일 새벽길들을 어떻게 갈 테냐."

김양달이 책망하는 말에 여러 장교들은

"녜, 곧 가겠습니다."

"내일 첫새벽에 일어들 납니다. 염려 맙시오."

"나리께서 친히 부르러 오셨습니까. 황송합니다."

각인각색으로 대답하고 뒤를 따라나온 행인들과 그 집 젊은 주인을 돌아보며

"우리는 먼저 갈 테니 구경들 많이 하구 나중들 오시우."

"잘들 먹구 가우. 이다음 또 뵙시다."

하고 갈 인사들을 지껄일 때 젊은 주인이 김양달이 앞에 나와서 문안을 드렸다.

"저는 이 집 주인의 아들이올시다. 이왕 누추한 곳에 행차하셨으니 잠깐 들어앉으시지요."

"들어앉을 것 없이 바루 가겠네."

"술이나 떡이나 좀 잡숫구 가시지요."

"내가 술은 끊었구 떡은 즐기지 않네."

"돼지다리두 있구 쇠머리두 있습니다. 고깃점이라두 좀 잡숫구 가십시오."

김양달이 돼지고기를 즐기는 까닭에 속으로 침은 삼키면서 겉으로

"폐 끼칠 것 없네."

하고 말하였더니

"천만의 말씀이지 무슨 폐오니까."

젊은 주인이 청할 뿐 아니라

"금교 제일 부잣집에 폐 좀 끼치셔두 좋습지요."

"젊은 무당의 소리나 한마디 듣구 가시지요."

"그대루 가신다면 주인이 무안하여합니다."

행인들이 입을 모아 권하여서 김양달은 마침내 장교들을 돌아보며

"주인이 초면에 하두 정답게 하니 잠깐 들어앉았다 가는 게다."

말하고 젊은 주인이 지도하는 대로 제물상이 놓인 건너편 방에 들어와 앉아서 방문을 열고 무당들이 성주받이하는 것을 구경하였다. 젊은 주인이 주육상을 내다놓고

"변변치 못한 음식이나마 좀 잡수십시오."

권한 뒤에 곧 일어서서 나가더니 젊은 무당 하나를 끌어들여다 상머리에 앉히면서

"나는 아랫방 손님들을 좀 가봐야겠으니 네가 내 대신 이 손님

나리께 음식두 권하여 드리구 또 노랫가락두 한마디 들으시게 해라."

하고 아랫방으로 내려갔다. 장교들과 행인들과 객주 주인은 아랫방에서 술들을 먹고 김양달은 혼자 건넌방에서 무당을 옆에 끼고 돼지고기를 먹는 중에 밖에서

"김여맹 나리, 어디 기십니까?"

하고 큰 소리로 찾는 사람이 있었다. 김양달이 밖에 나와서 짐꾼, 말꾼 두서넛이 온 것을 보고

"웬일이냐?"

하고 물으니 짐꾼 하나가 재빠르게 예방비장이 화적에게 붙들려 간 사연을 말하였다. 김양달이 긴말 묻지 않고 곧 장교들을 불러내서 데리고 달음질을 쳐 오는데, 짐꾼, 말꾼들과 행인들과 객주 주인도 다 뒤를 쫓아왔다. 김양달이 객주에 와서 봉물짐이 고스란히 있는 것을 보고 불행중 다행으로 생각하며

● 건공(乾空)대매 아무런 조건이나 근거도 없이 무턱대고 함.

"봉물짐 잃지 않은 것이 천만다행이다. 그러나 예방 나리를 어떻게 하면 좋으냐. 도둑놈이 어디루 간 줄 알아야 찾아가보지 건공대매˚루 찾아나설 수야 있느냐."

하고 장교들 보고 공론할 때 행인 하나가 들어와서

"붙들려가신 양반을 찾으러 가시지 않으렵니까? 지금 뒷집 사람의 말을 들으니 도둑놈들이 능안(陵內)으루 가드랍니다. 저희두 동행 노인을 찾으러 갈 테니까 가실 테면 뫼시구 가겠습니다."

하고 말하였다.
　예방비장 없는 것이 진상봉물을 영거하여 가는 데 지장이 되지 않으므로 김양달은 예방비장을 찾을 마음이 도저치 않으나 행인의 말을 듣고 한번 색책으로라도 찾아나서지 않을 수 없어서
　"도둑놈들 간 방향을 알면 뒤쫓아가서 붙들려간 사람을 뺏어와야지. 이녁네들이 간다니 우리하구 같이 갑세."
하고 행인에게 말한 뒤에 장교 세 사람은 안방에서 봉물짐을 지키고 있게 하고 머리통이 깨어진 장교 한 사람은 바깥방에 누워있게 하고 남은 장교 한 사람만 데리고 행인들과 같이 가기로 하였다. 장교 한 사람이 안방에 떨어져 있는 환도를 집에 꽂아서 김양달에게 바치며
　"나리, 이 환도 가지구 가시지요."
하고 말하니 김양달이 고개를 가로 흔들며
　"환도는 해 무어하니? 도둑놈 몇놈쯤 이 주먹으루 때려눕히지."
하고 주먹을 내보였다.
　"그럼 소인이나 가지구 가겠습니다."
데리고 갈 장교가 말하는 것을
　"아무리나 하려무나."
김양달이 허락하여 환도는 그 장교가 받아서 허리에 질렀다.
　초저녁에 달을 가리던 작은 구름이 한 조각도 남지 않고 없어져서 달빛이 대낮같이 밝았다. 김양달이 행인들은 앞세우고 장교

는 뒤세우고 능안길로 쫓아오는데 앞선 행인들이 눈 위에 남아 있는 발자국들을 살펴보고

"이거 보게. 사람을 끌구 간 자국이 환하지 않은가?"

"중간의 한 사람을 양편에서 끌구 간 것 같애. 길이 좁아서 셋이 느런히 서 갈 수 없으니까 이편 놈이 길 밖으루 나갔다 저편 놈이 길 밖으루 나갔다 한 모양일세."

"발자국을 보니 종종걸음들을 친 모양일세. 우리가 이렇게 빨리 가면 능안 안짝에서 붙잡겠네."

"그럼 능안까지 갈 게 있나."

저희끼리 서로 지껄이었다.

김양달이 행인들더러 지껄이지 말고 더 빨리 가자고 재촉하여 오릿길을 좋이 왔을 때 여러 사람이 뭉텅이져서 가는 것이 멀리 앞에 보였다.

"옳다, 저기 간다."

행인 하나가 소리치자 김양달이 곧 행인들을 제치고 앞으로 나서서 장달음을 놓으니 행인들과 장교가 숨이 턱에 닿게 쫓아왔다. 사람 둘을 두 패로 붙들고 가고 사람 하나가 뒤에 따로 가는 것까지 분명히 보이게 되었다.

"이놈들, 게 있거라!"

"이놈들, 견뎌봐라!"

김양달의 호통소리에 산골이 울렸다. 앞에 가는 여러 사람이 가지 않고 서는 듯하더니 즉시 달음박질쳐서 도망들 하는데 주저

앉은 사람 하나만 뒤에 남기었다. 김양달이 주저앉은 사람을 와서 보니 곧 예방비장이라 얼른 대들어서 아갈잡이와 뒷결박을 풀어놓고

"다치신 데는 없습니까?"

하고 물으니 예방비장이 긴 숨을 내쉬고 나서

"다친 데는 없는 모양이나, 그러나 죽을 뻔했네."

하고 기운없이 말하였다. 김양달이 뒤에 온 장교를 돌아보며

"예방 나리 뫼시구 찬찬히 가거라. 나는 도둑놈들 쫓아가서 주먹맛 좀 보이구 오마."

하고 말하는데 예방비장이 손을 붙잡고

"김여맹, 고만두구 객주로 가세."

하고 말리었다. 행인 하나가 예방비장을 보고

"늙은이는 도둑놈들이 어째 끌구 갔습니까?"

하고 물으니

"도둑놈들 말이 늙은 사람을 내버리구 가면 종적이 탄로나겠다구 하드니, 그래서 끌구 간 게지."

하고 예방비장이 대답하여 주었다. 행인들은 어디까지든지 쫓아가서 동행을 찾아오겠다고 도적의 뒤를 밟아가고 김양달은 예방비장이 손을 잡고 놓지 아니하여 장교와 같이 예방비장을 부축하고 돌아왔다.

예방비장이 걸음을 빨리 걷지 못하여 금교까지 돌아오는 데 보리밥 한 솥 짓기 착실히 걸렸다. 객줏집에 다 왔을 때 바깥방에서

두런두런 지껄지껄하는 소리가 나서 김양달이 방문을 열고 들여다보니 짐꾼, 말꾼들이 모두 일어앉았었다.

"왜들 안 자구 앉았느냐?"

김양달이 묻는 달에

"아이구, 나리 오셨습니까."

"어째 이렇게 더디셨습니까."

"나리, 큰일났습니다."

하고 대답들 하며 일어서는데 누웠던 장교까지 일어서서 앞으로 나오며

"예방 나리는 어떻게 되셨습니까?"

하고 물었다.

"여기 오신다. 그런데 또 무슨 일이 났느냐?"

"나리 가신 뒤에 얼마 아니 있다가 화적패가 몰려와서 봉물짐을 다 가져갔습니다."

"무엇이 어째! 봉물짐을 가져가?"

김양달이 펄쩍 뛰어 나서며 장교에게 부축받고 섰는 예방비장을 돌아볼 사이도 없이 안으로 쫓아들어왔다. 안방에는 장교 세 사람이 죽은 사람같이 늘비하게 쓰러져 있다가 김양달이

"이놈들아, 죽어 자빠졌느냐!"

하고 소리지르는 바람에 뻘떡뻘떡 일어들 났다.

"봉물짐 어디 갔느냐?"

장교들은 얼빠진 사람들같이 멀거니 서로 보기만 하고 대답이

없었다.

"이놈들아, 맑은 정신 다 나갔느냐?"

하고 김양달이 신발 신은 채 방에 뛰어들어와서 세 장교의 귀통이를 깡그리 쥐어박으니 두 장교는

"아이구!"

"아이구머니!"

하고 주저앉는데 한 장교가 꼿꼿이 서서

"김여맹 나리, 왜 이러십니까. 우리들은 아무 죄두 없습니다."

하고 발명하였다.

"봉물짐 어떻게 했느냐?"

"화적들이 가져갔습니다."

"너희놈들은 가만히 보구 있었느냐?"

"화적들 수효가 엄청나게 많아서 꼼짝 못하구 결박들을 당했습니다. 나중에 주인의 말을 들으니 화적들이 삼사십명이나 되더랍니다. 삼사십명을 어떻게 당합니까. 제 말이 거짓말인가 주인 불러 물어보십시오."

"화적들이 어디루 갔느냐?"

"그걸 소인들이 어떻게 압니까. 화적들이 다 간 뒤에야 주인이 와서 소인들의 아갈잡이와 뒷결박을 풀어주었습니다."

"바깥방에 있는 놈들은 다 죽었드냐?"

"나중에 말 들으니까 화적의 괴수 한 놈이 철퇴를 들구 바깥방 문을 가로막구 서서 꿈쩍만 하면 때려죽인다구 으르는 통에 짐

꾼, 말꾼들은 끽소리두 못하구 있었답니다. 화적의 괴수두 한 놈뿐이 아니에요. 안에 들어와 섰든 괴수놈은 큰 칼을 쥐구, 안팎으루 드나들든 괴수놈은 긴 창을 짚었습디다."

"너희놈들이 밥병신이지 사람이냐? 하다못해 여기 찰방한테 가서 말하구 역졸들과 같이 쫓아가보지두 못한단 말이냐!"

"저희들두 그런 공론을 했습니다만, 나리들 오시기를 기다렸습지요."

"네까짓 놈들이 무슨 공론을 했겠느냐. 우리 오기를 기다릴 것 없이 우리에게루 쫓아오기라두 해야지."

"어디까지 가셨는지 몰라서 못 갔습니다."

"이놈아, 발명 마라. 그래서 편하게들 자빠져 잤느냐?"

"자지들 않았습니다."

"그래두 발명이냐!"

김양달이 장교의 뺨을 한번 후려갈기니 그 장교는 손으로 뺨을 가리고 한참 쩔쩔매었다. 김양달이 장교하고 말하는 동안에 예방비장은 같이 온 장교를 데리고 밖에서 들어왔고, 객주 주인은 건넌방에서 뛰어나왔다. 김양달이 먼저 예방비장을 보고

"이걸 어떻게 하면 좋습니까?"

물으니 예방비장은 넋잃은 사람같이 말대답도 못하고 다음에 주인을 보고

"화적놈들이 지금 얼마나 갔겠나?"

하고 물으니 주인은 고개를 비틀면서

"글쎄요, 거의 십릿길이나 갔을걸요."

하고 대답하였다.

장교들이 방에서 나가고 예방비장이 방안에 들어앉은 뒤에 환도 가지고 갔던 장교가 환도를 방에 들여놓다가 김양달이 방안에 신발 신고 섰는 것을 보고

"나리, 왜 신발 안 벗으십니까?"

하고 깨우쳐서 김양달이 비로소 짚신을 벗어 내놓고 주저앉았다. 그 많던 봉물짐과 행구가 하나 남지 않은 것을 김양달이 새삼스럽게 둘러보고 두 주먹을 불끈 쥐며 부르르 떨었다. 예방비장이 겨우 정신을 수습하고 첫밖*에 하는 말이

"여보게 김여맹, 올 때 다짐 두구 오지 않았나."

책잡는 말투로 나오니 김양달이 어이가 없어 대답을 못하고 그 얼굴만 뻔히 바라보았다.

"다짐 둘 때 호기가 어디 가구 벌벌 떨기만 하니 웬일인가."

예방비장 다음 말에 김양달이 불끈하며

"어떤 밥병신 녀석이 벌벌 떤단 말이오? 벌벌 떠는 녀석들은 따루 있소."

말씨가 곱지 않게 나왔다.

"벌벌 떠는 녀석들이라니? 누구더러 하는 말인가?"

"못생긴 녀석들이 눈 뜨구 봉물짐을 뺏겼는데 그렇게 말 안 해요?"

"봉물짐은 성주받이 구경에 날라갔으니 그런 줄이나 알구 말

하게."

"나는 성주받이를 구경가지 않았소."

"성주받이 구경을 안 갔으면 장교들 부르는 데 그렇게 동안이 오래 걸렸나? 또 장교들은 꼭 친히 부르러 가야 하나? 그따위 핑계를 누가 곧이들을 줄 아나?"

"핑계라거나 말거나 나만 잘못한 일이 없으면 고만이오."

"잘못한 일이 없다니, 그런 말이 입에서 쉽게 나오나? 봉산서 술타령한 것이며 여기서 성주받이 구경간 것이 다 잘한 일인 성싶은가."

"봉물짐 찾을 생각은 않구 비랭이 자루 찢기˚요?"

"봉물짐은 다짐 두구 온 사람이 찾아놓겠지."

"아무리 다짐다짐 하구 내게다 허물을 뒤어씌우려구 해야 나 혼자 몸 달 까닭 없소."

"몸 달 까닭 없거든 몸 달지 말게. 감영에 돌아가서두 그런 소리 하구 배기나 어디 보세."

"나를 벼르면 어쩔 테요?"

김양달이 목자를 부라리니

"내게다 목자를 부라리면 어쩔 테야?"

예방비장이 호령기 있게 말하였다.

"누게다 호령이오?"

"네게다 호령이다."

"너는 누구야?"

• 첫밖
일이나 행동의 맨처음 국면.
• 비랭이(비렁뱅이) 자루 찢기
서로 위하고 동정해야 할 사람들끼리 오히려 헐뜯고 다투는 일을 이르는 말.

"네가 너지 누구야."

"아니꼽게 누구더러 너래?"

"되지 못한 토관놈이 뉘 앞에서 거센 체하느냐!"

김양달이 속에서 불덩이가 치미는 바람에 뻘떡 일어서며

"주먹맛 좀 보구 싶으냐!"

하고 소리를 지르니 예방비장이 눈결에 환도를 집어 날을 빼어들고 일어서며

"뉘게다 주먹을 내미느냐. 앞으루 더 내밀기만 해라. 팔목을 끊어놓을 테니."

하고 마주 소리를 질렀다. 김양달이 발길로 한번 예방비장의 아랫도리를 걷어차니 예방비장이 허깨비같이 고꾸라지고 또 한번 예방비장의 환도 든 팔을 걷어차니 환도가 떨어졌다.

"이놈, 사람 죽인다."

예방비장 고함 지르는 소리에 바깥방에 나가 있던 장교들이 뛰어들어오고 그 뒤에 짐꾼, 말꾼들까지 따라들어왔다. 그러나 모두 마당과 봉당에 몰려 섰고 방에는 들어오지 못하였다. 김양달이 방안에 고꾸라진 예방비장을 내려다보고 또 방 밖에 겹쳐 섰는 여러 사람들을 내다보며

"내가 죽을 운수가 뻗쳐서 너희놈들 같은 밥병신하구 같이 왔다."

하고 큰 소리로 말한 뒤에 방바닥에 떨어진 환도를 집어들며 곧 자기 목을 찌르고 앞으로 엎드러졌다.

예방비장은 엉겁결에 일어앉고 장교들은 앞을 다투어 들어왔다. 김양달을 여러 손으로 떠받들어 반듯이 눕힌 뒤에 목에 박힌 칼을 뽑아주는데 선지피가 내뿜듯 나와서 칼을 뽑던 장교는 온몸이 피투성이가 되었다. 나오는 피를 막으려고 머릿수건으로 목을 친친 감아주었더니 눈을 꽉 감은 김양달이 목에 감긴 수건을 잡아뜯으며 머리를 흔들다가 감았던 눈을 번쩍 뜨고 둘러보며

"나는 죽기 다짐 두구 왔다. 그래서 죽는다. 처자식은 사또께……"

말하다가 말끝을 못 마치고 입을 다물었다. 예방비장이 그제사 앞으로 가까이 앉으며

"김여맹, 이게 무슨 짓인가. 여보게, 정신 차리구 내 말 좀 듣게. 내가 말을 과히 했네. 용서하게, 김여맹."

• 자문(自刎)하다 스스로 자신의 목을 베거나 찔러 죽다.
• 취대(取貸) 돈을 돌려서 꾸어주거나 꾸어 씀.

하고 지껄였으나 김양달은 흰자 많은 눈을 부릅뜨고 있을 뿐이었다. 진서위의 유명한 장사 김양달이 이와같이 허무하게 자문하여˚ 죽었다. 김양달이 죽은 뒤에 얼마 아니 있다가 밤이 새었다. 예방비장과 장교들은 밤을 반짝 새웠으나 화적의 뒤는 수탐해보지 못하였다.

이튿날 식전에 예방비장이 금교찰방을 찾아보고 또 강음현에까지 들어가서 현감을 보고 전후사정을 말한 뒤 화적패의 종적을 속히 알도록 염탐하여 달라고 부탁하고, 김양달 치상治喪하여 갈 부비를 취대˚하여 달라고 청하니 현감이 두말 않고 허락하였다.

진상봉물을 경내에서 도적맞은 것이 큰일이라. 강음현감이 금교에 나와 앉고 금교찰방이 객주에 나와보고 탈미골 군영에서 군관이 군사를 데리고 내려와서 화적의 종적을 사방으로 수탐하였다. 예방비장과 같이 잡혀간 늙은 행인이 돌아오면 화적의 종적을 자세히 알까 하고 기다리었으나, 잡혀간 늙은 행인은 고사하고 동행을 찾으러 간 다른 행인들까지 돌아오지 아니하였다. 이틀 동안에 치상이 대강 끝나서 금교서 전후 사흘을 묵고 평양으로 회정하였다.

　김양달의 상여는 마주잡인데 짐꾼, 말꾼들이 번갈아서 상여를 메었다. 상여 앞에는 예방비장이 부담을 타고 가니 부담은 짚부담이요, 상여 뒤에는 말들이 가니 말들은 빈 말들이었다. 일행이 금교서 떠난 지 나흘 되는 날 식전에 평양에 도달하였는데, 예방비장도 바로 감사를 들어가 보지 못하고 장교들을 데리고 포정문 밖에 대죄하였다. 감사가 이것을 알고 펄펄 뛰며 예방비장 이하 여러 사람을 선화당 마당에 잡아들여서 죄인같이 문초를 받았다. 예방비장과 장교들은 아무쪼록 자기들의 허물을 적게 하려고 입을 모아가지고 죽은 김양달이 잘못이 많은 양으로 말하였으나 감사는

"너희나 양달이나 죄는 일반이다. 너희도 양달이처럼 죽었으면 모르되 너희 죄를 그대로 용서할 수 없다."

하고 천둥같이 호령하였다. 감사는 숙정패*를 내걸게 하고 좌기하고 앉아서 예방비장과 장교 다섯 사람을 장령 어긴 죄목으로

효수한다고 엄포하여 여러 사람의 혼을 다 빼놓은 뒤에, 예방비장은 서울로 쫓아버리고 장교들은 구실을 떼어버리고 김양달이 만은 죽은 것이 불쌍하다고 그 처자를 구휼하여 주었다. 감사는 또 화적들을 잡아서 진상봉물을 찾아달란 사연으로 황해 감영에 이문˚을 부치고 서울 포청에 기별을 띄웠다.

평양 진상봉물을 빼앗아간 화적이 청석골패요, 전후 꾀를 낸 사람이 서림인 것은 다시 말할 것도 없는 일이다. 서림이가 이 꾀를 낼 때, 평양서 오는 일행이 평산서 숙소한 다음에 금교 와서 숙소하거든 금교서 빼앗고 송도를 숙소참 대거든 평산서 빼앗자고 말하였건만, 말을 가장 잘 좇는 늙은 오가와 박유복이까지 다 금교역말은 모르되 평산부중은 자리가 좋지 않다고 평산 가서 일하기를 즐기지 아니하여 금교를 주장삼아 준비하고 만일 금교를 숙소 않고 지나가거든 차라리 탑고개에서라도 빼앗아보자고 의논을 정하게 되었었다.

● 숙정패(肅政牌)
조선시대에, 군령으로 사형을 집행할 때 떠들지 못하게 하기 위하여 세우던 나무패.
● 이문(移文)
같은 등급의 관아 사이에 주고받던 공문서.

늙은 오가는 작은 두목 네댓 명을 데리고 평산 가서 평양 일행을 장맞이하여 가지고 같이 오며 동정을 살피기로 되었는데 오조천에서 앞서오는 장교들과 동행한 행인들은 곧 늙은 오가의 일행이요, 김양달이 성주받이를 오래 구경하지 않을 줄 짐작하고 아주 멀찍이 끌어내리고 예방비장을 미끼로 붙들어갔는데 예방비장을 어린아이같이 다루던 사내는 길막봉이요, 봉물짐을 빼앗아갈 때 바깥방 문을 지키던 두령은 곽오주요, 짐짝 들어내는 것을

지휘하던 두령은 배돌석이요, 안팎으로 드나들며 총찰하던 두령
은 박유복이니, 모두 평소에 쓰는 병장기는 가지지 아니하였고,
또 숙소한 술집 주인은 청석골의 이목耳目 노릇하는 사람이요,
술집 뒷집은 청석골서 술집 주인에게 사준 집이요, 어물전 젊은
주인은 청석골과 기맥을 통하는 사람이라, 술집 주인이 청석골
지휘를 받고 어물전 젊은 주인에게 말하여 집안 우환을 핑계삼고
불시에 성주를 받게 하였었다.

  금교역말서 평양 진상봉물을 빼앗아간 화적이 왕청된˚ 운달산
패보다도 가까운 청석골패가 아닐까 십분 의심하는 사람은 허다
하였으나, 청석골 테 밖의 사람으로 참말 속내를 아는 사람은 하
나도 없었다. 평안 감영 예방비장이 운달산 박대장패라고 들은
말을 강음현감에게 말하고서 운달산 소문이 퍼져나와 자자한 까
닭에 서울 포도군관들과 황해 감영 군관들이 금교 와서 며칠씩
묵새기며 화적의 종적을 수탐하다가 소득이 없으면 반드시 평산
으로 나갔다. 나중에 어명을 받은 선전관이 평산 와서 운달산 적
정賊情을 탐문하고 해주 가서 황해감사에게 어명을 말하여 황해
감사가 평산, 연안, 배천, 강음 네 골에 비감˚을 발송하였다. 평
산부사와 연안부사와 배천현령과 강음현감이 각각 군병을 조발
하여˚ 거느리고 운달산 아래 모여서 적굴을 들이치려고 하는데,
화적의 괴수 박연중이 어떻게 먼저 알고 부하 이삼십명을 흩어
보내고 자기도 도망하여 관군은 빈 소굴만 소탕하였다. 환갑이
가까운 박연중이 이십여년 동안 웅거하여 온 소굴을 일조에 빼앗

기게 된 것은, 속담에 '애매한 두꺼비 돌에 치인 격'이었다.

운달산 적굴에서 평양 진상봉물의 형적도 보지 못하고 네 골 수령이 각기 환관한 뒤에 황해감사가 연유를 비변사備邊司에 보하였더니 조정에서 다시 개성유수에게 청석골 적굴을 소탕하라고 명하였다. 유수는 아무 계책도 없이 다만 경력에게 군사 몇십 명 주어 내보내고, 경력은 아무 역량도 없이 다만 군사 몇십명을 거느리고 청석골로 나갔다. 경력이 탑고개 동네에 결진하고 묵은 까닭에 청석골패는 경력 진중의 대소 동정을 손 위에 놓고 보듯이 알고 한번 접전에 이백 관군을 함몰시킬 승산이 십분 있었지만, 대병이 뒤에 이를 염려가 있으니 접전을 피하라고 서림이가 늙은 오가와 박유복이를 달래어서 다른 두령들을 누르고 여러 졸개들을 거두어 나다니지 못하게 하였다. 경력이 십여일 동안 군사를 놓아 탑고개 근방을 뒤졌으나 화적의 그림자도 보지 못하고 송도부중에 돌아와서, 화적들은 멀리 도망하고

• 왕청되다
차이가 엄청나다.
• 비감(祕甘)
상급 관아에서 하급 관아에 몰래 보내던 공문.
• 조발(調發)하다
군사로 쓸 사람을 강제로 뽑아 모으다.

평양 진상봉물은 형적을 보지 못하였다고 유수께 회보하였다. 유수가 경력의 회보대로 비변사에 보하였더니 조정에서는 평양 진상 물목을 각 도 각 관에 보내고 물목 중의 물건을 감춘 집이나 또는 가진 사람을 고발하는 사람이 있으면 중상을 준다고 각 읍촌에 전령을 돌리게 하였다.

청석골 두령들은 평양서 오는 봉물짐을 송두리째 뺏어다놓고 여덟 몫에 나누어서 한몫은 도중 소용으로 제치고 한몫은 작은

두목들을 내주어서 나누게 하고 그 나머지 여섯 몫은 여섯 두령이 한몫씩 차지하였다. 서림이도 입당하여 두령 한몫을 보게 되었다. 이와같이 도회청에 둘러앉아서 몫들을 차지할 때 야광주란 흰구슬은 도중 몫으로 들어가고 굵은 진주는 늙은 오가의 몫으로 돌아갔는데, 곽오주가 굵은 진주를 집어다가 손바닥에 놓고 들여다보더니 늙은 오가더러

"이것을 무엇하실라우?"
하고 물었다.

"글쎄, 무엇했으면 좋을는지 모르겠네. 아직은 그대루 집어두구 보겠네."

"집어두느니 내 몫에서 아무거나 하구 바꿉시다."

"자네는 무어할라나?"

"내 앞에 있는 아이놈을 줄라우. 이까짓 것 막상 보물이래야 어른은 가져서 아무짝에 소용없겠소."

곽오주 옆에 앉은 길막봉이가 오주의 어깨를 툭 치며

"이번 아이놈은 대단 신통한 모양이군."
하고 웃으니

"사람을 툭툭 치지 않으면 말 못하나."
하고 오주는 눈을 홀기고 곽오주 건너편에 앉은 배돌석이가 오주를 바라보며

"희한한 보물을 가질 사람이 없어서 아이놈을 준단 말인가. 아이놈이 그걸 가지면 무어하나. 개 발에 주석 편자지."

하고 말하니

"제기, 남이 바꿈질하려는데 왜들 나서서 헤살을 놓소."

하고 오주는 상을 찌푸렸다. 늙은 오가가 빙그레 웃으면서

"자네가 가지구 싶다면 혹시 바꾸어줄지 모르지만 아이놈 주라구는 바꾸어주지 못하겠네."

하고 말하니 곽오주는 곧

"내가 가지구 싶소."

하고 싱글싱글 웃었다.

"참말인가?"

"참말이오."

"만일 아이놈을 갖다 주면 삼천육부지자三千六父之子 노랑개새끼라구 맹세를 치게."

"점잖지 못하게 그게 무슨 소리요? 내가 맹세를 친다구 노랑개새끼가 되우? 고만두구 그대루 바꾸어주시우."

"이 사람아, 내가 자네 속을 다 아네. 거짓말 고만두게."

"바꾸어주기 싫거든 고만두우."

"아이놈은 무어하라구 갖다 줄 텐가, 어디 말 좀 들어보세."

"주머니끈에 꿰어 차라지요."

곽오주 말끝에 서림이가 웃으면서

"그 진주가 은 오십 냥이나 주구 산 것이라오. 그것을 주머니 끈에 채우긴 아깝지요."

하고 말하여 곽오주는 한번 흘끗 서림을 보고 나서

"미친놈들이다. 나더러 사라면 상목 한 끗두 안 주겠다."
하고 혼잣말로 지껄였다.
"진주는 외려두 여차지요. 야광주는 의주부윤이 사 보냈는데 은으루 이백 냥인지 삼백 냥인지 주었답디다."
서림이 말한 뒤에 박유복이가 흰구슬을 집어다가 만작만작해 보며
"지금 이것을 판다면 상목 몇십 동이나 받을 수 있겠소?"
하고 물어서 서림이가
"작자만 있으면 몇십 동만 받겠소?"
하고 대답하였다. 곽오주가 서림의 말을 듣고 잠깐 고개를 비틀었다가 바로 세우며
"내가 도중에 할 말이 있소. 도중으루 내놓은 몫은 우리 양주 꺽정이 형님에게 보내줍시다."
하고 말을 내놓으니 다른 두령들은 말이 없고 박유복이가 나서서
"도중 몫은 그냥 두구 우리들 몫에서 모아서 보내는 게 좋지 않을까?"
하고 말하여 다른 두령들이 유복이 말을 좋다고 찬동할 뿐 아니라 곽오주까지 그것도 좋다고 자기 말을 고집하지 아니하였다. 박유복이가 이봉학이게도 보내주었으면 좋겠다고 말하고 또 황천왕동이도 두었다 주었으면 좋겠다고 말하여 각기 친분대로 내서 모으는데, 임꺽정이 몫에는 다른 두령뿐 아니라 서림이까지 내놓고 황천왕동이 몫에는 서림이만 빠지고 다섯 두령이 다 내놓

고 이봉학이 몫에는 박유복이 외에 배돌석이 한 사람이 내놓았다. 그 뒤에 양주 임꺽정이와 임진 이봉학이에게 물건을 보냈더니 꺽정이는 말없이 받고 봉학이는 받지 않고 돌려보냈다.

결의

꺽정이가 불상 앞에서 결의할 것을 중에게 말하니 중이 내심에는 반갑게 여기지 아니하나 하릴없이 불전에 등불도 밝혀주고 향로불도 담아주었다. 꺽정이가 봉학이와 의논하고 결의 절차를 정하여 꺽정이 이하 여섯 사람은 향탁 아래 엎드리고 봉학이는 향탁 옆에 꿇어앉아서 일곱 사람의 성명과 연령 적은 종이쪽을 손에 들고 축문 읽듯 읽었다.

결의

1

 양주 임꺽정이는 아비 병이 겨울을 넘기지 못할 것 같아서 겨우내 집을 떠나지 못하였다. 사람의 목숨이 모질어서 숨만 붙은 병인이 죽을 듯 죽지 않고 하루하루 넘기어서 온 겨울을 다 지냈다. 미음을 떠넣어도 맛 모르고 삼키던 병인이 개춘이 되며부터 조금조금 나아져서 중등밥*까지 달게 먹게 되었다. 아비 병이 그만한 뒤에 꺽정이는 칠장사 선생을 보러 가려고 하는데 꺽정이 누님 애기 어머니가 노인 시아버지에게 옷 한 벌을 지어 보내겠다고 말하여 꺽정이가 옷 되기를 기다리고 있던 중에 임진별장 이봉학이게서 전인으로 편지가 왔는데, 언문이나 똑똑히 볼 사람이 없어서 애기 어머니가 이웃집 최서방에게 가서 술 한 사발 사주고 편지를 보아왔다. 그 편지에 안부의 사연은 기쁜 소식을 들려줄 것이 있으니 놀 겸 하여 나오라고 청하는 것이었다. 꺽정이

가 애기 어머니의 옮기는 말을 듣고 나서

"기쁜 소식은 무슨 소식이랍디까?"

하고 물으니

"편지에 기쁜 소식이라고만 했지 기쁜 소식이 무슨 소식이란 말은 없대. 이별장이 재미있는 사람이니까 꼭 오라고 그런 말을 했는지 모르지."

하고 애기 어머니가 대답하였다.

"봉학이가 내겐 실없는 말을 할 리가 없는데."

"글쎄, 참말 무슨 기쁜 일이 있을까?"

"내게 무슨 기쁜 일이 있겠소."

"혹시 있을는지 누가 아나?"

"사람이 혹시루 속아 산다지만 우리는 혹시두 바랄 게 없으니까 속구 말구 할 거 있소?"

● 중둥밥
찬밥에 물을 조금 치고 다시 무르게 끓인 밥.

남매간 수작하는 말을 꺽정이 아내 백손 어머니가 옆에서 듣다가

"우리 동생이나 놓여 오면 기쁠까?"

하고 말하니 꺽정이가 개도가 되는 것처럼

"옳다, 천왕동이 소식인가 부다."

하고 아내를 돌아보았다.

"이별장한테 나하구 같이 갑시다."

"또 주책없는 소리한다."

"동생 소식을 들으러 간다는 게 주책없는 소리란 말이오?"

"말대답이 일쑤로군."

"임자는 누님 동생이 다 한집에 있지만 나는 둘도 없는 동생이 하늘 끝에 귀양가 있소. 인정이 있거든 남의 생각도 좀 해보시오."

"수다 떨지 말구 가만히 있어."

꺽정이는 아내를 윽박질렀다.

이튿날 꺽정이가 전인으로 온 사람과 같이 떠나서 임진을 나왔다. 봉학이의 기쁜 소식이란 것은 다른 소식이 아니요, 곧 천왕동이의 귀양이 풀린다는 소식이었다.

"내가 제주목사게 상서할 때마다 천왕동이 말을 비쳤었소. 작년 세밑에 상서한 답장이 일전에 왔는데, 그 답장에 황천왕동이는 곧 귀양이 풀릴 듯하다구 했습디다."

봉학이의 말끝에 꺽정이는

"그거 참말 기쁜 소식일세."

하고 좋아서 입을 벌리고 웃었다.

"우리가 제주서 떠날 때 천왕동이가 언덕 위에 주저앉아서 울던 것이 지금까지두 눈에 선하우."

"그애가 수이 풀려오지 않으면 나는 한번 다시 제주를 가보려구까지 생각했네."

"천왕동이가 수이 풀리게 된 것은 목사의 힘뿐이 아니구 이정승 대감의 힘두 있을 것이오."

"이정승에게두 말은 했었나?"

"세전에 문후하러 갔을 때 마침 조용한 틈이 있어서 천왕동이 죄가 애매한 것을 조만히 말씀하구 귀양이 풀리두룩 주선해줍시사구 청까지 했었소."

"뉘 힘 뉘 힘 할 거 있나, 자네 힘이지. 그런데 나는 내일 곧 도루 집으루 가겠네."

"무엇이 그렇게 급하시오. 뱃놀이나 하구 며칠 놀다 가시우."

"우리 집사람은 지금 동생의 일이 궁금해서 곧 죽으려구 하네. 이번에 기쁜 소식이 있단 말을 듣구 동생이 놓였는가 보다구 하구 여기를 같이 오겠다구까지 하는 걸 윽박질러서 주저앉혔네."

"왜 윽박질렀소, 같이 오시지. 그래 내일 가실 테면 수이 한번 다시 오시려우?"

"내가 칠장사 가서 선생님을 뵈입고 온 뒤에 한번 다시 옴세."

꺽정이는 임진서 하룻밤을 지내고 곧 양주 집으로 돌아왔다. 천왕동이의 귀양 풀린단 소식을 듣고 꺽정이 집 식구들이 다 좋아하는 중에 백손 어머니는 좋아서 저녁밥도 먹지 아니하였다. 애기 어머니가 동생의 댁을 보고 웃으면서

"여보게, 귀양 풀린단 소식을 듣고 밥을 못 먹으면 풀려와서 서로 만나는 날은 굶어죽으려나?"

하고 말하여 백손 어머니가

"동생을 만나보면 굶어죽어도 좋아요."

하고 말대답하는데 백손이가 옆에서 불쑥

"외삼촌 아저씨 귀양이 풀리지 말아야겠소."

하고 열통적게 말하였다.

"무엇이야? 이 자식아, 네가 어미 비위를 긁는 게냐!"
"어머니가 굶어죽으면 탈이거든."
"하면 다 하는 것만 여겨서 너까지 어미를 놀리느냐."
"누가 어머니더러 유난을 부리랍디까."
"너두 지각 좀 나."
"내가 아무리 지각이 안 났기루 설마하니 어머니 지각만 못하리까."
"잘한다 잘해. 저 자식이 사람인가."

백손이 모자간에 오락가락하는 말을 꺽정이가 듣다가

"어미 자식이 똑같다."

하고 웃으니 백손이가 저의 어머니더러

"어머니, 고만둡시다. 아버지 웃는 것이 아니꼽소."

말하고 아비의 얼굴을 흘끗 돌아보았다. 꺽정이는 잠자코 있는데 애기 어머니가 눈을 흘기면서

"저 자식의 아가리는 마구 난 창구녕이야."

하고 말하니 백손이는 아랫입술을 길게 빼물었다.

"이애, 내 말 좀 들어라. 대가리 커단 자식이 어머니더러 지각 없다는 건 무엇이고 아버지더러 아니꼽다는 건 무엇이냐. 그런 버릇 어디서 배웠니?"

"아주머니 잔소리엔 사람이 머리가 빠지겠소."

"너의 아버지가 할아버지께 하는 걸 좀 보구 배우지 못하느

냐?"

"아버지가 할아버지 같은 반신불수 병신이면 내가 아버지버덤 더 잘할는지 누가 아우."

꺽정이가 별안간

"이 자식, 되지 못한 소리 지껄이지 마라. 듣기 싫다."

하고 소리를 꽥 질러서 백손이와 애기 어머니는 다같이 말을 그 치었다. 백손이와 팔삭동이 숙질은 뜰아랫방으로 내려가고 꺽정 이와 애기 어머니 남매는 안방으로 들어가고, 또 애기와 백손 어 머니 숙질은 저녁 먹은 그릇을 설거지할 때 삽작께서

"누님!"

하고 부르는 소리가 나며 뒤미처 마루 앞에 있던 애기가

"아이구 아주머니, 백손 오빠, 외삼촌 아저씨."

하고 소리쳤다. 부엌에서 솥을 부시던 백손 어머니가

"무엇?"

하고 한걸음에 뛰어나와서 들어오는 천왕동이게로 쫓아나가며

"아이구, 이게 누구야? 아이구, 이게 웬일이야!"

하고 울음 반 지껄였다. 안방에서 꺽정이 남매가 쫓아나오고 뜰 아랫방에서 백손이 숙질이 뛰어나왔다. 천왕동이와 백손 어머니 가 남매 서로 끌어안고 우는 것을 꺽정이는 한동안 물끄러미 보 고 섰다가 나중에 끌어안은 남매를 떼어놓으며

"인제 고만 방으루 들어가자."

하고 천왕동이의 손목을 끌고 안방으로 들어왔다. 여러 사람이

뒤따라들어와서 각기 인사들을 마친 뒤에 꺽정이가 천왕동이를 돌아보며

"귀양이 수이 풀린단 말은 들었지만 이렇게 속히 올 줄은 생각 못했다. 대체 어느 날 귀양이 풀리구 어느 날 제주서 떠났느냐?" 하고 물으니 천왕동이는

"모두가 꿈속 같소."

하고 백손 어머니로부터 여러 사람들을 한번 다시 돌아보고 나서

"보름 점고를 맞으러 들어가니까 목사가 따루 불러서 귀양이 풀렸으니 내일이라두 고향으루 가라구 분부합디다. 열이렛날 떠나 나오는 배편이 있어서 제주서 불불이 떠나는데 형님하구 이정의하구 떠날 때 주구 간 상목으루 그동안 객비 쓰구 남저지가 선가 겨우 됩디다. 그래서 뭍에 내린 뒤로는 과객질루 얻어먹구 왔소. 그끄저께 뭍에 내렸는데 온 사흘 동안 풍랑에 부대낀 까닭으루 첫날은 다리가 허전해서 구십리밖에 못 걷구 그저께, 어저께 양 이틀은 하루 이백여리씩 걷구 오늘은 한 삼백리 넘어 걸었소."

하고 꺽정이 말에 대답하였다. 천왕동이가 저녁을 안 먹어서 밥을 새로 짓게 되었는데 백손 어머니는 동생 옆을 잠시도 떠나려고 아니하여 애기 어머니가 애기를 데리고 나가 밥을 지어서 저녁 굶은 백손 어머니와 남매 겸상하여 먹게 하였다. 밥 먹기 전과 밥 먹은 후는 고사하고 밥 먹는 중에도 천왕동이는 귀양살이하던 이야기를 하느라고 숟갈질이 동안 뜰 때가 많았다. 천왕동이의

이야기가 대충 끝이 났을 때 꺽정이가 천왕동이더러
"이번 귀양 풀리는 데 이별장이 매우 힘을 쓴 모양이다."
하고 말하니 천왕동이는 이별장이 이봉학인 줄 몰라서
"이별장이란 사람이 누구요?"
하고 물었다.
"이봉학이가 지금 임진별장이다. 네 귀양이 수이 풀린단 소식두 내가 임진 가서 듣구 왔다."
"언제 가서 듣구 왔소?"
"가기는 어제 가구 오기는 오늘 왔다. 이별장이 놀다가 가라구 붙드는데 네 소식 들은 것을 빨리 집에 와서 알려려구 불불이 되짚어 왔다."
"내일 다시 나하구 같이 갑시다. 내가 가는 길에 잠깐 이별장을 찾아보구 가겠소."
천왕동이 말끝에 백손 어머니는
"내일 곧 봉산으로 갈 테야?"
하고 묻고 애기 어머니는
"저 주제를 해가지고 염체 별장 나리를 찾아갈 작정이오?"
하고 물었다. 천왕동이는 주제가 사나운 품이 헐벗지 않은 거지로 보기 좋을 만하였다. 꺽정이가 애기 어머니와 백손 어머니를 돌아보며
"참말 주제가 말 아니군. 아무것으루나 옷 한 벌 해 입히지."
하고 말하는데 천왕동이가

"언제 옷을 해 입구 있겠소? 내일 봉산 가서 갈아입지."
하고 말하니 백손 어머니는

"주제가 이런 걸 내가 그대로 보내면 나는 이다음 동생의 댁 볼 낯이 없어. 그러고 하루두 묵지 않구 간단 말이 될 말이야? 너는 간대도 못 보내겠다. 수일 묵어서 옷 한 벌 해 입고 가거라."
성을 내서 사설하고 애기 어머니는

"백이방 댁 아기씨를 보러 가기가 급하겠지만 하루 이틀 못 참겠소? 참기 좀 어렵더라도 주리 참듯 참아보구려."
조롱하고 깔깔거리었다. 천왕동이는 한참 동안 잠자코 있다가 꺽정이를 보고

"나 갈 때 형님 임진까지 같이 갈라우?"
하고 다시 물으니 꺽정이가

"네가 같이 가자면 임진은 고만두구 봉산까지라두 같이 가지."
하고 대답하였다.

"이왕 늦을 바엔 청석골두 거쳐 갈 테니 형님 꼭 나하구 동행합시다."

"청석골이 요새는 전과 달라서 놀러가기두 재미적지만 네가 간다면 동행하지."
꺽정이가 천왕동이하고 동행한단 말에 애기 어머니는

"그럼 죽산은 언제 갈라고?"
하고 꺽정이더러 말하니 그 말 속에는 청석골 가는 것이 부질없단 뜻이 숨겨 있고 백손 어머니는

"갔다와선 가지 못해요?"
하고 꺽정이 대신 말하는데 그 말 속에는 동생을 봉산까지 데려다 주었으면 좋겠단 뜻이 있었다.
"날이 차차 더워지면 옷 해놓은 건 어떻게 하나."
"옷 보내기가 급하면 신서방더러 먼저 갖다 두고 오라지요."
"그렇지만 이왕 가려는 길을 자꾸 늦춰서 쓰겠나."
백손 어머니가 말대답하기 전에 천왕동이가 먼저
"내 길은 늦추라구 하구 형님 길은 늦추지 말라우. 애기 어머니 차치구 포치구 하는 꼴이 보기 싫어서 내가 내일 갈까 보우."
하고 웃으니 애기 어머니도 웃으면서
"귀양살이까지 하구 지각 좀 났을 줄 알았드니 전이나 마찬가지로군."
하고 대꾸하였다. 이내 정당한 말은 그치고 실없는 말이 나서 한동안 여럿이 함께 웃고 떠들다가 정밤중에 돋는 달이 높이 올라온 뒤 비로소 잘자리들을 보게 되었다.
이튿날 식전에 애기 어머니가 백손 어머니를 데리고 천왕동이의 옷 지을 것을 의논하였다.
"바지저고리, 두루마기를 다 무명으로 지을까?"
"내가 무얼 알아요? 형님 생각대로 해주시지."
"애기 할아버지 바지 짓고 남은 명주가 저고리 한 감 넉넉할 테니 저고리는 명주로 짓세."
"명주저고리 좋지요."

"요전에 마전˚한 무명이 여남은 자 남지 않았나?"

"한 반 필 남았을 게요."

"그럼 두루마기 한 감만 새로 마전하면 되겠네."

"안찝˚들은 어떻게 하오?"

"흔 것으로 넣지."

"애기 할아버지 두루마기도 안찝이 만만치 않아서 애쓰시고 그러시오."

"팔십 노인이니까 아직 홑두루마기가 이를 것 같아서 겹으로 지었지, 젊은이들이야 누가 지금 겹두루마기를 입나."

"그러면 무명을 한 필만 마전하지요."

"두루마기 한 거죽이니까 한 필 탐이나 들 것도 아니지만 이왕이면 필로 마전하세."

"행전˚도 있고 버선도 있어야지요. 한 필이 얼마나 남겠소?"

"아따, 쓰는 대로 쓰고 남는 대로 남겨두세그려."

"그럼 다락에서 한 필을 꺼내주시오."

"가만히 있게. 이따 아침 지난 뒤에 내가 골라서 꺼내줌세."

아침밥이 끝난 뒤에 애기 어머니가 다락에 들어가서 세목 한 필을 골라가지고 나와서

"여기 무명 내왔으니 어서 갖다 삶게."

하고 밖에 있는 백손 어머니더러 말하는 것을 천왕동이가 듣고

"그게 내 옷 해줄 게요?"

하고 물으니 애기 어머니는

"옷감이 맘에 드나 좀 보오."
하고 무명을 천왕동이 앞에 내밀었다.
"삶기는 왜 삶소?"
"마전을 해야 옷을 짓지."
"그대루는 옷을 짓지 못하우?"
"상제 아닌 사람이 누가 깃것˚을 입어."
"지금 마전해서 오늘 해 전에 옷을 짓게 될 수 있소?"
"급하기라니 우물에 가서 숙랭을 찾겠네. 오늘은 삶아서 헹구어서 말리고 내일은 다듬고 모레나 옷을 짓게 될까? 아직 멀었으니 청처짐하게 잡고 깁시오."
"아이구, 그러면 나는 옷 못 입구 가겠소. 늦어두 내일모레 안으루는 떠나야겠으니 알아 해주시우."
"안 될 걸 억지로 어떻게 하오?"
"깃것두 좋으니 마전 말구 그대루 해주시우."
천왕동이가 나중에 애걸하다시피 청하여 애기어머니는 아무쪼록 옷을 빨리 입게 하여주마고 허락하고 백손 어머니더러 무명을 옳게 마전하지 말고 깃만 빼라고 말하였다. 백손 어머니가 두루마깃감 깃을 빼는 동안에 애기어머니는 전에 마전한 무명으로 바지를 지었다. 이날 저녁때, 바지 하나밖에 된 것 없는 것을 천왕동이가 보고 밤에 일을 하여 내일 식전 입게 하여달라고 부득부득 떼를 써서 하릴없이 명주저고

• 마전
생피륙을 삶거나 빨아 볕에 바래는 일.
• 안집 옷 안에 받치는 감.
• 행전 바지나 고의를 입을 때 정강이에 감아 무릎 아래 매는 물건.
• 깃것 잿물에 삶아서 희게 바래지 않고 짜놓은 그대로 있는 무명이나 광목 또는 그것으로 지은 옷.

리는 이웃집 최서방 여편네의 손을 빌리고, 두루마기와 행전과 버선은 시누이올케 어울려 짓고 허리띠와 대님은 애기가 접었다. 그 이튿날 늦은 아침때 옷 한 벌이 갖추 다 되어서 천왕동이가 새 옷을 갈아입은 뒤에 임진 가서 잘 작정하고 떠나자고 꺽정이를 졸랐다. 꺽정이가 병든 아비를 들어가 보고 천왕동이를 봉산 처가에 데려다 주고 온다고 말하니 병인은 고개를 끄덕이고 속히 다녀오라는 뜻으로 '속히 속히' 하고 두어 마디 얼버무려 말하였다. 꺽정이가 녜녜 대답하고 나와서 애기 어머니더러

"내가 불과 열흘 안에 와서 죽산을 갈 테지만 선생님 옷은 먼저 불출이 시켜 보내두 좋소."
말하고 바깥방에 있는 신불출이를 불러서

"칠장사에 옷 가져갈 것이 있으니 자네 좀 갖다 두구 오게."
하고 이르기까지 하였다. 이날 점심 뒤에 꺽정이는 천왕동이를 데리고 떠나갔다.

꺽정이의 이웃집 최서방은 회만에서 잘살다가 패가하고 읍으로 들어온 사람인데, 위인이 난봉이요 또 게으름뱅이라 늙어 꼬부라진 어미와 올망졸망한 자식 삼남매를 굶겨죽이지 않는 것이 전수이 그 아내의 힘이었다. 그 아내는 사람이 번잡스러운 것이 병통이나 붙임성이 좋고 일이 시원칠칠하여 이집저집에 일을 해주고 음식도 얻어오고 곡식도 얻어와서 여섯 식구가 구차히나마 연명하고 지내는 처지이었다. 최서방 집에서 꺽정이 집 이웃으로 이사온 뒤 처음 한두 달은 이웃간이라도 통 내왕이 없었으나, 꺽

정이의 집 살림이 구차치 않은 것을 짐작한 뒤 최서방의 아내가 먼저 찾아와서 애기 어머니와 백손 어머니를 보고
 "이웃간에 왕래가 없어 쓰겠소? 이웃사촌이라니 사촌처럼 정답게 지냅시다."
하고 말을 붙이었다. 다른 양민들은 백정의 집이라고 돌리는데 최서방의 아내가 말만이라도 간격을 두지 않는 것이 여편네들 마음에 대단 고마워서 쉽게 서로 친하였다. 해포 이웃하여 지내는 동안에 꺽정이와 최서방만 사이가 서로 벋버듬하여˙ 친하지 못할 뿐이고, 그 나머지 두 집 식구는 다들 친할 만큼 친하여서 최서방의 아들딸이 꺽정이의 집 조석 때 오면 애기가 불러서 대궁밥도 거두어 먹이고 꺽정이 동생 팔삭동이가 최서방의 집 어질더분한 때 가면 최서방의 아내가 구슬려서 비질도 시킬 만큼 무간하게 지내었다.

• 벋버듬하다
사이가 틀려 버성기다.

 꺽정이가 천왕동이와 같이 떠나던 날 팔삭동이는 전에 없이 저도 형과 같이 훨훨 다니고 싶은 마음이 나서 다른 식구들이 다 집 안으로 들어간 뒤까지 삽작 귀틀에 등을 기대고 멀거니 섰다가 나중에 최서방 집 삽작께 와서 기웃이 들여다보았다. 최서방은 봉당에 자리쪽 깔고 번듯이 드러누웠고 최서방의 아내는 남편 발치에 앉아서 어린 아들 머리의 이를 잡아주다가 팔삭동이를 바라보며
 "왜 거기 섰나. 들어오게."
하고 불러들였다. 팔삭동이가 들어와서 봉당 끝에 걸터앉은 뒤

최서방의 아내가

"손님이 떠났지?"

하고 물으니 팔삭동이가 고개를 끄덕하였다.

"손님이 새옷 입은 뒤에 보니까 외모가 깎은서방님˚이데."

"외모가 무어요?"

"외모가 얼굴이지 무어야."

"새옷 입었다구 얼굴이 달라지우?"

"사람은 입성이 날개라네. 입성을 잘 입으면 얼굴이 돋보이다 뿐인가."

"나두 날마다 새옷이나 달래 입을까 보다."

"자네 옷이 얼마나 많기에 날마다 새옷을 입는다나?"

"옷이 없으면 새루 해달라지."

"자네 집에 피륙도 많은가베."

"피륙이 퍽 많소. 다락에두 있구 광 속에두 있소."

"명주도 많은가?"

"명주가 다 무어요, 대국 비단두 있소."

"자네 집엔 별게 다 있네그려. 대국 비단은 어디서 생겼나?"

"어디서 생긴 건 나두 모르우. 그런데 우리 집에 와서 내가 대국 비단 말했다구 말 마우. 우리 누님이 남더러 말 말라구 합디다."

이때 최서방의 큰아들 여덟살 먹은 아이가 훌쩍훌쩍 울면서 밖에서 들어왔다.

"너 왜 우니? 어떤 놈하구 싸웠느냐?"
하고 그 어미가 물으니
"백손 어머니가 내 머리를 이렇게 쥐어박았다우."
하고 그 아이는 쥐어박는 시늉을 내었다.
"네가 가만히 있었으면 쥐어박힐라구."
"콩볶은이˙ 조금 집어먹었더니 나더러 거지새끼라구 하구 막 쥐어박겠지."
최서방이 벌떡 일어앉으며
"어떤 년이 너더러 거지새끼라구 그래!"
하고 소리를 질러서 그 아내가 얼른
"백손 어머니가 귀여해서 좀 쥐어박은 걸 이 못 생긴 게 울고 온 게지."
하고 남편에게 눈짓하였다.

● 깎은서방님(선비)
말쑥하고 단정하게 차린 남자.
● 콩볶은이
불에 볶은 콩.

"창피한 것들하구 이웃해 살라니까 별꼴을 다 보겠네."
"이웃집에선 잘사는데 우리 집에선 하두 못사니까 창피도 해요, 아닌게아니라."
"농사두 않구 장사두 않구 소두 안 잡구 잘살면 남에게 의심이 나 사지."
"의심을 살 때 사더라두 우리도 남같이 잘살아봤으면 좋겠소."
최서방은 팔삭동이의 이야기를 돌쳐 생각하고
"백정의 집에 대국 비단 있는 것두 좋을 거 없어."
하고 속으로 슬그머니 모함 잡을 마음을 먹었다.

이날 다저녁때 양주 장교와 사령들이 꺽정이 집에 쏟아져 나와서 집안 식구들을 한옆에 몰아놓고 집뒤짐을 하게 되었으니, 이것은 꺽정이의 이웃집 최가가 양주 관가에 들어가서 백정의 자식 꺽정이 집에 평양 진상봉물이 있다고 밀고한 까닭이었다.

 외방에서 진상이나 선사하는 물건이 다락에서 많이 나왔다. 주단이 여러 필이요, 피물이 여러 장이요, 초가 몇 궤요, 면주, 반주斑紬 주속紬屬과 세목, 상목 목속은 다락뿐이 아니라 광에서도 나왔고 공단수의, 북포수의 수의 두 벌은 병인의 방에서 나왔다. 장교들이 집안 세간을 샅샅이 다 뒤진 뒤에 사령들이 집안 식구들을 따로따로 묶어 내세우는데 다 죽어가는 병인까지 끌어내니 애기 어머니가 보다 못하여 담을 크게 먹고

 "소인네 아비는 반신불수 병신으로 누워서 꼼짝을 못한 지가 여러 해올시다. 저기 저 기집아이년하고 집에 남겨 두시고 소인네들만 잡아가십시오."
하고 사정을 하였더니 옆에 가까이 섰던 장교 하나가 대들어서 보기 좋게 뺨을 한번 붙이며

 "이년아, 무슨 잔말이냐!"
하고 윽박질렀다. 애기는 말할 것 없고 병인까지 잡혀가게 되었는데, 병인의 입에서 아이구 아이구 소리가 절로 나오는 것을 무지스러운 사령들은 엄살이라고 야단을 치면서 개새끼처럼 끌고 갔다.

 양주군수(이때는 목사가 아니다)가 임꺽정의 집에서 나온 물건들을

동헌 대청으로 올리라고 하여 낱낱이 친히 살펴보니 초궤에 쓰인 택호는 모두 깎고 긁어버렸는데 그중에 영부사 택호는 흔적이 남아 있어서 아는 사람이 짐작으로 볼 수 있었다. 군수가 곧 꺽정의 집 식구들을 차례로 잡아들여서 물건의 소종래˙와 꺽정의 거처를 문초받는데, 꺽정이의 아비는 형틀에 올려매기 전에 다 죽은 송장이라 매를 몇개 치지 않고 끌어내치고 꺽정의 아들은 매를 치기 전에 물어도

"모릅니다."

매를 치면서 물어도

"모릅니다."

모릅니다 한마디 외에 다른 말이 없으므로 매를   ● 소종래(所從來) 근본 내력.
한차례 쳐서 끌어내치고, 꺽정의 계집은 물볼기를 치려고 사령들이 옷을 벗길 때

"이놈들아, 여편네 찬 걸레를 핥아먹을라느냐. 왜 옷을 벗기느냐!"

하고 사령들을 욕하기 시작하더니 나중에는 군수까지 치어다보며 이놈저놈 하여 군수가 화가 나서 말도 묻지 않고 물볼기만 되우 쳐서 끌어내치고, 그다음에 꺽정이 누이를 잡아들여서 엎어놓고 군수가

"이년, 너는 아는 대로 바로 아뢸 테냐?"

하고 호령하여 관속들이 호령을 받아내리고

"소인네 아는 것이야 존전에 어찌 기망하올 길이 있소리까."

하고 대답하여 관속들이 다시 대답을 받아올렸다.

"저 물건들이 어디서 난 것들이냐?"

"소인네 동생과 상종하는 양반님네들이 보내신 것이올시다."

"백정의 자식과 상종하는 양반이 어디 있단 말이냐?"

"소인네가 천한 백정이오나 소인네 아비는 이찬성 부인과 내외종남매간이옵고 소인네 시아비는 서울 재상님네와 친분이 있었삽고 소인네 동생도 여러 양반님네와 상종이 있숩는데, 소인네는 다 압지 못하오나 지금 함경감사께도 친좁게˚ 다닌다고 하옵디다."

"함경감사가 누구란 말이냐?"

"전라감사와 경기감사를 지냅시고 함경감사로 나갑신 양반 말씀이올시다."

"백정의 자식으론 발이 대단 너르구나."

하고 군수는 고개를 끄덕인 다음에

"네 동생은 어디를 갔느냐?"

하고 말을 고쳐 물었다.

"임진별장 이봉학이란 이가 놀러오라고 해서 가옵는 길에 황해도 봉산 사는 처남을 데리고 간 까닭에 봉산까지 갔다올 듯하외다."

"언제쯤 온다고 하고 갔느냐?"

"과즉˚ 한 열흘 된다고 하고 갔소이다."

"네 동생이 운달산이나 청석골 화적들하고 상종하는 것을 보았느냐?"

"소인네 동생이 온 뒤에 물어봅시면 아실 테지만 소인네는 본 일이 없소이다."

꺽정의 누이가 대답이 능란하여 대답을 듣는 군수는 말할 것도 없고 대답을 받아올리는 관속들도 다 속으로 놀래었다.

군수는 꺽정이 계집에게 봉욕하고 꼭뒤까지 났던 화가 꺽정의 누이를 문초받는 중에 많이 풀리었으나 아직도 화가 좀 남아서

"이다음 네 동생의 말이 네 말과 다르면 너는 장하에 죽을 줄 알아라."

하고 추상같이 호령한 뒤에 꺽정의 누이를 끌어내치고 꺽정의 동생을 잡아들였다. 절뚝발이 병신일망정 키는 엄부렁하게 큰 것이 어린아이같이 엉엉 울며 끌려 들어왔다. 사령들이 쥐어지르면 더 울고 군수가 호령하면 더 울어서 형틀에 올려 매놓기만 하고 문초를 받지 못하는 중에 울음을 잠깐 그치며 고개를 치어들고

- 친좁다 지내는 사이가 매우 친숙하고 가깝다.
- 과즉 '기껏해야'를 예스럽게 이르는 말.
- 엄부렁하다 실속은 없이 겉만 크다.

"형님 나 죽소, 형님 살려주우."

하고 고개를 끄떡끄떡하였다. 팔삭동이는 공중대고 형에게 하는 말을 집장사령執杖使令부터 동헌을 보고 원님에게 하는 말로 짐작하고

"이놈아, 무슨 소리냐?"

하고 윽박질렀다.

"그놈이 무어라느냐?"

군수가 채쳐서 관속들이 말을 받아올리니 군수는 형님이란 말을 이놈 저놈 소리보다도 더 봉욕으로 생각하여

 "그놈이 실성한 놈이다. 실성한 놈에게 말 물을 것 없다. 매를 쳐라!"

하고 호령을 내리었다. 얼뜬 위인이 매 네댓 개에 까물쳐서 고개가 축 늘어지니 군수가 이것을 보고

 "그놈이 흉물 쓴다. 더 쳐라."

하고 호령하여 매 열 개를 채운 뒤에 끌어내치었는데, 까물친 것이 깨어나지 못하여 다 죽은 송장과 같아서 사령들이 들어냈다.

 "이제 또 어떤 것이 남았느냐?"

하고 군수가 꺽정이 식구의 남은 사람을 물어서

 "여남은살 먹은 기집아이년이 하나 남았소이다. 그것이 대답 똑똑히 하던 기집의 딸이랍네다."

하고 형리가 애기 남아 있는 것을 아뢰니 군수는 곧

 "그 기집아이년을 마저 잡아들여라."

하고 분부하였다가

 "그년 모녀를 함께 잡아들여라."

하고 고쳐 분부하였다. 어미는 한옆에 앉히고 딸만 앞으로 내세우게 한 뒤에 군수가 내려다보며

 "꺽정이가 네게 무엇이 되느냐?"

하고 물으니 애기는 발발 떨며 대답을 못하였다.

 "네 외삼촌이냐?"

"네."
"네 외삼촌의 집에 저기 놓인 물건이 어느 때 생겼느냐?"
"빨리 아뢰라."
긴 대답소리에 나오던 말도 도로 들어가서 애기는 입만 옴질거리었다.
"고년도 맞아야겠다. 고년을 걷어 세우고 종아리를 쳐라."
딸이 종아리를 맞는 동안에 어미는 머리를 땅에 부딪쳤다. 종아리에서 피가 난 뒤 군수가 매를 그치게 하고 어미를 앞으로 잡아내서 꿇려놓고
"네 딸년을 네 눈앞에서 쳐죽이기 전에 네년이 아는 대로 다 바로 아뢸 테냐?"
하고 호령하니
"무엇이든지 물읍시면 소인네 아는 대로 다 아뢰겠소이다."
하고 꺽정의 누이가 대답하였다.
"저 물건들이 언제 생긴 것이냐?"
"작년 설에 생긴 것도 있숩고 올 설에 생긴 것도 있소이다."
"초궤들은 언제 생긴 것이냐?"
"그것도 작년 설과 올 설에 생긴 것이올시다."
"그것이 함경 감영에서 온 것이냐?"
"어디서 온 것은 모르오나 서울서 왔다고 하옵디다."
"네 동생이 영부사 댁에도 다닌다드냐?"
"그건 소인네가 압지 못합네다."

"네 동생이 화적질 다니는 것을 이웃에서까지 다 아는데 네가 모른단 말이 될 말이냐!"

"하늘이 내려다봅시지 소인네 동생은 화적질 다닐 리가 만무하외다."

"네 집에 자주 드나드는 사람은 누구누구냐?"

"소인네 집에는 혹간 오시는 손님 외에 일꾼 하나밖에 드나드는 사람이 없소이다."

"그 일꾼은 어디 있느냐?"

"오늘 식전에 죽산 칠장사에 옷 가지고 갔소이다."

"뉘 옷을 가지고 갔단 말이냐?"

"소인네 시아비 옷이올시다. 소인네 시아비가 칠장사에서 중 노릇을 하옵는데 죽산 근방에서 생불스님이라고 한답네다."

군수는 꺽정이 누이의 말을 듣고 고개를 몇번 끄덕끄덕하였다.

이때 양주군수는 죽산 안진사와 같이 칠장사에 놀러갔던 이참봉의 백씨라 칠장사 노장중이 경력이 많고 도덕이 높은 것을 그 계씨에게 들어서 아는 터이었다.

"너의 시아버지가 나이 올에 얼마냐?"

"여든다섯살이올시다."

"근력이 아직도 좋다느냐?"

"아직 큰 병은 없는 줄로 아옵네다."

"네가 언제 보러 갔더냐?"

"소인네 모녀는 오지 말라고 해서 가지 못하옵고 소인네 동생이 자주 다니옵네다."

"네 동생이 언제 갔다왔느냐?"

"작년 겨울에 갔다오고 그 뒤엔 아비 병 까닭에 하루도 집을 떠나지 못했소이다."

"네 아비 병이 지금은 나은 모양이냐?"

"봄을 잡아들며 조금씩 나아서 지금은 세전에 대면 아주 다 나은 셈이외다."

"작년 섣달에는 네 동생이 어디 나간 일이 없느냐?"

"어디를 나갈 수 있었으면 선생을 안 보러 갔겠삽네까."

"선생이 누구냐?"

"소인네 시아비가 소인네 동생의 선생이올시다."

"네 동생이 글자 하느냐?"

"글은 못하옵네다."

"좋은 선생에게 배웠다며 글을 못한단 말이냐?"

"임진별장 이봉학이란 이도 소인네 동생의 동접이온데 역시 글을 잘 못한다 하옵디다."

"네 동생이 너의 시아버지 같은 도덕 있는 중의 제자라고 하면 불법한 짓은 안 할 듯하나 저 물건들의 소종래가 종시 수상하고 또 초궤에 쓰인 택호를 긁어버린 것이 작은 일일망정 대단 수상하니 네 동생이 와서 수상한 것을 명백히 하기까지 너희들은 다 갇혀 있을 줄 알아라."

"소인네가 감히 죽음을 무릅쓰고 한마디 사뢸 말씀이 있소이다."

"무슨 말이냐?"

"소인네 아비는 옥에 갇히는 날 옥에서 죽지, 살지 못할 것이 오니 놓아줍시고 저 기집아이년 하나만 같이 놓아줍셔서 미음이라도 끓여먹이게 해줍시면 소인네 남매가 죽은 뒤 풀을 맺어서라도 은혜를 갚사오리다."

꺽정의 누이가 눈물 섞어 사정하니 군수는 별로 주저하지도 않고

"그건 그래라."

하고 허락하였다. 애기 어머니 시누이올케와 팔삭동이 숙질은 옥에 갇히게 되고 애기 조손만 집으로 놓여 나왔는데 집이라고 난리쳐 간 뒤 같았다. 관속들이 빈집을 그대로 두고 갔는지 양민들이 세간을 뿔뿔이 들어갔는지 눈에 뜨이는 세간이 많이 없어졌다. 병인이 매 맞고 나온 뒤 이틀 동안 미음 한 모금 먹지 않고 앓는데, 애기가 미음 그릇을 들고 지성스럽게 권하여도 눈도 떠보지 않을 때가 많았다. 눈 감고 누운 병인은 목에서 나는 가르랑 소리가 죽지 않은 표이었는데, 사흘 되는 날 아침에 애기가 병인의 방에 들어와본즉 그 가르랑 소리가 없어져서 마음이 섬뜩한 것을 간신히 참고 병인 옆에 가까이 와서

"할아버지!"

하고 큰 소리로 부르며 얼굴에 손을 대어보니 차기가 곧 얼음 같았다.

"아이구머니!"

하고 소리를 지르며 밖으로 뛰어나왔다. 애기가 혼자 울고불고하다가 최서방 내외를 가서 보고

"할아버지가 죽었는지 모르겠으니 좀 와서 보아주세요."

하고 사정하였더니 최서방은

"내 집에 왜 왔느냐! 가거라!"

하고 소리지르고 최서방의 아내는

"우리가 백정의 송장을 만질 사람이냐?"

하고 소리를 질러서 애기는 두말 못하고 울며 돌아섰다. 이튿날 낮에 죽산 갔던 신불출이가 돌아와서 죽은 사람의 뻣뻣한 수족을 억지로 거두고 홑이불폭으로 덮어놓은 뒤에 애기를 보고

"옥에 가서 말했느냐?"

하고 물으니 애기가 눈물을 흘리며

"어머니까지 죽으라구 가서 말해요?"

하고 대답하였다.

"이웃집 최가 내외가 와보드냐?"

애기가 고개를 흔들며 최서방 내외가 알던 정 보던 정 없이 소리질러 쫓던 것을 이야기하니

"내가 지금 장터에서 이야기를 듣고 왔다. 이웃집 최가가 밀고해서 이번 일이 났다드라. 내가 오늘 곧 떠나서 너의 아저씨를 찾아 뫼시구 올 테니 그동안 참구 지내라."

하고 애기에게 말을 이르고 신불출이는 곧 봉산으로 떠나갔다.

꺽정이가 황천왕동이와 같이 양주 집에서 떠난 뒤 첫날은 임진 이봉학이게 와서 자고 다음날은 청석골 산속에 와서 잤다. 청석골 두령들이 황천왕동이를 위하여 밤잔치를 차리어서 술들을 먹는 중에 박유복이의 아내가 저녁 먹은 것이 관격˚이 되어서 유복이는 말할 것 없고 오가까지 안에를 자주 드나들게 된 까닭에 다른 두령이 있지만 재미가 없어서 꺽정이가 술을 많이 먹지 않고 상을 치우게 하고 진상봉물 뺏어온 이야기도 대강 듣고 말았다. 청석골서 떠나서 이틀에 봉산을 가고 봉산서 천왕동이 장인에게 붙들려서 가던 날까지 사흘 묵고 회정하게 되었는데, 회로에는 청석골을 알과할˚ 작정하고 오다가 공교히 탑고개에서 곽오주를 만났다.

"유복이네 아주머니 일어났나?"

"일어났소. 한두 군데 보러 나왔드니 고만두구 형님하구 같이 들어가야겠소."

"자네는 자네 볼일 보러 가게. 나는 나대루 가겠네."

"큰 볼일 없소. 같이 들어갑시다."

"내가 이번은 그대루 지나가겠으니 여러 사람에게 가서 말이나 하게."

"나는 그런 말 하기 싫소. 형님이 가서 말하구 가우."

"말하기 싫거든 고만두게."

"형님, 그대루 가서 되우? 여러 사람은 고만두구 내가 우선 섭섭하우. 이번에 들어가서 술이나 실컷 먹읍시다."

"내가 집에 가서 죽산길을 떠날 테니까 바루 가야겠네. 술은 이다음에 먹세."

"형님을 만났다가 그대루 놔보내구 들어가면 나는 여러 사람에게 지청구 받소. 잠깐이라두 들어갔다 가우."

오주가 붙들고 놓지 않아서 꺽정이는 마지못하여 다시 청석골 산속에를 들어오게 되었다.

이날 밤에 여러 두령과 서림이가 오가의 집 사랑에 모여서 꺽정이를 술대접하는데 술 사이에 운달산 박연중이 소굴 빼앗긴 이야기가 나서 꺽정이가 듣고 옆에 앉은 오가를 돌아보며

"연중이가 잡히지나 않았답디까?"

하고 물으니 오가는

"박연중이가 왜 스라소니요? 잡히게."

하고 대답하였다. 서림이가 오가의 대답을 받아서

"박연중이가 스라소니는 아니라두 두꺼비는 틀림없지요."

하고 웃고 여러 사람이 두꺼비란 말을 알아듣지 못하는 것을 보고 서림이가 다시

"두꺼비라 돌에 치였지요."

하고 웃어서 여러 사람이 다같이 웃었다.

"여기는 정작 아무 뒤탈이 없었지?"

하고 꺽정이가 물으니

"곱게 먹구 새겼지, 탈이 무슨 탈이오. 금교역말 술집 주인이

● 관격(關格) 먹은 음식이 급체하여 가슴속이 막히고 계속 토하며 대소변이 나오지 않는 위급한 상황.
● 알과(戛過)하다 어떤 곳의 근처를 지나면서 그곳을 들르지 않고 그냥 지나가다.

매 맞은 것이나 탈이라구 할까."
하고 오가가 걱정이의 말에 대답한 뒤 곧 이어서
 "속내 모르는 사람이 보면 술집 주인이 무슨 나타난 죄야 있소? 강음읍에 잡혀가 갇힌 것을 우리가 친분 있는 강음이방에게 한두 번 부탁했더니 십여일 만에 우물쭈물해서 내보냅디다. 어물전 젊은 주인이 우리 심부름한 것은 그 아비두 까맣게 모른다우. 대체 다른 사람의 꾀는 구석이 비는 데가 많지만 서장사의 꾀는 물 부어 샐 틈이 없습디다. 서장사는 지금 우리의 보배요."
하고 늘어놓는데 서림의 칭찬을 곽오주가 못마땅하게 여겨서
 "어서 술들이나 먹읍시다."
하고 술그릇을 부리나케 돌리었다.
 밤이 늦도록 술을 먹고 이튿날 식전 해정한 뒤에 걱정이가 떠나려고 하는 것을 여러 사람이 하루만 더 묵어가라고 굳이 붙들어서 마침내 떠나지 못하고 낮에 여러 사람들과 같이 도회청 마루에서 술을 먹는 중에 작은 두목 하나가 들어와서
 "일전에 왔다가신 손님이 또 오셨습니다."
하고 고하며 뒤미처 곧 천왕동이가 바쁜 걸음으로 들어왔다.
 천왕동이는 여러 사람이 맞아올릴 사이도 없이 대청 위로 올라오고 걱정이가 말을 물을 사이도 없이 말하기 시작하였다.
 "형님, 큰일났소. 형님 이웃의 최가란 놈이 형님 집에 평양 진상봉물이 있다구 양주 관가에 고발해서 관속들이 나와서 집뒤짐을 해가구 집안 식구를 깡그리 잡아갔다우. 지금 우리 누님, 애기

어머니, 백손이, 팔삭동이 넷은 옥에 갇혀 있구 백손이 할아버지, 애기 둘만 놓여 나와 집에 있는데 백손이 할아버지가……."
하고 천왕동이가 잠깐 우물거리니 꺽정이가
"무어야?"
하고 소리를 질렀다.
"병이 더쳐서 다 돌아가게 되었다우."
꺽정이가 곧 좌중을 향하여
"나는 가우."
하고 일어서니 여러 두령은 어안이 벙벙하여 말들을 못하는데 서림이가 꺽정이를 보고
"잠깐만 기다리시우."
말하고 곧 천왕동이를 보고
"대체 양주 소식을 봉산서 어떻게 들으셨소?"
하고 물었다.
"형님 집에 있는 사람이 형님을 찾아서 내게를 왔습디다."
"그 사람은 지금 어디 있소?"
"어제 밤중은 해서 내게 와서 오늘 새벽에 같이 떠났는데 내가 먼저 왔소."
서림이가 다시 꺽정이를 보고
"아무리 급하시드라두 그 사람이 오거든 자세한 이야기나 들구서 떠나시는 것이 좋겠소."
하고 말하니 꺽정이의 대답이 나오기 전에 천왕동이가

"나는 허허실수루 여기를 들렀지만 그 사람이야 이리 들어올 리 있소?"

하고 말하였다.

"오는 길목에 사람만 내보내두면 될 테니까 그것은 어려울 것 없지요."

"그 사람이 오면 무슨 별소리 있을 줄 아우?"

"별소리야 없겠지요. 그렇지만 그 사람이 오면 좀 자세한 이야기두 들을 수 있구 또 그동안 사람을 양주 보내서 관가 동정을 탐지한 뒤에 이것저것 다 생각해보구 가야지 낭패가 없지. 지금 그대루 더뻑 가는 것은 섶 지구 불에 뛰어드는 셈이오. 잘못하면 양주 가지두 못하구 포교나 장교 손에 잡힐는지 누가 아우."

서림이의 말이 근리하여 천왕동이가 꺽정이를 돌아보며

"형님, 그렇게 하는 게 좋을까 보우."

말하고 곧 여러 두령들이 우 하고 나서서 서림의 말대로 하는 것이 좋다고 말하니 꺽정이는 고개를 외치며

"안 되어. 안 되어."

하고 부적부적 밖으로 나갔다. 여러 사람들이 다 꺽정이의 뒤를 따라나오는 중에 박유복이가 천왕동이더러

"자네, 양주까지 갈 텐가?"

하고 물으니 천왕동이는

"그럼, 가구말구."

하고 대답하였다.

"나두 같이 가겠네."

"같이 가는 게 부질없소. 고만두우."

"형님이 어떻게 될는지 모르는데 내가 가만히 앉아 있을 수 있나."

꺽정이가 뒤를 돌아보며

"유복이가 나하구 같이 가겠단 말이냐? 당치 않은 소리 하지 마라. 천왕동이두 여기서 도루 봉산으루 가거라."

하고 말하니 천왕동이가 성을 빨끈 내며

"우리 누님이 옥에 갇혀서 죽을지 살지 모르는데 나더러 봉산으루 도루 가란 말이오? 새벽에 떠날 때 장인 장모 모두 대들어서 가지 말라구 붙들기에 대판 쌈질을 하구 봉산은 아주 하직한다구까지 하구 왔소. 형님이 나하구 같이 안 간다면 나 혼자 먼저 가겠소."

하고 휘적휘적 앞으로 나갔다.

"이애, 가만있거라. 같이 가자."

꺽정이가 천왕동이를 혼자 가지 못하게 붙든 뒤에 박유복이를 보고

"너만은 고만둬라."

하고 이르니 유복이는 고개를 숙이고 대답이 없었다. 서림이가 앞으로 나와서 먼저 박유복이를 보고

"양주를 가시드래두 좀 봐가며 가시우."

말하고 그다음에 꺽정이를 보고

"물건 출처를 대게 될 경우에는 평양서 내가 보냈다구 하시오. 그러면 얼마 동안 날짜는 끌 수 있을 게요."
하고 말한즉 꺽정이는 그저 들을 만할 뿐이었다. 서림이의 말이 끝난 뒤 꺽정이가 여러 사람의 인사도 변변히 받지 않고 총총히 떠나갔다.

2

꺽정이가 천왕동이를 데리고 청석골서 떠나서 일력日力을 다하여 임진까지 왔으나 나루를 건널 수가 없어서 나룻가에서 하룻밤을 드새고 이튿날 식전 첫배를 타고 건너온 뒤 줄달음을 치다시피 하여 점심나절도 채 되기 전에 양주 집을 들어왔다. 반겨 내닫는 애기를 보고 꺽정이는 고개만 몇번 끄덕이고 바로 아비 방에 와서 방문을 열었다. 눈에 뜨이는 것은 얼굴 덮은 홑이불폭이요, 코를 찌르는 것은 살 썩는 시취라 꺽정이는 정신이 아뜩하며 눈앞이 캄캄하여 털썩 주저앉았다가 간신히 정신을 차리고 벌떡 일어서서 방으로 들어왔다.
"아버지, 나 왔소. 꺽정이 왔소."
하며 홑이불폭을 걷어치니 눈앞에 드러나는 것이 아비의 얼굴이 아니다. 꺼진 눈자위, 악물린 이빨, 어디가 조금이나 보던 얼굴 같을까. 꺽정이가 다시 넋잃은 사람같이 앉았는 것을 천왕동이가 와서 붙들어 일으켜서 안방으로 건너왔다. 꺽정이가 안방에 와서 앉으며 비로소 아이구 소리 한마디를 지르고 네 이웃에 다 들릴 만큼 큰 울음소리를 내놓았다. 천왕동이는 꺽정이의 울음을 진정시키려 못하고 나중에 애기에게 옥에 갔다온다고 말하고 나갔다.

천왕동이가 나간 뒤에도 한동안 착실히 지나서 꺽정이는 울음을 겨우 그치고 자기 손으로 머리를 푸는데, 밖에서 여러 신발소리가 나서 애기가 얼른 내다보니 꾸역꾸역 집으로 들어오는 것이 장교와 사령들이었다.

"아이구, 아저씨 잡으러들 왔소."

애기의 말을 듣고 꺽정이가 곧 머리를 거듬거듬하여 수건으로 눌러 동이며 마루로 나왔다. 앞장선 두 장교가 마루 앞으로 가까이 오며 하나가 먼저

"꺽정이, 관가에 잡혔다."

하고 말을 붙이고 또 하나가 뒤를 이어

"곱게 잡혀가자."

하고 말을 일렀다. 꺽정이가 힘이 장사인 줄 아는 까닭에 꺽정이 하나를 잡아가려고 장교와 사령이 십여명 몰려나왔지만, 그래도 염려스러워서 마구 욱대기지 못한 것이었다. 꺽정이가 한동안 눈만 부릅뜨고 말이 없이 섰다가 나중에

"내가 지금은 못 잡혀가겠소. 죽은 아버지를 아무렇게라두 땅에 끌어 묻구야 잡혀갈 테니 오늘은 그대루들 가구 내일모레쯤 다시 나오."

무거운 말소리로 띄엄띄엄 말하였다.
 "관가 일을 네 맘대루 지휘하느냐?"
 "그런 어쭙잖은 소리 말구 얼른 나서라."
 "내가 잡혀가구 싶지 않은 걸 잡아갈 사람이 누구요? 삼사십명은 고만두구 삼사백명이라두 내 몸에 손끝 하나 못 댈 테니 알아 하우."
 꺽정이 눈에 불이 철철 흘렀다. 장교와 사령들이 꺽정이의 기안에 눌려서 말 한마디 못하고 서로 돌아보기들만 하는 중에 나이 먹은 장교 하나가 앞으로 나서서
 "여보게 꺽정이, 내 말 듣게. 자네를 우리 자의로 잡으러 온 것 같으면 내일모레는 고사하구 열흘 보름이라두 관한˙을 해주겠네. 그렇지만 우리 자의가 아니구 안전 분부니 자네가 관가에 들어가서 안전께 사정을 말씀하게."
말씨 곱게 말하니 꺽정이가 수건을 벗고 풀어진 머리를 내보이며
 "지금 막 머리를 푸는 중이오. 들어가서 안전께 이런 사정을 여쭈어주시우. 내가 한번 잡혀간다구 말한 바엔 도망할 리두 없구, 또 식구들이 모두 옥에 갇혀 있는데 나 혼자 도망한들 무어하겠소."
하고 순순히 대답하였다. 그 장교가 다른 장교, 사령들과 쑥덕쑥덕 말하고 나서 다시 꺽정이를 보고
 "자네 사정이 하두 딱하니 우리가 들어가서 안전께 말씀을 여쭈어봄세. 그렇지만 또 나오게 될는지 모르겠네. 자네두 좀더 생

각해보게."

하고 먼저 돌아서 나가니 다른 장교, 사령들도 모두 그 뒤를 따라 나갔다.

장교와 사령이 십여명이나 함께 몰려나왔다가 뒤통수들을 치고 들어가니 그중에는 남보기 창피하다고 두덜거리는 사람도 없지 않고 또 원님께 죄책을 당하겠다고 귀성거리는˙사람도 없지 않았다. 그대로 들어가자고 발론하던 나이 먹은 장교가 두덜거리는 사람들보고는

"큰 창피를 안 당하려면 작은 창피는 참아야 하네. 꺽정이가 어떤 장산지 자네들 잘 아는가? 스무살 안짝에 벌써 기둥을 쳐들구 물건을 끼었다 뺐다 한 장살세. 내가 아까 말하지 않든가. 꺽정이 잡으러 오는 데는 한둘이나 십여명이나 마찬가지라구. 십여명쯤으루 건드리지 못할 걸 아니까 그렇게 말한 겔세. 꺽정이를 섣불리 건드리지 않은 것은 잘한 일인 줄만 알게."

● 관한(寬限)
촉박한 기한을 넉넉하게 잡아서 늦춤.
● 귀성거리다
구시렁거리다.
잔소리를 듣기 싫도록 자꾸 되씹어 하다.

하고 중언부언 타이르고 또 귀성거리는 사람들보고는

"안전께는 말씀만 잘 여쭈면 꾸중 한마디 안 들을 테니 염려들 말게. 말씀 여쭐 것은 내 맡음세."

하고 한 말로 담당하였다. 장교와 사령들이 관가에 들어왔을 때 그 나이 먹은 장교가 군수 앞에 나와서

"꺽정이를 잡으러 가보온즉 머리를 풀구 죽은 아비 옆에 엎드려 통곡하는 중이옵디다. 아무리 천인이라두 아비 임종두 못한

놈이 막 와서 발상하옵는 것을 잡아내기 어렵사와 말미를 주구 왔소이다."
하고 아뢰니 군수는 듣고 다른 말이 없이 다만
"도타할 염려가 없겠느냐?"
하고 물었다.
"처자식이 갇혀 있사온 까닭에 도타할 염려는 없사오나 튼튼할 성으루 소인들이 꺽정이 집을 지키겠소이다."
"그럼 내일 식전 조사 뒤에 잡아 대령하도록 해라."
"네, 그리하오리다."
그 장교가 삼문 밖에 물러나와서 동무 장교와 사령들을 보고
"내 말이 어떤가. 영락재없지."
하고 말이 맞은 것을 자랑하였다.
"그러나 밤에 누가 나가 지킬 테요?"
"낮에 십여명이 나가 못 잡은 놈을 밤에 한둘이 지켜 무어하우?"
"내일 식전에는 무슨 용뺄 수 있소? 어떻게 잡아올 테요?"
"또 무슨 거짓말을 꾸며댈라우?"
여러 사람이 중구난방으로 지껄이고 나서는 것을 그 장교가 손을 내저으며
"가만히들 좀 있게."
하고 누르고 나서
"우리가 나가서 지키지 않드래두 꺽정이는 도망 못할 게니 염

려 말게. 집에 뻗쳐놓은 아비 송장이 있지, 옥에 갇힌 식구가 있지 어딜 도망 가겠나. 그러구 내일 식전에는 여럿이 나갈 것 없네. 누구든지 하나만 나하구 같이 나가서 꺽정이를 잡아오세. 오늘 맘을 눅여준 까닭에 제 입으루 말한 모레 안에 잡아올 수 있을 테니 내일 두구 보게."
하고 말하니 다른 장교와 사령들은 다행히 여겨서
"그러면 작히 좋겠소."
"우리는 모르니 잘해보우."
이와같은 말을 지껄이고 다 각기 집으로 흩어져갔다.
　황천왕동이가 옥에서 돌아왔을 때 꺽정이는 멍하니 안방에 앉아 있었다.
"형님을 잡으러 한떼가 나왔다드니 안 왔습디까?"
"지금 막들 왔다갔다."
"형님을 가만두구 갔으니 웬일이오?"
"초상 상제라구 인정 쓰구 간 모양이다."
"나는 옥에 가서 보구 왔소."
"병들이나 없다드냐?"
"누님이 장독이 나서 말 아니구, 팔삭동이가 다 죽어갑디다."
"옥사쟁이가 말썽부리지 않드냐?"
"그까짓 자식이 말썽부리면 소용 있소? 한옆으루 떠다밀구서 애기 어머니하구 이야기했소."
"우리 누님은 장독이 안 났다드냐?"

"애기 어머니는 괜찮은갑디다. 형님더러 관가에 들어가기 전에 한번 오라구 말하랍디다."

"지금 좀 가보구 올까?"

"나하구 같이 갑시다. 내가 가서 옥사쟁이를 붙들구 실랑이할 게 그 틈에 형님이 애기 어머니하구 이야기하우."

"그럼 같이 가자."

꺽정이는 천왕동이를 데리고 옥에 있는 식구들을 보러 왔다.

옥이라고 허술하기 짝이 없어서 옥문을 열고 안에까지 들어가지 않더라도 앞에 있는 창살 틈으로 갇힌 사람을 들여다보며 이야기할 수 있었다. 그러나 옥쇄장*이란 것이 열의 아홉은 심청이 고약하여 옥 앞에 사람이 얼씬을 못하게 쫓는 까닭에 옥에 갇힌 사람을 보러 오자면 옥쇄장의 인정을 사려고 코아래 진상을 갖다드리는 것이 의전례依前例 있는 일이었다. 꺽정이가 천왕동이를 앞세우고 옥 앞으로 들어올 때 옥쇄장이 보고 마주 나오며

"네가 아까 나를 떠다박지르든 놈 아니냐!"

하고 황천왕동이를 노려보았다.

"여보게, 자네게 사과하러 왔네."

"뉘게다가 하게를 던지느냐, 이놈아. 내가 언제 네놈더러 사과하러 오라드냐."

"내가 아까 잘못했네. 용서하게."

"네가 아까 와서 행패한 것이 벌써 관가에 입문됐다. 경칠 테니 두구 봐라."

"나중 경칠 것은 어쨌든지 지금 잠깐 나 좀 보게."
"누가 네놈을 보구 싶다느냐."
"그러지 말구 조용히 좀 보세그려."
"날 왜 보자느냐?"
"볼일이 있으니까 보자지."
"볼일이 무어냐?"
"잠깐만 저 뒤루 들어가세."
천왕동이가 옥쇄장의 손을 끄니
"뒤에 들어가서 볼일이 무어냐?"
옥쇄장은 황천왕동이의 품이 불룩한 것을 유심히 보면서 못 이기는 체하고 끌려갔다.

꺽정이가 옥 앞에 와서 창살을 붙들고 어둔 속을 들여다보며

● 옥쇄장(獄鎖匠) '옥사쟁이'의 원말. 옥에 갇힌 사람을 맡아 지키던 사람.

"누님, 어디 있소?"
하고 물으니 안에서
"아이구, 형님."
하고 팔삭동이가 소리를 질렀다.
"오, 너냐?"
꺽정이는 동생을 살펴보는데
"아버지, 나두 여기 있소."
백손이가 아비를 알은체하였다.
"오, 백손이냐?"

꺽정이가 자세히 들여다보니 백손이와 팔삭동이가 둘이 다 머리에 칼을 쓰고 발에 차꼬를 차고 앉아 있었다.

"아주머니하구 너의 어머니는 어디들 있느냐?"

"다음 칸에들 있소."

꺽정이가 다음 칸 앞에 와서 서니

"동생 왔나?"

하는 것은 애기 어머니의 목소리요,

"인제 왔소?"

하는 것은 백손 어머니의 목소리다.

꺽정이가 안침을 들여다보며

"큰 병들이나 없소?"

하고 물으니 애기 어머니가

"나는 매를 안 맞아서 괜찮지만 백손 어머니는 장독이 났어."

하고 대답하였다.

"어떻게든지 할 테니 염려들 마우."

"그런데 아버지가 대단하시다지?"

"아버지 돌아가셨소."

애기 어머니가 아이구 하고 울음을 내놓으니 백손 어머니도 따라서 아이구 소리를 내었다.

"누님, 고만 그치시구 나보구 할 말이 있거든 말이나 얼른 하시우."

"물건 출처하구 초궤의 글씨 긁은 것만 잘 발명하면 무사할 것

같애. 나는 작년, 올 설에 서울서 왔다구 대답했으니 외착나지 않게 말하게. 애기년이 내가 대답하는 걸 다 들었는데 말하든가?"

"아직 못 들었소."

"그렇지. 그년이 정신이 없었을 거야."

백손이가 큰 소리로

"아재, 아재."

하고 팔삭동이를 부르는 소리가 나더니 나중에

"아버지, 아재가 죽었소."

하고 소리를 질러서 꺽정이가 다시 팔삭동이 숙질 있는 데로 왔다.

"죽다니, 숨이 막혔느냐?"

● 외착나다
착오가 생겨 서로 어그러지다.

"아까 아버지 보구 소리 한번 지르드니 고만 정신을 못 차리구 고꾸라졌소."

"숨은 있니?"

"숨이 있는지 없는지 모르겠소."

"큰일났구나. 물을 좀 먹여봐라."

"물이 여기 어디 있소?"

"가만있거라."

꺽정이가 옥쇄장을 보려고 옥 뒤에 돌아와서 보니 황천왕동이가 옥쇄장을 붙들고 서로 이놈 저놈 욕질하고 있었다.

옥쇄장이 처음에 황천왕동이게 끌려갈 때는 속으로 은근히 무엇을 줄까 하고 바랐는데 급기 옥 뒤에 들어가서는 한껏 하는

말이

"오늘 밤에 틈이 있거든 나하구 같이 술 먹으러 가세."
하는 시쁘장스러운 소리라 옥쇄장이 사람이 부처님의 중간토막이라도 골이 안 날 수 없었다.

"이놈아, 누가 너더러 술 달라드냐?"
"이놈 저놈 안 하구는 말 못하나."
"백정놈더러 놈이라구 못하면 누구더러 놈이라구 하랴."
"나는 백정두 아닐세. 황해도 봉산서 군관 다니시든 어른이야."
"백정놈의 붙이루 의관하구 다니며 거짓말하구, 그것만두 귀양갈 죄다."

황천왕동이가 불룩한 품에서 뚤뚤 뭉친 때 묻은 수건을 꺼내더니

'너 줄 물건 아니니 봐라.'
하는 듯이 옥쇄장 눈앞에 훌훌 털어서 얼굴을 씻고 다시 뚤뚤 뭉쳐 품에 집어넣었다.

"한 놈은 날 붙잡구 실랑이하구 한 놈은 갇힌 연놈들하구 짬짬이하구, 너희 놈의 꾀 다 알았다."
하고 옥쇄장이 급히 돌쳐서 나가려는 것을 황천왕동이가 쫓아와서

"내 말 좀 듣구 가게."
하고 손을 꽉 잡았다.

"손 놔라, 못 놓겠느냐?"

"글쎄 잠깐 내 말 좀 듣게."

"이놈아, 말이 무슨 말이냐?"

"관가에 들어간 물건이 있지? 그 물건을 찾아 내오거든 자네를 좀 나눠주두룩 내가 말함세."

"이놈이 누구를 놀리나!"

"놀리는 게 무언가. 참말일세. 만일 그 물건을 못 찾아내게 된다면 내가 소맷동냥을 해서라두 자네의 수고를 갚을 테니 갇힌 사람들을 좀 잘 봐주게."

"무엇이 어째! 갇힌 연놈을 잘 봐달라구? 오냐, 잘 봐주마. 저승 가는데 활개들을 치구 가두룩 잘 봐주마."

"지금 한 말 한번 다시 해봐라. 네놈이 만일 갇힌 사람 몸에 털끝만치라두 손을 대면 네놈의 배때기에 칼이 들어갈 테니 그리 알아라."

"이놈이 누굴 으르나. 경칠 놈 같으니."

"이놈아, 누가 경을 치나 두구 보려느냐."

옥쇄장과 황천왕동이가 서로 욕질들 하는 중에 꺽정이가 들어와서 옥쇄장을 보고

"갇힌 아이 하나가 방금 죽어가니 물 한 모금만 갖다 먹여주우."

하고 청하였다.

"내가 너희들의 심부름꾼인 줄 아느냐?"

"심부름꾼 아니면 사람 죽는 걸 가만 두구 볼 테요?"

"제명 짤러서 뒈지는 걸 내가 알 바 있느냐."

"이놈 심보 좋다. 어디 보자."

꺽정이가 옥쇄장을 떠밀어 자빠지자, 바로 다리를 잡아 거꾸로 치켜들었다.

"물을 갖다 먹일 테냐, 어쩔 테냐! 말해라."

옥쇄장의 고개가 끄덕끄덕하는 것을 꺽정이가 내려다보고

"내 동생이 죽기 전에 네가 죽지 않을라거든 물을 갖다 먹여라."

하고 다리를 내려놓았다.

꺽정이와 천왕동이는 옥쇄장을 끌고 옥 앞으로 나와서 곧 물을 가지러 보낸 뒤에 꺽정이가 창살 앞에 와 서서 백손이더러 말을 물었다.

"좀 피어났느냐?"

"아무리 보아두 아주 죽은 것 같소."

"손발이 어떠냐?"

"발은 만져보지 못해서 모르지만 손은 얼음장 같소."

"코밑에 손을 대어보았느냐?"

"더운 김은 없어지구 찬 김이 나우."

"젖가슴은 뛰느냐?"

"가만있소. 만져봅시다. 제미, 칼에 걸려서 맘대루 만져볼 수두 없네. 아이구, 살이 차디차우. 조금두 뛰지 않소."

"아이구, 그러면 아주 죽었구나. 여보 누님, 팔삭동이가 죽었다우."

꺽정이는 옥 앞에 주저앉아서 눈물을 흘리고 애기 어머니는 옥 안에서

"아이구 불쌍해라. 얼뜬 위인이 죽음까지 얼뜨게 했네. 아이구 불쌍해라."

넋두리하면서 울었다. 옥쇄장이 저의 집에를 몇 고팽이˙ 왔다갔 다할 동안이 지나도 오지 아니하여 황천왕동이가 괴이쩍게 생각 하며

"형님, 고만 집으루 갑시다."

하고 꺽정이를 붙들어 일으킬 때 홀제 아우성소리가 들리며 창칼 가진 관속 한 패가 옥 앞으로 쫓아들어왔다.

천왕동이가 꺽정이의 옷을 잡아당기며

● 고팽이
두 지점 사이의 왕복 횟수를
세는 단위.

"형님, 얼른 피합시다."

하고 말하니 꺽정이는 고개를 가로 흔들었다.

"그럼 어떻게 할 테요?"

"잡혀가지."

"형님이 잡혀가면 뒷일은 어떻게 하우?"

"원님보구 사정해서 내가 나오게 되면 좋구, 만일 나오지 못하 구 갇히거든 네가 이별장에게 가서 말하구 벳자를 얻어다가 아버 지를 묶어놓구 팔삭동이두 찾아내다가 묶어놔라."

"형님이 마저 잡혀가게 된다면 나는 청석골패를 끌구 와서 파 옥하겠소."

"장사 지낸 뒤에는 나 혼자서라두 어떻게 할 테니 내 말대루만 속히 해다우."

꺽정이와 천왕동이가 몇마디 수작하는 중에 수교가 장교, 사령 이십여명을 영솔하고 가까이 들어왔다. 꺽정이가 몇걸음 앞으로 나서며

"잠깐 거기들 서서 내 말 좀 들으우."

하고 큰 소리를 지르니 칼 들고 앞장선 수교부터 발을 멈추며

"네가 파옥하러 왔다지?"

하고 호령하였다.

"파옥이라니, 파옥하러 왔으면 옥문을 가만두었겠소? 옥문 좀 보구 말하우."

"옥사쟁이는 어째서 때려눕혔느냐?"

"옥사쟁이를 누가 때렸단 말이오. 우리는 때린 일 없소."

"때린 일 없는 것은 관가에 들어가서 변명하구 줄을 곱게 받아라."

"어차피 한번 원님께 들어가서 사정할 말씀이 있으니까 내가 갈 텐데, 여기 섰는 처남은 저의 누이를 잠깐 보러 온 사람이니 잡지 말구 보내우."

"안 된다."

"안 되어? 그러면 내가 먼저 처남을 보내구 나중 다시 이야기하겠소."

"이놈아, 힘꼴 쓴다구 휜소리 마라."

"꺽정이가 여기 섰으니 칼루 칠 사람이 있거든 쳐보구 창으루 찌를 사람이 있거든 찔러보우."

수교가 뒤를 돌아보며 눈짓하더니 장교와 사령들이 일시에 좌우로 갈라서서 꺽정이와 천왕동이의 앞을 막고 들어오며 아우성을 쳤다. 꺽정이가 수교를 노리며 쫓아나가다가 한번 뛰어 수교 뒤로 넘어가서 바른팔을 잡아젖히고 칼을 뺏었다. 장교와 사령들이 이것을 보고 쫓아올 때 꺽정이는 벌써 칼을 쥐고 이리 닫고 저리 닫고 하였다. 꺽정이가 삽시간에 장교, 사령 이십여명을 치는데, 치는 것은 칼등이라 사람은 하나도 상치 아니하나 치는 곳은 바른팔이라 병장기를 모두 떨어뜨리어서 옥문에 기대서서 구경하던 황천왕동이가 땅에 떨어진 칼과 창을 집어다가 한옆에 모아 놓았다. 장교와 사령들이 슬금슬금 뒤를 빼려고 드는 것을 꺽정이가 보고 소리를 질러서 도망질들을 치지 못하게 한 뒤에

"인제 꺽정이를 함부루 건드리지 못할 건 알았소?"
하고 수교를 바라보니 수교는 고개를 푹 숙이고 앉아 있었다.

"저기 또 한 패가 오는구려."
황천왕동이가 소리쳐서 꺽정이가 앞을 바라보고 섰는 중에 새로 장교, 사령 팔구명이 쫓아들어오며, 그중에서 꺽정이에게 인정 쓰던 나이 먹은 장교가 앞으로 나섰다.

"꺽정이 자네두 관령官令 거역하는 것이 큰 죈 줄 알겠지. 그만 것은 잘 알 사람이 이게 무슨 짓인가. 아까 머리 풀구 앉았을 때는 차마 가자구 우기지 못했지만 지금 여기까지 나온 바엔 거역

말구 곱게 가세."

"나 하나만 잡아간다면 긴말 아니하겠소. 그렇지만 일에 상관없는 내 처남까지 잡아간다니 사람이 비윗장이 갈라지지 않소."

"자네 처남은 잡아갈 것 없지. 가만있게."
하고 나이 먹은 장교가 수교에게 귓속말하고 와서

"자, 자네만 가세. 그대루 가두 좋지만 관령이 그렇지 못하니 줄을 지구 가세."
하고 붉은 줄을 내밀었다.

꺽정이가 옥 앞에서 잡혀서 관가에 들어갔을 때 날은 이미 어두웠다. 군수가 저녁 먹기가 늦은 까닭에 꺽정이를 잡아들여서 옥쇄장에게 행패한 것만 대강 사실査實하고 곧 장방에 내려 가두게 하였다.

이튿날 조사 끝에 비로소 장물에 대한 꺽정이의 초사를 받게 되었는데, 군수는 꺽정이의 인물이 사내답게 생긴 것을 보고 백정의 자식으로 난 것을 아깝게 여기는 마음이 없지 아니하였다.

"네가 본래 양주 사람이냐?"

"네, 양주서 났소이다."

"나이 올에 몇 살이냐?"

"서른여덟살이올시다."

"네가 백정의 자식으로 푸주도 안 하고 다솔식구에 어떻게 사느냐?"

"그럭저럭 살아갑니다."

"그럭저럭이라니 모호한 말이다. 분명히 말할 수 없느냐?"
"남의 도움이 많소이다."
"네 집에서 나온 주단, 포목 등속은 어디서 생긴 것이냐?"
"평양서 온 것이올시다."
"평양서 보냈어? 평양서 누가 보냈느냐?"
"수지국 장사 서림이란 사람이 보낸 것이올시다."
"서림이 어디 사람이냐?"
"광주 아전으루 경기 감영 영리를 다니든 사람이올시다."
"경기 감영 영리가 어떻게 평양 가서 토관을 다니느냐?"
"평안감사께 신임을 받았답니다."
"서림이가 너하고 대단 친하냐?"
"녜, 친합니다."
"네 누이의 말은 물건들을 서울 양반의 댁에서 보냈다니 그건 거짓말이냐?"
"물건이 올 때 서울편으루 온 까닭에 서울서 보낸 줄루 잘못 안 모양이올시다."
"물건이 오긴 언제 왔느냐?"
"재작년 섣달과 작년 섣달에 세찬으루 왔소이다."
"초궤두 평양서 온 것이냐?"
"녜, 그렇소이다."
"초궤에 영부사 댁 택호 쓰였던 것이 분명한데, 네게 보낸 것이면 그런 택호가 쓰였을 리 있느냐?"

"택호 쓰인 것은 못 보았습니다. 글씨를 썼다가 긁어버린 자국만 있습디다."

"네가 긁어버리지 않았느냐?"

"보낸 사람이 그런 것을 보냈습디다."

군수가 별로 까다롭게 묻지 않고 묻는 것을 그친 뒤에

"네 집 물건의 소종래가 네 말과 같은지 평양으로 알아보기까지 너는 갇히어 있어야 할 테니 그리 알아라."

하고 말을 이르니 꺽정이는 죽은 아비와 동생을 감장하도록 이삼 일 동안 말미를 달라고 사정하였다.

군수 생각에 꺽정이의 죄 있고 없는 건 나중 밝히면 드러나려니와 죄가 있다고 치더라도 상제 되기 전에 범한 죄가 상제 된 뒤에 발각될 때는 십악대죄十惡大罪 이외에는 다 속을 받고 내놓고 만일 속을 못 바치거나 안 바치려고 하면 백일거상시킨 뒤에 비로소 결벌決罰하는 것이 국법이라, 꺽정이를 내놓아 죽은 아비를 감장하게 하는 것이 국법에 비추어서 합당할 듯하여 꺽정이에게

"네 정경이 가긍해서 특별히 사흘 말미를 줄 것이매, 그 안에 감장하구 다시 들어와서 갇히게 해라."

하고 처분을 내리었다.

꺽정이가 집에 나와보니 천왕동이는 임진을 나가고 죽을 꼴이 된 애기 혼자 집에 있었다.

"오늘 아침에 옥에 갔다왔느냐?"

"어제 저녁에 밥을 가지고 갔다가 밥도 못 드리고 매만 맞았어

요."

"옥사쟁이에게 맞았느냐?"

"네, 다시 오면 다리를 분질러놓는다구 해요."

"밥 가지구 나하구 같이 가자."

껵정이가 애기를 데리고 옥에 가려고 집에서 나설 때 사령 하나가 쫓아오며

"껵정이."

하고 불렀다.

"무슨 일이 있소?"

"어디를 가나?"

"옥에 밥 들이러 가우."

"그럼 마침 잘됐네. 지금 형방이 옥에 나오셔서 동생 송장을 받아가라구 부르시네."

● 기탄(忌憚)하다
어렵게 여겨 꺼리다.

껵정이와 애기가 사령 뒤를 따라 옥에 와서 껵정이는 팔삭동이의 송장을 찾아내고 애기는 옥에 남은 세 식구에게 밥을 들이는데, 옥쇄장이 형방에게도 눌리려니와 껵정이를 기탄하여˙기광을 부리지 못하였다.

이날 점심때 천왕동이가 돌아오고 저녁때 이봉학이가 하인 하나 안 데리고 혼자 오고 이튿날 낮에 신불출이가 돌아오고 밤에 박유복이가 서림이와 작반하여 같이 왔다. 유복이가 올 때 다른 두령들이 다같이 오려고 하고 더욱이 곽오주가 몸달게 오려고 하는 것을 일체로 못 오게 하고 급할 때 지혜를 빌리려고 오직 서림

이와 같이 온 것이었다. 서림이가 온 것을 꺽정이는 의외로 생각하여 서림이를 보고 말하니 서림이가 웃으면서

"이번 액회 당하신 것을 구기본하여 말하자면 내 탓이라구 할 수 있는데, 내가 안 와 보일 길이 있습니까."

하고 대답하였다. 실상 서림이가 유복이를 따라온 것은 유복이의 비위도 맞추고 꺽정이의 환심도 사고 또 같잖은 의기도 보이려는 것이었다.

범절 없는 초종이나마 서림이 온 뒤에 비로소 두서를 차려서 상포로 수의 명색들도 만들고 상제의 상옷도 지었다.

이튿날 점심때가 지난 뒤에 북망산 한모퉁이에 장사를 지내게 되었는데, 서림이는 먼저 가서 산지山地를 잡고 박유복이와 황천왕동이는 서림이를 따라가서 산역들 하고 꺽정이는 아비의 관을 옆에 끼고 가고 신불출이는 팔삭동이의 관을 지게에 지고 가고 이봉학이는 애기의 손을 잡고 관 뒤에 따라갔다. 평토된 것을 보고 이봉학이는 산에서 바로 가는데, 갈 때 꺽정이에게 무슨 귓속말을 하였다.

장사를 다 지내고 집에 돌아왔을 때 꺽정이가 새삼스럽게 통곡함을 마지아니하여 박유복이가

"형님, 그만 우시우."

황천왕동이가

"운다구 죽은 사람이 살아오겠소? 고만 울구 갇힌 사람들 빼내올 도리나 생각합시다."

서림이가

"지금 우시구만 기실 때가 아닙니다."

또 신불출이가

"고만 진정하십시오."

하고 여럿이 말로 말리는 외에 애기까지

"아저씨, 고만 그치세요."

하고 팔목을 잡고 흔들며 말리었다.

꺽정이가 곡을 그친 뒤에 서림이가 먼저 꺽정이더러

"앞으루 어떻게 하실 생각입니까?"

하고 물으니 꺽정이가 한참 만에

"아직 질정한 생각이 없소."

하고 대답하였다.

"아까 이별장이 갈 때 무슨 말씀 합디까?"

"나만 피하구 없으면 내 식구쯤은 자기 힘으루 주선해서 빼놓을 수 있다구 나더러 피하랍디다."

꺽정이 말끝에 박유복이는

"그러면 됐소. 형님, 우리게루 갑시다. 숨어 있기는 우리게가 좋지 않소."

하고 권하는데 황천왕동이는

"아니, 그게 될 말이오? 옥에 남은 식구들이 모두 팔삭동이처럼 죽어 나오게 되란 말이지, 말이 되우?"

하고 타박하였다. 박유복이가 서림이를 돌아보며

"이별장 말이 유리하지 않소? 서장사 생각엔 어떻소?"
하고 의견을 물어서 서림이가 나직나직한 말소리로
"황서방의 염려가 좀 과하긴 하나 그런 염려가 바이 없진 않소. 이별장의 주선이 어련할 것이로되, 그 주선이 도는 동안에 옥에 갇힌 사람이 몇 번 죽구 몇 번 살는지 누가 아우? 사람의 목숨이 워낙 초로草露 같다지만 옥에 갇힌 사람의 목숨이야말루 참말 초로 같소. 내 생각 같아서는 옥에 갇힌 사람들까지 아주 빼가지구 우리게루 가시는 게 제일 상책일 듯하우."
하고 대답하는 것을 꺽정이는 눈을 감고 듣고 있었다.
"그렇게 하면 더 좋겠소."
박유복이가 말하고
"지금 그렇게라두 해야지 별수 있소?"
황천왕동이가 말하는데 꺽정이는 여전히 눈을 딱 감고 있어서 천왕동이가 속으로 조바심이 났다.
"형님, 어떻게든지 좌단左袒해 말하우."
꺽정이가 천왕동이의 말을 듣고 비로소 눈을 뜨고 애기를 보며
"저녁밥 곧 지어라."
하고 이르고 다른 말이 없었다.
꺽정이 앞에 세 갈랫길이 놓여 있었다. 한 갈래는 식구들이 갇혀 있는 옥으로 들어가는 길이니, 이 길로 가면 적어도 극변極邊이나 원악도를 안 가지 못할 것 같고, 또 한 갈래는 식구들을 버리고 정처없이 떠나가는 길이니, 이 길로 가면 나중 돌아올 기약

이 망연할 뿐 아니라 돌아오게 되더라도 식구들을 다시 보지 못할 것 같고, 마지막 한 갈래는 식구들을 옥에서 빼내가지고 청석골로 달아나는 길이니, 서림이가 가르치고 유복이가 끌고 또 천왕동이가 권하나 이 길로 가면 막이˚ 적굴에 빠져서 도적놈으로 일생을 마치게 될 것이라, 세 갈랫길이 다같이 꺽정이 마음에는 좋지 않았다. 도적놈의 힘으로 악착한 세상을 뒤집어엎을 수만 있다면 꺽정이는 벌써 도적놈이 되었을 사람이다. 도적놈을 그르게 알거나 미워하거나 하지는 아니하되 자기가 늦깎이로 도적놈 되는 것도 마음에 신신치 않거니와 외아들 백손이를 도적놈 만드는 것이 더욱 마음에 싫었다. 서림이가 중언부언 이해˚를 말하고 천왕동이가 조급하게 결정을 재촉하여도 꺽정이는 이렇다 저렇다 대답 한마디가 없어서 사람이 좀 늘쩡한 유복이까지 답답하게 생각하여

● 좌단(左袒) 왼쪽 소매를 벗는다는 뜻으로, 남을 편들어 동의함을 이르는 말.
● 막이 별수없이.
● 이해(理解) 사리를 분별하여 해석함.

"당초에 말이 없으니 사람이 답답하지 않소. 대체 형님같이 과단성 많은 이가 오늘은 웬일이오?"

하고 말하였다. 얼마 뒤에 꺽정이가 꿈꾸다가 깬 때와 같은 태도로

"서장사 말대루 할 테니 식구 빼내올 계책을 서장사가 담당하우."

하고 말하여 서림이는 선뜻

"그건 염려 맙시오."

하고 대답하였다.

"나는 따루 할 일이 있소."

"무슨 일인가요?"

"이웃집에 버릇 좀 가르칠 것들이 있소."

"네, 고발한 놈 말씀이지요."

꺽정이가 한번 고개를 끄덕하였다.

"내가 알아서 사람을 분배하오리다. 그런데 이 집은 어떻게 하실 텐가요?"

"내던지구 가지 별수 있소."

"아주 불질러버리구 가면 어떻겠습니까?"

"좋소."

"그러면 사람 분배를 이렇게 합시다. 박두령하구 황서방은 옥에 갇힌 사람을 꺼내오시구 주인은 이웃집에 가서 할 일 하시구 나는 이 집에서 불을 놓구 신서방은 기집애 데리구 앞길에 가서 기다리구 있게 합시다."

서림이가 꺽정이보고 말한 뒤에 유복이와 천왕동이를 돌아보며

"두 분 하실 일이 제일 중요한데, 두 분으루 어려우실 것 같으면 신서방까지 마저 가게 하겠으니 어떠합니까?"

하고 물으니

"그럴 것 없소. 옥문이라구 한번 발길루 내지르면 부서질 놈의 옥문이니까 파옥하는 데는 나 혼자만 가두 넉넉하우."

황천왕동이가 먼저 장담하고

"옥은 아무리 허술하드래두 옥사쟁이 쫓아올 것과 다른 관속

들이 쏟아져 나올 것을 생각해야 하지 않소."
하고 서림이가 말하니
"우리가 오래 지체되면 다른 관속들까지 쏟아져 나오게 될 테지만 옥이 허술하면 그렇게 오래 지체될 것두 없구, 설혹 몇십명 쏟아져 나온다손 잡더라두 우리 둘이 처치할 수 있을 게요."
박유복이마저 장담하였다. 대체 의논이 끝난 뒤에 여럿이 둘러앉아서 저녁밥들을 먹는데, 꺽정이도 여러 날 만에 밥 한 그릇을 다 먹었다. 저녁상을 일변 치우며 곧 집안 세간을 뒤져서 가져갈 만한 물건을 골라내서 한 짐을 만드는데, 예전에 검술 선생이 준 장광도만은 꺽정이가 몸에 지니려고 내놓았다. 땅거미 지나서 밖이 캄캄할 때 신불출이는 짐을 지워서 애기와 같이 먼저 떠나보내고 네 사람은 짚신감발들까지 단단히 하고 일 시작할 시각으로 작정한 정밤중이 되기를 기다리고 있었다.
개짐승까지 잠이 드는 정밤중이라 사방이 괴괴하였다. 때 되기를 기다리느라고 애삭이던 황천왕동이가
"한밤중이 지났나 보우. 인제 고만들 일어납시다."
하고 재촉하여 다들 같이 일어서 밖으로 나왔다. 먼저 황천왕동이와 박유복이가 옥으로 가는데, 옥을 깨칠 제구로는 천왕동이가 도끼 한 자루를 몸에 지닐 뿐이고, 관속을 대적할 무기로는 유복이가 댓가지 표창을 한줌 가득 쥐었을 뿐이었다. 옥으로 가는 패가 나간 뒤에 꺽정이는 한손에 장광도를 빼어들고 최가의 집 사이 울타리를 훌쩍 뛰어넘어갔다. 최가의 집은 아래윗간 방이 둘

인데 최가의 어미는 손자 형제를 데리고 아랫간에서 자고 최가 내외는 젖먹이 딸을 데리고 윗간에서 자는 것을 꺽정이가 잘 아는 까닭에 대번 윗간에 와서 방문을 열어젖혔다.

"이게 누구야?"

새된 계집의 소리가 난 다음에

"엉, 웬일이여."

얼뜬 사내 소리가 나고 계집 사내가 다 벌떡 일어앉는 것이 희미하게 보이었다. 꺽정이가 잠깐 눈을 감았다가 다시 뜨고 어둔 방안을 들여다보며

"너희 연놈이 우리와 무슨 원수가 있어서 우리를 고발했느냐!"

하고 불호령하는 중에 최가가 도망하려고 살며시 아랫간 사잇문을 열었다.

"이놈, 어디를 도망할 테냐!"

꺽정이가 방안으로 쫓아들어가니 최가가 아랫간으로 뛰어들어가서 앞문을 박차고 밖으로 뛰어나갔다. 꺽정이가 최가의 뒤를 쫓아나와 삽작 안에서 칼로 쳤다. 아랫도리 발가벗은 최가가 삽작 앞에 쓰러질 때 최가의 계집은 속곳바람으로 봉당에 나와서 고함을 치고 최가의 어미는 방문 밖에 머리만 내밀고 악을 쓰고, 또 최가의 자식들은 방안에서 소리내어 울었다. 꺽정이가 봉당 앞에 와서

"모든 조화가 네년에게서 났을 테지. 네년두 죽어라."

하고 최가의 계집도 칼로 쳤다.

꺽정이가 최가 내외를 죽인 뒤 피 묻은 칼을 들고 밖으로 나올 때 서림이는 벌써 꺽정의 집 전후좌우에 불을 질러놓고 최가의 집으로 달아왔다.

"죽이셨소? 죽이셨거든 아주 화장까지 지내줍시다."

서림이의 말을 듣고 꺽정이가 삽작께 있는 사내의 송장과 봉당에 있는 계집의 송장을 방에 집어넣는 동안에 서림이는 앞뒤로 돌아다니며 집에 불을 질렀다. 최가의 어미와 자식들은 집 앞뒤에 불이 돌 때까지 뛰어나오지 못하였으니 필경 불 속에서 타죽었을 것이다. 꺽정이와 서림이가 일을 마치고 옥에 간 패와 만날 약속한 자리에 먼저 와서 한동안 기다리어도 오지를 아니하여 꺽정이가 갑갑증이 나서 서림이를 보고

"내가 얼른 옥에까지 가보구 올 테니 그동안 여기 혼자 기시우."

말하고 그 자리에서 나서서 옥으로 오는데, 옥에 다 오기 전에 풍편에 아우성소리가 들리어서

'이거 무슨 일 난 게다.'

꺽정이는 생각하고 곧 달음질을 놓아 쫓아왔다.

황천왕동이와 박유복이가 아무 거침없이 옥에까지 와서 갇힌 사람들에게 온 뜻을 알린 뒤에 곧 옥문을 깨치는데, 발길 한번에 부서질 것 같은 문짝이 그렇게 쉽게 부서지지 아니하여 마침내 도끼로 깨치게 되었다. 고요한 밤중에 도끼소리가 굉장히 울려서 도끼질을 연거푸 하지 못하고 한번 하고 한참씩 쉬었다.

옥쇄장 집에서 옥문 깨치는 도끼소리를 듣고 놀라서 온 집안 식구가 다 일어났으나, 파옥하는 사람이 무서운 꺽정인 줄 짐작하고 옥쇄장부터 옥에는 가볼 생의를 못하였다. 옥쇄장 집 식구 어른 아이가 각각 이방 이하 관속들의 집으로 쫓아다니며 잠들을 깨워서 관속들이 바쁜 걸음으로 왔다갔다하던 끝에 닫히었던 관가 삼문의 옆문 하나가 다시 열리었다.

군수가 꺽정이 파옥한단 급보를 듣고 일변 급한 대로 장교, 사령 십여명을 먼저 쫓아 내보내고, 일변 부랴부랴 수교 이하 장교들을 불러들여서 일제히 병기를 나눠주며 꺽정이와 그 가속을 살려 잡기 어렵거든 죽여도 좋다고 분부하여 내보내고, 그다음에는 읍내 각동 동소임과 양민의 장정들을 불러내서 각처 길목을 지키게 하였다.

황천왕동이와 박유복이가 옥문을 부수고 들어가서 칼과 차꼬를 벗기고 갇힌 사람들을 옥 밖으로 데려내온 뒤에 백손이는 혼자 걸리고 백손 어머니는 황천왕동이가 부축하고 애기 어머니는 박유복이가 손잡고 나오는데, 옥에서 몇간쯤 나왔을 때 관속 십여명이 앞길을 막고 고함들을 질렀다. 박유복이가 황천왕동이를 보고

"저것들은 내가 처치할 테니 세 사람은 자네가 보호하게."

하고 말하여 황천왕동이는 세 사람을 데리고 뒤로 물러나고 박유복이는 댓가지 표창을 쥐고 앞으로 나섰다.

"네놈들이 우리를 가지 못하게 막을 테냐! 죽어두 원망 안 할

라거든 막아봐라!"

박유복이의 재주를 모르는 관속들이 걱정이 아니라고 넘보고서 몽치들을 휘두르며 앞으로 내닫다가 댓가지 표창이 면상에 들어가 박히는 바람에 두서너 사람이 땅에 엎드러지자, 그 나머지 사람들은 다 슬금슬금 도망하였다.

박유복이와 황천왕동이가 다시 한데 모여서 세 사람을 데리고 나오는 중에 백손 어머니가 갈증이 나서 못 견디겠다고 하여 옥쇄장 집 앞에 와서 황천왕동이가 집안 동정을 살피고 물을 뜨러 들어갔다가 집안이 하도 괴괴하여 방안을 들여다보니 사람의 새끼 하나 없는 빈집이라 여러 사람을 불러들여서 물들을 같이 먹었다.

옥쇄장 집에서 나왔을 때 앞을 바라보니 관속 여러 십명이 풍우같이 몰려오는데, 병기들이 달빛에 번쩍번쩍하였다.

"이번은 사람 수두 많거니와 모두 병장기를 가진 모양일세."

"셋은 옥사쟁이 집에 들여앉히구 우리 둘이 막아내봅시다."

박유복이와 황천왕동이의 수작하는 말을 애기 어머니가 듣고

"그럴 것 없이 우리 다섯이 다 집에 들어가서 숨어 있다가 옥에들 가서 찾는 틈에 도망해보지."

하고 말하여 박유복이와 황천왕동이가 다 애기 어머니의 말을 좇아 옥쇄장 집으로 도로 들어와서 어둠침침한 봉당 구석과 부엌 구석에 숨어들 앉아서 바깥을 내다보았다.

장교가 옥쇄장 집 앞을 지나서 옥으로 쫓아갈 때 뒤에 따라오

던 옥쇄장이 꽁무니를 뺄 생각이 나던지 저의 집으로 들어오다가 봉당 구석에서 나서는 박유복이에게 댓가지 표창 한 개를 맞고 땅에 쓰러졌다가 곧 밖으로 기어나가며

"도둑놈들 여기 있소!"

하고 소리를 쳐서 숨어 있는 사람들이 도망하여 나가기 전에 장교 패가 몰려와서 집을 에워싸고 아우성들을 질렀다.

박유복이와 황천왕동이 단둘만 같으면 한편을 뚫고 도망도 하겠지만 백손이도 다리에 힘이 없어서 장달음질을 치기 어렵거니와 백손 어머니 시누이올케가 당초에 달음질칠 가망이 없어서 도망할 생의를 못하였다.

"이거 큰일났소. 어떻게 하면 좋소."

천왕동이가 몸을 달리기 시작하니

"지금 내 손에 댓가지두 여남은 개 남아 있구 또 따루 쇠가 한 벌 있으니까 아직은 염려없네."

유복이는 위로하듯 말하였다.

"이놈들이 밖에서 아우성만 치구 들어오지를 않으니 우리가 쫓아나가볼라우?"

"무슨 꾀들을 쓰는지 모르니 가만히 좀 있어 보세."

"얼른 여기를 벗어져 나가야 하지 않소."

"설마 어떻게든지 벗어져 나가게 되겠지."

박유복이와 황천왕동이가 봉당 구석에서 수작하고 섰을 때 앞뒤 울타리가 일시에 부서지며 관속들이 사방으로 뛰어들어왔다.

유복이는 표창을 내치고 천왕동이는 표창 맞은 장교에게서 창 한 자루를 뺏어들고 내둘렀다. 유복이의 표창이 쇠밖에 안 남았을 때 홀제 밖에서
 "꺽정이 여기 왔다!"
벽력 같은 소리가 나고 삽작께를 막고 섰는 장교들이 엎드러지며 고꾸라지고 꺽정이가 칼춤을 추며 마당으로 들어왔다. 천왕동이가 얼른 내달으며
 "형님, 우리들 다 여기 있소."
하고 소리치니 꺽정이는
 "오냐."
한마디 대답하고 곧 황천왕동이를 등지고 돌아서서 칼을 머리 위에 비껴들고 좌우를 돌아보며
 "죽구 싶은 놈은 내 칼을 받아라!"
하고 호통을 질렀다. 꺽정이의 호통 한번에 죽은 장교와 중상당한 장교들만 뒤에 남고 성한 장교들은 다 도망하였다.
 꺽정이는 칼을 들고 앞에 서고 황천왕동이는 창을 메고 꺽정이의 식구와 같이 중간에 서고 박유복이는 쇠표창 대여섯 개를 손에 쥐고 뒤에 서서 술렁거리는 양주 읍내를 무인지경같이 지나나오는 중에 꺽정이의 발길이 자기 집 있는 곳으로 향하였다. 꺽정이의 집과 최가의 집은 다 타서 주저앉고 최가의 집 이웃집까지 타서 겨우 뼈대만 남았는데, 불 잡던 사람들이 아직 많이 남아서 웅긋중긋 서 있다가 꺽정이 일행이 오는 것을 보고 와 하고 흩

어졌다. 꺽정이가 불탄 집 앞에 와서 발을 멈추자 애기 어머니가 꺽정이 옆으로 쫓아나오며

"여기가 우리 집 아니냐?"

하고 소리를 질렀다. 백손 어머니가 마저 시누이 옆으로 나서려고 할 때 꺽정이는 벌써 앞서 걸어나갔다.

　길목 지키는 사람들이 먼빛 보고 도망들 하여 꺽정이 일행은 아무 거침없이 약속한 자리에 나와서 서림이를 만나고 또다시 얼마 동안 더 나와서 애기와 신불출이를 만났다. 꺽정이는 칼을 집에 꽂아 허리춤에 지르고 황천왕동이는 창을 풀섶에 내던지고 박유복이는 쇠표창을 주머니에 넣은 뒤에, 애기는 꺽정이가 업고 애기 어머니는 유복이가 부축하고 백손 어머니는 천왕동이와 백손이가 양옆에서 부축하고 길을 걸었다. 이십리 남짓하게 와서 날이 밝으니 서림이가 꺽정이를 보고

"낮에 파주, 장단을 지나가기 위험하니 산속 으슥한 곳에 숨어 있다가 밤길을 걸읍시다."

하고 말하였다. 황천왕동이가 옆에서

"밤에 가서 임진을 어떻게 건너겠소?"

하고 타박하니 서림이가 황천왕동이를 돌아보며

"이별장의 힘을 빌리면 오밤중이라두 건널 수 있을 게요."

하고 대답하였다. 서림의 말을 박유복이가 옳다고 할 뿐 아니라 발이 아픈 애기 어머니까지 좋다고 하여 꺽정이가 마침내 서림이의 말을 좇아서 낮에는 종일 산속에 숨어 있다가 어둠침침한 때

길을 나서서 임진나루를 나왔는데, 꺽정이가 이봉학이를 들어가 보니 봉학이는 양주 소식을 낮에 듣고 근심하고 있던 차이라 긴 말 않고 배 한 척을 내주었다. 꺽정이 일행은 밤중에 임진나루를 건너고 이튿날 또다시 밤길을 걸어서 밤중에 청석골을 들어왔다.

　꺽정이가 양주서 큰 난리를 내다시피 하고 달아난 뒤에 양주군 수의 급한 보장이 경기 감영과 포도청으로 올라갔다. 경기 감영 에서는 감사가 보장 사연을 드듸어서˚ 시급히 장계하고 포도청 에서는 부장이 양주 내려가서 엄밀히 조사하였다. 평양 진상봉물 에 관계 있는 범인을 허술히 잡도리한 것은 군수의 과실이요, 파 옥, 살인, 방화 가지가지 중죄를 낭자히 저지른 ● 드듸다 '이어받다'의 옛말. 것은 꺽정이의 죄상이라 양주군수는 즉시 파직되 ● 들쌘 등쌀. 몹시 귀찮게 구는 짓. 고 임꺽정이는 경기 감영과 포도청에서 다같이 체포하려고 서둘 렀다. 꺽정이가 양주서 파주길로 달아난 것은 분명하나 임진나루 를 건너간 형적이 없어서 다른 곳으로 빠져갔는가 의심하여 포 천, 연천, 적성, 마전, 삭녕, 토산, 신계 등지를 모조리 수색하는 데, 포도군관, 포도군사, 장교, 사령들이 도처에 들쌘˚을 놓아서 애매한 백성들만 부대낌을 받았다.
　이때 청석골 적당의 두목 다섯 명이 신계 땅에 나온 것을 현령 이흠례李欽禮가 모짝 다 잡았는데, 그놈들 초사에 꺽정이가 청석 골 있는 것이 드러나서 황해 감영과 서울 포청은 말할 것 없고 개 성유수도 이것을 알게 되었다. 개성유수가 경력과 도사를 불러서

꺽정이 체포할 방책을 의논하니, 경력은 한번 헛수고를 해본 사람이라 선뜻 대답을 못하고 도사가

"패두牌頭 이억근李億根이를 불러서 물어보시면 좋을 것 같습니다."

하고 대답하였다. 이억근이는 서울서 내려온 포도군사의 패두인데 도적 잘 잡기로 경향에 이름난 사람이었다. 유수가 곧 이억근이를 불러들여서

"양주 꺽정이란 놈이 지금 청석골 적굴에 숨어 있다는데, 어떻게 잡을 수 없겠느냐?"

하고 물은즉 이억근이는

"소인을 정병精兵 백명만 주시면 다짐 두옵구 체포하여 바치겠소이다."

하고 장담하였다. 유수가 경력을 돌아보고 군사 뽑아줄 것을 상의한즉, 경력이 이억근이의 장담하는 것을 불쾌하게 들었던지

"우선 군사 이삼십명만 주어서 청석골 적당의 내정을 염탐하게 한 뒤에 차차 봐가며 군사를 백명이구 이백명이구 더 주시는 것이 좋을 듯하외다."

하고 말하여 유수가 경력의 말을 옳게 듣고 다시 이억근이더러

"우선 이삼십명 데리고 나가서 적정을 탐지해봐라."

하고 분부하였다. 이억근이는 이십여명 군사를 데리고 나와서 적굴 있는 방향을 탐지한 뒤 도적들이 새벽 일어나기 전에 들이치려고 오경머리에 청석골 산속에를 들어왔다가 파수꾼에게 들켜

서 화적들이 산 위에 몰려나와서 활들을 내려쏘는데, 이억근이도 죽고 이십여명 군사도 거지반 다 죽었다. 개성유수는 패두 이억근이가 군사 수십명 데리고 화적을 잡으러 나갔다가 화적에게 죽었다고 간단하게 장계 한 장만 위에 올리고 일을 더 크게 벌리지 아니하였다. 각읍으로 퍼진 포도군관, 포도군사들은 임꺽정이를 체포하려고 수색하는 것이 헛수고인 줄을 미리 짐작하여 수색을 건정으로 하고 꺽정이의 조력군을 사출하기 시작하였다. 포도부장 한 사람이 군사 몇명을 데리고 봉산 내려가서 장교 다녔다는 임꺽정이 처남의 근지를 탐문하여 전 이방 백가의 사위인 것을 알고 백가를 잡아서 사위의 종적을 대라고 족칠 때에 백가는 그럴싸한 거짓말로 발을 뺐었다.

"소인의 사위 명색 황가란 것이 본래는 그다지 상없지 않든 위인이온데 못된 자들과 교유가 생기며부터 주색을 밝혀서 소인 내외가 다 못마땅하게 여기옵던 차에 그 교유하던 자 중에 경천 역졸 배가란 자가 살인하구 도망하는 것을 방조해주옵구 그 죄루 제주 귀양을 가올 때 소인은 아주 의절하다시피 말해 보냈소이다. 황가가 이 달에 귀양이 풀려서 소인의 집을 찾아왔숩기에 소인이 받지 아니하려다가 인정에 박절하와 후일이나 경계하려구 말마디 꾸짖었숩드니, 어리석은 것이 되려 고깝게 듣구 소인에게 불공설화를 하옵기에 나가라구 야단을 쳐서 오던 이튿날 바루 나갔소이다. 갈 때 봉산 땅에 다시 발두 들여놓지 않는다구 말하구 가든 것이 불과 육칠일 만에 도루 와서 기집을 내달라구 야료를 하옵는데, 동네가 부끄러워서 소인은 악언상거를 못하옵구 딸자식을 불러서 부모와 같이 있을 테냐, 서방 명색을 따라갈 테냐 물어보온즉, 무남독녀루 귀엽게 길러놓은 보람이 없이 서방이란 자를 따라갈 의향으루 대답하옵기에 소인이 괘씸한 맘에 전후불계하구 딸자식이란 것더러, 너 같은 자식 죽어 없는 셈 잡으면 고만이니 서방 따라가라구 해서 딸자식까지 내쫓았소이다."

천왕동이가 그동안에 몰래 처가에 와서 장인 장모에게 전후사정을 이야기하고 그 아내를 청석골로 데려간 까닭에 백가의 말이 얼쑹덜쑹하여 서울서 처음 온 부장은 고사하고 봉산에 오래 있는 군수까지 거짓말로 듣지 아니하였다. 부장이 백가의 처치를 군수에게 맡기고 돌아간 뒤에 백가의 결찌들이 군수에게 청질하여 백가는 아무 탈 없이 놓여 나오게 되었다.

봉산 백가가 사위의 연루로 단련을 받는 동안에 임진별장 이봉학이가 임꺽정이와 형제같이 친하여 꺽정이 아비 장사에 회장會葬까지 간 것이 드러나서 꺽정이가 청석골로 달아나는데 이봉학이가 임진나루를 건네주었으려니 의심들 하게 되었다. 이때 임진진군津軍 육십이명 중에 봉학이에게 한두 번 매깨나 맞은 자가 밤배 낸 것을 포도군사들에게 말하여 주어서 봉학이가 꺽정이 일에 간련 있는 것이 의심없이 되었으나, 봉학이는 조정 명관命官이라 조정 처분이 내리기 전에 포도군사들이 바로 잡지 못하였다.

봉학이의 소실 계향이가 이때 태중 만삭이라 봉학이는 계향이를 근심시키지 않으려고 꺽정이의 연루받게 되기 쉬운 것을 사색辭色에도 나타내지 않았으나, 눈치 빠른 계향이가 벌써 다 짐작하고 은근히 근심하여 조석도 잘 먹지 못하고 밤잠도 잘 자지 못하였다. 어느 날 밤중에 봉학이가 잠을 잃고 누워서 몸을 이리 뒤척 저리 뒤척 하다가 술 먹고 싶은 생각이 나서 일어나 밖으로 나와서 안으로 난 일각문을 열고 들여다보니 안방에 불이 켜져 있는데 머리맡 되창문에 턱살 괴고 앉은 계향이의 그림자가 비치었다. 봉학이가 신을 끌고 안으로 들어오니 되창문이 열리며 계향이가 머리를 내밀고

"나리시오?"

하고 물었다.

"왜 이때까지 자지 않구 앉았나?"

"누웠다가 허리가 아파서 잠깐 일어나 앉았세요."

"산점˚이 있나?"

"아니요."

● 산점(産漸) 산기. 달이 찬 임신부가 아이를 낳으려는 기미.

이봉학이가 안방에 들어설 때 윗간에서 자던 상직꾼이 일어나서 건넌방으로 건너가려고 이불조각을 끌어안았다.

"거기서 그대루 자거라."

봉학이가 상직꾼에게 말을 이르는데

"가만 내버려두세요."

계향이가 이봉학이의 말을 가로막았다. 머리맡 되창문을 닫고 단둘이 마주 앉은 뒤에 계향이가 먼저

"요새 잠을 잘 못 주무시지요?"

하고 물으니 이봉학이는 짐짓 괴상히 여기는 모양을 보이며
"왜 못 자? 잘 자지."
하고 대답하였다.
"고만두세요."
"무얼 고만두어?"
"속에 근심하시는 일이 있는 줄 다 알아요."
"근심하는 일이 있으면 자네에게 왜 말을 안 하겠나?"
"그러기에 말씀이지요."
"말 안 하는 걸 보면 근심하는 일이 없는 줄 알 것 아닌가."
"아니에요."
"아니라니? 그럼 없는 근심두 있다구 할까?"
"요새 날마다 진군들이 포도군사에게 단련을 받는다는데 어째 근심이 없다세요."
"그건 근심이 된다면 되겠지만 그저 그렇지 무슨 큰 근심이야 될 것 있나."
"밤배를 낸 것이 발각되지 않겠어요?"
계향이는 입안소리로 근심스럽게 말하는데
"그걸 아는 진군들은 다 내 심복이니까 누설될 바두 없구 설혹 누설이 되어서 말썽이 된대두 삭탈관직밖에 더 되겠나? 삭탈관직을 원하는 건 아니지만 그것두 해로울 것 없네. 어느 조용한 시골에 가서 나는 밭 매구 자네는 길쌈하구 사세그려. 그러면 고만 태평이 아니겠나."

이봉학이는 소리를 내서 껄껄 웃었다.
"그렇게쯤만 되어도 좋지요."
"그럼 그밖에 더 되겠나?"
"귀양이 되지나 않을까요?"
"친한 친구 사폐 잠깐 봐준 것이 귀양갈 죄야 되나."
"그래도 미리 주선을 좀 해두시지요."
"미리 주선이라니, 내가 이런 짓을 했소 하구 내 입으루 떠들구 다니란 말인가."
"이정승 대감께 미리 말씀해두시는 게 좋지 않겠세요?"
"글쎄, 어디 생각해보세. 그 이야기는 고만두구 술이나 한잔 주게."

계향이가 골방에 놓인 술항아리에서 술 한 대접을 따라다가 화로의 불씨를 헤치고 거냉하여 주었다. 봉학이가 한 대접 술을 거의 다 마시다가 계향이를 돌아보며

"자네 좀 남겨줄까?"
하고 물으니
"그렇지 않아도 숨이 가쁜데 술 먹고 배기나요."
하고 계향이는 고개를 살래살래 흔들었다. 봉학이가 술대접을 놓은 뒤에 안주로 내놓은 포 한쪽에 반쪽을 찢어 씹으면서 남은 반쪽을 먹으라고 주는데 계향이가 싫다고 받지 아니하여

"포두 먹으면 숨이 가빠지나?"
하고 이봉학이가 웃듣의 소리를 해서 이때껏 웃지 않던 계향이도

방그레 웃었다.

"나두 여기서 좀 자다 나갈까?"

"나가서 편히 주무시지요."

"내가 나가면 자네 혼자 오두마니 앉았을 테니 나하구 같이 자세."

"잘 테니 나가세요."

"상직꾼을 쫓았으니까 내가 대신 상직하지."

이봉학이가 먼저 자리에 드러누워서 계향이를 바라보며

"이리 와서 눕게."

하고 옆자리를 가리켰다. 계향이가 자리에 누울 때 닭이 울었다.

"요새 닭이 퍽 더디 울어요."

계향이 말끝에

"그 수탉이 묵은닭이지?"

이봉학이가 동떨어진 말을 물으니 계향이는 속으로 괴이쩍게 생각하며

"네."

하고 대답하였다.

"묵은닭이라 변덕이 나서 우는 때가 들쭉날쭉하는가베."

"실없는 말씀 고만두세요."

"쓸데없는 근심 말구 잠을 잘 자게. 그러면 닭이 어련히 때맞춰 울겠나."

"참말로 요새같이 밤이 지루해선 사람이 못살겠어요."

"오늘 밤두 지루한가?"

"그건 무슨 말씀이세요. 오늘 밤은 별난 밤인가요?"

"여편네가 사내하구 같이 자며 밤이 지루하다면 그건 사내를 소박하는 표적일세."

"듣기 싫어요."

"할 말이 많은데 듣기 싫다니 그만두는 수밖에. 그럼 잠이나 자야겠다."

"졸리시지 않거든 내 이야기 좀 들으세요."

"내 말은 듣기 싫다는 사람이 무슨 이야기를 들으랴나. 나두 듣기 싫어."

모로 누웠던 계향이가 반듯이 누우려고 몸을 움직이다가 뱃속이 켕기어서 미간을 찌푸리니 이봉학이가 보고

"이야기를 안 들어준다고 골이 났나?"

하고 물었다.

"골이 무슨 골이에요."

"그럼 왜 눈살을 찌푸리나?"

"뱃속이 켕겨요."

"어디서 어떻게 켕겨?"

하고 이봉학이가 배를 만져보려고 하니 계향이는 봉학이의 손을 가볍게 막았다.

"뱃속에 든 것이 대체 아들일까 딸일까?"

"그걸 미리 어떻게 알아요?"

"애낳이 많이 한 여편네들은 배를 만져보구 미리 안다데그려. 상직꾼 할미두 잘 알겠지?"

"아무리 잘 안대도 구질구질해서 어떻게 배를 만져보라나요?"

"정히 궁금하면 잠깐 구질구질한 걸 못 참겠나?"

"됫박 엎어놓은 것같이 배가 불쑥 솟으면 딸이고 허리까지 둥글게 배가 부르면 아들이랍디다. 그렇지만 그 말이 맞는지 누가 알아요?"

"내가 어디 좀 만져보세."

"고만두세요."

"불쑥 솟지나 않았나 어디 만져보세."

하고 이봉학이가 배를 어루만지는데 계향이는 못 이기는 체하고 가만히 있었다.

"불쑥 솟지 않았네. 아들인가베."

"아들이든지 딸이든지 얼른 낳기나 했으면 좋겠는데, 상직할미 말 들어선 어째 남의달을 잡을 것 같아요."

"글쎄, 속히 순산해야겠는데 남의달을 잡아서는……."

하고 이봉학이가 말끝을 내지 않고 우물우물하니

"하루바삐 순산하기를 나리가 속으로 조이시는 줄 나도 알아요."

하고 계향이는 시름없이 말하였다.

"만삭이 되니까 자연 맘에 조이지 안 조일 리 있나. 참말 아까 들으라든 이야기는 무슨 이야긴가?"

"초저녁때 포도군사 두서넛이 담 밖으로 돌아다니는 걸 상직할미가 보았다는데, 그게 혹시 좋지 못한 소식이나 아니겠세요?"
"그런 근심은 말라니까그래."
"근심이 절로 되는 걸 어떻게 해요."
"우의정 대감 형제분이 내 뒤를 봐주실 테니까 별 염려 없네."
"미리 구사또께 상서도 해두시고 우의정 대감께 말씀도 여쭤두시는 게 좋지 않아요?"
"글쎄."
"내 소견에는 속히 서울 한번 갔다오시는 게 좋겠세요."
"그래, 한번 갔다올까?"
"아무쪼록 속히 갔다오세요."
"내일 가지."
"내일 길 떠나실 테면 좀 주무시지요."
"자네두 고만 자게."

● 남의달잡다
아이를 해산할 달 다음 달에 낳게 되다.
● 노둣돌
말에 오르거나 내릴 때에 발돋움하기 위하여 대문 앞에 놓은 큰 돌.

　이봉학이와 계향이가 서로 지껄이기를 그치고 각각 잠을 청하였다. 이튿날 이봉학이가 안장마에 마부 하나만 데리고 서울길을 떠나기로 작정하여 마부가 안장 지운 말을 대문 밖에 있는 노둣돌˙ 앞에 내세웠을 때 포도군사 셋이 아래로부터 올라왔다. 앞장선 군사 하나가 먼저 마부에게로 쫓아와서
　"누구 어디 가시나?"
하고 물으니 마부가 하기 싫은 대답을 억지로

"나리께서 서울 행차 하신다우."
하고 대답하였다.
"나리라니 별장 나리 말이겠지?"
"그럼 여기 별장 나리밖에 또 누구 있소?"
그 군사가 동무들과 같이 한옆에 가서 수군수군 공론한 뒤 동무 하나는 아랫길로 도로 내려보내고 남은 동무 하나와 둘이 대문 안으로 들어갔다. 이봉학이가 관속들을 뒤에 딸리고 밖으로 나오다가 중문턱에서 포도군사들과 마주쳤다. 포도군사들이 문안 쳇것 하는 것을 봉학이는 흘겨보며
"너희들 어째 왔느냐?"
하고 물으니 군사 하나가
"나리, 서울 행차 하신답지요?"
하고 되물어서
"내가 서울 가는 게 너희들에게 무슨 상관이 있느냐?"
하고 뇌까렸다.
"소인들이 부장 나리의 전갈을 맡아가지고 왔습니다."
"무슨 전갈이냐?"
"양주 도둑놈 꺽정이를 밤배루 건너주신 일이 탄로났으니 조정 처분 내리시기 전에는 어디든지 출입을 못하십니다구 여쭈라구 하십디다."
이봉학이가 포도부장의 전갈이란 것을 받고 한참이나 말을 못하고 입술만 깨물고 있다가

"너희 부장께 가서 나는 서울 갑니다구 답전갈해라."
하고 말 한마디 겨우 하였다.
"소인들이 올 때 부장 나리께서 따루 분부가 기셨습니다."
"무슨 분부냐?"
"나리께서 고집 세우구 떠나시거든 떠나신 뒤에 안으서를 잡아가지구 오라구 분부하십디다."
"너희 부장이 누구를 잡아오래? 이놈들아, 조정 처분이면 모르까 너희 부장 맘대루 누구를 잡아가! 내 첩은 고사하구 내 수하에 있는 하인 하나두 못 잡아간다. 이놈들, 정갱이를 분질러놓기 전에 어서 가거라!"

봉학이는 펄펄 뛰며 호령하는데
"소인들은 형문 맞을 죄가 없습니다."
"소인들을 왜 호령하십니까?"

• 챗것
명색이 그런 사람이나
물건을 이르는 말.

포도군사들은 유들유들하게 말대답하였다. 이봉학이가 뒤에 섰는 관속들을 돌아보며
"저놈들을 몰아내라."
하고 분부하여 관속들이 포도군사를 등 짚어 몰아낼 때 포도군사 하나가 머리를 돌이키고
"나리가 떠나시기만 하면 안으서는 잡아갈 줄 압시오."
하고 큰 소리를 질렀다. 이봉학이는 분이 속에 복받쳐서 눈앞이 캄캄하여지며 선 자리에 쓰러질 것 같은 것을 중문 설주를 짚고 간신히 진정하였다. 봉학이가 관속들의 부축을 받고 도로 방으로

들어왔을 때 관속 하나가 앞에 와서

"안으서님께서 갑자기 복통이 나셔서 정신을 못 차리신답니다."

하고 고하여 의원을 부르러 보내고 안에 들어와보니 계향이는 정신없는 중에

"나리, 서울 갔다오세요, 서울 갔다오세요."

하고 군소리하듯 중얼거렸다. 계향이가 약을 연복連服으로 두서너 첩 먹고 밤늦도록 신고한 뒤 사내아이를 낳았는데 만삭아이라, 아이는 충실하나 산모가 정신을 잃고 늘어져서 첫국밥도 먹지 못하였다.

임꺽정이의 종적을 탐지하러 임진에 내려온 포도부장이 봉학이의 죄상을 정확히 안 뒤에 일변 포도청으로 보하고 일변 포도군사들을 시켜 동정을 살피게 하였다. 포도부장이 데리고 온 군사들에게 번하번으로 별장의 집 근처를 돌라고 분부할 때 유년 포교질에 짓이 난 군사가

"별장이 혹시 눈치채구 도망할 때는 어떻게 하오리까?"

하고 물어서

"조정 처분이 내리시기까지 손댈 수는 없으니 너희가 알아서 수단대루 도망하지만 못하게 해라."

하고 부장은 말을 일렀다. 수단대로 하란 부장의 말을 들어둔 까닭에 포도군사들이 봉학이를 서울 가지 못하게 막을 때 부장에게 통기하고 어주전갈과 거짓 분부로 봉학이를 공동한 것이었다. 봉

학이가 그 공동을 받고 겁이 나서 서울을 못 간 것은 아니로되, 포도군사로 보면 성공이지 실패가 아니었다.

계향이가 산후에 이내 기진맥진하여 그날 밤은 자몽한 채 지내고 이튿날 새벽부터 비로소 정신기가 돌아서 아침때쯤은 갓난애 얼굴을 들여다보며 웃음도 머금고 미역국 그릇을 받아서 국물도 마시게 되었다. 봉학이는 안에서 밤을 꼬박 새우고 아침에 나가 누워서 한숨 자는 체하고 다시 안에 들어와보니 계향이가 갓난애를 옆에 끼고 누워 있었다.

"어느새 젖을 먹이나?"

하고 봉학이는 모자를 내려다보며 싱그레 웃고 섰는데 계향이가 치어다보며

● 번하번(番下番)
상번과 하번을 아울러 이르는 말.

"서울 안 가세요?"

하고 물어서 봉학이는 안 간다는 대답으로 고개를 가로 흔들었다.

"왜 안 가세요?"

"차차 가지."

"차차 언제?"

"언제든지 가지."

"내가 잡혀갈까 보아 안 가세요?"

"누가 미친놈들의 말을 곧이듣구 안 가겠나?"

"오늘이라도 가서 다녀오시지요."

"고만두게. 내가 알아 할 테니."

이봉학이가 곧 계향이 앞에 와 앉아서

"우의정 대감께 미리 여쭙지 않드라두 내 뒤를 안 봐주실 리가 없으니 염려 말게."

하고 소곤소곤 지껄였다. 봉학이가 한동안 삼방˚에 있다가 밖으로 나온 뒤 얼마 아니 있다가 관속 하나가 마당에 들어와서 국궁하며 말을 아뢰었다.

"평안도에서 올라오시는 김판서 대감 행차가 오늘 점심때 나루를 건넙신다구 노문이 왔소이다."

"그럼 우선 큰 배 두 척만 건너편에 가서 등대하구 있으라구 지휘해라."

"지금 점심때가 거의 다 되었소이다. 나리께서두 곧 건너갑시지요."

"오냐. 큰 배부터 건너보내라구 일러라."

큰 배가 건너간 지 한동안 뒤에 봉학이가 관복을 갖추고 작은 배를 타고 나루를 건너오니 김판서 행차의 전배가 벌써 강가에서 바라보이었다. 평안감사 김명윤이 경직˚으로 옮겨서 상경하는 길이라 요여˚와 사인교와 장독교와 보교들로 배 두 척이 거의 다 차고 배 두어 척이 더 있어도 다 싣지 못할 만한 부담마와 복마들이 뒤에 남게 되었다. 배가 한번 다시 갔다왔다하는 동안 길이 더디어서 김명윤이 이봉학이를 사인교 앞에 불러세우고 거행 불민하다고 중책하였다. 진군들과 백성들의 눈앞에서 봉학이가 곤욕을 당할 때 창피하고 분한 것을 참고

"황송하외다."

"죄만하외다."
하고 사과하였으나 속에 처진 불쾌한 마음은 좀처럼 사라지지 아니하여 별장청에 돌아온 뒤 관속들을 물리고 방문을 닫고 드러누웠는데 말없이 윗간 방문을 여는 사람이 있어서
"그게 누구냐?"
하고 소리를 꽥 질렀다.
의관이 분명한 깎은선비 하나가 이봉학이의 누워 있는 앞으로 나서는데, 그 선비가 뜻밖에 황천왕동이라 봉학이는 말문이 막히어서 자리에 일어앉은 뒤 한참 만에야 비로소
"이게 웬일인가?"
하고 말을 내었다. 황천왕동이가 이봉학이의 놀라워하는 눈치를 보고 적이 웃으면서 아랫목에 내려와 앉을 때, 봉학이는
"밖에서 아무두 본 사람이 없나?"
하고 물으며 곧 앞미닫이를 활짝 열어놓았다.
"마침 밖에 아무두 없기에 그대루 막 들어왔소."
"대체 어째 왔나?"
"서울 가는 길이오."
"서울은 어째 가나?"
"소문 좀 들으러 가우."
"이 사람아, 지금이 어떤 판인 줄 알고 나섰나. 포교들이 길가에 널렸네. 사람들이 대담해두 분수가 있지 않은가. 공연히 서울

● 삼방
낳은 아이의 태를 묻기 전에 보관해두는 방.
● 경직(京職)
조선시대에, 서울에 있던 여러 관아의 벼슬을 통틀어 이르던 말.
● 요여(腰輿)
장례가 끝난 후 혼백과 신주를 모시고 돌아오는 작은 가마.

갈 생각 말고 도루 가게."

"포교가 나를 어쩌겠소. 아까 이 나룻가에 와서두 기찰을 한번 당했지만 신愼감사의 삼종질 신생원에게 저희가 고개나 숙였지 별수 있소?"

"자네가 신생원 행세하다 만일 얼굴 아는 사람을 만나면 탈 아닌가?"

"양주읍에 들어서기 전엔 내 얼굴을 알 놈이 한 놈 없소."

"지금 포도군사놈들이 내 신변에 눈을 쏘구 있는 중일세. 내게 오래 앉았는 것이 부질없으니 곧 가게."

"곧 가겠소. 그런데 내가 들은 말이 있어서 참말인지 아닌지 잠깐 물어보러 왔소."

"무슨 말인가?"

"어제 서울 가려다가 포교들에게 붙잡혀서 못 간 일이 있소?"

"그런 소리 날 만한 일이 있었네."

"밤배를 내준 일이 발각되었다는구려."

"그런 모양일세."

"그럼 탈 아니오? 내 생각엔 진작 우리같이 피신하는 것이 상책일 것 같은데, 의향이 어떻소?"

"그렇게까지 안 하드래두 내 일은 펴일 수 있을 겔세."

"그러면 작히 좋겠소. 그러나 아까 사인교 앞에서 욕당하는 걸 보니까 벼슬이 좋은지 모르겠습니다."

"말 말게. 속상하네."

"그 기구 있는 일행이 어제 청석골을 지나왔소."

"왜 가만두었나?"

"의논이 서루 맞지 않아서 그대루 곱게 보내는갑디다."

관속 하나가 들어와서 서울서 사람이 왔다고 거래하여 봉학이가 그 관속을 내다보며

"웬 사람이 어째 왔다드냐?"

하고 물으니

"그건 물어두 잠깐 보입겠다구만 말씀하옵디다."

하고 관속이 대답하였다.

"불러들여라."

이봉학이가 분부하여 관속이 도로 나간 뒤에 황천왕동이는

"나는 가겠소."

하고 곧 일어서 나갔다. 이봉학이가 밖을 내다보고 있는 중에 서울서 왔다는 사람을 관속이 데리고 들어오는데, 그 사람은 서울 있을 때 낯이 익은 이의정 댁 하인이라. 봉학이가 반겨서 먼저

"너 어째 왔느냐?"

묻고 뒤미처 또

"대감마님 문안 안녕합시구 댁내에 별고가 없으시냐?"

하고 물으니 그 하인은

"대감마님 문안 안녕합시구 댁에 아무 연고 없으십니다."

뒤의 말을 먼저 대답하고 나서

"풍덕서 사는 소인의 삼촌이 죽어서 통부받고 가는 길이온데,

댁의 늙은 청지기가 이 편지를 갖다 나리께 드리라구 부탁해서 잠깐 들렀습니다."

먼저 말을 나중 대답하고 조그만 편지봉을 툇마루에 올려놓았다. 봉학이가 팔을 늘이어서 그 편지를 집어다가 뜯어보니 그 속에 든 편지란 것이 스스로 자(自) 머리 수(首) 진서 글자 두 자 적힌 쪽지이었다. 이봉학이가 쪽편지봉을 뜯어보기 전엔 부의 주란 부탁 편지려니 생각하였다가 생각 밖의 글자 두 자에 놀라서 얼굴빛까지 달라졌다. 툇마루 앞에 섰던 하인이 봉학이의 얼굴을 바라보며

"무슨 좋지 않은 기별이오니까?"

하고 물으니 봉학이는 건정으로

"아니야."

하고 대답하였다.

"저는 곧 물러갈랍니다."

"이왕 왔으니 하루 묵어가지."

"오늘 장단 가서 자구 내일 일찍 풍덕을 대어 가겠습니다."

"풍덕을 내일 가야 해?"

"사촌이 아직 미거한 까닭에 제가 가서 장사 지낼 마련을 해주어야 할 테니까 한 시각이라두 일찍 가봐야지요."

"오, 참말루 누가 죽어서 풍덕을 간댔지?"

"아비의 동생 친삼촌입니다."

"내가 부의를 좀 할 테니 잠깐만 기다려라."

하고 봉학이가 관속을 불러서

"안에 무명이 있을 테니 한 필 달래서 저 사람 주어라."
하고 분부하였다. 그 하인이 하직하고 관속과 같이 밖으로 나간 뒤에 봉학이는 다시 두 자 편지를 집어들고 종이가 뚫어지도록 들여다보며
"자수, 자수."
하고 입속으로 옮기다가 홀제
"옳지, 우의정 대감께서 시키셨구나."
하고 고개를 끄덕끄덕하였다. 늙은 청지기로는 죄가 있고 없는 것도 아직 알지 못하려니와 설혹 알더라도 죄를 자수하라고 자수 두 자를 써보낼 의사가 나지 못할 것이라, 우의정 대감께서 시킨 것이 틀림없다고 봉학이는 생각하였다. 봉학이가 금부에 가서 자수하기로 마음을 정하고 곧 이날 저녁때라도 상경하고 싶었으나 한번 금부에 가서

● 미거(未擧)하다
철이 없고 사리에 어둡다.
● 조만(早晚)
이름과 늦음을 아울러 이르는 말.

갇히면 언제 나오게 될지 조만˚을 모르는 까닭에 뒷일을 처리하지 않고 불시에 일어서기가 어려웠다. 우선 계향이를 그대로 내버려두고 가면 갓난 핏덩이를 데리고 갈 바가 없어 고생할 것이라, 시골 서울 간에 몸 부쳐 있을 곳을 정해주어야 할 터인데 마땅한 곳이 생각나지 아니하였다. 계향이의 말을 들어보려고 봉학이가 안에 들어와서 해산 구원하는 할미와 다른 계집하인을 밖으로 내보내고 서울서 온 기별이 곧 우의정 대감의 분부인 것을 자세히 이야기한 뒤에
"나는 금부에 가서 자수하면 우의정 대감께서 뒤를 봐주실 테

니까 아무 걱정이 없지만 자네 일이 걱정일세. 내가 금부에 갇혀 있는 동안 자네가 갓난것을 데리구 어디 가서 부쳐 있으면 좋겠나?"
하고 의논하니 계향이는 미리 생각해둔 것처럼 조금도 서슴지 않고
"서울 가서 있을랍니다."
하고 말하였다.
"서울 가서 어떻게 있어. 그래두 교하 외삼촌에게 가 있는 것이 좋지 않을까?"
"나는 교하 가기 싫어요."
"그러니 서울 가서 지낼 수가 있어야지."
"구사또 댁에 가서 간청하면 몸담아 있을 방 한칸이야 얻어주시겠지요."
"방만 있으면 사나?"
"서투른 바느질품이라도 팔지요. 그런 건 걱정 마세요."
"아무리나 하게. 그럼 나는 내일이라두 먼저 서울루 가겠네."
"나도 같이 가요."
"자네야 내일 어떻게 가나."
"어린것을 폭 싸서 안고 승교바탕 타고 가지요."
"죽다 살아난 산모가 삼두 안 나간 핏덩이를 데리구 어떻게 길을 간단 말인가."
"나리가 내일 가서 자수하시면 나도 며칠 안에 여기서 쫓겨나

게 될 테지요. 며칠 있다가 근두박질해서 쫓겨나가느니 나리와 같이 가는 것이 좋지 않아요?"

"그럼 교하 외삼촌을 청해다가 자네를 맡기구 감세."

"싫어요. 나리 따라갈 테요."

"내일 삼이나 나간 뒤에 다시 의논하세."

"다시 의논할 것도 없이 내일 같이 떠납시다."

"그렇게 아주 떠나자면 여기서 뒤를 맡겨놓구 갈 일두 더러 있으니까 어차피 내일은 못 떠나겠네."

"내일 못 떠나면 모레 떠납시다."

"같이 가서 임시 전접이라두 시켜놓구 자수했으면 나는 아주 한시름을 잊겠네만 자네가 무사히 길을 갈 수 있을까?"

- 우병교(右兵校) 큰 고을의 군사를 거느리던 우두머리.
- 문부(文簿) 나중에 자세하게 참고하거나 검토할 문서와 장부.

"염려 마세요. 남들은 해산하고 곧 일어나서 국밥까지 끓여먹는데 가만히 타고 가는 것이 어때요."

계향이가 고집을 세우는 바람에 이봉학이도 데리고 갈 의향이 많아졌다.

이튿날 이봉학이가 임진을 떠날 준비로 뒷일을 처리하는 중에 파주읍에서 우병교˙가 나와서 시각 지체 말고 대령하란 군령을 전하니, 이는 곧 파주목사가 군령을 놓은 것이다. 이봉학이가 인궤 외에 중요한 문부˙까지 다 가지고 병교를 따라서 읍으로 들어갔다. 파주목사가 병마수군동첨절제사의 위의를 갖추고 이봉학이를 불러들여서 양주 도적 꺽정이를 밤배로 건네주었다는 것이 어찌 된 일이냐고 사문査問하는데, 경기 감영과 병조의 관자들을 내보이며 일이 벌써 감영뿐 아니라 조정에까지 드러났으니 일호기만할 생각을 두지 말고 자복하라고 으르고, 또 전후 사정을 조금도 숨기지 않고 세세히 자복하면 죄가 경감되도록 보하여 주마고 엇달랬다. 이봉학이가 으르는 걸 겁내서 말할 사람도 아니요, 또 달래는 걸 믿고서 말할 사람도 아니나 자기의 지은 죄를 자수하려고 마음먹은 사람이라 꺽정이와 형제같이 친한 것부터 꺽정이를 밤배로 건네준 것까지 전부 다 토설하였다. 목사가 이봉학이의 초사를 다 받은 뒤에 관원으로 천만부당한 짓을 하였다고 꾸짖고 임소˚에 가서 조정 처분이 다시 내리기를 기다리라고 일렀다. 이봉학이가 서울 올라가서 금부에 자수하겠노라 말하고 가지고 온 인궤와 문부를 맡아달라고 목사께 바치니 목사가 처음에는

"어디루 도타할 생각이 있어서 갖다 맡기는 것이 아닐까."
말하고 받지 않다가

"도타하려면 인궤나 문부나 다 내버리고 도타하옵지 맡아줍시사고 가져올 리가 있습니까."

이봉학이의 사리 바른 말을 듣고 비로소 받아주었다. 봉학이가 파주읍에서 나오는 길에 나루에 와서 묵는 포도부장을 찾아보고 꺽정이를 밤배로 건네준 것이 사실이라고 말한 뒤에 금부에 자수하러 내일 상경하겠다고 말하니 부장은 싱글싱글 웃으면서

"금부에 자수하러 가는 사람이 안식구는 왜 데리구 가시우?

안식구두 자수시킬 죄가 있소?"
하고 빈정거려 말하였다.
 "안식구를 여기 내버려두면 뒤에 돌보아줄 사람이 없으니까 아주 서울 데리구 가서 방 한칸이라두 얻어서 전접을 시키구 자수할 생각이오."
 "생각을 빈틈없이 잘하셨소."
 "내 말을 거짓말루 들으시는 것 같으니 그건 사람 대접이 아니오."
 "거짓말을 참말이라면 참말이 되구 참말을 거짓말이라면 거짓말이 되우? 그러구 우리는 사람을 볼 때 죄인으루 보는 버릇이 있어서 사람 대접을 잘할 줄 모르니 과히 책망 마시우."

● 임소(任所)
지방 관원이 근무하는 곳.
● 철가도주(撤家逃走)
가족을 모두 데리고 살림을 챙기어 도망감.

 "그럼 내가 철가도주˙나 하는 줄루 아시우?"
 "철가도주하실 리가 만만 없드라두 우리는 철가도주를 못하두룩 방비하지 않을 수 없지요."
 "방비는 어떻게 하실 작정이오?"
 "내일 보면 아시지요."
 "내일 떠날 때 기별해주리까?"
 "그러실 것 없소. 안식구까지 데리구 가실 작정은 언제 우리게 기별해주셨소?"
 "미리 말씀 한마디 해둘 것은 요전같이 떠날 때 군사를 보내서 간다 못 간다 하진 마시우. 그러면 자연 좋지 못한 광경이 날 것이오."

"그런 일은 없을 테니 염려 마시우. 내가 군사 몇놈 데리구 서울까지 배행해다 드리지요."

"같이 가는 것은 나두 좋소."

"좋지 않다구 하셔두 우리는 안 갈 리 없소."

"잘 알았소. 내일 만납시다."

이봉학이가 포도부장에게서 별장청으로 온 뒤에 곧 관속들을 내보내서 걸구를 서너 마리 사다 잡고 막걸리를 수십 동이 사다가 걸러서 육십여명 진군을 풀어 먹이었다. 수족같이 부리던 진군들을 작별 않고 떠나기가 섭섭하였던 것이다.

임진 내려온 포도부장이 이봉학이의 죄상을 탐지하여 포도청에 비밀히 보한 뒤 포도대장이 위에 아뢰어서 처음에는 위에서 파주목사를 시켜 별장의 죄지유무罪之有無를 사문査問하라고 처분을 내리었는데, 이량이 이것을 알고

"별장의 죄상이 기위旣爲 입문까지 되온 바엔 바로 금부에 압상하와 엄형으로 국문하옴이 마땅하올 줄 아옵네다."

하고 위에 아뢰어서 마침내 임진별장 이봉학을 구격나래˙하란 전교가 금부에 내리게 되었다.

금부에서 전교를 받자온 뒤 금부도사는 서울서 새벽 떠나 임진으로 내려오고 이봉학이는 아침때 임진서 떠나 서울로 올라오는데 이봉학이 일행은 이봉학이 탄 부담마와 계향이 탄 승교바탕 외에 하인 하나와 짐꾼 하나뿐이라 실상 초솔하기˙짝이 없건만,

포도부장이 포도군사 삼사명을 데리고 앞서거니 뒤서거니 같이 오는 까닭에 속 모르는 사람이 보기에는 기구 있는 행차보다 도리어 무시무시하여 길을 잡기 전에 오고가는 사람들이 미리미리 길을 비키었다. 이봉학이 일행이 파주읍을 지나서 두마니를 채 못미처 왔을 때 서울서 내려오는 금부도사의 일행과 노상에서 서로 만났다. 그 일행은 도사의 말 뒤에 금부 나장과 나졸 사오명이 따랐었다. 이봉학이 일행보다 몇걸음 앞서던 포도부장이 도사의 말 앞에 가서 수어인사를 마치고

"어딜 가십니까?"

하고 물으니 도사가 말 위에서

"임진 가우."

하고 대답하였다.

"별장을 잡으러 가십니까?"

"그렇소."

"별장이 지금 서을 가는 길입니다. 저기 부담마 탄 사람이 별장이구 승교바탕 탄 사람이 그 소실입니다."

도사가 부장의 말을 듣고 곧 나장을 돌아보며

"저것이 임진별장이란다. 어서 가서 잡아내려라."

하고 분부하였다. 이봉학이는 나장, 나졸들이 와서 내려라 마라 하기 전에 황망히 말께서 뛰어내렸다. 도사가 이봉학이를 잡아다가 말 앞에 꿇리고 자기도 말 위에서 내려와서 전교를 일러 들린 뒤에 곧 격식대로 관을 벗기고 줄을 지웠다.

● 구격나래(具格拿來)
죄인에게 수갑과 차꼬를 채우고 칼을 씌워 잡아오던 일.
● 초솔(草率)하다
거칠고 엉성하여 볼품이 없다.

금부도사는 임진 가서 하룻밤 숙소하려고 예정하였던 것인데 의외에 중로에서 이봉학이를 체포하게 되어서 예정을 변경하여 고양읍을 숙소참 대고 곧 회정하였다. 도사가 봉학이를 보고
"고양읍에 가선 짚보교˚를 변통해서 태워주까?"
하고 묻는 말에
"서울까지 걸어가두 좋소이다."
이봉학이는 대답하고 갓신 벗고 미투리 신고 나졸 군사들과 같이 걸었다. 이봉학이가 오랏줄 지고 길을 걷는 것이 생외의 처음이라 마음의 창피한 것과 몸의 거북한 것이 이를 데 없으나 자기의 창피하고 거북한 건 오히려도 여차이고, 계향이의 소리없이 우는 꼴이 차마 보기 어려웠다. 계향이가 처음에는 구상전 만난 종의 자식같이 정신없이 떨기만 하다가 떠는 것이 진정되며부터 두 눈에 눈물이 샘솟듯 하는 것을 씻다 못하여 치맛자락으로 얼굴을 통이 가리었다. 그렇지 않아도 부석부석한 계향이의 눈두덩이 얼마 안 지나서 퉁퉁히 부어올랐다. 이봉학이가 자주 뒤를 돌아보다가 계향이의 눈과 마주칠 때 울지 말라고 눈짓하면 계향이는 고개를 끄덕이면서도 눈물이 흘러내리는 것을 금치 못하였다.
두 일행이 한데 합한 뒤에 포도부장은 포도군사들을 데리고 앞을 서고 나장, 나졸들은 이봉학이를 데리고 또 금부도사는 말을 타고 중간에 들고 계향이의 승교바탕과 봉학이가 데리고 온 하인 짐꾼은 뒤에 따라왔다. 해지기 전에 고양읍을 대어오려고 금부도사가 길을 재촉하여 두마니와 밧화산 길목과 안화산 길목을 얼른

지나서 동거리를 향하고 오는 중에, 아이놈 하나도 데리지 아니한 선비 한 사람이 이편을 바라보고 오다가 홀제 돌쳐서서 오던 길로 도로 가는데 뻔쩍뻔쩍 걸어가는 걸음이 예사 달음박질로 따라가기 어려울 만큼 빨랐다. 앞에 선 포도군사들이

"지금 가는 사람 걸음 빨레."

"축지하는 사람인가배."

"양주 꺽정이의 처남 황가놈이 걸음이 유난히 재다든데, 혹시 그놈이 아닐까?"

"그런지두 모르지. 쫓아가보까?"

"벌써 어디 갔는지 모르는 걸 쫓아가면 붙들겠나."

하고 지껄이는 말을 봉학이가 귓결에 듣고

● 짚보교
죄인을 태워 가려고
거적을 둘러친 보교.

'천왕동이가 인제 서울서 내려오다가 포도군사들을 보구 어디루 피한 게로군.'

하고 속으로 생각하였다. 분수내를 건너고 양짓말을 지나고 고골 길목을 지나서 바로 혜음령을 바라보고 올라오는데, 길에 행인도 없고 산에 나무꾼도 없고 다만 길가 나무 위에 까막까치들만 지저귀었다. 금부도사가 말 위에서 서산에 가까운 해를 치어다보고

"잘못하면 해진 뒤에 들어가기 쉽겠다. 얼른 고개를 넘어가자."

나장들을 재촉하고 나장들이

"앞에서 좀더 빨리들 가자."

하고 포도군사들을 재촉하여 혜음령 밑에 다 왔을 때 고개 중턱

에 사람 서넛이 뭉쳐 섰는 것을 보고 포도부장이 수상하게 여기어 뒤에 오는 일행을 잠깐 정지시키고 포도군사들만 먼저 올려보냈다. 포도군사들이 사람들 섰는 곳에 가까이 오자, 그중에 한 사람이 손에 굵은 몽둥이를 짚고 몇걸음 앞으로 나서서

"이놈들아, 너희놈들은 포도청에서 낮잠이나 자빠져 자지 왜 여기까지 와서 돌아다니느냐!"

하고 바로 호령하듯이 말을 붙였다. 포도군사들이 제잡담하고 꽁무니에서 방망이를 뽑아들고

"으악!"

소리를 지르며 쫓아들어가니 그 사람은 조금도 황겁한 기색이 없이 짚었던 막대를 들어서 군사들의 방망이를 막는데, 방망이 너덧 개가 몽둥이 하나를 당치 못하였다. 포도군사들이 슬금슬금 뒤로 물러나는 중에 포도부장이 칼을 빼어들고 쫓아올라왔다.

포도부장이 군사들을 한옆으로 비키고 몽둥이 든 자를 향하여

"너희가 웬 놈들이냐?"

"우리가 어떤 사람인 걸 알구 싶으냐? 우리는 고개 임자다."

하는 대답이 나왔다.

"고개 임자란 게 다 무어냐, 이놈아!"

"고개를 넘어다니는 행인에게 고갯세를 받는 사람이다. 너희 두 고개를 넘어가려거든 세를 갖다 바쳐라."

"쥐새끼 같은 도둑놈이 무얼 믿구 큰소리냐!"

"이걸 믿구."

하고 몽둥이 든 자가 한편 주먹을 내보이니
 "잘 믿었다. 칼 좀 받아봐라."
하고 부장이 칼을 두르며 달려들었다.
 몽둥이가 워낙 칼과 맞서기 어려운데 더욱이 칼은 법수 있고 몽둥이는 함부로 몽둥이가 칼 앞에 쩔쩔매었다. 산더미로 정수리를 누르는 듯 칼이 위에서 내려오고 풀 헤치고 뱀을 찾는 듯 칼이 아래로 나와서 몽둥이가 칼을 막느라고 위아래로 올지갈지하다가 그자가 몽둥이를 내던지고 고개 위로 도망할 때 뒤에 섰던 자들은 앞서 뛰어올라갔다.
 "너희들은 구경하구 섰느냐! 빨리 쫓아올라가자."
 부장이 군사들을 몰고 셋의 뒤를 쫓아서 고갯마루턱으로 올라올 때 먼저 올라간 셋이 서낭의 돌무더기를 헐어서 돌을 던지는데, 그중에 하나는 물박 같은 큰 돌덩이를 펑펑 내던졌다. 부장이 돌을 무릅쓰고 올라갈까 피하여 내려갈까 잠깐 주저하는 동안에 군사 하나가 면상을 돌에 맞고
 "아이쿠!"
하고 소리를 질렀다. 부장이 소리지르는 군사를 돌아보다가 앞에 떨어지는 큰 돌덩이에 발등을 짓찧고 펄썩 주저앉았다. 옆에 가까이 섰던 군사가 쫓아와서 얼른 부장을 붙들어 일으키며 아래로 내려가자고 말하니 부장은 말없이 고개를 끄덕이었다.
 군사 하나는 부장을 부축하고 앞서고 군사 둘은 상한 동무 군사를 양쪽에서 붙들고 뒤를 따라서 급한 걸음으로 몇간 동안 내

려왔을 때 뒤에서

"이놈들, 게 섰거라!"

고성이 들리며 아까 몽둥이 들었던 자가 두 손으로 돌덩이 하나를 치어들고 쫓아오는데, 그 돌덩이는 크기가 조그만 집 주춧감이 좋이 될 만하였다. 군사들이 뒤를 흘끔흘끔 돌아보며 아래로 뛰어가려고 하는데, 부장은 담기가 달라서 부축하는 군사까지 옆으로 치우고 돌아서서 칼을 바로잡았다. 그자가 부장을 노리고 돌덩이를 내던져서 부장이 자칫하면 얻어맞을 것을 날쌔게 가로뛰어 피하였으나 지덕˚은 험한데 짓찧인 발에 힘이 없어서 한편으로 쓰러졌다. 부장이 몸을 일으키려고 할 즈음에 그자가 뛰어오며 곧 발길로 칼 잡은 팔을 걷어차서 칼이 손에서 떨어졌다. 부장이 몸을 일으킬 사이 없이 그자가 연거푸 발길로 차서 일어나지 못하게 하고, 나중에 한번 몽굴러 차서 산골창으로 떼굴떼굴 굴러내려갔다. 여러 군사들이 부장을 돌보지 못하고 고개 밑으로 도망하는데, 그자가 부장의 칼을 주워들고 뒤에서 쫓아왔다.

고개 위에 화적이 난 것 같다고 포도부장이 칼을 빼들고 쫓아올라간 뒤에 금부도사는 생각하기를, 포도군사 서너 명이 갔고 포도부장까지 갔으니 화적 몇명쯤 쥐잡듯 하려니 하여 태평 마음을 놓고 말에서 내려서 길가에 앉아 있었다. 한동안이 착실히 지나도록 포도청패가 돌아오지 아니하여 도사가 나장, 나졸을 돌아보며

"어째들 이렇게 아니 올까? 너무 오래 지체가 된다."

하고 말하니 나장이 하나는

"글쎄올시다. 너무 늦소이다."

하고 도사의 입을 따라서 대답하는데 나장이 하나는

"아마 도둑놈들이 도망질치니까 뒤쫓아갔는가 보오이다."

하고 대답한 뒤 제가 가장 요량이나 잘한 듯이 곤댓짓까지 하였다. 도사가 화가 나서

"그래 우리더러는 여기서 기다리라고 해놓고 무작정 어디까지 쫓아간단 말이냐!"

그 나장이를 포도부장인 듯이 책망하고

"더 있다간 여기서 해지겠다. 고개 넘어서 벽제까지 가기 전엔 훼를 잡힐 데도 없다. 화적을 잡거나 수적을 잡거나 우리겐 아랑곳없으니 우리만 먼저 가자."

● 지덕(地德)
땅이 만물에게 주는 편의.

여러 사람들을 다 일으켜세웠다. 도사가 다시 말에 올라앉을 때 고함치는 소리와 악쓰는 소리가 풍편에 가까이 들려서 고개 위로 올라가지 못하고 자저하고 있는 중에, 창과 몽치를 든 자 십여 명이 뒤에서 풍우같이 몰려오며 곧 도사와 나장들에게 대들어서 창으로 찌르고 몽치로 조기는데 이봉학이가 창 든 자 하나를 바라보고 소스라치도록 놀랐다. 황천왕동이가 양반의 의관을 벗어버리고 다른 자들과 같이 머리를 질끈 수건으로 동이고 창을 들고 날뛰었다.

"이 사람, 이게 웬 짓인가?"

"이 사람, 이리 좀 오게."

이봉학이가 목이 터지도록 소리를 지르니 황천왕동이가 창을 멈추고 돌아보며

"잠깐만 기다리우. 이놈들을 다 처치하구 이야기합시다."
하고 대답하였다.

"어서 이리 와서 내 말 좀 듣게."

"무슨 말이오?"

황천왕동이가 이봉학이 앞에 와서 섰다.

"저자들을 자네가 데리구 왔나?"

"그렇소."

"사람을 상하지 말라구 이르게."

"저까짓 것들 살려 보낼 거 무어 있소. 아주 요정들 내게 가만 둡시다."

"자네가 나를 다시 안 볼 테면 모를까, 그렇지 않거든 내 말대루 이르게."

황천왕동이가 마지못하여 채수염 난 자 하나를 가서 보고 말을 일러서 그자들은 창질과 몽치질들을 그치고 말에서 떨어진 도사와 땅 위에 자빠지고 엎드러진 나장, 나졸을 발가벗기고 상투를 풀어서 맞잡아매 앉히는데, 봉학이가 데리고 온 하인까지 도사의 하인으로 알고 발가벗기어서 한데 앉히었다. 이동안에 황천왕동이는 봉학이의 오랏줄을 풀려고 하니 봉학이가 밀막으며

"줄을 가만두구 이야기부터 하게. 이게 대체 웬 짓인가?"
하고 말하였다.

"오라 풀구 앉아 이야기합시다."

"그대루 앉아 이야기하세."

"아따, 고지식하게 굴지 마우."

황천왕동이가 이봉학이의 말을 듣지 않고 오랏줄을 풀어주었다. 이때 고개 위에서 도망하여 온 군사들이 고개 밑의 광경을 바라보고 섰는 중에 칼 든 자가 뒤에서 쫓아내려오며

"오냐, 이놈들 게 있구나!"

하고 소리를 질러서 군사들은 다급하여 고개 밑으로 뛰어내려왔다. 여럿이 와 하고 대들어서 군사들을 붙잡아 앉힐 때 군사 뒤를 쫓아오던 사람이 언덕 위에서 아래를 내려다보며

"황두령, 게 있소?"

하고 소리치니 황천왕동이가 치어다보며

"길두령인가? 어서 내려오게."

하고 마주 소리를 쳤다.

황천왕동이가 길두령이라고 부른 사람은 길막봉이다. 막봉이가 고개 밑에 내려와서 봉학이에게 인사하고 나서 한옆에 모아 앉힌 발가벗은 사람들을 가리키며

"저것들을 왜 죽여버리지 않았소?"

하고 황천왕동이더러 물으니 천왕동이는 이봉학이를 한번 흘깃 돌아보고

"죽이면 좋겠는데 죽이지 말라네그려."

하고 길막봉이의 말에 대답하였다.

"저것들을 뇌준대두 우리들 가기 전엔 뇌주지 못하우."

"그러니 어떻게 처치했으면 좋겠나?"

"글쎄."

하고 길막봉이가 고개를 비틀고 생각하다가 채수염 난 자를 바라보며

"상갑이, 이리 좀 오게."

하고 불렀다. 길막봉이가 상갑이란 자를 데리고 잡아앉힌 사람 처치할 도리를 의논하는 중에 이봉학이는 황천왕동이를 불러가지고 말하였다.

"내가 정신이 얼떨떨해서 영문을 모르겠네. 속시원하게 이야기 좀 하게."

"저것들을 다 처치해놓구 이야기합시다."

"대체 이 일을 형님이 시켰겠지?"

"그렇소."

"형님은 지금 어디 있나?"

"여기 오지 않았소."

이봉학이가 또 말을 물으려고 할 즈음에 길막봉이가 황천왕동이를 오라고 불러서 황천왕동이는 길막봉이 옆으로 가고 이봉학이는 계향이의 승교바탕 앞으로 왔다. 계향이가 포대기로 폭 싼 갓난애를 꼭 끌어안고 내려다보다가 이봉학이가 가까이 왔을 때 얼굴을 조금 치어들고 나직한 말소리로

"화적들이 우리를 구해주러 왔지요?"

하고 물으니 이봉학이는 입맛 쓴 모양으로

 "우리를 구해주러 왔는지 죽을고루 몰아넣으러 왔는지 나는 모르겠네."

하고 대답하였다.

 "서울 가면 일이 어떻게 될까요? 덧거치지 않을까요?"

 "어째 덧거치지 않겠나. 잘못하면 죽기 쉽지. 그 핏덩이가 아마 나의 한세상 난 표적이 될까베."

 "중로에 적변당한 것이 죄될 것도 없겠지만 죄가 된다고 하더래도 포도부장이나 금부도사에게 죄가 될망정 나리께 죄될 까닭이 무어예요?"

 "적변이 나 땜에 난 적변이니까 화적들의 죄까지 내가 홈빡 뒤집어쓰게 될 것일세."

 "그러면 화적들 따라 적굴에를 가실지언정 서울은 가실 생각 마시오."

 "죽은 정승이 산 강아지만 못하다니, 도둑놈이 되드라두 살아놓구 보잔 말인가?'

하고 이봉학이는 서글픈 웃음을 웃었다.

 채수염 난 자가 여러 졸개 도적들을 데리고 잡아앉힌 군사들을 마저 옷 벗기고 상투 풀어 맞잡아매는 동안에 고개 위에서 새로 둘이 내려오는데, 채수염이 치어다보며

 "여게 판돌이, 자네 부자는 고개 위에서 이때까지 무엇했나. 어서 빨리 내려오게."

하고 소리쳤다. 둘이 고개 밑으로 내려온 뒤에 채수염이 그중에 나이 먹은 탑삭부리와 몇마디 이야기하고 곧 졸개 도적들을 시켜 잡아앉힌 사람을 모조리 잡아 일으켜세웠다. 이봉학이는 이것을 보고 죽이려는 줄로 알고 황천왕동이를 와서 붙들고
"그예 다 죽일 작정인가?"
하고 시비하니 황천왕동이는 고개를 가로 흔들었다.
"그럼 왜 잡아 일으켜세우나?"
"여기다 그대루 두구 가면 벌거벗구 십리 이십리를 가서 고발할는지 모르니까 숲속 나무에 동여매놓구 가기루 했소."
이때 이봉학이의 하인이 큰 소리로 나리, 나리 하고 불렀다.
"내 하인은 왜 동여매나?"
"저 나리 찾는 것이 하인이오? 곧 빼놓으라겠소."
황천왕동이가 가서 말하여 이봉학이의 하인은 빠지고 도사와 나장과 나졸 및 포도군사들은 모두 숲속으로 끌려갔다.
해진 지가 오래라 어둔 빛이 짙어져서 네댓 간 밖의 사람이 어렴풋이 보이게 되었다. 숲으로 간 사람들이 떠드는 소리만 들리고 형용은 보이지 아니할 때 뒤에 남은 황천왕동이는 이봉학이와 같이 길가 풀섶에 주저앉아서 전후곡절을 이야기하였다.

황천왕동이가 이봉학이를 찾아보던 날 서울로 가지 않고 청석골로 돌아가서 봉학이의 신변이 위태한데 봉학이의 고집이 앉아 당하려고 하여 불구에 서울로 잡혀가게 될 것을 일장 이야기하였

더니, 임꺽정이가 이야기를 듣고 곧 박유복이더러
"우리 둘이 임진을 나가보자."
하고 말하여 박유복이도
"그래 봅시다."
하고 대답하는데 옆에 있던 서림이가 나서서
"두 분이 가시면 이별장을 꼭 끌고 오시겠소?"
하고 묻고 잼처˙
"이별장이 만일 끌려오지 않으면 어떻게 하실 테요?"
하고 물으니 임꺽정이가
"숫제 우리두 같이 잡혀가겠소."
하고 대답하였다.

● 잼처
어떤 일에 바로 뒤이어 거듭.

"아무리 정분들이 여타 자별하시드래두 같이 잡혀가신다는 건 안 될 말씀이오."
"봉학이가 내 언걸루 죽게 되지 않구 제 죄루 죽게 되었더라두 우린 가만히 보구 있을 수가 없소."
"그러니 이별장을 구해낼 도리를 생각합시다."
"무슨 좋은 도리가 있소?"
"찬찬히 생각하면 더 좋은 도리두 있겠지만 지금 언뜻 생각나는 걸루 말씀하면, 이별장이 서울루 잡혀갈 때 중로에서 뺏어오는 것두 좋은 것 같소."
"그렇게 하자면 우리가 미리 중로에 가서 지켜야 하지 않소?"
"언제 잡혀갈지 모르구 여러 사람이 미리 가서 지킬 수도 없으니 황두령이 한번 서울까지 가서 자세한 소식을 알아오시면 좋겠소."

"천왕동이가 갔다오기 전에 잡혀 올라가면 낭패 아니오?"

"황두령 걸음에 내일 하루면 갔다오실 텐데 오늘까지 별장 노릇하구 앉았든 사람이 설마 하루이틀 동안에 잡혀가게 되겠소?"

황천왕동이가 서림의 말을 듣고 고개를 외치며

"일이 속으루 벌써 잔뜩 곪았으니까 언제 밖으루 터질는지 모르겠소."

하고 말하여 서울 길목을 미리 와서 지키려고 지킬 자리를 의논들 하게 되어서 혜음령 말이 났을 때, 길막봉이가 앞으로 나앉으며

"혜음령을 가서 지키려면 혜음령패를 불러 쓰는 것이 제일 편한데 그 패의 괴수 바눌티 정상갑이와 호랭잇골 최판돌이가 나하구 면분이 있으니 내가 내일 황두령하구 먼저 떠나서 황두령은 서울을 다녀오구 나는 정상갑이나 최판돌이를 가서 보구 여러분 오시기 전에 그 패를 모아놓으면 어떻겠소? 황두령이 서울 왕래하는 동안에 만일 이별장이 잡혀 올라가게 되면 그건 내가 담당하리다."

하고 말하니 서림이가 길막봉이의 말을 좋다고 찬동하고 또 임꺽정이와 박유복이에게 서울 소식을 듣고 떠나라고 역권力勸하여 이튿날 길막봉이와 황천왕동이만 먼저 떠나게 되었다. 천왕동이가 막봉이를 따라서 바눌티 정상갑이 집에 와서 하룻밤 자고 밤들도록 술 먹은 탓으로 아침에 늦게 일어나서, 서울 가서 금부도

사가 이날 새벽에 떠난 소식을 듣고 곧 회정하여 청석골로 가는 길에 이봉학이가 묶여 오는 것을 보고, 길막봉이에게 알리려고 급히 바눌티를 와서 보니 정상갑이는 고골 너머 놀미 근처에 퍼져 있는 졸개들을 모으러 가고 최판돌이 부자만 막봉이 옆에 와서 있던 중이라, 길막봉이는 먼저 판돌이 부자만 데리고 고개 위로 나오고 황천왕등이는 놀미까지 가서 상갑이 외 십여명 한 패를 몰고 뒤에 오게 되었던 것이었다.

황천왕동이는 총기 있는 사람이라 말들 한 것까지 다 다시 옮겨가며 이야기하느라고 숲속에 갔던 사람들이 돌아온 뒤에야 이야기가 비로소 끝이 났다. 천왕동이가 이야기를 마친 뒤에
"인제 우리와 같이 청석골루 갑시다. 오늘 밤에 임진 가서 또 밤배를 탔으면 좋겠는데, 탈 수가 있겠소?"
하고 물으니 이봉학이는
"밤배?"
하고 긴 한숨을 쉬고 나서
"그거야 될 수 있겠지."
하고 대답하였다.

3

한편 이봉학이를 놓친 죄로 금부도사는 삭탈관직되고 포도부

장은 병신이 되어 낙사落士되고 나장과 나졸과 포도군사는 모두 결곤들을 당하고, 또 한편 이봉학이를 구한 공로로 황천왕동이와 길막봉이는 칭찬을 듣고 정상갑이와 최판돌이는 상급을 받았다. 이것은 더 자세히 이야기할 것이 없는 일이고, 이봉학이가 청석골 들어온 뒤 그 소실 계향이가 산후에 실섭˚한 까닭으로 바로 병들어 눕게 되어서 의약을 짐작하는 서림이가 약을 써보았으나 병이 말을 듣지 아니하여 할 수 없이 난데 의원을 구하여 들이게 되었는데, 박유복이의 처가 동네 산상골서 멀지 아니한 허풍골 사는 허생원이 의술이 도저하단 말이 있어서 유복이가 장인 최서방에게 기별하여 허생원을 데려오게 하였다. 허생원이 와서 계향이 병에 약을 쓰기 시작하여 불과 몇첩에 대세를 돌리고 그 뒤에 두어 제로 뒤탈도 없게 고치어놓았다.

청석골 두령들이 허생원을 붙들어두려고 공론하고 구변 좋은 오가가 쓸 만한 집도 치워주고 온갖 살림도 차려주고 또 먹을 것도 대어줄 것이니 청석골로 반이˚하라고 입이 닳도록 허생원을 달래보았으나 허생원은 허풍골을 떠날 수 없다고 고집을 세워서 도로 내보내게 되었을 때, 꺽정이가 도회청에 나와 앉아서 허생원을 불러다 놓고

"들어올 때는 산 사람으루 들어왔지만 나갈 때는 죽은 사람으루 나갈 테니 그리 아우."

하고 을러메어서 허생원은 임꺽정이 말 한마디에 움찔하여 다시는 나가겠단 말을 입 밖에도 내지 못하였다.

청석골 안에 집이 째이는 판이라 허생원을 반이시키는데 집이 마땅한 것이 없어서 우선 졸개의 초막 하나를 치워주었다. 허생원의 약국집은 고사하고 두령들의 살림집이 부족하여 집을 몇채 더 짓기로 작정되어서 곧 역사를 시작하여 도회청 뒤 빈터에 새집 다섯 채를 이룩하였다. 새집 역사가 손 떨어진 뒤에 여러 두령들이 공론하고 집들을 나눠 드는데, 오가는 식구가 단출하여 큰 집이 쓸데없다고 있던 집을 식구 많은 임꺽정이에게 내주고 새집 중에 제일 번듯한 채로 내려앉고, 박유복이는 오가의 새집과 격장˙한 집에 와서 딴살림을 시작하고, 이봉학이와 허생원과 서림이도 각각 새집을 한 채씩 들었다. 서림이는 그동안 양지 처가에 사람을 보내서 처자를 데려왔던 것이다. 황천왕동이는 꺽정이 집 근처에 있는 묵은 집 한 채에 들고 배돌석이와 길막봉이는 전과 같이 도회청 좌우 옆채에 있고, 곽오주 역시 전이나 다름없이 등 너머 외딴집에 따로 있었다. 오주는 여편네와 담쌓은 사람이라 여편네가 없다고 꼬물도 쓸쓸할 까닭이 없지마는 돌석이와 막봉이는 홀아비살림이 쓸쓸하여 밤저녁에 두 홀아비가 실없는 말로 서로 위로하는 때가 많았다. 어느 날 달 밝은 밤에 돌석이와 막봉이가 임꺽정이 집 큰사랑에 가서 놀다가 밤늦게 돌아와서 막봉이는 바로 자기 방으로 들어가려고 하는 것을

"여게, 달 아래서 좀 거닐다가 자세."

하고 돌석이가 붙들었다.

- 실섭(失攝)
  몸조리를 잘 하지 못함.
- 반이(搬移)
  짐을 날라 이사함.
  또는 세간을 운반하여 집을 옮김.
- 격장(隔墻)
  담 하나를 사이에 두고 이웃함.

"밤이 늦었는데 졸리지 않소?"

"졸리면 거닐자겠나?"

"기집 생각이 또 간절하신 모양이구려."

"자네는 기집 생각이 없나?"

"젊은 놈이 기집 생각 없으면 변이지."

"그럼 왜 나를 빈정거리나?"

"당신은 너무 과하니까."

"여보게, 우리두 어떻게 기집 하나씩 변통해가지구 살림을 해보세그려."

"어디 마땅한 기집이 있어야지."

"나는 기집이 없는 사람이니까 새로 구해야 할 테지만 자네는 아내가 있지 않은가. 서장사처럼 사람 보내서 데려오게그려."

"데려올 만하면 벌써 데려왔지 남의 훈수를 기다리겠소?"

"무남독녀라 잘 내놓지 않거든 장인 장모까지 다 데려오게그려."

"그만 기집이 어디 없어서 불천지위까지 맡아온단 말이오?"

"자네가 가끔 아내 말하는 걸 보면 옛정을 잊지 못해하며 딴소리 말게."

"기집 낯짝은 별루 보잘것없어두 속살은 좋거든."

"그따위 소리 하지 말게. 그러지 않아두 맘이 싱숭생숭해 죽겠네."

"달 아래서 밤을 새두 월궁선녀月宮仙女는 안 내려올 테니 고만

들어가 잡시다."

"자네 먼저 들어가 자게. 좋은 꿈을 꿀라거든 왼손은 가슴 위에 얹구 자게."

하고 배돌석이가 하하 웃었다. 길막봉이가 방으로 들어간 뒤에 돌석이는 한동안 마당에 서서 달도 치어다보고 그림자도 내려다보고 하다가 홀제 무슨 맘을 먹고 대문 밖으로 걸어나갔다.

돌석이가 도회청 대문 밖에 나서며 곧 앞산 밑에 있는 조그만 초막으로 발길을 향하였다. 그 초막에 들어 있는 졸개는 앞산 파수꾼 김억석이니, 본래 풍덕 양반의 집 비부로서 자식들을 종노릇시키지 아니하려고 계집자식을 데리고 양반의 집에서 도망하여 처음에는 강음촌에 와서 숨어 살다가 종말에 청석골로 들어오게 된 사람이다. 억석이가 청석골 들어온 뒤에 계집은 죽고 지금 남은 식구는 딸과 아들 남매뿐인데 딸은 과년한 처녀요, 아들은 누이보다 나이 훨씬 치지하여˚ 아직 콧물 흘리는 아이였다. 배돌석이가 초막 방문 앞에 와서

• 불천지위(不遷之位) 예전에, 큰 공훈이 있어 영원히 마당에 모시기를 나라에서 허락한 신위.
• 치지(差池)하다 들쭉날쭉하여 가지런하지 아니하다.

"억석이, 억석이."

하고 불렀다. 억석이는 밤번 파수를 보는 중이라 산 위 파수막에 올라가서 짝패 하나와 둘이 밤을 돌려 새우느라고 집에서 자지 아니하였다. 사산파수제도四山把守制度가 그동안 일신하게 작정되어서 사방 산 위에 파수막이 있고 파수막 하나에 사람이 다섯씩 매여 있는데 다섯 사람 중에 넷은 그저 파수꾼이요 하나는 파

수꾼의 패두인데, 파수꾼 넷은 둘씩 짝패를 지어서 한 패가 낮번을 들면 한 패는 밤번을 들되 낮번과 밤번을 선보름 후보름으로 서로 돌리고, 패두는 번에 빠지는 대신에 낮이고 밤이고 하루 몇 차례씩 올라와서 파수꾼의 잘잘못을 돌보고 그 위에는 사산 파수를 총찰하는 두령이 있어서 파수꾼의 군호를 날마다 정하여 주고 또 파수꾼과 패두의 상벌을 맡아보았다. 배돌석이가 이태 동안 내리 사산을 총찰하여 오는 까닭에 파수꾼의 식구들을 거지반 다 알고, 또 파수꾼의 번차례를 대개 다 짐작하였다. 억석이가 밤번인 것을 짐작 못하고 온 사람이라도 자꾸 불러서 대답이 없는 것을 보면 짐작이 나서련만 배돌석이는 대답 없는 것을 헤지 않고

"억석이, 억석이."

하고 부르다가 나중에는 방문까지 두들겼다.

얼마 만에 방안에서 부스럭 소리가 나고 다시 한참 만에 방문이 부스스 열리며 억석이 딸인 처녀가 내다보며

"파수막에 밤번 들러 갔습니다."

하고 말하였다. 배돌석이가 갑자기 수줍어져서 공연히 입맛을 다시며

"아직두 밤번이든가?"

하고 혼잣말하니

"무슨 급한 일이면 잠깐 불러오리까?"

하고 처녀가 물었다.

"파수 선 사람을 불러올 것은 없다."

"그러면 새벽에 교대 주고 내려오거든 곧 가서 보이라고 말하오리까?"

"급히 물어볼 말이 있는데, 네 어른 대신에 네게 물어봐두 좋을까?"

"무슨 말씀입니까?"

"방에는 누가 있느냐?"

"동생아이 하나뿐입니다."

"동생아이는 자느냐?"

"자는 모양이올시다."

"방에 좀 들어가두 좋겠느냐?"

"잠깐이라두 들어앉으실 데가 못 됩니다."

"그럼 이리 좀 나오너라."

처녀가 방에서 나온 뒤에 배돌석이는 방문 앞 작은 봉당 끝에 걸터앉아서 옆자리를 손바닥으로 쓸어놓으며

"여기 와 앉아라."

하고 처녀를 돌아보았다. 처녀가 와서 앉지 않고

"물어보실 말씀이 무슨 말씀입니까?"

하고 묻는 것을 배돌석이가 노기 있는 음성으로

"와 앉으라거든 얼른 와 앉아라!"

하고 명령하듯이 말하여 처녀는 마지못한 모양으로 배돌석이 옆에 와서 쪼그리고 앉았다.

"네가 나이 몇 살이야?"

처녀는 대답이 없었다. 배돌석이가 한번 씽긋 웃고 처녀의 손목을 덥석 쥐니 처녀는 깜짝 놀라 뿌리치려고 하였다. 배돌석이가 손목을 더 단단히 쥐면서

"네가 내게 수청 들 맘이 있나 없나, 이걸 내가 급히 알구 싶다."

하고 말하니 처녀는 몸을 부들부들 떨면서

"그건 내일 아비더러 물어보십시오."

하고 말하였다. 배돌석이가 싱글싱글 웃으며

"네 어른에겐 물어보나마나 좋다구 할 테지만, 네 생각에 어떠냐?"

하고 처녀의 말을 기다리는 것같이 한동안 있다가 다시

"내게루 같이 가서 이야기 좀 하자."

하고 곧 처녀를 일으켜세웠다. 억석이의 딸은 양반의 집에서 아이종 노릇할 때 벌써 약을 대로 다 약은 것이 지금은 나이를 먹어서 속에 대감이 몇개 들어앉았는˙ 처녀라, 처음 놀라던 때와 딴판으로 아주 아양스럽게

"나더러 도회청으로 가잔 말씀입니까? 난 가기가 싫은데요."

하고 몸을 흔들었다.

"딴소리 말구 가자."

"안 가면 어쩌실 테요?"

"네까짓 것 하나를 내가 못 끌구 갈 듯하냐?"

"끌려가면서 소리를 지르면 사람들이 쫓아나오겠지요."

"소리지르라구 주둥이를 가만히 둘세 말이지."

"죽기 한사하고 날뛰면 좀 어려우실걸요."

"이애, 순순히 가자꾸나. 죽기 한사하면 장할 것이 무엇이냐."

"가기 싫은 걸 순순히 가요?"

"내게루 가기 싫으면 너희 방으로 들어가자. 저 윗방은 무어하는 방이냐?"

"아비가 집에서 잘 때 저 자는 방이에요."

"너 자는 방이면 불필타구˚다. 그리루 들어가자."

"먼저 들어가 방을 좀 치워야겠으니 손은 놓아주세요."

배돌석이가 줄곧 잡고 있던 처녀의 손목을 놓았다. 처녀가 윗방으로 들어가서 아래윗간 사잇문을 열고 두 방으로 왔다갔다하며 부스럭거린 끝에 윗방에 등잔불을 당겨놓고 기직자리를 깔아놓는데, 그동안에 배돌석이는 밖에서

"대강만 치워라."

"불은 켤 것 없다."

"고만 들어가랴?"

하고 재촉재촉하였다.

"자, 들어오십시오."

배돌석이가 윗방에 들어와서 기직자리에 앉으며 곧 섰는 처녀의 손목을 잡아당겼다.

"앉을 테니 놓으세요."

● 속에 대감이 몇개 들어앉았다
순진하지 않고 능글맞아
여러가지를 모두 알고 있다.

● 불필타구(不必他求)
남에게서 구할 필요가
없다는 뜻으로,
자기 것으로 넉넉함을 이르는 말.

"내 무릎에 와서 앉아라."

"내가 어린앤가요?"

"내게 대면 어린애지 무어냐."

"점잖으신 어른께서 왜 어린애를 잠도 못 자게 하십니까."

"잠 못 자게 하는 게 분하냐?"

"단잠을 깨면 누구든지 골나지요."

"네 동생두 잠이 깨었느냐?"

"그애는 잠귀가 질겨서 한번 잠이 들면 뒹굴려도 안 일어난답니다."

"너두 잠귀는 밝지 못한 모양이드라. 내가 부르다 못해서 방문까지 두들겼드니 그제사 겨우 부시럭부시럭 일어나지 않았니."

"방문 앞에서 소리지르는 걸 모르도록 잠귀가 어둡지는 않습니다."

"그럼 부르는 소리를 듣구서두 가만히 누워 있었구나."

"몇번 부르시다가 아비의 대답이 없으면 으레 밤번인 줄 짐작하고 가시려니 생각했지요."

"그러면 나중에는 무슨 선심으루 일어났니?"

"총찰두령께서 아비에게 죄책을 내릴까 봐 겁이 나서 일어났지요."

"단잠을 깨운 대신 내가 품에 끼구 재워주마."

"자장자장해서 재워주실랍니까?"

"얼굴이 덜밉지 않드니 말대답두 역시 밉지 않게 하는구나."

배돌석이가 처녀를 품에 끌어안으며 바로 자리에 눕히려고 하니 처녀는 사지를 떠는 듯 마는 듯 떨었다.

"나중에 뫼시고 잘 테니 정당한 말씀이나 좀 해주세요."

"정당한 말이구 실없는 말이구 다 두었다 하자."

"그럼 저의 덮개와 벼개나 가져오겠으니 잠깐만 혼자 누워 기십시오."

처녀가 배돌석이를 목침까지 베어주고 아랫간으로 내려갔다. 한동안 부스럭 소리만 나고 처녀는 좀처럼 올라오지 아니하여 배돌석이가 어서 오라고 몇번 재촉한 뒤에 처녀가 홑이불 조각을 끌어안고 올라오더니 배돌석이 발채에 그린 듯이 서서 앉지 아니하였다. 배돌석이가 번듯이 누워서 처녀를 바라보며 두 팔을 벌리는 중에 처녀가 별안간 배돌석이 배 위에 와서 걸터앉으며 왼손으로 홑이불 조각을 젖혀버리는데, 바른손에 든 칼날이 드러났다.

배돌석이가 수족을 놀릴 사이도 없이 처녀는 세로 잡은 칼로 곧 돌석이의 젖가슴을 내려지를 것같이 겨누면서

"꿈쩍만 하면 찌를 테니 그리 아시우."

하고 야무지게 말하였다.

배돌석이가 어이가 없어서 도리어 웃으면서

"찌르구 싶거든 맘대루 찔러라."

하고 두 손을 깍지 껴서 이마 위에 얹었다.

"장난으로 생각하시오?"

"장난이라면 좀 고하다. 대체 이게 웬 짓이냐?"

"당신의 말을 들어봐서 약차하면 당신 죽이고 나 죽을 작정이오."

"네가 듣구 싶은 말이 무슨 말이냐?"

"당신이 나더러 수청을 들라니, 나를 화냥년으로 여기셨소?"

"내가 너더러 언제 화냥년이라구 하드냐."

"두령만 사람이 아니오. 졸개도 사람이고 졸개의 딸도 사람이오. 오장육부가 다 같은 사람이오."

"누가 사람이 아니랄세 말이지."

"사람인 줄로 알면 어째 사람 대접을 안 하시오?"

"무엇이 사람 대접이 아니냐?"

"아닌밤중에 남의 집 편발 처자를 끌어내서 수청 들라는 것이 사람 대접이오?"

"임자 없는 편발 처자니까 말을 건네봤지, 임자 있는 남의 기집 같으면 생의나 했겠느냐."

"내 몸을 버려놓은 뒤에 나를 어떻게 해주려고 생각했소? 그걸 좀 분명히 말씀하오."

"무얼 어떻게 해주어? 너만 싫다지 않으면 데리고 살려구 했지."

"명색없이 데리고 살려고 생각했소?"

"같이 살면 가시버시지 어째 명색이 없느냐?"

"가시버시니 무엇이니 하지 말고 분명히 말씀하오. 나를 첩을 삼으려고 생각했소, 아내를 삼으려고 생각했소?"

"내가 어디 아내가 따루 있을세 첩을 삼으려구 생각하지."
"새로 오신 이두령은 아내는 없어도 기생첩만 데리고 삽디다."
"이두령이 전에는 아내가 있었으니까 첩으루 얻었지만 지금이야 그 첩이 첩이냐, 아내지."
"나를 아내 삼을 생각이면 우리 아버지보고 통혼을 할 것이지 왜 나를 보고 수청을 들라고 했소?"
"그건 그렇지만 그렇지 않을 수두 있지. 먼저 관계를 맺구 나중 대사 지내는 일두 세상에 흔치 않으냐."
"지금도 나를 아내로 데리고 사실 생각이 있소?"
"생각이 있다뿐이냐."
"이렇게 칼부림을 당하고도 그런 생각이 남아 있소?"

● 쩍말없다
썩 잘되어 더 말할 나위 없다.

"네가 도둑놈 두령의 아내 재목으루 쩍말없다.'"
"정말이오?"
"그럼 정말이지, 내가 설마 네 칼이 무서워서 거짓말하랴."
"정말이면 옷고름을 맺읍시다."
"나는 옷고름 맺는 법을 모르니 네가 가르쳐라."
"이때까지 맹세를 쳐보신 일이 없소?"
"맹세야 더러 쳐봤지."
"천지신명 앞에 맹세를 치고 맹세 친 표로 내 옷고름에 매듭을 맺어주시구려."
"오냐, 그래라. 천지신명 앞에 맹세를 치자면 일어앉아야지."

"누워서라도 정성만 드리시오."

돌석이가 누운 채 눈을 스르르 감고

"돌석이가 억석이의 딸을 아내로 데려다가 길래 살겠습니다. 만일 이 말을 저버리면 천지신명께 벌역을 받겠습니다."

하고 중얼거린 뒤에 다시 눈을 뜨고 처녀의 옷고름에 매듭을 지었다. 처녀가 그제사 배 위에서 내려앉으니 돌석이는 일어앉아서 처녀의 뺨을 찰싹 때리며

"네가 고약한 년이다."

하고 웃었다.

"손이 아프시지 않으시오?"

"얄미운 소리 하지 마라."

"나도 맹세를 치리까?"

"암, 너두 쳐야지."

돌석이가 옷고름을 앞으로 내어미니 처녀는 고개를 숙이고

"저는 당신의 아내가 되겠습니다. 만일 못 되면 칼로 자결해 죽겠습니다."

먼저 마디는 어물어물 말하고 나중 마디는 또박또박 말하고 나서 정성스럽게 옷고름에 매듭을 맺었다.

새벽이 가까워서 닭이 자칠 때 돌석이가 처녀를 보고

"나는 고만 갈 테다."

말하고 일어나려고 하니 처녀가 붙들었다.

"왜 붙드느냐?"

"아버지가 내려오거든 아주 보고 아퀴를 짓고 가시오."
"너의 아버지를 여기서 보기는 면괴스러우니 이따 내가 조용히 청해다가 말하마."
"이따 언제요?"
"아침때나 점심때나 틈나는 대루 청해다가 말하지."
"그럼 그러세요."
돌석이가 자기 처소에 돌아와서 밤에 잠 못 잔 오력을 내느라고 개잠 한숨 늘어지게 자고 여러 두령이 도회청에 모일 때 비로소 일어났다.
"오늘 웬 늦잠이오?"
"무슨 잠을 눈이 붓두룩 잔단 말이오."
"코가 다 삐뚤어졌네그려."
"어젯밤에 무슨 짓을 하느라고 잠을 못 잤소?"
이 사람 저 사람이 돌석이를 조롱할 때 길막봉이가 웃으면서
"월궁선녀를 생각하고 달 아래서 건밤을 새운 모양이오."
하고 말하니 돌석이도 역시 웃으며
"내가 월궁에를 갔다왔네."
하고 길막봉이 말에 대꾸하였다.
"월궁에 가니 선녀가 많습디까?"
"선녀 하나를 만났네."
"거짓말이 난당이구려."
"자네가 거짓말을 시켰지 내가 거짓말을 했나."

돌석이 말에 길막봉이만 웃을 뿐 아니라 여러 두령도 거지반 다같이 웃었다.

아침때가 지나고 점심때가 지나고 저녁때가 다 되었을 때, 돌석이가 억석이를 불러볼까 말까 자저하다가 기왕 늦었으니 내일 불러보리라 생각하고 길막봉이와 둘이 도회청 마당에서 거닐며 한담하는 중에 억석이가 대문 밖에 와서 기웃기웃하다가 길막봉이 눈에 먼저 뜨이었다.

"그게 누구냐?"

"앞산 파수꾼 김억석이올시다."

길막봉이가 다른 말을 묻기 전에 배돌석이가 얼른 대문간으로 나왔다.

"무슨 할 말이 있어 왔느냐?"

"두령께서 소인을 부르러 보내신 일이 있습니까?"

"누가 그러드냐?"

"소인이 잠깐 어디를 나간 동안에 사람이 왔다갔다고 딸년이 말하옵디다."

"오늘은 늦었으니 내일 식전 일찍 오너라."

"두령 분부 내에 옷고름을 잊지 말라고 합셨다 하오니 그게 무슨 분부를 잘못 전한 것이 아니오니까?"

"긴말 할 것 없이 내일 오너라."

돌석이 뒤에 따라나와 섰던 막봉이가 억석이 간 뒤에

"여보, 옷고름을 잊지 말라는 게 무슨 소리요?"

하고 물으니 둘석이는 우물쭈물하고 대답을 못하였다.
"억석이란 자의 딸년이 몇 살이오?"
"열팔구세 되었는가 부데."
"자세히 물어보지 못했소?"
"내가 기집애 나이 물어보러 다니는 사람인가."
"억석이의 딸을 불러다가 좀 물어봐야겠군."
"기집애 나이가 그렇게 알구 싶은가?"
"우선 옷고름이란 말부터 물어봐야겠소."
"내가 일러보낸 말을 그 기집애가 알 까닭이 있나."
"일러보냈다면 그게 무슨 소리요?"
"그게 사산에 군호 준 말일세."
"요새는 사산 군호를 파수꾼들의 집에 외치구 다니기루 했소? 대체 '옷고름' 하구 군호하면 그 대답이 무어요? 어서 대답하우. 공연히 나를 속이려구."
"내가 무얼 속인다구 그러나."
"그러지 말구 똑바루 다 토설하우."
"이얏깃거리가 있기는 하나 있네. 그런데 차차 이야기함세."
"차차라니 명 짧은 놈 턱 떨어지거든 말이오?"
"아따, 조급하게두 구네. 그럼 방으로 들어가서 이야기하세."
돌석이는 막봉이와 같이 방에 들어와 앉아서 지난밤 일을 전부 다 이야기하였다. 석후에는 여러 두령이 꺽정이게로 모이는 것이 전례라 막봉이가 저녁 먹고 나와서 방에 있는 돌석이를 나오라고

부르니 돌석이는 억석이 딸에게 놀러갈 마음이 긴하여
"오늘 저녁은 일찌거니 자겠네."
하고 핑계하였다.
"참말 초저녁부터 잘 테요? 만일 다른 데 가면 무어요?"
"다른 데 가면 무어라니?"
"맹세하란 말이오. 옷고름까지 맺을 것은 없구."
"에 이 사람."
"오래 굶주리다가 과식하면 탈나는 법이오."
"실없는 소리 고만두구 내 말 좀 듣게."
"무슨 말이오?"
"아까 이야기한 일관은 아직 자네만 알아두게. 여럿에게 알리진 말게. 여럿이 알구 보면 나를 여간들 놀리겠나."
"내 귀에 박힌 이야기를 도루 파가기 전엔 입으루 나오구 말 테니까 그런 부탁은 해두 소용없소."
"내일 내가 이야기할 테니 오늘 밤만 참아주게."
"참구 말구 할 것 없소."
길막봉이가 여럿에게 이야기 안 할 리 없을 것을 안 뒤에 돌석이는 숫제 자기가 가서 이야기하고 먼저 일어서 올 생각으로
"그럼 나하구 같이 가세."
하고 방에서 나왔다.
배돌석이와 길막봉이가 꺽정이 집에 왔을 때 오가와 곽오주만 아직 오지 않고 그 나머지 다른 두령들은 벌써 와서 방안에 들어

앉았었다. 저녁 인사들을 마치고 자리에 앉은 뒤에 막봉이가 곧 좌중을 돌아보며

"배두령이 오늘 저녁에 좋은 이야기를 한답니다."

하고 말을 내니 배돌석이는 혀를 쩟쩟 차며 길막봉이를 흘겨보았다.

"좋은 이야기가 구슨 이야긴가?"

"좋은 이야기 좀 들읍시다."

"배두령, 어서 이야기하우."

여러 사람이 돌석이더러 이야기하라고 조를 때 마침 오가가 오고 또 좌정되자 곽오주가 마저 왔다. 오주가 돌석이를 보고

"뒷산 파수꾼의 피두놈 못쓰겠습디다. 곧 태거 해버리우."

● 태거(汰去)
잘못이 있거나
필요하지 않은 관원을
가려내어 쫓아버림.

하고 말하니 배돌석이가

"그놈이 무슨 작죄를 했나?"

하고 물었다.

"그놈이 내 앞에 있는 아이놈을 살살 꾀여내니 그런 놈이 어디 있소."

"고약한 놈일세. 니가 치죄해줌세."

돌석이 말끝에 길닥봉이가 웃으며

"그 패두놈을 태거하구 억석이루 대를 냈으면 좋겠군."

하고 말하는 것을 오가가 듣고

"억석이라니? 앞산 파수꾼 김억석이 말인가? 그애 사람이 신

통하지."

하고 말하였다.

"억석이가 사람이 신통한가요? 아비가 신통하니까 딸두 신통하겠구려."

"억석이의 딸이 신통한 건 어떻게 아나?"

"배두령이 잘 아니 물어보시우."

"배두령은 어째서 잘 알까."

오가의 말끝에 배돌석이가

"창피한 이야기를 하나 할 것이 있습니다."

하고 허두를 놓고 억석이의 딸과 관계된 것을 대강 다 이야기를 하였다. 오가가 먼저

"그 기집애년이 여간내기가 아닐세그려. 우리 마누라에게 바느질을 배우러 오는데 보니까 사람이 영리는 하데만, 배두령 같은 영웅을 개떡같이 주무를 줄은 생각 못했네."

하고 말한 뒤 이 사람이 한마디 돌석이를 조롱하고 저 사람이 한마디 억석이의 딸을 칭찬하는 중에 박유복이가 배돌석이를 바라보며

"기집애가 사람이 똑똑하다니까 아내 삼는 것두 좋기는 좋으나, 졸개의 딸을 아내 삼구 보면 좀 거북한 일이 있을 것 같군."

하고 말하니 돌석이가

"나 하나 거북한 건 말할 것이 없지만 다른 두령들 얼굴이 깎일까 봐서 자저하는 중이오."

하고 대답하였다. 꺽정이가 배돌석이의 자저한단 말을 귀 거슬리게 듣고

"사내대장부가 나이 어린 기집애에게 언약해놓구 자저하는 게 다 무언가."

하고 나무란 뒤

"기집애를 어디 한번 불러보세."

하고 곧 좌우에서 심부름하는 졸개를 불러서 앞산 파수꾼 김억석이의 딸을 데려오라고 분부하였다. 억석이의 딸을 부르러 간 뒤에 서림이가 앞으로 나앉아서 배돌석이를 바라보며

"여보 배두령, 지금 임두령의 말씀이 옳은 말씀이오. 나이 어린 기집애에게 한번 언약한 것을 저버리는 법이 어디 있소. 언약해놓구 자저하는 건 되려 사내루 견모요. 그러나 박두령이 말씀한 바와 같이 거북한 일은 적지 않을 것이오. 우선 억석이에게 대한 언사부터 거북할 것이, 존대하잔즉 명색 없는 소졸小卒이구 하대하잔즉 뚜렷한 두령의 장인이구려. 생각해보우. 거북하지 않겠소? 그래두 배두령은 상감이 부원군에게 하우하듯이 하우루 대접할 수 있지만 우리들은 대접하기가 썩 거북할 것 같소."

하고 길게 늘어놓는데 돌석이는 어른에게 훈계 듣는 아이처럼 지수굿하고 듣고 있었다. 억석이의 딸 이야기가 난 뒤로 좌중의 여러 사람이 모두 지껄여도 입 한번 뻥끗 아니하고 앉았던 곽오주가 서림이의 하는 말을 듣고

"우리가 거북할 거 무어 있담. 아비는 졸개루 대접하구 딸은 제수루 대접하면 고만이지."

하고 말하였다. 오가가 웃으면서

"배두령의 아내를 제수루 대접한다니 배두령이 자네 아운가?"

하고 오주의 말을 책잡으니 오주가 콧방귀를 뀌며

"그럼 나이 어린 기집애를 형수 아주머니 대접하겠소?"

하고 오가의 말을 뒤받았다.

"나이 어린 기집애라두 형 되는 사람이 데리구 살면 형수 대접해야지."

"형수루 대접하구 싶거든 하시우. 누가 말라우?"

"자네는 제수 대접하구 나는 형수 대접하면 을축갑자루 셈판이 잘되겠네."

오가의 말에 다른 두령은 고사하고 돌석이까지 웃었다. 오가가 다시 오주더러

"박서방댁 나이 자네버덤 몇 살이 아랜가?"

하고 물으니 오주는

"난 모르우."

하고 무뚝뚝하게 대답하였다.

"몇 살이 아래든지 아래지. 그런데 어째 자네가 제수루 대접을 아니하나?"

"나이 어슷비슷한 것과 여남은살 아래와 같단 말이오? 억지소리 하지 마우."

"옳지, 자네 말을 듣구 보니 그럴듯해."

오주는 다시 말 않고 한동안 있다가

"나는 먼저 갈라우."

하고 일어서려고 하는 것을

"좀 있다가 같이 헤어지자."

하고 박유복이가 붙들어서 다시 주저앉았다. 서림이가 좌중을 향하고

"내가 아까 배두령께 말한 건 불과 허두 말이구 정작 할 말을 못하구 말았습니다. 내 생각에는 억석이 딸을 오두령 내외분이 수양딸루 정하시구 혼인을 했으면 좋을 것 같은데, 여러분 생각은 어떠십니까?"

말하고 여럿의 얼굴을 돌아보니 오가가 좋다고 말하고 박유복이가 좋다고 말하고 다른 두령은 좋다 그르다 말들이 없었다.

억석이의 딸을 부르러 간 줄개가 돌아와서

"기집애년을 불러왔소이다."

하고 고한 뒤에 억석이의 딸이 뜰아래 나와 서는데, 추녀 끝에 달린 등롱 불빛에 덜밉지 않은 얼굴이 드러났다.

"그년 곧잘 생겼구나."

"참말 똑똑하게 생겼으니까 고런 맹랑스런 짓을 했구나."

하고 몇 두령이 칭찬들 하는 중에 꺽정이가 마루 앞에 나와서 내려다보며

"이년, 내 말 듣거라. 배두령께서 어쩌 네게 실없이 하셨든지,

실없이 하셨으면 순순히 받을 것이지 생심쿠 칼부림을 한단 말이냐! 그런 발칙한 년이 어디 있단 말이냐!"
하고 호령하였다.

꺽정이의 호령질이 뜻밖의 일이라 배돌석이도 당황하였으니 억석이의 딸은 초풍함 직하건만 고개를 폭 숙이고서 눈 한번 거들떠보지 아니하였다.

"옷고름에 매듭 지은 것을 네 손으루 풀어버려라."
"못 풀어버리겠느냐?"
"어떻게 할 테냐? 어서 말해라."

꺽정이의 큰 소리가 연거푸 난 뒤에 억석이의 딸은 비로소 고개를 들고

"배두령께서 맺어주신 것이니 배두령께서 풀어주셨으면 좋겠습니다."
하고 대답하는데 말은 똑똑하게 하나 말소리는 떨려나왔다. 오가가 내다보며

"결자해지라니 그년의 말이 옳소. 꾸중 고만하우."
하고 말하여 꺽정이가 자리로 돌아오다가 배돌석이 앞에 와 서서

"겁 없는 건 좋지만 눈 작은 건 흠일세."
하고 껄껄 웃었다.

꺽정이가 올라오라고 명하여 억석이의 딸이 방 앞 툇마루에 올라섰다.

"이리 나서라. 얼굴을 다시 좀 보자."

하고 오가가 웃으며 말하니 억석이의 딸은 가르마가 앞으로 보이도록 얼굴을 옷깃에 파묻었다.

"얼굴 들구 내 말 좀 들어라. 내가 너를 수양딸루 정하구 싶은데 네 맘에 어떠냐?"

"맘에 싫으냐? 왜 말이 없느냐?"

"아비에게 물어보십시오."

"네 아비의 뜻두 물어볼 테지만 우선 네 생각에 어떠냐 말이다."

"저야 무슨 생각이 있겠습니까."

"내게 수양딸루 올 생각이 없단 말이냐?"

"아니올시다."

● 수삽(羞澁)하다
몸을 어찌하여야 좋을지
모를 정도로 수줍고 부끄럽다.

"당세의 영웅호걸 한 분을 내가 사윗감으루 점찍어놓구 딸을 구하는 중이다. 네가 내 딸이 되면 그 영웅호걸은 네 차지가 될 테니 좋지 않으냐."

억석이의 딸이 수삽한˙ 태를 지으며 외면하느라고 고개를 옆으로 돌이킨단 것이 공교히 돌석이 앉은 편으로 돌이켰다가

"배두령이 사윗감인 줄을 저년이 어찌 알구서 벌써 눈을 맞출까."

오가에게 조롱을 받고 아주 좌중을 등지고 돌아섰다. 오가가 억석이의 딸을 바로 서라고 이른 뒤

"수양딸 노릇을 할 테냐, 안 할 테냐?"

하고 다시 다지니 억석이의 딸은 천연스럽게

"아비가 다른 말이 없을 줄은 짐작하옵지만, 저야 아비의 말을 듣지 않고 대답을 여쭐 길이 있습니까?"

하고 대답하였다.

"네 말이 옳다. 곧 네 아비를 불러서 물어보자."

하고 오가가 작은 두목 하나를 불러서 앞산 파수꾼의 교대를 잠깐 변통하고 김억석이를 내려오도록 하라고 분부하였다.

억석이가 와서 여러 두령께 문안을 드린 뒤에 오가가 억석이를 보고

"네 딸을 내가 수양딸루 정하구 싶은데, 네 맘에 어떠냐?"

하고 물으니 억석이는 대번에

"황감한 처분이올시다."

하고 허리를 굽실거리었다. 오가가 그제는 억석이 딸을 보고

"네 아비가 허락했으니 인제는 내 딸 노릇할 테지. 자, 내게 먼저 절 한번 하구 다른 두령께 차례루 절 한번씩 해라."

하고 일러서 억석이 딸이 오가에게부터 절하기 시작하여 돌석이까지 빼놓지 않고 모조리 돌려 절하였다. 오가가 좌중을 돌아보며

"나는 새루 얻은 딸을 데리구 가서 모녀 상면을 시켜야겠네. 딸 얻은 턱으루 내일 낮에 내가 술 한잔 냄세."

말하고 일어섰다. 오가가 억석이 부녀를 데리고 간 뒤 돌석이는 먼저 일어서 갈 생각을 고만두고, 다른 두령들과 같이 꺽정이에게서 밤늦도록 놀다가 나중에 막봉이와 함께 처소로 돌아왔다.

배돌석이와 길막봉이가 도회청 문안에 들어설 때 달빛이 마당 반쪽만 비치어서 한마당 안에 환한 데도 있고 침침한 데도 있는데, 환한 데가 있으므로 침침한 데가 더욱이 침침하여 보이었다. 막봉이가 자기 처소에 가려고 침침한 데로 들어가다가 다시 환한 데 나와서 돌석이더러

"여보, 가만히 생각하니 용심˚이 나는구려."
하고 말하였다.

"무에 용심이 난단 말인가?"

"같이 홀애비루 지내다가 혼자 장가를 드니 어째 용심이 나지 않겠소."

"기집애가 탐난다면 자네게 물려줌세."

• 용심
남을 시기하는 심술궂은 마음.

"진국은 나 먹구 훗국은 너 먹으란 수작이오?"

"잠깐 맛만 봤지 진국은 고스란히 남아 있네."

"진국이구 훗국이구 혼자 다 먹으우. 구차히 물려달란 말 않소."

"그럼 왜 용심 난다구 말하나?"

"장가들어가지구 새살림을 차리구 나가면 나 혼자 도회청의 수복守僕이 노릇을 할 테니 내 신세가 가엾지 않소?"

"내가 딴집 살림을 하게 되거든 자네두 같이 가세."

"남진기집 농탕치는 판에 젊은 놈이 건성화나서 죽으라구."

"남진기집이라니, 말버릇두 고약하다."

"말버릇을 배운 것이 그뿐이니 어떻게 하우."

"여보게, 자네 아내를 곧 데려다가 우리 둘이 일시에 살림을 차려보세."

"좋은 말이오. 그렇지만 내 아내 데려오기를 기다리자면 한참 쉬어야 할걸."

"자네가 안성 행보를 한번만 하면 될 것 아닌가. 나는 자네 자저하는 속을 모르겠네."

"속 모를 거 무어 있소? 아내란 것이 후살이를 안 가구 저희 집에 있드래두 아비 어미가 내놓지 않을 것을 뻔히 아는데 데려올 맘을 먹을 까닭 있소? 그 아비 어미가 사람이 황두령의 장인 장모 반만이라두 하면 내가 벌써 데리러 갔겠소."

"장인 장모가 외딸이라구 내놓기 싫어하거든 장인 장모까지 데려오라니까. 그럼 말썽 없을 것 아닌가."

"내외가 다 말썽쟁이라 내가 가서 끈다구 따라나설 리가 없소."

"딸하구 같이 오지 않을라면 딸만 내놓으라구 염병을 부리지."

"염병을 부리다가 살인나게. 애초에 고만두는 게 상책이지."

"그러면 달리 기집 하나를 구해보게."

"차차 구하지."

"늘어지기는 오뉴월 쇠불알일세."

"그러다가 욕하겠소."

"자네는 졸리지 않은가? 나는 졸려."

"졸리거든 고만 잡시다."

막봉이와 돌석이는 서로 잘 자라고 인사하고 각기 흩어졌다. 막봉이가 자리에 누운 뒤에도 오랫동안 뒹굴거리다가 잠이 든 까닭에 이튿날 식전 잠이 아직 몽롱한 중에 누가 방안에 들어오는 것을 알고 시중드는 졸개로만 여기어서

"부르지 않는데 왜 들어오느냐?"

하고 나무라다가

"남은 조반 먹구 길을 왔는데 이때까지 무슨 잠이오?"

하는 대답에 놀라서 벌떡 일어앉아 보니 탑고개 작은 손가가 방안에 들어섰다.

"식전에 웬일이야?"

"셋째형님이 어젯밤에 왔소."

"셋째형님이라니, 뉘 셋째형님 말이야?"

"잠이 아직 덜 깼구려. 삼봉이가 왔단 말이오."

"무어, 삼봉이 형님이 왔어? 어디 있나?"

"내게 있소."

"왜 같이 오지 않았나?"

"같이 들어오자니까 한사쿠 싫다구 합디다."

"나더러 나오라든가?"

"그럽디다."

막봉이가 일어나서 부지런히 소세하고 조반 요기한 뒤에 배돌석이와 다른 몇 두령들에게 셋째형 삼봉이를 데리고 오마고 말하고 작은 손가와 같이 탑고개로 나왔다.

삼봉이는 진주 가서 살다가 진주서 상처하고 자식 남매를 발안이 부모에게 갖다 맡긴 뒤에 다시 등짐장사로 떠돌아다니는 중에 천안 어느 양반의 집 계집종을 보고 반하여 그 양반의 집에 비부를 들게 되었는데, 막봉이와 형제 서로 만나는 것이 비부 든 뒤에 처음이라 막봉이는 형이 그저 등짐 지고 다니는 줄로 알고

"형님, 그동안 어디루 다녔기에 그렇게 오래 안 들렀소?"

하고 물었다. 삼봉이가 미처 대답하기 전에 누이 큰 손가의 아내가 옆에서

"양반의 집에 가서 비부쟁이 노릇한다네."

하고 말하니 막봉이는 다시 형더러

"참말이오?"

하고 물었다. 삼봉이가 천안 양반의 집에 비부 들게 된 것을 이야기하여 막봉이가 들은 뒤에

"형님, 생각 잘못했소. 어디 기집이 없어서 남의 집 종의 서방 노릇을 한단 말이오."

하고 책망하듯 말한즉 삼봉이는 웃으면서

"너는 그렇게 말할 줄 알았다."

하고 대답하였다.

"사람의 비위를 가지구서 어떻게 양반의 턱찌끼를 얻어먹구 사우?"

"나두 처음에는 아니꼬운 꼴을 많이 보려니 생각했드니, 생각과는 다르드라."

"형님 비위가 전버덤 좋아졌구려."

"내 비위가 좋은 것버덤 주인 양반의 집 인품이 좋다."

"남에게 매인 몸이 어떻게 나왔소?"

"발안이 집에 다니러 온 길에 너두 보구 누님두 볼라구 여기까지 왔다."

"어머니 아버지 다 안녕하십디까?"

"어머니버덤두 아버지가 근력이 아주 말 아니드라."

"그저 내 걱정들 하십디까?"

"그럼, 어머니는 전과 같이 노상 질금거리구 아버지는 이따금 한숨을 쉬는데 근력이 부쳐서 전처럼 가슴두 짓찧지 못하는 것이 더욱 가엾드라."

"돌아가기들 전에 내가 한번 가 뵈일 작정이오."

"아버지 어머니두 가 보이려니와 네 아내를 한번 가봐라. 내가 천안 가서 비부 들기 바루 전에 안성 가사리를 갔다가 만나봤다."

"저희 큰집에 다니러 온 것을 만나봤소?"

"그 어머니가 작년 겨울에 독감을 앓다가 죽었어. 초상 치르느라구 땅마지기 있던 것은 없어지구 지금 부녀 두 식구가 큰집을 의지하구 가사리 와서 사는데, 큰집의 토심이 여간 아닌 모양이드라. 그 어머니가 살았을 때 다른 사위 얻으려구 하는 것을 그 아버지가 딸 하나 가지구 사위 두셋씩 얻는 법이 없다구 못 얻게 했다는데, 네 아내가 나를 보드니 어떻게 우는지 내가 아주 곡경을 치렀다. 너를 한번 만나보면 죽어두 한이 없겠다구 중언부언 하기에 내가 힘써보마구 말을 했다. 이번에 발안이 집에 와서 들으니까 그 아버지가 그동안 발안이를 두 번이나 왔다갔다는데, 한번은 와서 네 소식을 들었느냐구 묻구 가구 한번은 와서 네가 화적질한단 말이 있으니 그런 말을 들었느냐구 묻구 가드란다."

"집에서 무어라구 대답해 보냈답디까?"

"그런 말 못 들었다구 대답했을 건 묻지 않아두 알 수 있지 않으냐?"

"못난이 형님들이 종없이 지껄였는지 누가 아우?"

"형님들 말 마라. 형님들은 자기네 신상에 혹시 누가 미칠까 겁을 내서 집안 식구까지두 네 이야기를 입 밖에 뻥끗 못하게 한단다."

"내가 가면 집안에 들어서지두 못하게 하겠네."

"그러기가 쉽지."

막봉이가 한참 동안 있다가

"형님, 산으루 들어갑시다."

하고 말하니 삼봉이는 고개를 외치며

"산에 들어가면 여럿에게 붙들려서 지체될 테니까 못 들어가겠다."

하고 대답하였다.

"며칠 놀다 가면 어떻소?"

"내일은 천안서 올 줄 알구 기다릴 테니까 곧 가야겠다."

"그럼 오늘 곧 떠나겠소?"

"암 떠나야지."

"내가 수이 한번 발안이루 안성으루 다녀서 될 수 있으면 천안까지 가리다."

"오너라. 너의 새 형수를 한번 보면 내가 양반의 집 비부살이 하는 것을 괴이쩍게 생각하지 않을 게다."

삼봉이는 막봉이와 이야기할 말을 대강 마치고 누이가 해주는 점심을 재촉하여 먹은 뒤에 총총히 도로 떠나갔다.

막봉이가 삼봉이에게 아내 소식을 들은 뒤에 아내를 데려올 마음이 불현듯이 나서 먼저 돌석이에게 이야기하였더니, 돌석이는 자기와 한때 살림을 차리도록 하루바삐 데려오라고 독촉하듯이 권하였다.

"도중에 말하구 내일 곧 사람을 띄우게."

"내가 가야지, 사람만 보내서 안 되우."

"그럼 자네가 내일 떠나두룩 의논해보세."

"혼인술두 먹지 않구 어딜 가란 말이오?"

"서장사가 택일한 대사 날짜가 아직두 대엿새나 남았는데, 그 안에 못 다녀오겠나?"

"내가 가는 길에는 고향에 들러 가구 오는 길에는 천안을 다녀올 테니까 적어두 한 열흘 걸릴 게요."

"그럼 서장사더러 날짜를 물려서 택일 한번 다시 하라지."

"내가 아주 보구 가면 고만인데 정한 날짜를 왜 공연히 물린단 말이오?"

"자네 말두 옳긴 옳으나 내일 공론해서 작정하세."

돌석이가 막봉이더러는 더 권하지 않고 이튿날 도회청 모임에서 막봉이를 아내 데리러 보내자고 좌중에 발론하고 그 끝에 자기의 혼인날을 막봉이 갔다온 뒤로 물려달라고 오가에게 말하였다. 오가가 돌석이의 말을 듣고

"길두령이 아내를 데리러 가기루 자네의 대샷날을 물릴 까닭이 무엇 있나?"

하고 물으니

"길두령이 가면 대샷날 전에 오기 어렵다구 안 간다니까 숫제 대샷날을 좀 물리잔 말이오."

하고 돌석이가 대답하였다.

"길두령이 자네 대사 지내는 걸 아주 보구 가면 좋지 않은가. 보구 간다구 낭패될 건 없겠지."

"낭패될 건 없지만 하루바삐 아내를 데려다가 나하구 한꺼번에 살림을 차리면 좋겠소."

"도회청 양쪽에서 서루 건너다보구 지내는 정분이 달네그려. 둘이 한꺼번에 살림 차리기가 소원이면 그건 어렵지 않아. 대사 지낸 뒤에 얼마 동안 자네 색시를 내게 맡겨두었다가 길두령이 아내 데려오는 날 같이 새살림을 차리면 되지 않나."

"그럴 생각은 미처 못했소."

오가가 막봉이를 돌아보며

"두말 말구 있다가 내 새사위 달아먹구 떠나게."

하고 허허 웃으니 곽봉이도 역시 웃으며

"나두 벌써 그렇게 생각하구 육모방망이까지 깎아놓구 기다리우."

하고 실없이 말하였다. 신랑을 단다는 말이 신방을 치자는 공론까지 자아내서 여러 두령들이 웃고 지껄이는 중에 길막봉이와 황천왕동이는 둘이 앞잡이 서서 첫날밤에 톡톡히 북새를 놓겠다고 배돌석이보고 땅땅 별렀다. 우스개들이 끝난 뒤 서림이가 꺽정이를 보고

"길두령이 내권(內眷) 데리러 가는 것을 어떻게 생각하시우?"

하고 물으니 꺽정이는 서림의 묻는 뜻을 몰라서

"데려오면 데려오는 게지, 무얼 어떻게 생각한단 말이오?"

하고 대답하였다.

"글월을 보내서 거기서 오게 하면 모르되 길두령이 몸소 데리러 가는 건 불긴할 듯하우."

서림의 입에서 말이 떨어지자마자

"불긴할 게 무어요?"

하고 길막봉이가 나서고

"불긴한 곡절을 말하우."

하고 배돌석이가 뒤를 받쳤다.

"불긴하다는 건 오히려 헐후한 말이구, 내 소견대루 말하자면 극히 위태하다구 말해야 옳소."

"글쎄 불긴하거나 위태하거나 곡절을 말하우. 곡절이 무어요?"

길막봉이가 다그치니 서림이는 좌중의 이 사람 저 사람을 둘러보며 막봉이 아내 데리러 가는 데 위태한 곡절을 말해 들리었다.

혜음령 사변이 난 뒤에 청석골 드나드는 길목의 기찰이 전에 없이 심하여졌을 뿐 아니라 개성부와 강음현에서 청석골 화적 괴수들을 잡아 바치면 중상을 준다고 방까지 붙이었는데, 그 방에 용모파기*가 오른 사람이 양주 백정 임꺽정이와 전날 봉산장교 황천왕동이와 전 임진별장 이봉학이 외에 양주읍에서 장교, 사령을 상한 박가와 혜음령에서 군관을 해친 길가이었다. 방에 오르지 않은 사람도 나다니기가 위태하거니 하물며 방에 오른 사람이며, 근처에도 나다니기가 위태하거니 하물며 원처이랴.

이러한 위태한 곡절을 서림이가 중언부언하는 것을

"잘 알았소. 고만두우."

하고 길막봉이가 가로막고

"그만한 위태한 곡절은 우리두 잘 아우."

하고 배돌석이가 뒤받으니 서림이는 막봉이와 돌석이를 돌아보며 개연한 어조로

"사람이 원려*가 없으면 눈앞에 근심이 생기는 법이오."

하고 말하였다. 박유복이가 꺽정이를 보고

"형님, 서장사 말이 옳소."

하고 말하는 것을 봉학이가 옆에서 그렇다고 말하고 황천왕동이

가 꺽정이를 보고

"복색이나 달리 차리구 나서면 누가 안단 말이오?"

하고 말하는 것을 오주가 건너편에서 옳다고 말하여 서림이의 염려하는 말이 옳으니 마니 하고 지껄일 때 오가가 출반좌하고

"길두령이 지금 당장 떠나는 것 아니니 두구두구 의논하세."

하고 뒤로 밀어서 여러 두령이 그만큼 지껄이고 덮어두었다.

오륙일이 잠깐 지나서 돌석이의 대삿날이 다다라왔다. 청석골은 법 없는 천지라 혼인을 나라 가례嘉禮같이 지내기라도 하겠지만, 가례 의궤는 알 사람이 없고 여러 두령이 문견 자라는 대로 재상가 혼인절차를 차리었다. 이날 늦은 아침때 신부 있는 오가의 집에서 신랑 있는 도회청으로 세 번 청좌請坐가 온 뒤에 신랑 행차가 떠나가는데, 신랑 치장을 볼작시면 머리에는 사모요, 몸에는 관디요, 허리에는 서띠요, 발에는 목화木靴다. 신랑이 백마 타고 앞서고 위요 선 이봉학이가 관복 입고 사인남여四人藍輿 타고 뒤를 따랐다. 산 안을 한 바퀴 휘돌아 오가의 문전에 와서 신랑이 기러기를 드리고 박유복이의 팔밀이로 초례청에 들어섰다.

초례청 안침에 독좌상이 놓이고 독좌상 앞에 작은 상이 놓였는데, 작은 상 위에는 술 한 병과 교배잔 두 개와 청실홍실 두 타래가 놓였을 뿐이나 독좌상 위에는 놓인 것이 많다. 달떡 두 그릇과 국수 두 그릇과 포도 접시와 식혜 두 접시와 밤, 대추, 곶감 삼색

● 용모파기(容貌疤記)
어떠한 사람을 잡기 위하여 그 사람의 용모와 특징을 기록함.

● 원려(遠慮)
먼 앞일까지 미리 잘 헤아려 생각함.

● 출반좌(出班坐)하다
여럿이 모인 자리에서 특별히 썩 앞으로 나와 앉다.

● 의궤(儀軌)
의례의 본보기.

실과 각각 두 접시씩 여섯 접시가 늘어놓이고, 이외에 와룡(臥龍)
촛대 한 쌍이 놓이고 나좃대˙ 하님이 들고 나왔던 나좃대 두 개
가 쟁반에 걸쳐 놓이고, 꼭지에 다홍실을 맨 큰 바리뚜껑 한 개가
놓이었다. 색시가 어려서 먹던 꼭지순갈이나 돌바리가 없는 까
닭에 큰 바리뚜껑을 대신 놓은 것이니, 이것은 신랑 따라온 꼭지
도적이 훔쳐다 신랑 집에 두었다가 첫아들 난 뒤에 돌려보낼 것
이다.

여러 여편네들이 신부를 부축하여 내다가 신랑과 마주 세웠다.
신부는 머리에 칠보족두리를 씌우고 몸에 원삼을 입히고 연지 찍
고 곤지 찍고 얼굴을 진주부채로 가리어주었다. 부채를 떼고 큰
절을 시키어서 신랑이 서서 받고 답배한 뒤에 신랑과 신부를 마
주 앉히고 청실홍실 늘인 교배잔을 전하는데, 검은 머리가 파뿌
리 되도록 백년해로하고 아홉 아들에 고명딸 아기 낳으라는 덕담
이 있었다. 초례한 뒤 방합례가 있고 방합례한 뒤 안팎에 잔치가
벌어졌다. 사람마다 먹는 빛으로 하루해를 지우고 저녁밥들을 먹
는지 만지 한 뒤에 곧 신방을 차리었다. 노신랑이 낯익은 신부를
맞아서 홍촛불 앞에 얼굴을 대할 때 신부는 새삼스럽게 부끄럽던
지 고개를 숙이고 신랑은 신부를 바라보며 싱글벙글하였다. 신랑
이 신부 몸에 손을 대지 않고 한 식경이나 가만히 앉아 있다가 나
중에

"이 사람들이 낮에 술을 많이 먹드니 초저녁부터 곯아떨어졌
군."

하고 혼잣말하였다. 그 뒤에 신랑이 신부의 옷을 벗기어 자리에 갖다 눕히고 자기도 옷을 벗고 촛불을 끄고 신부와 같이 누웠을 때 홀제 밖에서 신발소리가 요란하게 나더니

"우리가 술에 곯아떨어졌어?"

하고 웃는 길막봉이 말소리가 들리고

"아무리 첫날밤이기루 염치없이 초저녁부터 자는 법이 어디 있담."

하고 혀를 차는 황천왕동이 소리가 들리었다. 신랑 신부가 옷을 다시 입을 사이도 없이 거는 고리 없는 신방 문이 활짝 열리고, 등불빛이 환하게 비치며 막봉이와 천왕동이가 앞서서 들어오고 여러 두령들이 뒤따라 들어오는데 상제 몸인 꺽정이와 계집 싫어하는 곽오주와 장인 노릇하는 오가까지 하나 빠지지 않고 다 왔다. 돌석이가 오가를 보고

● 나좃대
납채 때 신부 집에서 불을 켜는 물건. 갈대나 새나무를 한 자 길이로 잘라 묶어 기름을 붓고 붉은 종이로 싸서 만든다.

"장인두 사위의 신방을 치러 왔소?"

하고 소리치니 오가는 허허 웃으며

"나는 신방에서 너무들 야료할까 봐 말리러 왔네."

하고 한옆으로 비켜섰다. 막봉이가 고의 바람의 신랑을 일으켜세우고 천왕동이가 속곳 바람의 신부를 일으켜세운 뒤에 준비하여 가지고 온 긴 노랑수건으로 둘을 맞붙여서 동여놓았다.

막봉이와 천왕동이가 조신한 사람들이 아니라 장난이 상없었다. 신랑 신부를 맞붙여 동여놓고 막봉이가 천왕동이를 돌아보며

"둘 다 발가벗기는 게 좋겠지?"

하고 말하니 천왕동이는 대번에

"고의는 자네가 벗기게. 속곳은 내가 벗김세."

하고 신부 속곳 끈에 손을 대었다. 노신랑 돌석이로도 발가벗기는 것은 난당하여서

"그것만은 용서해주게."

하고 사정하니 막봉이가 웃으면서

"내가 시키는 대루 다 한다면 용서하지."

하고 말하였다.

"할 만한 일이면 하라는 대루 다 함세."

"그럼 우선 색시 입을 한번 맞추우."

돌석이가 입맞추는 시늉을 내었다.

"누가 입맞추는 시늉을 내랬나? 쭉쭉 소리가 나두룩 쩍지게 맞춰야지."

그제야 돌석이가 입맞추는 소리를 내었다.

"자, 인제는 색시 뺨을 핥으우. 싹싹 핥아야 하우."

돌석이가 뺨 핥는 시늉을 내고 나서

"실없이 장가들구 봉변이다."

하고 두덜거리었다.

"봉변이라니 용서 못할 말인걸?"

"말 잘못했네. 용서하게."

"옷은 대체 무엇부터 벗겼소?"

"발떠쿠˙가 있어 잘살라구 버선부터 벗겼네."
천왕동이가 신부의 발을 내려다보며
"고린 발에 발떠쿠가 있나. 고린내가 몹시 나네."
하고 웃는 통에 신부가 주저앉으려고 하여 돌석이는 신부와 같이 간신히 주저물러앉았다. 막봉이가 신부 뒤에 쭈그리고 앉아서
"아이 잘 기르까 젖 좀 봐야지."
하고 신부의 젖을 만져보니
"자네가 무슨 젖을 알겠나? 내가 봐야지."
하고 천왕동이도 신부의 젖가슴에 손을 넣었다.
"이쁜 젖일세. 이다음 두구 보면 알지만 영락없이 대접젖 되겠네."
"대접젖이란 무어야? 사발젖은 어떻구."
"사발젖이 어디 있나? 젖의 보학˙을 좀 들려줄까? 묵모 같은 대접젖이 제일 이쁜 젖이구 그외에 가지각색 젖이 다 있다네. 연적같이 넓적한 건 연적젖이요, 병같이 길쭉한 건 병젖이요, 쇠뿔같이 끝이 빠른 건 쇠뿔젖이요, 쇠불알같이 축 늘어진 건 쇠불알젖이요, 그러구 젖꼭지가 들어간 건 구융젖이라네."
"젖의 보학이 참말 무던하군. 그런 건 다 뉘게 배웠소?"
"뉘게 배운 건 알아 무어하나?"
"베개 위에서 배웠겠지."
"베개 위에서 배우기커녕 내가 가르쳐주네."

● 발떠쿠
발떠퀴. 사람이 가는 곳에 따라 생기는 길흉화복의 운수.
● 보학(譜學)
족보에 관한 지식이나 학문.

"그럼 함부루 지어낸 게지."

늙은 오가가 천왕동이를 바라보면서

"다른 젖은 몰라두 쇠불알젖만은 자네가 지어낸 곌세. 나는 금시초문일세."

하고 웃는데 돌석이가 오가를 돌아보며

"장인 행세 하실라거든 이 장난꾼들을 꾸중 좀 하시우."

하고 말하니 오가가 선뜻 앞으로 나서서 일부러 틀을 지으며

"내 딸, 내 사위 고만 들볶게."

하고 껄껄껄 웃었다. 오가가 말리지 않고 도리어 부추기고 꺽정이가 다른 두령과 같이 웃고 서서 구경하니 막봉이와 천왕동이의 짓궂은 장난이 그칠 줄을 몰랐다. 돌석이는 웃고 당하지만 신부는 다부져도 종시 계집아이라 부끄럼을 못 이겨서 나중에 눈에서 눈물까지 흘러나왔다. 천왕동이가 신부의 눈물을 보고

"색시를 훔친 사람은 용서할 여지가 없지만 죄없는 색시가 애처로우니 우리 고만 용서하구 가세."

하고 막봉이를 돌아보니 막봉이는 큰 선심이나 쓰는 듯이

"아따, 그러지."

하고 천왕동이의 손을 잡고 같이 일어섰다.

곽오주는 아이니 젖이니 하는 소리가 듣기 싫어서 밖에 나와 있다가 다들 나오는 것을 보고

"신방에 와서 밤새우자드니 어느새 갈 테요?"

하고 말하니 능청맞은 오가가 웃으면서

"자네가 슬슬 배도니까˙ 재미들이 없어서 고만 간다네."
하고 대답하였다.

"그럼 내가 들어갈 테니 다시들 들어갑시다."

"한번 나온 바엔 다시 들어갈 맛대가리 없네. 고만 바깥방으루 나가세."

"그럴 테면 바깥방엔 나가 무어하우? 각각 헤어집시다."

서림이가 오가를 보고

"내일 아침에 남침˙들 올 텐데 주육酒肉이나 많이 장만하셨소?"

하고 묻는 것을 오주가 듣고

"남침이란 게 무어요?"

하고 서림이더러 물었다.

"남침이란 것이 자리보기란 말이오."

"자리보기라면 다 알 것을 왜 남침이라우?"

"남침이라구 말하는 사람두 많은데, 곽두령은 못 들었소?"

"듣지 못했소. 대체 아는 말 두구 모르는 말 하는 사람의 심사를 나는 알 수 없어."

"곽두령은 내 말이라면 곧 시비를 차리니 무슨 살이 끼였는가 보우. 이다음에 한번 살풀이를 합시다."

오주가 서림이의 말에는 대답 않고 오가더러

"자리보기 오는 사람들 대접할 술고기를 오늘 밤에 먼저 좀 먹읍시다."

● 배돌다 한데 어울리지 않고 조금 동떨어져 행동하다.
● 남침(覽寢) 신혼부부가 첫날밤을 지낸 다음날 친척이나 친구가 모여 음식을 함께 먹으며 즐기는 일.

하고 말하니 오가가 흔감스럽게

"그거 좋은 말일세."

하고 허락한 뒤

"자, 다들 나갑시다."

하고 여러 사람들을 데리고 바깥방으로 나왔다.

바깥방은 이칸방이라 칠팔인이 들어앉아 술 먹기가 조금 비좁으나 아래윗간의 앞뒤 창호를 다 열어놓으면 바람이 잘 통하여 과히 덥지 아니한 방이었다. 술상 둘을 내다가 아래윗간에 한 상씩 놓고 사람 여덟이 한 상에 넷씩 앉았다.

아랫간에 앉은 사람은 오가와 꺽정이와 이봉학이와 서림이요, 윗간에 앉은 사람은 박유복이와 황천왕동이와 곽오주와 길막봉이였다. 아랫간에서도 엔간히 웃고 떠들지만, 그래도 윗간에 밀릴 때가 많았다. 윗간에서 먼저 신방 이야기를 하다가 상소리들을 내놓아서 아랫간과 같이 웃은 뒤에 윗간에서 또 먼저 막봉이의 아내 데려올 이야기를 시작하여 아래윗간에서 함께 얼리어 떠들었다. 막봉이 당자는 아내를 데리러 속히 간다고 말하고 서림이는 전날 말과 같이 아직 가지 못한다고 말하여 둘의 말이 맞서게 되었을 때, 오주가 서림의 말을 간간이 뒤받고 천왕동이가 막봉이 말에 가담할 뿐이라, 만일 종공론˚하여 작정한다면 막봉이가 꼼짝없이 지게 된 판에 막봉이는 결기를 내면서

"사내자식이 무슨 일을 하려구 한번 맘먹은 다음엔 백이 백 소리하고 천이 천 소리해두 소용없소."

하고 소리를 질렀다. 이때까지 말이 없던 꺽정이가 막봉이를 바라보며

"여보게, 우리가 만일 공론하구 못 간다면 못 가는 게지, 그래 자네가 갈 텐가? 아직 가만있게. 차차 공론해서 가두룩 해줌세."

하고 말하니 막봉이가 다시는 검다 쓰다 말을 아니하였다. 그 뒤에는 다른 이야기가 끝없이 나와서 밤이 이슥토록 여러 두령이 웃고 떠들다가 술들이 진취盡醉하여 가지고 각기 흩어져 돌아갔다.

이튿날 식전에 여러 두령이 자리보기하러 오가의 집으로 모이는데 선등으로 쫓아올 막봉이가 다른 두령들이 다 온 뒤까지 오지 아니하여 막봉이 처소에 사람을 보내보니, 막봉이도 없고 막봉이에게 시중드는 졸개도 없었다. 한동안 지난 뒤에 그 졸개만 혼자 와서

● 종공론(從公論)
여러 사람의 의견을 따름.

"길두령께서 수원, 안성, 천안을 다녀오신다구 떠나시는데, 소인이 탑고개까지 뫼시구 나갔다 왔습니다. 떠나실 때 말씀이 열흘 안에 돌아올 테니 여러 두령께 염려들 맙시사구 여쭈라구 하십디다."

하고 말하여 여러 두령들은 듣고 모두 어이없어하였다.

4

금교역말 어물전 젊은 주인이 어디서 상쟁이 한 사람을 데려왔는데 상을 썩 용하게 본다고 소문이 청석골 산속에 들어왔다. 서

림이가 관상을 좋아하는 까닭으로 상쟁이를 한번 데려다 보자고 도중에 공론을 돌리었더니, 서림이의 말이라면 쌍지팡이를 짚고 나서는 곽오주가

"우리네 상판대기를 관상쟁이 보이면 무슨 좋은 소리가 나올 줄 아우?"

하고 뒤받는 외에 다른 두령들은 다 좋다고 찬동하였다. 상쟁이를 데려오기로 되어서 인마를 보낼 때 가는 사람에게 이르고, 또 어물전 젊은 주인에게 기별하여 상쟁이를 속이게 한 까닭에 상쟁이는 적굴인 줄을 모르고 왔다.

여러 두령이 도회청에서 회의하는 끝에 그대로 둘러앉아서 상쟁이를 불러들였다. 서림이가 상쟁이에게 자리를 권하여 앉히고 수인사한 뒤에

"관상이 투철하시단 말씀을 듣구 전위해서 뫼셔왔으니 우리들 상을 한번 잘 보아주시우. 차차 유년들두 낼 테지만 지금 대강 의논부터 좀 들읍시다. 자, 저 노인부터 보시구 말씀하우."

하고 오가를 가리키니 서림이 말하는 사이에 벌써 슬금슬금 여러 두령의 얼굴을 곁눈질하여 보던 상쟁이가 오가의 얼굴을 한참 빤히 바라보고

"일평생 의식 걱정이 없으시겠소."

하고 말하였다. 오가가 허허 웃으며

"의식 걱정이 없다니 부는 다시 물을 것 없구, 귀는 어떻소?"

"상이 귀인은 아니시우."

"내가 첨사를 지냈는데 첨사쯤은 귀값에 못 가우?"

"첨사를 지내시다니 그건 나를 속이는 말씀이구, 잘하면 혹 출신은 하셨을 것 같소."

"출신을 했으면 몇 살에 했겠소?"

"스물두서넛 때 하셨을 듯하우."

오가는 스물두살에 비로소 장가를 든 사람이다. 오가가 고개를 끄덕끄덕하였다.

"종신할 아들은 몇이오?"

"자궁이 아주 좋지 못하우. 아들은 고사하구 딸두 없겠소."

서림이가 나서서

"아들 없으시단 건 맞았지만 따님은 형제분이 나 있는 것을 없다니 말 되우?"

하고 말하니 상쟁이는 다시 오가를 바라보면서

● 누당(淚堂)
관상에서 눈 아래 오목하게 들어간 곳을 이르는 말.

"글쎄, 누당*이 저렇구는 자녀간 두기 어려울 텐데 난 모르겠소."

하고 고개를 가로 흔들었다.

"저 어른 상은 어떻소?"

하고 서림이가 꺽정이를 가리키니

"저렇게 극히 귀하구 극히 천한 상은 나는 처음 보우."

하고 상쟁이는 꺽정이의 얼굴을 다시 보고 보고 하였다.

"귀하면 귀하구 천하면 천하지 어떻게 귀하구두 천하단 말이오?"

"상이 그렇단 말이지 낸들 아우?"

"수는 어떠시우?"

서림이 묻는 말을 상쟁이는 대답 않고

"성명은 천하 후세에 전하시겠구 또 귀자를 두시겠소."

하고 말하니 꺽정이가 빙그레 웃으면서

"백손이놈이 장래 귀인이 될 모양인가?"

하고 옆에 앉은 이봉학이를 돌아보았다. 황천왕동이가 아무 말 없이 자리에서 일어나서 밖으로 나가는데 상쟁이가 서림이를 돌아보며

"지금 밖으루 나가시는 분이 후분後分 좋기가 아마 좌중에 제일일 것 같소."

하고 말하니 서림이는 황천왕동이의 법령法令이 좋으니, 지각地閣이 좋으니 하고 아는 체하여 대답하였다. 상쟁이가 이봉학이를 보고 얼굴에 귀격貴格이 있다고 말하고, 박유복이를 보고 겁운˙ 한 번만 잘 지내면 상수上壽를 누리겠다고 말하고, 또 배돌석이를 보고 처첩궁인 어미˙에 푸른 힘줄이 얽히어서 장가를 여러번 들겠다고 말하고 나서 목이 마르니 먹을 물을 좀 달라고 청하여 냉수 한 그릇을 가져와서 상쟁이가 막 마시고 난 때 천왕동이가 백손이를 데리고 들어왔다.

천왕동이가 백손이를 상쟁이 앞에 내세우며

"이 아이 상이 어떻소? 좋소?"

하고 물으니 상쟁이는 고개를 한편으로 갸우뚱하고 백손이의 얼

굴을 치어다보고 나서

"좋다뿐이오? 장래 병수삿감이오."

하고 천왕동이 말에 대답한 뒤 꺽정이를 바라보고

"자제를 잘 두셨소."

하고 치하하였다.

"내 자식인 줄 어찌 아셨소?"

"골격과 모습이 방사한데 보면 모르리까."

"그래 귀자라구 하던 것이 한껏 병수삿감이란 말이오?"

"평지돌출˚루 병수사할 인물이 좋은 가문에 태어났으면 장상將相감이지요."

꺽정이가 백손이를 보고 가라고 말하여 백손이가 천왕동이에게 눈을 흘기면서 공연히 불려왔다고 두덜거리고 나간 뒤에 서림이가 상쟁이더러

"인제 내 상 좀 보아주시우."

하고 얼굴을 상쟁이 앞에 내어미니 상쟁이는 말이

"아까 말씀을 들어보니 상법을 대강 짐작하시는 모양인데 의심나는 것을 물으시우. 그러면 내가 아는 데까지 대답하리다."

하고 상을 이야기하지 아니하여 서림이는 캐어물을 듯이 하다가 말고

"그럼 내 상은 나중 이야기할 셈 잡구 저분의 상을 이야기하시우."

하고 곽오주를 가리켰다. 황천왕동이가 앞으로 나앉으며

● 겁운(劫運)
재앙이 낀 운수.
● 어미(魚尾)
관상에서, 눈꼬리의 주름을 이르는 말.
● 평지돌출(平地突出)
평지에 산이 우뚝 솟는다는 뜻으로, 보잘것없는 집안에서 인물이 남을 비유적으로 이르는 말.

"내 상부터 보아주우."

하고 상쟁이더러 말하는데 천왕동이 옆에 앉았던 돌석이가

"자네 상은 벌써 다 이야기했네. 자네 상이 이 좌중에 판상이라네."

하고 상쟁이 대신 대답하였다.

"참말이오?"

하고 천왕동이가 상쟁이를 바라보니 상쟁이는 그렇다고 고개를 끄덕거렸다.

"그럼 더 물을 것 없지."

하고 천왕동이가 뒤로 물러앉은 뒤에 상쟁이가 오주를 가리키며

"저분은 눈이 승냥이 눈이구 목소리가 이리 소리라."

하고 상 이야기를 하기 시작하자 오주가 벌떡 일어나 상쟁이게 대들어서 뺨을 한번 보기 좋게 내갈겼다. 상쟁이에게 가까이 앉았던 오가가 얼른 오주를 붙들면서

"이게 무슨 짓인가?"

하고 나무라니 오주는

"나더러 이리니 승냥이니 욕하는 놈을 가만둔단 말이오?"

하고 식식하며 말하였다.

"자네더러 승냥이나 이리라구 하는 말이 아닐세. 자네 눈이 승냥이 눈 같구 목소리가 이리 소리 같단 말이야."

"그게 나더러 승냥이라구 하구 이리라구 하는 소리지 무어요?"

"그런 말이 아닐세. 여보게, 저기 가 앉아서 잘못했다구 사과하구 상 이야기나 더 듣게."

"어떤 개아들놈이 욕먹구 사과한단 말이오. 나는 갈 테니 상 이야기 듣구 싶은 사람이나 실컷들 들으우."

하고 오주는 곧 붙든 손을 떨치고 밖으로 나갔다. 상쟁이는 얻어맞은 뺨이 당장에 죽장같이 부어올랐다. 여러 두령이 미안하게 여기어서 오주 대신 사과 일체로 말들 하는데 상쟁이가 사람이 싹싹하지 못하여 뺨이 부을 뿐 아니라 한편 이가 다 솟았다고 엄살하고, 또 오십 평생에 처음 봉변이라고 중얼거리니 여러 두령은 도리어 배알들이 틀려서

"이가 아주 물러나지 않은 게 다행이오."

● 판상
그 판에 있는 모든 것 가운데 가장 나은 것.

하고 빈정거리는 사람도 있고

"뺨 맞을 것은 상 보구 모르우?"

하고 씨까스르는 사람도 있었다. 그중에 서림이는 유독 상쟁이의 비위를 맞춰주느라고

"그 사람 성정이 너무 우악스러워서 우리두 잘 가래지 못하우."

하고 곽오주를 쳐서 말하니 박유복이가

"여보 서장사, 오주 있는 데선 그버덤 더한 소리를 해두 좋지만 없는데 그런 소리 하는 건 좋지 않소."

하고 서림의 말을 탄하였다. 서림이가 박유복이를 돌아보며 눈을 끔적거리고 나서 다시 상쟁이를 보고

"그러니 우리 여럿의 낯을 봐서 고만 화를 푸시우."

하고 눈웃음을 치니 상쟁이는 화가 적이 풀리어서
"그런 우악스러운 사람은 평생에 처음 보았소."
하고 말하였다.
"쇠도리깨의 선성을 전에 혹 들으셨소?"
"쇠도리깨라니, 그자가 어린애 잘 죽인다는 쇠도리깨 도둑놈이오?"
하는 말이 상쟁이 입에서 떨어지자 황천왕동이가 빨끈하고 대번에
"이놈아, 지금 한 말 다시 한번 해봐라."
하고 소리를 질러서 상쟁이는 눈이 휘둥그레졌다.
"우리 앞에서 우리 동무를 욕해두 가만둘 줄 아느냐!"
하고 천왕동이가 일어나서 상쟁이에게 대어들려고 하는 것을 서림이와 오가가 중간을 가로막고 말리었다.
"무심결에 말 잘못했소."
하고 상쟁이가 사과한 뒤 천왕동이가 도로 주저앉으며
"그자란 건 무어구 도둑놈이란 건 무어야? 그따위 말 함부루 하다간 목숨이 성하지 못할 테니 조심해라."
하고 뇌까렸다. 상쟁이는 무시무시한 생각이 나서 한 시각이라도 빨리 적굴을 모면하여 나가려고 속으로 궁리한 뒤 서림을 보고
"내가 신기가 좋지 못하우. 신기가 좋지 못한 때는 상두 바루 보이지 않소. 이다음 신기 좋은 때 다시 들어와서 잘 보아드릴 테니 오늘은 고만 도루 나가게 해주시우."

하고 청하였다.

"여기서 며칠 동안 쉬시우. 신기가 좋지 못하면 편히 쉬게 해드리리다."

"금교역말 주인집에 가서 편히 쉬겠소."

"금교역말까지 나가느니 여기서 편히 쉬는 것이 좋지 않소?"

"나는 버릇이 고약해서 심계가 좋지 못하면 신기가 따라 좋지 못하구 신기가 좋지 못하면 즉시 자리를 옮겨야 하우."

"여럿이 공론하구 뫼셔왔으니까 나 혼자 생각으루 나가시라구 말할 수 없소."

"그럼 얼른 다시 공론해서 나가게 해주시우."

서림이가 여러 두령을 둘러보며

"지금 말씀은 다 들으셨지요. 어떻게 하실 테요? 말씀들 하시우."

하고 공론을 물을 때 마침 밖에서 작은 두목 하나가 들어와서

"길두령 뫼시러 갔던 손두목이 옵니다."

하고 고하고

"어디 오느냐?"

"길두령두 오시느냐?"

하고 묻는 말에

"손두목 혼자 앞장등을 내려옵니다."

하고 대답하였다. 꺽정이가 그 작은 두목에게

"여기 앉은 상쟁이를 데리구 가서 정한 방 하나 치워주구 내

말 듣기 전엔 어디 나가지 못하게 해라."

하고 일러서 상쟁이를 맡겨 내보내고 난 뒤 얼마 아니 있다가 작은 손가가 한편 다리를 절뚝절뚝하며 들어왔다.

막봉이가 여럿에게 알리지 않고 도망하듯이 길을 떠난 뒤에 황천왕동이를 뒤쫓아 보내서 붙들자는 의논도 있었고, 가만두고 열흘 동안 기다리자는 의논도 있었다. 황천왕동이를 보내자니 한번 떠나간 사람이 좀처럼 붙들려 올 리 없을 것이고 열흘 동안 기다리자니 급한 일이 생겨도 그동안 까막히 모르고 있을 모양이라. 난만히˙ 서로 의논들 한 끝에 막봉이네 집과 연사간인 작은 손가를 보내보자고 작정하여서 작은 손가는 급작스럽게 사깃짐을 해지고 막봉이의 뒤를 밟아가게 되었던 것이다. 작은 손가가 뜰아래 들어서자 꺽정이가 급한 말로

"길두령은 어쨰 안 오나?"

하고 물으니 작은 손가는 대청 위를 치어다보며

"큰일났습니다."

하고 대답하였다.

"무슨 일이 났어?"

"길두령이 안성서 잡혀 갔습니다."

"길두령이 잡혀 갇히다니 얼른 올라와서 자세히 이야기하게."

작은 손가가 대청 위로 올라와서 앉으란 명을 받고 한구석에 앉은 뒤에 곧 여러 두령들을 바라보며 이야기를 하기 시작하였다.

"제가 떠나든 이튿날 혜음령에서 호랭잇골 최가를 만났는데,

그때 최가 말이 길두령께서 그저께 바눌티 정가의 집에 와서 주무시구 갔다구 하구, 제가 벽제서 자구 이틀 만에 수원 발안이를 들어갔는데, 그때 길두령의 아버지 길첨지 말이 막봉이가 사흘 전에 왔다갔다구 합니다. 날짜를 따져보니 길두령은 여기서 떠나든 날 바눌티 가서 자구 그 이튿날 바루 발안이를 대어갔습디다."

전에 막봉이가 발안이 집에 가면 한 사흘 묵어야 한다고 말하던 것을 배돌석이가 생각하고

"길두령이 집에 가면 적어두 이삼일 동안 묵을 것인데 어째 하루두 묵지 않구 떠났드란 말인가?"

하고 물으니

● 난만(爛漫)하다
주고받는 의견이 충분히 많다.

"길두령이 집에 들어서는 길루 집안에 풍파가 나서 이삼일 묵기는 고사하구 잠깐 편히 쉬지두 못했답디다. 그 풍파를 지금 이야기하겠습니다."

하고 작은 손가가 대답하였다.

"그래, 어서 이야기하게."

"길두령이 저녁나절 집에를 들어갔는데, 그 맏형 선봉이와 둘째형 작은봉이가 들일들을 마치구 들어와서 길두령 온 것을 보구 정답게 인사 한마디 않구 대번에 이놈아 너 왜 왔느냐, 늙은 부모와 우리들까지 관가에 잡혀가서 맞아죽는 꼴을 볼라구 왔느냐, 남의 눈에 뜨이기 전에 빨리 가거라 하구 야단을 치는 걸 길두령이 형들의 심사를 거느라구 내가 아버지 어머니를 보러 왔지 형

님네를 보러 온 것 아니오, 아버지 어머니가 가라시기 전엔 한 달 장간長間 묵을는지 모르우 하구 엇조루 대답했드랍니다. 선봉이 작은봉이 두 놈이 그 대답을 듣구, 그러면 우리가 관가에 들어가서 고발할 테다 하구 을러서 길두령이 골김에 형들을 죽인다구 서두르는 것을 길첨지 내외가 붙잡구 말려놓으니까 길두령은 홀제 눈물을 좌르르 흘리드니 마지막 하직이라구 부모에게 절 한번씩 하구 곧 나가버렸답디다."

작은 손가의 이야기가 단락이 나자 여러 두령들 중에서
"천하에 망한 형놈두 다 많다."
하고 소리지르는 사람도 있고
"그따위 놈들은 죽여야 해!"
하고 주먹 쥐는 사람도 있었다. 꺽정이가 안성 이야기를 얼른 하라고 재촉하여 작은 손가는 겨우 입 안에 침을 돌려가지고 다시 이야기를 계속하였다.

"발안이서 안성 읍내까지 하룻길이 먼데다가 사깃짐이 가볍지 않구 또 여기저기서 사기를 사자는 사람이 나서서 중간 지체가 된 까닭에 하루 한나절 만에 겨우 안성을 들어갔습니다. 가든 날이 장날이라 잠깐 장구경하려구 사깃짐을 지구 돌아다니는 중에 건방져 보이는 젊은 놈 하나가 사기를 사자구 붙들드니 사지두 않으며 물건 타박만 합디다. 그놈이 본바닥 도거머리˚ 친구인 걸 누가 알았나요? 섣불리 말마디나 좋지 못하게 했다가 톡톡히 트집을 받게 되었는데, 그놈이 갖은 욕설 다 하구 나중에는 '엊그제

가사리서 잡힌 대적놈처럼 두 다리를 몽창 분질러놓기 전에 사발, 대접 한 죽만 외상으루 내라' 하구 대듭디다. 전 같으면 목숨을 내놓는 한이 있드래두 그따위 놈에게 물건을 줄 리 만무하지요만, 가사리서 대적 잡혔단 소리에 가슴이 뜨끔해서 두말 않구 외상을 주마구 하구 사발 다섯, 대접 다섯을 그놈의 집에까지 갖다 주었습니다. 그 길루 어느 주막에 가서 앉아 쉬면서 대적 이야기를 넌지시 물어본즉 아니나 다를까 길두령이 잡혔습디다. 주막 사람과 장꾼들이 횡설수설 지껄이는 말을 듣구서는 잡힌 곡절을 잘 알 수 없어서 곧 가사리루 나가서 그날 밤 묵으면서 가사리 사람들에게 자세한 이야기를 들었습니다. 길두령이 가사리 와서 하루 동안에 장인과 아내를 어떻게 삶았든지 아내는 말할 것두 없구 성미 괴팍한 장인까지 사위를 • 도거머리 머리털이 부수수하게 일어선 사람을 놀림조로 이르는 말.

따라가려구 남몰래 살림을 걷어치우는 중에 장인의 형 되는 박선달이란 자가 알구서 안성군수에게 기별하기를, 청석골 화적 괴수 길막봉이가 동네에 와서 있는데 잡아바치구 싶으나 힘이 장사라 동네 사람만 가지구는 건드릴 수가 없으니 군총을 풀어 내보내되 밤중에 내보내달라구 했드랍니다. 그날 밤에 좌우병방이 병장기를 가진 장교, 사령, 기타 관속 사십여명을 영솔하구 가사리를 나와서 동네 장정 수십명과 합세해서 도합 육십여명이 길두령의 처가를 에워싸구 들어가서 길두령을 잡는데, 길두령이 자다가 알몸으로 튀어나와서 몸에 창을 맞구 칼을 맞아가며 맨주먹으루 칠팔명 사람을 때려눕혔답디다. 길두령이 창칼을 피하느라구 길길이 뛰는데, 근력 세찬 수교놈이 노리구 있다가 철편으루 아랫도리를 후려갈겨서 두 다리가 부러진 까닭에 일어서지 못하게 되어서 마침내 활시위 몇겹으루 결박을 당했답니다. 길두령의 아내와 장인두 길두령과 같이 잡혀가서 지금 다 옥에 갇혀 있는데 옥 근처에 개미새끼 하나두 얼씬 못한다구 말들 합니다. 설마 그러랴 하구 곧이 안 들었드니, 이튿날 읍내에 들어와서 옥 근처에를 가본즉 과연 장교와 사령들이 나서서 밀막읍디다. 안성 사람들의 말을 들어보면 길두령의 아내와 장인은 군수가 결처하게 될지 모르나 길두령만은 반드시 서울 포청에 올라가서 능지처참을 당하게 되리라구들 합디다."

작은 손가가 막봉이의 이야기를 얼추 다 하고 난 뒤에

"제가 사깃짐은 안성 읍내서 다 풀어버리구 밤길루 떠나서 삼백오십여리를 이틀 밤 이틀 낮에 대어오느라구 참말 죽을 뻔했습니다. 밤길은 되려 곱게 온 셈이구, 오늘 낮에 우습게 칡덩굴에 걸려 넘어지는데 한편 다리를 접질려서 절뚝발이 걸음으로 사십릿길을 걸어왔습니다."

하고 요공*하는 것같이 고생한 것을 붙여 이야기하니 돌석이가

"다리가 부러진 사람두 있을라구."

하고 꾸짖듯 말하였다.

"그런 생각을 하기에 한 시각이라두 빨리 올라구 절뚝거리면서 왔지요."

"길두령 잡혀 갇힌 지가 오늘 며칠짼가?"

"오늘 벌써 엿새째 되는가 봅니다."

"그동안에 혹 죽었는지두 모르겠네."

"옥사가 결말나기 전에 옥 속에서 죽으면 탈이라구 안성 관가에서 의원 대서 치료해준단 말이 있습디다."

돌석이가 근심에 잠겨 있는 좌중을 돌아보며

"오늘 밤에라두 안성들을 떠나야 하지 않소?"

하고 말하여 그 자리에서 즉시 안성 갈 일을 의논하려고 먼저 간 곽오주까지 다시 불러오게 되었다.

오주가 와서 막봉이의 소식을 듣고 대뜸

"그 자식 잘 다녀오지 않구 왜 붙잡혔어. 서장사의 말막음해줄라구 붙잡혔나."

● 요공(要功) 자기의 공을 스스로 드러내어 남이 칭찬해주기를 바람.

하고 서림의 비위를 거니 서림이도 가만히 안 있고

"길두령이 일부러 자청해서 붙잡힌 건 아닌가 보우."

하고 오주의 말을 빈정거렸다.

"누가 일부러 붙잡혔다우? 서장사의 말이 맞았단 말이지."

"아닌게아니라 내 말만 들었드면 이런 일이 없었겠지."

"매우 옹골지겠소."

"곽두령 눈에는 내가 소인으로밖에 안 보이는 게야."

"서장사가 내게 소인 하는 사람이 아닌데 소인으로 보일 까닭 있소?"

돌석이가 눈을 모지게 뜨고 나앉으며

"동무 하나가 죽었는지 살았는지 모르는 판에 잡담하구 있단 말이오?"

하고 소리를 질러서 오주와 서림이의 말다툼이 쑥 들어갔다. 그 뒤에 오가가 좌중을 둘러보며

"자, 안성을 가기루 하구 보면 갈 사람부터 작정해야 하지 않소?"

하고 의논을 돌리기 시작하였다. 꺽정이가 먼저

"나는 오래전부터 죽산을 한번 가려구 별러오는 중이니까 내가 가겠소."

하고 말하자 이봉학이가 꺽정이의 뒤를 받아서

"선생님을 한번 뵐 겸 나두 가겠소."

하고 나서고 또 박유복이가 봉학이의 말을 따라서

"나두 같이 가겠소."

하고 나섰다. 꺽정이가 봉학이와 유복이를 돌아보며

"우리 셋이 같이 가는 게 워낙 좋겠네."

하고 고개를 끄덕이고 나서 다시 오가를 보고

"우리 셋만 가면 어떡하든지 막봉이를 뺏어올 수 있을 게니 다른 사람은 더 갈 것 없소."

하고 말하여 오가가 그렇다고 대답할 때 배돌석이가 손을 내저으며

"다른 사람은 몰라두 나는 가야겠소. 내가 길두령과 특별히 정분이 좋다는 게 아니라 길두령이 이번에 안성 가게 된 것은 말하자면 내 충동인데, 안성 간 탓으루 죽을 곡경 당하는 것을 내가

가만히 앉아 볼 수 있소?"

하고 말 뒤를 꼭꼭 눌러 말하여 굳게 결심한 것을 보이니 꺽정이가 돌석이더러

"그럼 넷이 같이 가지."

하고 말하였다. 박유복이가 꺽정이를 보고

"이왕이면 서장사까지 같이 가두룩 합시다. 서장사만큼 계책을 낼 사람이 우리 중에 없지 않소?"

말하고 또 이봉학이가 꺽정이를 보고

"안성 가서 여기와 연락할 일이 없으란 법 없으니까 천왕동이두 같이 가는 게 좋겠소."

말하니 꺽정이는 들을 만하고 있는데 황천왕동이가 시쁘장스러운 어운으로

"나는 빼놓는다구 빼놔두 좋소. 다들 간 뒤에 나 혼자 가두 갈 테니까."

하고 딴 배짱이 있는 것을 말하고 또 서림이가 입맛을 쩍쩍 다시다가

"여러분이 같이 가시면 나두 가지요."

하고 갈 의향이 있는 것을 말하였다. 별안간

"나는 사람이 아니오?"

하고 곽오주가 소리를 버럭 질러서 여러 두령이 다 오주를 돌아보는 중에 오가가

"그게 무슨 소린가?"

하고 물으니

"나는 사람 축에 못 가기에 같이 가잔 말들을 않지."

하고 오주는 툴툴거렸다.

"나더러두 같이 가잔 말 하는 사람이 없지 않은가."

"늙은이니까 가자지 않는 게지."

"늙은이는 사람 아닌가."

"그럼 늙은이와 젊은 놈이 같소?"

"앗게 이 사람아, 늙은 것두 분한데 사람 대접까지 않는다면 분통이 터져 죽으란 말인가?"

"나두 지금 분통이 터져 죽겠소."

"우리 둘이 다같이 분을 참구 뒤에 남아 있세."

"난 싫소."

하고 오주는 머리를 흔들었다.

청석골에 아직 별로 큰일은 없을 것이지만, 늙은 두령 오가 하나만 두고 모짝 다 나가기가 어려워서 꺽정이가 오주와 천왕동이 두 사람을 늙은 오가 옆에 남겨놓고 가려고 생각하고 두 사람더러 뒤에 남아 있으라고 타이르니 천왕동이는 싹싹하게

"가자면 가구 있으라면 있지요."

하고 긴말을 하지 않으나 사람이 끈덕진 오주는 부득부득 간다고 고집을 세웠다. 꺽정이가 자기 말 안 듣는 데 화증이 나서

"너는 아무리 간다구 해두 내가 안 데리구 갈 테다."

하고 언성을 높여도 오주는 눈 한번 끔쩍 않고

"내가 따라가면 형님이 날 때려죽이겠소? 나는 맞아죽드래두 가구 말 테요."

하고 넙죽넙죽 말대답하였다.

"네가 정히 그렇게 가구 싶다면 내가 안 갈 테니 내 대신 가거라."

"형님, 그러지 마우. 내가 좋은 꾀는 못 내두 데리구 가면 설마 아주 쓸데야 없겠소?"

오주는 여럿이 너도 나도 간다는 데 갈 생각이 났을 뿐 아니라 서림이를 같이 가자면서 자기를 빼놓는 데 불퉁이가 나서 기어코 가려고 고집을 세우는 판이라, 좋은 꾀는 못 내도 쓸데없지 않다는 말에

"내가 서림이만 못하단 말이오?"

하고 빼놓는 것을 원망하는 뜻이 보이어서 꺽정이가 한참 생각하다가 오주더러

"너는 말할 수 없는 위인이다. 쓸데가 있구 없구 같이 가자."

하고 같이 가기를 허락하였다. 황천왕동이가 오주를 직신거리며

● 직신거리다
짓궂은 말이나 행동으로
자꾸 귀찮게 굴다.

"같이 가기 싫다는데 떼를 써서 같이 가면 사람만 치 떨지 신통할 게 무엇인가?"

하고 조롱하니 오주는 두 눈을 가늘게 뜨고 찌끗찌끗하며

"나더러 치 떨린다구 해두 속으루는 샘이 날걸."

하고 대꾸하고 박유복이가 오주를 바라보며

"난데 나가서 갓난애 우는 소리가 들리면 여기서처럼 야단두

못 치구 어떻게 할 테냐?"
하고 물으니 오주는 얼음에 자빠진 쇠눈깔같이 큰 눈을 끔벅끔벅하다가
"귀 막으면 고만이지요."
하고 대답하였다. 서림이가 꺽정이를 보고
"인제 갈 사람은 대강 작정된 모양이니 갈 채비를 어떻게 차릴까 의논해보지요."
하고 말하니 꺽정이가
"무슨 특별히 채비 차릴 것이 있소?"
하고 서림이에게 물었다.
"첫째 병장기들은 가지구 가야지요. 어떻게 가지구 가실 테요?"
"글쎄, 어떻게 가지구 갔으면 좋을까?"
"안성 가서 혹시 관속들을 사드래두 인정 줄 것을 유렴해가지구 갔으면 좋겠는데, 어떻게들 생각하시오?"
"인정 줄 것은 무에 좋겠소?"
"상목 외에 금은붙이나 좀 가지구 가면 좋겠지요."
"그러면 병장기와 뇌물 줄 것으루 부담 하나를 맨듭시다."
"중로에서 혹 기찰이나 당해서 짐을 풀어 보이게 되면 낭패 아닙니까?"
"그러니 어떻게 하면 좋겠소?"
"내 생각 같아서는 금교역말 어물전에 기별해서 어물을 몇짐

거리 들여다가 어물 밑에 병장기라든지 인정 줄 것을 묻어서 짐을 맨들구 우리들이 어물장사패 노릇을 하구 가면 중로에서 기찰을 당하드래두 염려가 없을 것 같소."

"그것 참 된 생각이오."

꺽정이 외에 다른 두령들이 다 좋다고 말하는 건 고사하고 곽오주까지 고개를 끄덕거렸다.

"그럼 갈 채비 차릴 것은 서장사가 통이 맡으시우."

꺽정이 말끝에 서림이는 선선히

"모레 새벽에 떠나두룩 내일 안에 준비를 다 해놓으리다."

하고 대답하였다.

두령 여섯 사람 외에 심부름할 작은 두목 네 사람이 같이 가게 되어서 도합 열 사람이 어물장수를 꾸며가지고 떠나는데, 꺽정이와 유복이와 돌석이와 오주는 작은 두목 네 사람과 같이 어물짐들을 지고 짐질할 줄을 전혀 모르는 봉학이와 서림이만 물주物主들인 체하고 빈 몸으로 따라가기로 작정되었다.

일행이 청석골서 떠나던 날 무사히 송도를 지나고 장단을 지나서 가얌고개 아는 사람의 집에 들어가서 하룻밤 편히 자고 이튿날 식전 나루를 건너서 임진을 지날 때에 이봉학이를 알아보고 깜짝 놀라는 진군들을 봉학이는 대개 고갯짓으로 인사하였다. 큰 길로 오다가 가는 버들 사잇길로 고골 앞을 지나서 바눌티 정상갑이 집에 들어가서 또 하룻밤을 자고, 그 이튿날 늦은 아침때 모래재를 넘어와서 문안에는 들어가지 않고 남대문 밖에 있는 친한 객줏집에 와 앉아서 장물을 팔아 보내고 소문을 알아 보내는 남소문안패 괴수의 아들 한온이를 청해다가 만나보고, 점심 뒤에 한강으로 나와서 나룻배를 기다리는 중에 나룻가 주막에 앉았던 포교 두엇이 일행을 보고 쫓아들 나왔다. 포교 하나가 꺽정이 앞에 와서 내려놓은 짐짝을 가리키며 반말로

"무슨 짐이야?"

하고 묻는데 꺽정이가 대답하기 전에 서림이가 턱 나서서

"어물짐이올시다."

하고 대답하였다.

"어물장수들인가?"

"녜, 그렇습니다."

"어디들 사나?"

"저는 양지읍에 살구요, 동무들은 고든골 사는 사람두 있구 좌찬이 사는 사람두 있습니다."

"물건은 어디서 해가나?"

"서울서 해갑니다."

"서울을 언제 왔나?"

"엊그저께 왔습니다."

"어디서 묵었나?"

"남대문 밖 객주에서 묵었습니다."

"지금 어디루 가나?"

"고향에 들어가서 하루 이틀 쉬어가지구 양성, 죽산을 거쳐서

청홍도 음성, 천안, 괴산, 영풍 등지루 물건을 펴먹이러 갑니다."

포교가 하게로 하는 말을 서림이가 공대해서 대답하는데, 척척 대답하는 품이 조금도 꾸며 하는 것 같지 아니하였다. 그 포교가 말을 더 묻지 않고

"음, 그래 어물장수들이야."

하고 혼잣말하며 동무 포교를 돌아본 뒤 다시 서림이를 보고

"무슨 어물들인가? 구경 좀 하세. 짐짝들을 풀게."

하고 말하니 서림이가 망건 뒤를 긁죽긁죽하며 일행들을 돌아보고

"길이 늦어 탈이지만 물건을 구경하자시니 얼른얼른 짐짝들을 이리 내다 풀지."

하고 말하였다. 한 짐을 푸니 그 짐에는 상어, 광어 등속이 차곡차곡 재여 있었다. 포교들이 들척들척해보고 또 한 짐을 푸니 그 짐에는 오징어, 가오리 등속이 가로세로 넣어 있었다. 포교들이 쑤석쑤석해보고 다시 또 한 짐을 푸니 그 짐에는 전복꼬치와 홍합줄이 상자에 그들먹하게 들어 있었다. 포교 하나가 작은 전복을 가리키며

● 감복(甘鰒) 마른 전복을 물에 불려 꿀, 기름, 간장 따위를 쳐서 만든 음식.

"전복은 요렇게 작은 것이 큰 것보덤 맛이 있느니."

하고 동무 포교를 돌아보는데 서림이가 얼른 작은 전복 한 꼬치를 집어들고

"이것이 감복˚이올시다. 맛이 신통하지요."

하고 한 꼬치 열 개를 그 포교에게 내주며

"나눠서 맛들이나 보십시오."

하고 말하니 그 포교는 고개를 가로 흔들다가

"인정으루 주는 게니 받게그려."

동무 포교가 권하는데, 권에 못 이기는 체하고 손을 내밀었다.

"이런 좋은 어물들이 시골구석에서 잘 팔리나?"

"시골구석에서는 소대상두 안 지냅니까? 일년에 한두 번씩은 펴먹일 수가 있습니다."

"자네가 물건 주인인가?"

서림이가 이봉학이를 가리키며

"저 사람하구 저하구 둘이 밑천을 대서 장사합니다."

하고 대답한 뒤 곧 포교들더러

"남은 짐은 한꺼번에 풀어서 보시게 해두 좋겠습니까?"

하고 물으니 포교들은

"남은 짐을 다 볼 거 없네."

"푼 짐을 도루 묶게."

하고 각기 한마디씩 말하였다.

짐 세 짝을 풀었다가 다시 묶는 동안에 한 배를 놓치고 다음 배로 일행 열 사람은 무사히 한강을 건넜다. 새원을 지나서 다르냇재를 넘을 때 잿길이 된 까닭에 짐들이 갑자기 무거워져서 작은 두목들은 다 땀을 철철 흘리고 입을 벌리고 헐헐하였다. 하정下情을 잘 살피는 이봉학이가 이것을 보고 잠깐 쉬어가자고 다른 두령들과 공론하여 잿마루에 와서 다들 짐을 벗어놓고 땀을 들이는

중에 박유복이가 작은 두목 중에 신불출이를 보고

"이 재에서 우리 처음 만나든 것이 벌써 옛일 같애."

하고 말하니 불출이는 손가락을 꼽아보고

"벌써 사년이나 됐습니다."

하고 대답하였다.

"그때 자네더러 벌잇길을 고치라구 권하던 내가 오늘날 자네하구 같이 이 길루 벌어먹을 줄이야 꿈에나 생각했겠나. 사람의 일이란 알 수 없는 것일세."

서림이가 유복이의 말을 옆에서 듣고

"왜 회심˚한 생각이 나시우?"

● 회심(悔心)
잘못을 뉘우치는 마음.

하고 웃고 곧 불출이를 돌아보며

"자네가 새원 사람이라지? 새원 사람이면 이 재 이름의 출처를 잘 알겠네그려."

하고 웃었다.

"재 이름 출처가 무엇입니까?"

"달래나 보지 달래나 보지 하구 여편네가 넋두리하며 통곡한 이야기를 들은 일이 없나?"

"그런 이야기 들은 일 없습니다."

"그 이야기두 모르면 새원 사람 행세를 말게."

이봉학이 박유복이 배돌석이 세 두령이 서림이의 얼굴들을 바라보며

"그게 무슨 이야기요?"

"여편네가 달래나 보지 하구 넋두리를 했다니 이야기가 재미있을 것 같군."

"이야기하우. 들읍시다."

하고 이야기하라고들 졸랐다.

"옛날에 어떤 연상약한 젊은 남매가 여름 소낙비 잦을 때 이 재를 넘어가다가 재 밑 무인지경에서 소낙비를 만나서 한줄금을 오지게 맞았더라우. 여름 홑것이 함씬 젖었으니 몸에 착 들러붙을 것 아니오? 그 사내가 여편네의 남동생인데 앞서 가는 누님의 볼기짝이 울근불근하는 것을 보구 음심이 났더라우. 사내가 음심을 참다 못해서 누님 나 먼저 올라가우, 말하구 곧 달음박질을 쳐서 재 위에 올라와서 신과 신낭*을 바위 위에 내놓구 돌루 짓찧구 죽었드라우. 여편네가 뒤에 올라와서 남동생의 죽은 꼴을 보구서 대번 죽은 속을 짐작하구 아까 말과 같은 넋두리를 하며 통곡을 했다우. 그 넋두리한 말에서 재 이름이 생긴 까닭에 이 재가 원래는 달내나잰데 입에 순하게 부르느라구 다르냇재라구 한다우."

서림이의 이야기가 끝난 뒤에 죽은 사내가 사람이 무던하니 못하니 여편네의 넋두리한 말이 인정에 그럴듯하니 안 하니 여러 사람이 씩둑깍둑 지껄이느라고 너무 오래되어서 길이 늦었다.

너더리〔널다리〕를 왔을 때 해가 저물었는데 돌석이는 많은 일행이 잘 데도 없고 단 십리라도 앞길을 줄이는 게 좋으니 밤길을 걷자고 하고, 서림이는 밤길이 남의 눈에 수상하니 촌가에 들어가서 떼를 써서라도 자고 가자고 하여 다른 두령들이 두 사람의 말을 가지고 공론할 때 신불출이가 꺽정이 앞에 나와서

"제가 새원 살 때 친한 동무 하나가 여기서 사는데 구차치 않게 삽니다. 그 사람의 집이루 들어가실까요?"

하고 의향을 물었다. 꺽정이가 여러 사람을 보고

"불출이의 친구가 여기서 산다니 그 집에 들어가서 자구들 가세."

하고 말하여 너더리서 자기로 작정되어서 불출이를 먼저 들여보내는데 서림이가 불출이에게

"그 사람이 자네하구 아무리 친하드라두 우리 본색은 알리지 말게."

● 신낭(腎囊) 고환.
● 남의집살다 남의 집안일을 하여주며 그 집에 붙어살다.

하고 당부하니 불출이는 네네 대답하고 갔다. 한동안 지난 뒤에 불출이가 저의 친구를 데리고 큰길에 나와서 일행을 맞아가지고 마을로 들어왔다.

불출이의 친구는 불출이가 양주 땅에서 남의집사는˙ 줄로 알고 청석골 화적패의 작은 두목 된 것을 알지 못하는 사람이라, 불출이가 주인의 어물짐을 지고 청홍도 가는 길이라고 말하는 것을 거짓말로 알 까닭이 없었다. 어물장수 일행 열 사람을 하룻밤 재워달라고 불출이가 청할 때 방이 넉넉치 못하다고 불출이 하나만 와서 자라고 말하다가 불출이의 주인과 그 동무가 손이 커서 하룻밤 재우면 재운 값이 톡톡히 있으리란 말을 들은 뒤에 비로소 친구의 낯을 내어준다고 일행을 마중까지 나왔던 것이다.

건넌방에서 자는 주인은 안방으로 가고 아랫방을 쓰는 머슴은 동네 사랑으로 갈 작정하고 건넌방과 아랫방을 치워주어서 열 사람이 두 방에 나눠 드는데, 아랫방이 건넌방보다 방이 큰 까닭에 두령 여섯 사람은 아랫방에 들고 작은 두목 네 사람은 건넌방에 들게 되었다.

두령들은 방에 들어앉고 작은 두목들은 짐짝을 자리잡아 놓을 때 안방에서

"응애, 응애."

갓난애의 울음소리가 났다. 불출이가 곽오주를 생각하고 애를 울리지 말라고 당부하려고 주인을 불렀다.

"지금 우는 갓난애가 누군가?"

"지난달에 난 자식일세."

"우리 일행 중에 애 우는 소리를 들으면 병이 나는 사람이 하나 있네. 아무쭈룩 울리지 않두룩 해주게."

주인이 부엌에 있는 아내를 불러서 말을 이르니 그 아내는 젖은 손을 치맛자락에 씻으면서

"세상에 별 사람도 다 많다."

하고 종알거리고 방에 들어가서 우는 애에게 젖을 물리었다. 불출이가 아랫방에 와서 어린애 울리지 않도록 당부한 것을 이야기하니, 다른 두령들은 혹 고개도 끄덕이고 혹 잘했다고 칭찬도 하는데 정작 곽오주는 불출이에게 목자를 부라리며

"하필 어린애 있는 집을 왜 지시했느냐, 이 망할 자식아."

하고 야단을 쳤다. 무정지책한다고 이봉학이가 핀잔하고 또 박유복이가 나무라서 오주는 고개를 한번 숙이었다가 다시 치어들고
"나는 이 집에서 밥만 얻어먹구 동네 머슴방에 가서 잘 테요."
하고 말하였다. 그러나 열퉁적은 말을 곧잘 하는 곽오주가 혼자 따로 가서 자는 것을 부질없게 생각들 하여 그리하라고 말하는 사람이 하나도 없었다.
"방 하나 가보구 오겠소."
하고 오주가 일어서는 것을
"여기서 같이 자지 않구 어디 가서 잔다구 그러느냐? 쓸데없는 소리 말구 게 앉았거라."
하고 꺽정이가 꾸짖어서 오주는 한참 우두머니 섰다가
"오늘 밤에 잠은 다 잤소. 하룻밤 잠 못 자서 설마 죽겠소."
하고 도로 주저앉았다.
"양짝 귀를 잔뜩 틀어막구 자게그려."
"귀를 막으면 고만이라구 말까지 하지 않았나."
"불출이가 주인보구 당부했다니까 다시 울리지 않겠지."
이 사람 저 사람이 말들 하는데 오주는 손을 내저으며
"고만들 두우. 듣기 싫소."
하고 볼멘소리를 하였다. 저녁밥을 먹고 자리에 누울 때까지 어린애가 한번 울지 아니하여 오주 당자는 말할 것 없고 다른 사람들까지도 오주를 위해서 다행한 일로 여기었더니, 이방저방에서 다들 잠든 한밤중에 어린애가 우는데, 어른이 자느라고 몰라서

울어도 몹시 울었다. 오주가 어린애 울음소리에 놀라 잠이 깨어서 뻘떡 일어나며 곧 방문 열고 밖으로 나갔다. 방문소리와 발짝소리에 여러 사람이 모두 눈을 떴다.

"지금 나간 것이 오주 아닌가?"

"애 우는 소리에 잠이 깨었군."

"어디를 나갔을까?"

"울음소리 안 들릴 데루 나갔는가 보우."

"일어나서 좀 내다보세."

아랫방에서 일어들 앉을 때 오주는 벌써 안방으로 뛰어와서 우는 어린애를 움켜잡았었다.

"애그머니, 큰일났네."

"이놈아, 남의 자식 왜 죽이느냐?"

여편네가 새된 소리를 지르고

"이것이 미친놈 아닌가."

"어린애 이리 내라."

사내가 큰 소리를 질렀다. 사내는 어린애 움켜잡은 오주의 팔에 매달리고 여편네는 움켜잡힌 어린애를 받쳐들고 악들을 쓰는 중에, 꺽정이와 유복이가 다른 두령들보다 한걸음 앞서 쫓아올라왔다. 꺽정이가 안방에 들어서며

"오주."

하고 이름 한번 부르는데 오주는 움켜잡은 어린애를 맥없이 놓았다. 오주가 얼빠진 사람같이 멍하니 섰는 것을 유복이가 와서

"이게 무슨 짓이냐! 얼른 내려가자."
하고 어깻죽지를 잡아끌었다. 나중 와서 방 밖에 섰던 두령 중에 봉학이와 돌석이는 유복이와 같이 오주를 데리고 아랫방으로 내려가고 서림이는 뒤늦게 잠들이 깨어 뛰어나온 작은 두목 중에 불출이와 같이 안방으로 들어왔다. 꺽정이가 주인 내외를 보고
"그 사람이 다른 때는 멀쩡하지만 애 우는 소리만 들으면 당장에 미치우. 거짓말 같은 괴상한 병이오."
하고 말한 뒤에 불출이가 사내 주인더러
"그러기에 내가 미리 당부하지 않든가."
하고 말하니 사내 주인은
"그게 곽쥐 같은 사람일세그려."
하고 어이없는 웃음을 웃고 여편네 주인은 젖 물린 어린애를 들여다보며 눈물을 흘렸다. 서림이가 앞으로 나서서 어린애를 가리키며
"저애가 놀라서 경풍驚風이 되기 쉬울 게요. 내가 환약을 줄 테니 젖이든지 물에 조금씩 개어서 젖꼭지에 발라서 빨리게 하우."
하고 약낭에서 소합향원蘇合香元 한 개를 꺼내서 사내 주인을 주었다. 꺽정이가 서림이더러
"그 환약 한 개만 먹이면 다른 약은 안 먹여두 좋겠소?"
하고 물으니 서림이가 고개를 비틀면서
"나중에 혹시 간기 기운이 있드래두 우황포룡환牛黃抱龍丸이나 한두 개 먹이면 되겠지요."

하고 대답하였다.

"그런 환약을 가졌거든 아주 두어 개 주인을 주시우."

"포룡환은 가지구 오지 않았는걸요. 어린애 약이 소용 있을 줄이야 누가 알았나요."

걱정이가 주인을 돌아보며

"우리가 내일 떠날 때 약값을 두구 갈 테니 나중에 사다가 먹이우."

하고 말하니 주인이 속에는 당길 맘이 있겠지만 겉으로는

"무얼, 그렇게까지 하실 것 없습니다."

하고 체면을 차렸다. 걱정이가 불출이더러 고만 건너가 자라고 이르고 곧 서림이와 같이 아랫방으로 내려왔다. 여러 두령이 그 뒤에 이내 잠을 잃어서 반밤을 앉아들 새우고 이튿날 식전에 짐을 끄르고 서른댓 자 무명 한 필을 꺼내두었다가, 떠날 때 걱정이가 주인을 불러서 약값과 밥값이라고 말하고 내어주니 주인은 너무 후한 데 놀라서 선뜻 받지 못하였다.

일행이 너더리서 떠나서 양성 와서 또 하룻밤 자고 청석골 떠난 지 닷새 되던 날 아침때 안성을 들어왔다. 안성 읍내서 점심들까지 사먹으며 슬금슬금 막봉이의 소식을 알아보니 서울 포청의 조처가 더디어서 아직도 안성 옥에 갇혀 있는데, 부러진 다리는 그대로 디디고 설 만큼 나았으나 사흘돌이로 치도곤을 맞아서 볼기짝과 넓적다리에서 구더기를 파낸다는 말이 있었다.

관속들이 개 쏘대듯 하는 읍내 바닥에서 일행이 오래 지체하는

것은 부질없기 짝없는 일이라 외촌外村에 나가서 어물장수 행세하고 돌아다니며 일을 꾸미자고 의논들 하고 읍에서 점심 먹은 뒤에 곧 촌으로 나오는데, 막봉이 잡힌 곳을 와볼 생각들이 있어서 먼저 가사리로 나왔다. 가사리 동네 안침에 있는 큰 초가집이 막봉이 고발한 박선달의 집인 줄을 안 뒤에

"그놈의 집에 불을 푹 질렀으면 좋겠다."

하고 곽오주는 주먹을 부르쥐고

"집에 불만 지르구 고만두어! 사람의 새끼까지 씨알머리를 없애지."

하고 배돌석이는 이를 갈아붙이는데 꺽정이가 두 사람을 돌아보며

"막봉이를 빼내온 뒤에 막봉이하구 같이 와서 분풀이를 하지."

하고 말하였다. 일행이 가사리서 구사리를 지나 구브내 앞 냇가에 나왔을 때 좋은 버드나무숲이 있는 것을 보고 사람 없는 곳에서 일 꾸밀 것을 의논들 하려고 숲속에 와서 앉아 쉬었다.

막봉이를 구할 방책에 대해서는 일행이 청석골서 떠나기 전에 벌써 두 가지 의논이 났었다. 하나는 양주 전례대로 안성 옥을 깨치고 갇힌 것을 빼내자는 의논이요, 또 하나는 혜음령 전례와 같이 서울 길목에서 압상하는 것을 빼앗자는 의논이었다. 두 가지 의논을 한 가지로 정하려고 여러 두령들이 분분히 지껄일 때 서림이가 안성 가서 형편을 보지 않고는 정할 수 없는 일이라고 말하여 방책을 미리 정해가지고 오지 않았는데, 안성 와서 말들을

들어보니 안성군수가 파옥을 겁내서 옥 근처에 밤낮 파수를 보이되 파수 보는 장교들이 어느 때든지 급한 나발로 군호만 하면 관속은 말할 것 없고 읍내 장정들까지 일제히 나서도록 짜놓았다고 한즉, 파옥하자면 한바탕 큰 접전을 안 할 수 없는 형편인데, 사람 열이 안성 일읍 관민을 대적삼아 접전하는 것은 승산이 적다고 파옥은 파의하자고 서림이가 주장하였다. 구더기 같은 것들 몇백명이라도 겁날 것 없다고 흰소리하는 두령들을 서림이가 가지가지 불리한 점을 들어서 설복할 때 꺽정이가 서림이더러

"그러면 어디 가서 목을 지키구 있잔 말이오?"
하고 물으니 서림이는 고개를 가로 흔들며

"서울루 가는데 양성, 용인으루 바루 갈는지 평택, 수원으루 돌아갈는지 그것두 모르구 미리 어디 가서 목을 지키겠소."
하고 대답하였다.

"그럼 어떻게 했으면 좋을 것을 말하우."

"압상해가는 일행과 앞서거니 뒤서거니 가다가 중로에서 빼내는 것이 좋을 것 같소."

"그러면 그동안에 우리는 어디 가서 묵겠소."

"읍내 가까운 촌으루 다니면서 어물장사하지요."

"우리가 촌으루 다니는 중에 서울루 가버리면 낭패 나지 않소?"

"두목 네 사람을 매일 한두 사람씩 읍에 들여보내두면 군관과 군사들이 서울서 오는 것을 곧 알게 될 거니까 그런 낭패는 없겠지요."

"나하구 봉학이하구 유복이는 그동안에 칠장사를 가서 다녀와야겠소."

"그럴 것 없이 오늘 일행이 다같이 칠장사에 가서 하룻밤 묵으면 어떨까요?"

"그래두 좋소."

칠장사 가서 하룻밤 묵을 의논이 작정된 뒤에 튼튼할 성으로 작은 두목 한 사람은 읍에 들여보내두자고 박유복이가 말하여 마침내 작은 두목 중에 신불출이는 도로 읍으로 들어가게 되고 불출이 졌던 짐은 이봉학이와 서림이가 번갈아 지고 칠장사로 가게 되었다. 일행 아홉 사람 중에 칠장사 길을 가장 잘 아는 사람이 꺽정이나, 꺽정이도 항상 죽산길로 다닌 까닭에 노루목이나 또는 내촌 앞에서 가는 사잇길을 모르고 죽산 가는 놋박재로 길을 잡았다.

일행이 놋박재 마루턱을 향하고 올라오는 중에 앞길 몇간 밖 수풀 사이에서 몽치 든 군 대여섯이 나타났다.

"짐들을 게 벗어놔라."

호령을 듣고 앞서오던 꺽정이가 한번 껄껄 웃으니 여러 사람이 모두 따라서 큰 소리로 웃었다. 몽치 든 군들이 서로 돌아보다가 하나가 뒤로 돌아서서 휘파람을 불더니 휘파람소리 끝에 새로 서넛이 수풀 사이에서 나오는데, 그중에는 칼 든 자가 하나 있었다. 칼 든 자가 괴수인 성불러서 가장 거드름을 빼면서 몽치 든 군들에게 한두 마디 말을 묻고 곧 앞으로 나서서 일행을 바라보며

"짐들을 빨리 벗어놔라."

하고 고성을 쳤다. 꺽정이가 얼른 짐을 벗어놓으며 여러 사람에게 눈짓하여 일행이 다 짐을 벗어놓는 중에 눈치없는 곽오주만은 꺽정이가 그자 놀리려는 것을 모르고

"짐 지구는 저깟 놈들을 못 해내우?"

하고 두덜거리다가 꺽정이에게 입속 꾸지람을 받고 비위에 마땅치 못한 듯이 꿍 소리하며 짐을 벗어 내던졌다. 말썽없이 짐들 벗어놓는 것을 보고 칼 든 자는 만족히 여기는 모양으로 머리를 끄덕끄덕하였다. 꺽정이가 일부러 우렁찬 목소리를 줄여가지고

"짐짝들 그리 가져가리까?"

하고 물으니 칼 든 자는 말을 못 알아들었던지

"무어야?"

하고 소리를 질렀다.

"짐짝을 그리 갖다 드릴까 묻는 말이오."

"시키지 않은 짓 고만둬라."

"수고될 것 없습니다. 갖다 드리지요."

꺽정이가 짐 여덟 짝을 네 짝씩 포개놓고 걸빵으로 얽어 동이는데 칼 든 자가 보고

"그건 무슨 짓이냐?"

"왜 짐짝들을 한데 얽어매느냐?"

하고 호령호령하였다. 꺽정이가 호령을 들어가며 포개 얹은 짐짝이 떨어지지 않을 만큼 대강 얽어 동인 뒤에 좌우 손에 짐 네 짝

씩 들고 뚜벅뚜벅 앞으로 걸어갔다. 몽치 든 군들은 입을 딱 벌리고 칼 든 자는 떨리는 목소리로
"장사 성함이 누구시오?"
하고 물었다.
"성함은 알아 무엇하게?"
꺽정이는 성명을 말하지 아니하는데 서림이가 앞으로 쫓아나오며
"죽산놈들은 양주 임장사의 선성두 들어뫼시지 못하였느냐?"
하고 기세를 부리었다.
"양주 임장사라니, 임꺽정이오?"
"그러시다."
칼 든 자가 서림의 말을 듣고서는 황망히 칼을 내던지고 꺽정이 앞에 쫓아와서 땅에 엎드리며
"장사를 몰라보입구 잘못했습니다."
하고 사과하니 꺽정이가 양편 손의 짐짝들을 땅에 내려놓고 나서
"모르구 잘못한 게니 어서 일어나우."
하고 엎드린 자를 붙들어 일으켰다.
"저는 성명이 곽능통입니다."
꺽정이가 그자의 성이 곽가란 말을 듣고 뒤를 돌아보며
"오주, 이리 와서 일가하구 인사해라."
하고 말하였다. 곽오주와 다른 두령들이 다같이 앞으로 나와서 능통이와 인사를 마친 뒤에 능통이가 꺽정이를 보고

"길막봉이 일루 오셨겠지요?"

하고 물어서 껑정이는 고개를 끄덕이었다.

"저같이 변변치 못한 위인두 길막봉이 일을 조만히 근심합니다."

"막봉이를 아시우?"

"알지는 못하지만 초록은 동색입지요."

"고마운 말이오."

"지금 어딜 가십니까?"

"칠장사루 가는 길이오."

"칠장사는 어째 가십니까?"

"오늘 밤 묵으러 가우."

"지금 해가 다 져가는데 칠장사를 어떻게 가십니까. 저희 사는 달골이 여기서 가차우니 저희게로 가십시다. 안성서 일하시는 동안 내처 저희게서 묵으셔도 좋습니다. 그러구 저희의 힘 자라는 일이면 심부름두 해드리겠습니다."

능통이의 호의를 받아서 일행은 칠장사로 가지 않고 놋박재에서 달골로 들어오게 되었다. 능통이의 집에서 저녁밥들을 먹은 뒤에 작은 두목 세 사람은 다른 데 가서 자고 두령 여섯 사람만 능통이 집 건넌방에서 자게 되었는데, 방이 좁고 물것이 많아서 마당에들 나가 자려고 껑정이가 능통이를 보고 마당에 멍석을 깔아달라고 청하였다.

"물것이 많지요?"

"물것보담두 방이 답답하우."

"널찍한 사랑칸을 세울 수 있지만 남의 눈이 무서워서 못 세웁니다."

"이 동네 사람은 모두 액내˙요?"

"녜, 이 동네 사람은 다 저의 심복입니다. 그렇지만 읍내 관속이나 타동 사람의 눈을 기이느라구 고생입니다."

"턱밑에 있는 놋박재 같은 데서 일하자면 얼굴 아는 사람에게 들킬 때가 많지 않겠소?"

"제가 여기 놋박재와 용인 메줏고개 두 군데루 돌아다니는데, 메줏고개서 일할 때는 이 동네 아이들을 쓰구 놋박재서 일할 때는 메줏고개 밑에 사는 아이들을 씁니다. 아까 놋박재에서 먼저 내보냈던 것은 용인 아이들입니다."

● 액내(額內) 같은 무리.

"두 군데를 합하면 부하가 모두 얼마나 되우?"

"되지 못한 것들이 수효는 사오십명이나 되지요만, 그중에 제구실할 만한 놈은 몇놈 안 됩니다."

"마당에 나가 앉아서 이야기합시다."

"녜, 잠깐만 참으십시오."

능통이가 바깥 머슴방에 있는 졸개 두엇을 불러서 말을 이르더니 얼마 동안 뒤에 마당에 포진鋪陳이 훌륭하게 되었다. 멍석을 깐 위에 기직자리를 연폭하여 깔아놓고 이슬받이로 차일까지 쳐놓았다. 여섯 사람이 다 건넌방에서 마당으로 나온 뒤에 능통이가 안방에 들어가서 요때기 이불때기를 한아름 안아 내다놓으며

"새벽녘에는 선선들 하실 테니 배만이라두 덮으십시오."
하고 말하여 이 사람 저 사람이 능통이의 후의를 사례하는 중에 곽오주는

"우리 동생, 사람이 신통한걸."
하고 껄껄 웃었다. 서림이가 능통이를 보고

"메줏고개가 일터라니 말씀이지만, 우리가 만일 메줏고개서 일을 내게 되면 부하를 모아가지구 우리를 도와주실 수 있겠소?"
하고 물으니 능통이는

"어째 메줏고개에 가서 일을 내시게 됩니까?"
하고 되물었다.

"지금 안성 옥에 갇힌 우리 동무를 서울루 압송할 때 중로에서 빼앗을 작정이오."

"메줏고개를 장대시다가ˇ 김량으루 돌아가면 어떻게 하실랍니까?"

"그렇기에 앞서가서 목을 지키지 않구 뒤를 따라가려구 하우. 혹시 메줏고개서 일을 내게 되거든 도와달란 말이오."

"어째 파옥하실 생각을 안 하십니까?"

"파옥을 하자면 접전이 날 텐데, 우리 열 사람쯤 가지구 한편으루 접전하며 한편으루 파옥하자면 우선 손이 모자라서 할 수 없소."

"안성 관군이 한껏해야 이삼백명밖에 안 될 겝니다. 여러분 같

은 영웅 장사가 그까짓 것쯤 해내기야 여반장이 아니겠습니까. 여러분이 관군만 해내신다면 파옥하는 건 변변치 않은 내가 담당하오리다."

꺽정이가 능통이의 말을 듣고 서림이더러

"이 주인이 이왕 한팔 도와준다니 다시 파옥할 계책을 생각해보우."

하고 말하니 서림이가

"녜, 잘 생각해보지요."

하고 대답하였다.

"우리는 내일 칠장사 가서 하룻밤 자구 올 테니 내일 하루 여기 주인하구 잘 상의하우."

● 장대다
마음속으로 기대하며 잔뜩 벼르다.

서림이가 꺽정이의 말에 대답하기 전에 능통이가

"칠장사는 왜 가시려구 합니까?"

하고 꺽정이에게 물었다.

"우리 선생님을 보이러 가우."

"선생님이 누구십니까?"

"이 근방에서 생불스님이라구 하는 이가 우리 선생님이오."

"생불스님은 그동안 돌아가셨습니다."

"돌아가셨어? 언제?"

"사십구일재가 며칠 안 남았을걸요. 이 근방에서두 재 구경간 다구 벼르는 사람이 많습니다."

"선생님이 돌아가셨단다."

하고 꺽정이가 목멘소리하며 이봉학이와 박유복이를 돌아볼 때, 두 사람의 눈에서도 눈물이 흘러내렸다.

5

칠장사 서쪽 산기슭 편편한 땅에 새로 세운 소도바가 한 개 있으니 이 소도바에 들어 있는 한줌 재는 팔십오세 일생을 이 세상 천대 속에서 보낸 사람이 뒤에 끼친 것이다. 그 사람이 초년에는 함흥 고리백정이요, 중년에는 동소문 안 갖바치요, 말년에는 칠장사 백정중이라 천인으로 일생을 마쳤으나, 고리백정으로는 이교리의 처삼촌이 되고 갖바치로는 조정암의 지기知己가 되고 백정중으로는 승속간에 생불 대접을 받았었다. 생불이 돌아갈 때 목욕하고 새옷 입고 앉아서 조는 양 숨이 그치었는데, 그날 종일 이상한 향내가 방안에 가득하고 은은한 풍악소리가 공중에서 났다고 소문이 자자하였다.

이생의 복을 빌고 후생의 원을 세우는 어리석은 사내, 어리석은 여편네들 중에 대웅전의 부처님을 두고 산기슭 소도바 앞에 와서 치성하는 사람이 벌써 하나 둘이 아니었다. 밥술 먹는 촌사람 하나가 자식을 비느라고 내외 같이 와서 절에서 묵어가며 사흘 동안 치성하는데, 사흘 되는 마지막 날 아침 노구메를 올리려고 소도바 앞을 정하게 쓸어놓았을 때 속인 셋이 젊은 중 하나를 데리고 소도바 있는 곳에 와서 중은 서고 속인들은 쓸어놓은 자리에 느런히 꿇어 엎드렸다. 촌사람 내외가 노구메를 짓다가 쫓아와서 남이 쓸어놓은 자리에 먼저 와서 치성들 한다고 사설하니, 젊은 중이 나서서 치성하는 사람이 아니니 염려 말라고 타일렀다. 세 사람은 엎드려서 다같이 굵은 눈물방울을 떨어뜨리다가 한참 만에 일어들 났다. 촌사람 내외가 아들 낳으려고 치성하는 것을 젊은 중이 이야기하여 세 사람이 안 뒤에, 세 사람 중에 얼굴 해사한 사람이 촌사람 내외를 보고

"임자네들 쓸어놓은 자리에 우리가 와서 엎드린 것이 노구메 진상버덤 못할 것 없소. 우리 선생님이 알음이 기시면 영락없이 아들 하나 점지해주시리다."

하고 말하니 그 촌사람 내외 얼굴에 현연히 기쁜 빛이 나타나며 여편네가 사내에게 귀띔하여 사내는 세 사람 앞에 나와서 인사를 청하였다. 먼저 말하던 해사한 사람은

"이서방이오."

하고 수염 많은 무서운 사람은

"나는 임가요."

하고 나중 한 사람은

"나는 박서방이오."

하고 인사들 하였다. 인사가 끝난 뒤에 젊은 중이 세 사람을 보고

"고만 들어들 가십시다."

하고 말하여 세 사람은 젊은 중을 따라 절로 들어갔다.

꺽정이와 봉학이와 유복이가 대사의 상좌이던 젊은 중을 데리

고 소도바 있는 곳을 나가보고 들어와서 대사가 거처하던 별당채 마루에 둘러앉은 뒤에, 젊은 중이 방에 들어가서 조그만 편지봉 하나를 가지고 나와서

"스님께서 두었다 주라구 말씀하신 유서요."

하고 말하며 꺽정이를 내주었다. 꺽정이가 두 손으로 편지봉을 받아서 속을 뜯어본즉 쪽지 종이에 진서 몇 줄이 쓰이었는데, 흰 것은 종이요 검은 것은 글씨라 진서 아는 봉학이와 젊은 중더러 보아달라고 하여도 글이 어려워서 뜻을 알 수 없다고 체머리들을 흔들었다. 꺽정이가 유서 쪽지를 주머니에 집어넣고 나서 마루 끝에 놓인 짐을 가리키며

"저것이 상목이오. 우리가 오다가 들은즉 선생님의 사십구일 재가 멀지 않다니 그때 써주우."

하고 그 젊은 중더러 말하였다.

"재가 인제 한 열흘 남았으니 묵어서 보구 가시구려."

"우리는 바쁜 일이 있어서 오늘 곧 가야겠소."

"저 무명이 몇 필이오?"

"열 필이오."

"그러면 저것을 재에 쓰지 말구 스님 불상을 하나 뫼십시다."

"불상을 뫼시다니?"

"지금 마침 불상을 잘 파는 사람이 절에 와서 있소. 그 사람더러 스님 목상을 하나 파래서 아주 부처님으루 뫼시잔 말씀이오."

"좋소. 저것으루 부족하지나 않겠소?"

"그 사람이 수공을 얼마나 달랄는지 모르지만 만일 부족하면 이 절 대중과 의논해서 보태어주지요."

 "그럴 것 없소. 우리가 나중에 다시 와서 부족한 것을 채워놓을 테니 우선 일을 시키시우."

 "불상을 뫼시구 사십구일재를 지내두룩 일을 시키리다."

 꺽정이와 봉학이와 유복이는 서로 돌아보며 다같이 좋아하였다.

 젊은 중은 나이 어린 사미沙彌 때부터 대사의 상좌로 대사를 뫼시고 지낸 사람이라 대사 생전에 한두 번씩 왔다간 봉학이와 유복이와도 면분 있거니와, 자주 오고 또 와서 한참씩 오래 묵은 꺽정이와는 특별히 교분이 있었다. 젊은 중이 세 사람과 정답게 수작하는 중에 꺽정이를 보고

 "그동안 양주를 떠나셨지요?"

하고 물으니 꺽정이가

 "그건 어떻게 알았소?"

하고 되물었다.

 "아무리 절간 구석에서 세상 소문을 모르구 지내기로니 온 세상이 다 아는 소문이야 설마 못 듣겠소."

 "내 집 이사한 것이 무에 그리 굉장해서 온 세상이 다 알두룩 소문이 났단 말이오."

 "여보, 고만두시우. 기일 사람이 다 따루 있지, 나를 기일 까닭이 무어 있소? 봉물 뺏구 옥 깨구 큰 야단 낸 것을 이야기 안 하

셔두 다 들어서 아우."

"선생님 생전에 내 일에 대해서 혹 무슨 말씀을 하십디까?"

"이삼 삭 전에 허담 스님이 속리서 오실 때 소문을 듣구 오셨는데, 허담 스님이 우리 스님을 뵈입구 밑두끝두없이 아무개가 화적놈이 됐답니다 하구 말씀하니까 우리 스님은 미리 아시구 기셔서 놀라시지두 않구 저 갈 길루 갔네 하구 말씀하십디다."

"그 뒤엔 다른 말씀이 없었소?"

"그때 마침 내가 스님의 심부름으루 밖에 나간 까닭에 뒤에 무슨 말씀이 있었는지 없었는지 나는 모르우."

"허담 스님은 지금 어디 있소?"

"금강산에 들어가셨소."

"선생님이 돌아가시기 전에 금강산을 갔소?"

"아니오. 허담 스님이 떠나시려구 하는 것을 우리 스님께서 조금 더 있다가 내 일을 보아주구 가라구 붙드셔서 못 떠나시구 기시다가 마침내 스님 다비茶毘가 끝나는 것까지 보구 떠나셨소. 다비가 무어냐구요? 다비란 것은 우리 불가의 말인데, 화장火葬이란 말과 같소. 처음 스님께서 허담 스님을 붙드실 때 허담 스님이나 우리는 무슨 일을 보구 가라시는지 몰랐드니, 당신의 신후사'를 보구 가란 말씀입디다그려."

유복이가 젊은 중의 말 뒤를 받아서

"우리 선생님은 점이 용하셨으니까 자기가 언제 돌아갈 것을 미리 아셨겠지요."

하고 말하니 젊은 중이 유복이의 말을 부족하게 여겨서
"육신보살이 그까짓 점을 쳐가지구 앞일을 아셨겠소? 가만히 앉아서 한번 둘러보시기만 하면 세상만사를 다 아셨지. 세상만사는 오히려 여차요, 눈 한번 위루 뜨시면 천상 일을 환히 아시구 눈 한번 아래루 뜨시면 지하 일을 환히 아셨소. 아시면서두 말씀을 잘 안 하시는 까닭에 아시는 걸 남들이 모를 뿐이었소. 스님 불상을 뫼신 뒤에 보시오만 당장 영검이 다른 부처님과 다르리다."
스승의 도덕을 굉장히 칭송하여 말하였다. 밖에서 아침밥상을 들여보내주어서 젊은 중이 일어나서 상 놓을 자리를 치우는데 봉학이가

● 신후사(身後事)
죽고 난 뒤의 일.
곧 장사 지내는 일을 이른다.

"우리는 조반을 먹구 왔소."
하고 말하니
"조반 요기를 하셨드래두 아침들은 자셔야지요."
하고 젊은 중은 일변 봉학이 말에 대답하며 일변 가져온 밥상을 받아 들였다. 아침밥들을 먹기 시작하여 거의 다 먹어갈 때 숙랭을 가지고 온 조그만 사미중이 세 사람을 보고
"어떤 양반 한 분이 밖에 와서 생불스님 제자 되는 이가 여기 왔느냐구 묻습디다."
하고 말하니 꺽정이가 봉학이와 유복이를 돌아보며
"우리가 여기 온 줄 알 사람이 누구까? 괴상한 일이다."
말하고 나서 젊은 중더러

293

"어디서 온 사람인가 좀 나가서 물어봐주우."

하고 청하였다.

젊은 중이 밖에 나갔다가 들어올 때 옳게 의관한 사람 하나를 데리고 들어오는데, 그 사람은 다른 사람이 아니고 곧 황천왕동이였다. 세 사람이 천왕동이 온 것을 보고 다들 놀라서

"웬일이냐?"

"어째 왔나?"

"무슨 연고가 있나?"

하고 줄달아 물었다. 천왕동이가 상글상글 웃으면서

"그저 왔소."

하고 간단한 말로 대답하니 세 사람 중에 꺽정이가 증을 내며

"그저 오다니, 무슨 소리냐?"

하고 꾸짖었다.

"혼자 있으려니 첫째 갑갑해서 어디 견디겠습디까."

"갑갑하다구 뛰어나올래서야 뒤를 맡겨놓구 온 보람이 무어냐?"

"아무 일두 없는데 가만히 앉아 있느니 여기 와서 한몫 보는 게 좋지 않소?"

"너 없는 동안에 혹시 무슨 일이 나면 누가 기별할 테냐?"

"아무 일두 없을 테니 염려 마시우. 그러구 정히 궁금하면 내가 며칠에 한번씩 갔다오리다."

"올 때 여기 온다구 말이나 하구 왔느냐?"

"그럼 말 안 하구 왔을까 봐 그러시우? 오두령두 여기 일이 궁금해서 가보라구 말합디다."

걱정이는 쓴 입맛을 다시는데 봉학이가 천왕동이를 보고

"여기 사람이 부족해서 걱정 중인데 잘 왔네."

하고 말한 뒤에

"어제 떠났나, 오늘 새벽 떠났나?"

하고 물으니

"오늘 새벽에 떠나서 이맘때 여기를 대어오는 수가 무어요? 날아두 못 오겠소."

하고 천왕동이는 웃었다.

● 전방(廛房)
물건을 늘어놓고 파는 가게.

"어제 떠난 겔세그려. 그럼 어젯밤에 어디서 잤나?"

"어제 여기까지 오기는 넉넉한 것을 혹시들 안성읍에 있나 하구 슬슬 돌아다니다가 캄캄해져서 할 수 없이 잤소."

"오늘 오기를 잘했네. 우리두 오늘 식전에 왔네."

"여기 와 물어봐서 아니들 왔다면 며칠이든지 여기서 묵을 작정하구 왔소."

"안성읍에서 불출이를 못 만났나?"

"불출이가 안성읍에 있소? 못 만났소."

"어물전엘 안 들어가보았나?"

"양반 행세가 깎일까 봐서 전방˚ 같은 데는 안 들어갔소."

"별 기겁할 소리를 다 듣겠네. 또 신서방 노릇을 했네그려."

"배고파 말하기 싫소."

"잔 데서 아침두 못 얻어먹었나?"

"아침을 설치구 왔드니 참말루 시장하우."

천왕동이가 전에 꺽정이와 애기 어머니의 심부름으로 대사 생전에 누차 왔다간 까닭에 젊은 중과 구면이라 스스럼없이

"나 밥 좀 줄라우?"

하고 말하니 젊은 중은 선뜻

"남은 밥이 없으면 새루 지어서라두 드리지요."

하고 대답한 뒤 사미중에게 말을 일러서 내보내더니 얼마 아니 있다가 밥 한 상이 들어왔다. 천왕동이 오는 통에 먹을 밥을 다 먹지 못하였던 유복이가 밀어놓은 밥상에서 먹던 밥그릇을 옮겨다 놓고 천왕동이와 같이 먹었다.

밥상을 치운 뒤에 꺽정이가 젊은 중더러

"선생님 불상이 어느 날쯤 될까? 우리가 아주 알구 갔으면 좋겠으니 일할 사람을 불러서 물어봅시다."

하고 말하여 젊은 중이 나가서 불상 장인을 데리고 들어왔다. 젊은 중이 꺽정이부터 쭉 돌아 가리키며

"지금 말씀한 시주님네요."

하고 인사를 붙여서 불상 파는 사람이 돌려가며 인사를 다 한 뒤 다시 상좌에 앉은 꺽정이를 보고

"불상은 돌루 하시렵니까, 나무루 하시렵니까? 돌루 하신다면 돌일이 나무일버덤 더딜 뿐 아니라 우선 석재를 구해야 할 테니

사십구일재 전에 될 수 없구요, 나무루 하신다면 넉넉히 될 수 있지요. 내가 전에 보니까 이 절 법당 뒤에 불상 파면 훌륭할 나무가 한 토막 있습디다."
하고 말하였다.

　불상 장인의 말에 꺽정이가 미처 대답하기 전에 젊은 중이 무릎을 치며

"스님께서 불상 믜실 것을 미리 아셨구려."
하고 말한 뒤

"법당 뒤 처마 밑에 있는 나무토막이 작년 이른 봄 뒷산 벌목할 때 난 것인데, 그때 스님께서 보시구 나무가 좋다구 집어두라구 하신 것이오."
하고 이야기하였다. 꺽정이가 불상 파는 사람을 보고

● 건목
물건을 만들 때에
다듬지 않고 거칠게
대강 만드는 일.
또는 그렇게 만든 물건.

"두말할 것 없이 그 나무루 팝시다."
말하고

"나무루 파면 며칠이나 걸리겠소?"
하고 물으니

"나무일두 하기에 달렸지만 대개 열흘이면 넉넉하지요."
그 사람이 대답하였다.

"일을 아주 속히 하면 며칠에 다 할 수 있소?"

"요새 해가 기니까 하루 건목˙ 치구 하루 면상 파구 그 나머지를 하루에 다 하면 사흘에두 손뗄 수 있지요."

"그렇게 속히 하면 일이 거칠지 않겠소?"

"일이 속하다구 반드시 거친 것은 아니오. 일에 신이 날 때는 속하게 해서 되려 잘되는 수두 있습디다. 내가 재작년 여름에 양주 회암사 부처님 한 분을 이틀에 팠는데, 다 파놓구 보니 끌자국이 제법 생동하는 맛이 있어서 나로서두 놀랐소이다."

"그럼 이번에두 이틀에 파보시우."

"어찌하다가 그렇게 속하구두 잘되는 수가 있단 말씀이지, 지금 이틀에 파겠다구는 장담할 수 없습니다."

"사흘에는 장담하겠소?"

"놀지 않구 부지런히 하면 사흘에는 되겠지요."

"기한은 사흘루 정하구, 수공은 얼마나 주리까?"

"나중에 처분들 해서 주시지요."

"우리는 일속을 모르는 사람이니 아주 얼마라구 말하우."

"불상 파는 수공은 불상 갯수루 셈하구 날짜루 셈하지 않습니다. 외려 날짜가 촉박하면 수공이 더합니다."

"글쎄 얼마든지 맘에 차두룩 말하구려."

"쌀루 주시렵니까, 겉곡식으루 주시렵니까?"

"무명으루 셈하면 어떻겠소?"

"무명은 더 좋지요."

"무명 몇 필 주리까?"

"반 동은 주셔야겠는데요."

"달라는 대루 다 줄 테니 기한 어기지 말구 일이나 잘해놓으시우. 우리가 와봐서 일이 잘됐으면 그 위에 상급으루 얼마 더 주리다."

"녜, 일심정력을 다 들여서 일을 할 테니 염려 마십시오."

"그럼 오늘부터라두 곧 일을 시작하우."

젊은 중이 꺽정이더러

"이 절 대중에게 초벌 공론은 돌렸지만 절의 막중 큰일을 그렇게 경선히 하는 수 있소? 일 시키는 건 내게 맡기시우."

하고 말하여 꺽정이가

"하여튼 우리는 모레 다시 올 테니 그 안에 다 되두룩 일을 시키우."

하고 당부하는데 불상 파는 사람이 고개를 가로 흔들며

"일을 지금 시작한대두 오늘은 반나절 일이라 모레 다 될는지 모르겠는걸요."

하고 말하였다.

"그러면 하루 물려서 글피 올 테니 글피는 일찍 손이 떨어지두룩 하우."

"녜, 글피 저녁때 첫 불공을 드리시두룩 하리다."

"첫 불공이라니?"

"새 부처님을 뫼신 뒤에 첫 불공을 드리셔야지요."

"옳지, 그러겠소."

하고 꺽정이가 젊은 중을 돌아보며

"첫 불공 드리는 데 부비두 우리가 가지구 온 무명에서 쓰두룩 하우. 불상 수공 모자라는 건 나중에 가지구 오리다."
하고 말을 일렀다.
　꺽정이 외 네 사람이 칠장사에서 달골로 돌아오는 길에 유복이가 불상 장인의 수공 줄 것을 걱정하여 꺽정이를 보고
　"우리 행중에 가져온 무명은 인제 몇필 안 남았을걸요."
하고 말하니 꺽정이는
　"어떻게 되겠지."
하고 걱정 없는 대답을 하였다.
　"어떻게 되다니, 무슨 턱이 있소?"
　"무슨 턱이 있어, 아무 턱두 없지."
　"그럼 준다구 하구 안 줄 작정이오?"
　"별소리를 다 하는구나. 안 주다니 될 말이냐?"
　"없는 걸 주는 수가 무어요?"
　"능통이더러 금은붙이 가지구 변통해보라지."
　"능통이가 변통한다면 좋지만 변통 못하겠다면 탈 아니오."
　"여기서 줄 수 없으면 청석골 데리구 가서 주지 걱정인가?"
　"그 사람이 우리를 따라올는지 누가 아우?"
　"제가 안 와서 못 받는 게야 제 잘못이지."
　불상 수공을 못 주면 주마고 허락한 꺽정이가 제일 창피를 볼 것인데 꺽정이는 도리어 조금도 걱정하지 아니하였다.
　네 사람이 달골 능통이 집에를 와서 보니 읍에 가 있던 신불출이가 와 있었다. 꺽정이가 불출이의 인사를 받고

"누가 데리러 갔든가?"

하고 물으니 불출이가 옆에 섰는 두목 하나를 가리키며

"이 사람이 여기 사람들을 데리구 와서 여기 사람들은 읍에 남아 있구 저희만 왔습니다."

하고 대답하는데 능통이가 나서서

"안성읍에 가서 관가 동정을 알아오는 데는 본곳사람이 난뎃사람버덤 나을 것 같아서 제 사람을 보내두기루 했습니다."

하고 말하여 꺽정이는 능통이의 등을 툭툭 치며

"잘했소."

하고 칭찬하였다. 네 사람이 방에 들어앉자 마침맞게 술상이 나와서 여러 두령이 함께 술들을 먹는 중에 꺽정이가 능통이를 보고

"나를 무명 한 이십 필 변통해줄 수 있소?"

하고 물으니 능통이가

"무명을 그렇게 많이 무엇에 쓰시렵니까?"

하고 되물었다. 꺽정이가 새 부처님 뫼실 작정한 것을 이야기하고 나서

"불상 수공 외에 상급까지 주자면 한 이십 필 더 있어야겠소."

하고 말한즉 능통이는 망건 뒤를 긁으면서

"글피 쓰실 것을 갑자기 어디 가서 변통하나."

하고 혼잣말하다가

"꼭 될는지는 몰라두 말해볼 데는 한 군데 있습니다."

하고 꺽정이에게 대답하였다.

"어디요?"

"제 외사촌이 지금 진천이방인데, 거기나 가서 말하면 혹시 될는지 그외에는 별루 말해볼 데두 없습니다."

"내가 금은붙이를 줄 테니 그것을 가지구 가서 바꾸어달래 보면 어떻겠소?"

"그러면이야 꼭 되지요."

"그럼 그렇게 좀 해주우."

꺽정이가 능통이에게 무명 변통할 것을 부탁한 뒤에 주머니 속에 든 유서 쪽지를 꺼내서 서림이를 주며

"이것이 우리 선생님의 유서요. 무슨 말인가 좀 보우."
하고 말하여 서림이가 쪽지를 받아서 펴보니

삼년적리관산월三年笛裏關山月. 구월병전초목풍九月兵前草木風.
부상서지봉단석扶桑西枝封斷石. 천자정기재안중天子旌旗在眼中.

칠언절구 한 수가 쓰이어 있었다. 서림이가 한문 문리는 난 사람이나 두보杜甫의 시를 많이 보지 못한 까닭에 이 글이 대개 두시杜詩를 모은 것인데 글자 몇자 변통하였을 뿐인 것을 알지 못하고

"유서가 아니라 시를 지어주신 게로구먼요."
하고 말하였다.

"시라니 귀글 말이오?"

"네, 귀글이 한 수요."

"귀글 뜻이 무어요?"

"삼년 저 소리 속에 관산달이요, 구월 병장기 앞에 초목바람일러라."

"관산의 달이 무슨 달이오?"

"관산달이란 게 변방 달이란 말이겠지요."

"또 그 아래는 무어요?"

"부상 서편 가지가 단석을 봉하니 천자의 기가 안중에 있더라."

"부상은 무어구 단석은 무어요?"

"부상이란 큰 뽕나무요, 단석은 나두 모르겠는걸요."

"대체 그 글뜻이 무어요?"

"나두 그밖엔 모르겠소."

"고만두구 이리 내우."

꺽정이는 서림이에게서 쪽지를 뺏듯이 달래서 집어 주머니에 넣었다. 술 먹은 후에 또 점심으로 밀국수들을 눌러 먹고 뿔뿔이 밖에 나와서 거닐 때 서림이가 꺽정이에게 와서

"잠깐 방으루 들어가십시다."

하고 말하여 꺽정이는 서림이를 따라서 건넌방으로 들어왔다. 서림이가 입을 꺽정이 귀에 가까이 대고 한동안 소곤소곤 지껄이는데, 꺽정이가 연해 고개를 끄덕거리더니 나중에

"그거 꾀가 됐소."

하고 칭찬하였다.

"그럼 그대루 속히 서둘러보지요."

"그래 봅시다."

"그러면 주인더러 사람을 속히 모아달라구 말하시우."

꺽정이가 능통이와 여러 두령을 불러들여서 서림이의 꾀를 대강 말한 뒤에 능통이더러 사람 모을 것을 부탁하니

"기일을 언제루 정하셨습니까?"

하고 능통이가 물었다.

"기일은 속할수룩 좋소."

"이 동네와 용머리 아이들은 오늘이라두 불러 쓸 수 있지요마는 메줏고개 아이들을 불러오자면 하루이틀 걸리겠습니다."

"그거야 그렇겠지만, 진천길을 어떻게 하우? 다른 사람을 보내서 되겠소?"

"진천은 제가 가야 합니다."

"그럼 진천을 갔다와서 메줏고개를 갈 테요?"

"메줏고개는 사람을 보내지요. 제 몸 받아 일 보는 자가 거기 하나 있으니까 그자에게 기별하면 일을 낭패없이 할 겝니다."

"그럼 오늘이라두 곧 서둘러 해주우."

"녜, 그럽지요."

이날 점심때 지난 뒤 능통이는 메줏고개에 사람을 보내고 자기가 진천 갔다오기 전에 메줏고개서들 오면 뉘집뉘집에 갈라 재울 것까지 지휘해놓고, 꺽정이가 주는 금은붙이를 받아서 몸에 지니고 졸개 두엇을 데리고 진천길을 떠나갔다. 다음날 해질물에부터

어둡기까지 메줏고개 사람이 두셋씩 패를 지어서 띄엄띄엄 오는데 사람이 수십명이 오고, 또 그 다음날 점심때 지나서 능통이가 진천서 돌아오는데 무명 이십 필을 졸개들에게 나누어 지워가지고 왔다. 능통이가 가지고 갔던 금은붙이를 그대로 가지고 와서 꺽정이에게 도로 주면서 진천 갔던 이야기를 시작하였다.

"그저께 가다가 광혜원에서 자구 어제 아침때 진천 읍내 외사촌의 큰집에 가 앉아서 길청에 사람을 보내서 외사촌을 불러내다가 보구 무명을 부탁했습니다. 관가에 바쁜 일이 있다구 총총히 도루 들어가면서 점심때 봐서 나올 테니 기다리라구 하드니, 점심때는 고사하구 저녁때두 지나서 캄캄하게 어둔 뒤에야 겨우 나오는데 무명을 변통하느라구 늦었다구 합디다. 어젯밤에 그 집안 건넌방에서 내외종형제 단둘이 술잔을 먹으며 담화하는 중에 임두령 말씀이 났습니다. 외사촌 말이 '내가 월전에 양주 사람 하나를 만나서 임아무개 이야기를 들었는데 이야기만 들어두 무서운 사람입디다. 그 동류 길가란 자가 지금 안성에 잡혀 갇혔다니, 안성원님이 양주원님같이 소조나 당하지 않을는지 모르겠소. 형님은 임아무개처럼 크게 해볼 생각이 없소? 내가 전에 일껀 가르쳐까지 주었는데 그대루 못한단 말이오? 형님은 담보가 작아서 천생 졸때기짓밖에 못할 사람이오' 하구 저를 비웃습디다. 연전에 제가 잠깐 피신을 안 할 수 없이 되어서 외사촌의 첩의 집에 가서 한 보름 동안 숨어 있었는데, 그때 외사촌이 저더러 이왕 도적질을 할 바엔 놋박재 같은 데서 촌 장꾼을 못살게 하지 말구 새

재 같은 데 가서 경상도, 청홍도 관원들이 건드리지 못할 만한 대적 노릇을 하라구 권한 일이 있었습니다. 제가 외사촌에게 비웃음을 받구 무료한 바람에 바꾸러 온 무명이 너 말하는 임아무개 소용이라고 말했드니 외사촌이 깜짝 놀라며 안성 큰일났다구 하구, 뒤에 무슨 말썽이 날는지 모르니까 무명을 못 주겠다구 합디다. 그래 쌈쌈해서 뺏다시피 해서 가지구 왔습니다. 금은붙이는 주니까 한사하구 받지 않아서 할 수 없이 도루 가지구 왔습니다."

  능통이의 이야기가 끝난 뒤 밀것에 탈이 나서 복통으로 누웠던 서림이가 반몸을 일으키고
  "진천서 안성으루 기별이나 하지 않겠소?"
하고 능통이를 바라보았다. 능통이가 서림이 말을 듣고 자기 발명 겸 외사촌을 두둔하여
  "외사촌이 사람이 믿을 만합니다. 다른 사람이 말한 것두 아니구 내가 말한 것을 말 낼 리가 없습니다."
하고 말하니 서림이가 고개를 외치며
  "사람이 작사청˚물을 먹으면 부지중 심장이 달라지는 법이오. 그런데……."
하고 말하다가 복통이 나서 배를 움켜쥐고 속에 끌려들어가는 소리로
  "더구나 작청 상주쯤 되면 등 치구 배 문지르는 수단이 영롱할 게요."

하고 지껄였다.

"어떻든지 진천서 일부러 안성으루 기별할 리는 없습니다."

"기별 안 하면 작히 좋겠소? 그렇지만 무명을 안 줄라구 하구 금은붙이를 안 받은 것이 수상하우."

꺽정이가 서림이를 보고

"내일 낮에 칠장사 갔다오구 내일 밤에 일을 합시다."

하고 말하니 서림이가 복통이 그동안 너누룩하여 움켜쥐었던 배를 놓고

"내일 밤두 늦어요. 오늘 밤을 넘기지 맙시다."

하고 말하였다.

"하루 동안 늦어서 설마 낭패되겠소?"

● 작사청(作事廳) 길청.

"일이 시각을 다툴 때가 많은데 하루가 어딘가요."

"글쎄, 어떻게 하면 좋을까?"

꺽정이가 다른 두령들을 돌아보니 어떤 두령은 막봉이가 나오는 길로 곧 떠나가는 것이 좋으니 아주 내일 밤에 빼내오자고 말하고 또 어떤 두령은 오래 갇혀 있던 사람을 적어도 하루쯤은 편히 쉬게 하는 것이 좋으니 오늘 밤에 빼내오자고 말하는데, 돌석이가 좌중을 돌아보며

"준비가 다 못 되어서 날짜를 늦춘다면 할 수 없지만 다른 일 땜에 하루라두 옥중 고생을 더 시키는 건 안 될 말이오."

하고 말한 다음에

"내가 공론할 일이 한 가지 있소. 길두령을 데려내온 뒤에 우

리가 모두 함께 칠장사에 가서 새 부처님 앞에서 의형제를 맺으면 좋을 것 같은데 여러분 의향이 어떻소?"
하고 공론을 내었다. 돌석이는 꺽정이와 봉학이와 유복이가 서로 형님 동생 하는 것을 속으로 부럽게 여겨서 이런 공론을 내게 된 것이었다. 서림이가 맨 먼저 좋다고 말하고, 그 뒤에 다른 두령들도 모두

"좋지."

"좋겠지."

하고 말하는데 곽오주는 좋다 싫다 말이 없어서 돌석이가 오주더러

"자네는 왜 말이 없나?"

하고 물었다. 이면 없는 오주가 서림이를 빤히 바라보며

"서장사가 끼면 나는 빠지겠소."

하고 대답하여 서림이는 한동안 얼굴을 붉히고 있다가

"내가 빠질 테니 염려 마우."

하고 어이없는 웃음을 웃었다. 결의할 공론이 끝나기 전에 안성읍에 가 있던 사람들이 돌아와서

"읍에 기찰이 버쩍 심해져서 자칫 잘못하면 장채 손에 들려가겠습디다. 요새 청석골패가 하나씩 둘씩 안성으루 모여든다구 소문이 났답니다."

하고 능통이에게 말하는 것을 여러 두령이 다같이 듣고 하루라도 시일을 늦추는 것이 불리하겠다고 생각들 하여 이날 밤에 일을

버르집기로 작정하고 준비를 차렸다. 꺽정이 이하 여러 두령은 짐짝에 든 병장기들을 꺼내서 손모아놓고, 능통이는 사람들을 내놓아서 달골 사람은 어디 가지 못하게 이르고 용머리 사람은 저녁 전에 달골로 모이도록 일렀다.

이날 밤, 밤이 이슥한 뒤 박선달 사는 가사리 동네에 화적이 들었다. 동네 개들이 요란하게 짖을 때 화적떼는 벌써 박선달 집을 들이쳤다. 환도 든 두령이 한 패를 데리고 사랑에 들어와서 사랑 식구를 결박지우고 또 활 가진 두령이 한 패를 끌고 안에 들어와서 안식구를 동이는데, 사랑 식구 중 철없는 사람은 항거하려다가 칼을 맞고 안식구 중 꾀바른 사람은 도망하려다가 살을 맞았다. 사랑 식구에 정작 박선달이 어디 가고 없어서 환도 든 두령이 일각문으로 안을 들여다보며
 "늙은 주인놈이 안에 있나?"
하고 물으니 활 가진 두령은 일각문 앞에 쫓아와서
 "안에 사내라구는 어린아이들밖에 없소."
하고 대답하였다. 환도 든 두령이 결박 지운 사람들에게 와서
 "주인놈은 어디 갔느냐?"
하고 묻는데 그중에 한 사람이
 "모릅니다."
하고 대답하니
 "이놈아, 모르다니 될 말이냐!"

하고 환도 등으로 그 사람의 어깨를 내리쳤다.
"아이구, 아이구!"
"거짓말하면 죽일 테다. 바루 대라."
"작은집에 가셨나 봅니다."
"작은집이 어디냐?"
"바루 옆집이올시다."
첩의 집에 가 있던 박선달이 큰집에 화적 든 것을 알고 급히 낭속과 동네 장정을 불러모아서 몇은 읍내 관가에 쫓아보내고 나머지는 도끼나 몽치나 있는 대로 손에 들려서 큰집으로 들여보냈다. 미련한 촌것들이 천동인지 지동인지 모르고 선다님의 분부만 어려서 한떼로 몰려들어오다가 바깥마당에 있는 화적 한 패에게 혼들이 나는데, 그 패의 두령 둘이 하나는 쇠도리깨를 가지고 하나는 창을 가져서 빨리 도망 못하는 사람은 쇠도리깨에도 얻어맞고 창에도 찔리었다. 환도 든 두령이 밖에 나와서 쇠도리깨 가진 두령과 창 가진 두령을 사랑으로 들여보내고 두 두령이 거느리고 있던 졸개들을 데리고 박선달의 첩의 집을 찾아왔다. 박선달이 진작 물계를 알아차렸던들 어디로 피신할 것인데, 첩의 집에 두었던 재물을 마루 밑에도 집어넣고 검부나무 속에도 파묻느라고 첩하고 둘이 부산하게 돌아다니는 중에 환도 든 두령이 삽작 안에 들어섰다. 삽작 밖에 세워둔 사내 하인들은 말할 것 없고 집안에서 시중들던 아이년들도 어느 틈에 다 도망하여 박선달과 첩 단둘이 남았다. 박선달이 그중에 떡국이 농간하여* 환도 든

두령 앞에 나와서 부들부들 떨면서 죽어가는 소리로
"우리는 박선달 집에 부쳐사는 사람입니다."
하고 말하니 그 두령이 박선달의 얼굴을 물끄러미 보다가 한번 껄껄 웃고 졸개들을 돌아보며
"이놈을 묶어라."
"저년두 묶어라."
"집에는 불을 질러라."
하고 연거푸 분부하였다. 졸개들이 숙마바로 박선달과 그 첩을 묶어놓고 앞뒤 처마에 불을 질러서 불이 타기 시작한 뒤에 환도 든 두령은 졸개들더러
"연놈을 끌구 가자."
분부하고 졸개들의 앞을 서서 박선달의 큰집으로 들어왔다. 안에 있던 활 가진 두령까지 나와서 네 두령이 느런히 사랑 툇마루에 걸터앉아서 박선달을 주리 틀라고 거조를 차릴 때 또 두령 하나가 단신으로 밖에서 들어오는데, 그 두령은 한편 손에 묵직한 주머니 하나를 들었을 뿐이고 다른 병장기는 가진 것이 없었다. 그 두령이 환도 든 두령 앞에 와서

● 떡국이 농간하다
재질은 부족하지만 오랜 경험으로 일을 잘 감당하고 처리해나감.
● 불급(不及)되다 약속하거나 기약한 시간에 마치지 못하다.

"그동안 읍내루 뛰어간 사람이 몇인지 수가 없소. 혹시 불급되리다. 얼른 가시우."
하고 말하니 환도 든 두령이 곧 활 가진 두령과 둘이 같이 밖으로 나가서 졸개를 한 패 거느리고 동네 한복판을 짓치고 나가니 또

다른 한 패가 동구 밖에 있다가 와서 합세하였다. 그 화적떼가 읍내를 향하고 몰려오는데 얼마는 중간에서 떨어지고 그 나머지는 모두 읍내 턱밑에까지 다 와서 어두운 속에 형적들을 감추었다.

읍내로 간 두령들이 박선달 집에서 나간 뒤에 남아 있는 두령 셋은 박선달 집 식구 처치할 것을 공론하였다. 손에 주머니 가진 두령이

"광 하나를 치우고 안팎식구를 다 집어넣은 뒤에 광문을 닫아 걸구 불을 지르세."

하고 발론하니 쇠도리깨 가진 두령은 대번에

"그거 좋군."

하고 찬동하는데 창 가진 두령이 고개를 외치며

"박선달은 죽일 놈이지만 그 나머지 식구야 무슨 죄가 있나."

하고 찬동하지 않았다.

"망한놈의 씨알머리 남겨둘 것 무어 있나."

"너무 말살스러운˚ 짓 할 것 없어."

둘이 옥신각신 말마디나 좋이 한 끝에 박선달의 부자들만 광에 집어넣게 되었다. 광채에서부터 불을 지르기 시작하여 안팎채에 다 불을 질렀다. 사랑마당에 남은 사내도 사람 살리라고 악들을 쓰지만, 안마당의 여편네와 아이들 우는 소리가 악머구리 우는 것 같았다. 두령 셋이 잠깐 서로 의논하고 불꾸러미 든 졸개들을 각각 나누어서 거느리고 불 붙은 박선달 집에서 몰려나왔다. 창 가진 두령은 맨 뒤에 나오다가 자기 거느린 졸개들을 바깥마당에

멈추어놓고 혼자 다시 안마당에 들어가서 여편네들 동인 줄을 창열로 툭툭 끊어주며

"산으루들 도망해라."

하고 말까지 이르고 나왔다. 세 두령이 동네를 위 아래 중간 세 땀으로 갈라가지고 각기 돌아다니며 불을 지르는데, 불을 못 지르게 하는 사람들은 창도 맞고 돌팔매도 맞고 또 쇠도리깨도 맞았다. 사내 아우성치는 소리, 여편네 악쓰는 소리, 아이 우는 소리, 온 동네가 물끓듯 하였다. 위땀의 창 쓰는 두령과 중간땀의 돌팔매 치는 두령은 어른 사내나 혹 해치지만, 아래땀의 쇠도리깨 쓰는 두령은 우는 아이를 만나는 족족 해치웠다. 그 흉악한 두령이 나중에는 도리깨질에 신이 났던지 집에 불 지를 것도 잊어버리고 우는 아이만 찾아다니었 • 말살스럽다
인정이 없이 모질고 쌀쌀하다.

다. 아래땀에서 중간땀으로 올라와서 돌아다니며 죄 없는 어린아이를 쳐죽이는 중에 위땀의 창 쓰는 두령이 위땀 일을 마치고 중간땀으로 내려오다가 보고 붙들고 날쳐서 간신히 말리었다. 세 두령이 다시 한데 합하여 동구 밖으로 나올 때는 가사리 사십여 호에 불 안 붙은 집이 없어서 화광이 충천하였다.

읍내 가까운 가사리 동네에 화적 들었단 기별이 관가에 들어왔을 때, 안성군수는 즉시 병마동첨절제사兵馬同僉節制使로 좌기하고 취군을 시키었다. 관속과 읍내 장정 수백명이 삼문 앞에 모인 뒤에 먼저 건장한 군사 삼사십명을 뽑아서 옥을 지키게 하고 그 나머지 군사는 좌우병방을 주어서 가사리 가서 화적들을 잡으라

고 명령하였다. 좌우병방이 백여명 군사를 거느리고 가사리로 나와서 동구 밖에서 동네 안을 들여다보니 불바다 속에 개미새끼도 하나 없었다. 화적들이 벌써 거쳐간 모양이라 그 간 곳을 탐지하려고 병방들은 산 위에서 피란하는 동네 백성들을 불러내리게 하였다.

"화적들이 어느 편으루 가드냐?"

여러 사람이 횡설수설 대답하는 중에 읍내 편으로 가는 것을 보았다는 사람이 많았다.

"우리가 나올 때 어디들 숨었든 게지."

"우리들 나온 뒤에 읍내 들어가서 파옥하는 겔세."

"얼른 쫓아들어가세."

좌우병방이 수어 지껄인 뒤에 곧 군사를 풍우같이 몰고 읍내로 들어오는데, 중간쯤 왔을 때 길 옆 좌우편에서 별안간 함성이 일어났다. 선봉先鋒으로 오던 우병방이 함성을 듣고 군사를 뒤로 물리고 후진에 오던 좌병방과 서로 의논하고 급히 활 가진 군사를 뽑아내서 길 좌우편 아우성 나던 곳을 향하여 세우고 활들을 쏘이는데, 시윗소리는 한동안 요란하였으나 살 떨어지는 곳에서는 줄곧 아무 기척이 없었다. 좌우병방이 장사 수십명을 골라 뽑아서 좌우편 길 옆을 나가보게 하여 두 패가 각각 홰 든 군사들을 앞세우고 길가의 풀섶을 헤치고 들어가는 중에, 바른편에서는 난데없는 화살이 날아나와서 군사가 하나 맞고 둘 맞고 셋 맞으며 여러 군사들이 와 하고 도망하여 나오고, 왼편에서는 한참이나 아무 소리가 없더니 나중에 군사들이 아이쿠지이쿠 하며 뛰어나왔다. 군사 서넛은 한편 눈을 뜨지 못하는데 눈알 아니면 눈자위에 대꼬챙이가 꽂히고, 군사 서넛은 목을 돌리지 못하는데 뒤통수나 뒷덜미에 쇠꼬챙이가 박혔다.

안성 관속들은 길막봉이의 초사로 청석골 두령 인물의 성명과 재주를 대개 다 짐작하는 터이라, 좌우병방이 대꼬챙이와 쇠꼬챙이를 보고

"청석골 화적패에 박가 성 가진 놈이 무슨 창이라든가, 줌 안에 드는 창을 백발백중 잘 친다드니 그놈이 왔네그려."

"그놈 하나만 왔겠나? 돌팔매두 오구 쇠도리깨두 오구 천하명궁두 오구 천하장사두 오구 떼서리가 다 왔겠지."

"우리 안성 큰 난리 났네."

좌우병방이 서로 지껄일 때 나이 지긋한 장교 하나가 화살 맞고 겨우 도망하여 나온 군사 셋을 데리고 앞에 와서

"이것들 좀 봅시오."

하고 살 맞은 자리를 가리키는데 셋이 똑같이 인중이 뚫리고 앞니들이 부러졌다.

"상처가 우연히 같은 건 아니겠지?"

"천하명궁의 솜씰세."

"여기서 지체 말구 얼른 읍으루 들어가세."

"얼른 가서 읍에나 못 들어오게 방비하는 것이 상책이겠네."

좌우병방이 읍내로 들어가려고 분분히 군사의 대오를 정돈시

킬 때 뒤에서 또 함성이 일어나며 화적 한 패가 후진에 달려들었다. 좌우병방은 급히 군사를 휘동하여 선봉을 후진으로, 후진을 선봉으로 뒤꾸며가지고 화적패를 막는데, 길 좌우편에 숨은 화적이 내달아서 앞뒤로 공격할까 염려하여 활 가진 군사들은 따로 남겨서 길 양편 풀섶을 향하고 먼장질을 시키었다. 달려드는 화적패의 사람 수는 여남은밖에 아니 되나, 그중의 하나는 창을 쓰는데 날쌔기가 제비 같고 하나는 쇠도리깨를 쓰는데 우악하기가 황소 같고 그외에 또 돌팔매질을 하는 자가 하나 있는데, 우스운 돌팔매가 창이나 쇠도리깨보다 더 무서워서 여러 십명 군사가 잠깐 동안에 혹 면상도 터지고 혹 머리도 깨어졌다.

좌우병방이 처음에 화적패의 수효가 얼마 못 되는 것을 넘보고 화적패를 둘러싸서 잡으려고 군사들을 좌우로 벌리었더니, 바른편에 숨은 화적이 소리없이 바른편 군사들 뒤에 와서 별안간 아우성을 치고 대어들고 왼편에 숨은 화적도 마저 왼편 군사들 뒤에 와서 아우성을 치고 대어들어서 좌우편 대오가 어지러워지자 중간 진도 따라 동요되었다. 전쟁을 치러보지 못한 군사들이라 한번 동요된 뒤에는 다시 진정되지 못하고 마침내 일시에 흩어져서 도망질들을 치게 되었다. 우병방은 도망하는 군사를 금지하려다가 못하고 남나중 도망하고 좌병방은 어느 틈에 활 가진 군사들과 같이 앞서 도망하였다. 도망하는 뒤를 쫓던 화적들이 읍내 가까이 와서 더 쫓지 아니하여 좌우병방은 비로소 서로 만나서 공론하고 도망해온 군사들을 거두어 모으기 시작하였다.

가사리로 나갈 때는 여러 횃불이 길을 밝혔으나 홰잡이 군사들이 모두 홰를 내던지고 도망질친 까닭에, 희미한 별빛 아래서 좌우병방이 군사를 수합하는 중에 멀리 향교말 가는 길에서 사람의 소리가 많이 나는 것을 듣고 향교말 사는 군사들이 어느 틈에 앞질러 도망하여 집으로 가는가 생각하고 장교 몇사람을 쫓아보내 보았다. 장교들이 향교말 길로 오며 보니 그 사람들이 군사가 아니요 백성들이라, 앞장선 장교가

 "너희가 웬 사람들이냐?"
하고 소리질러 물었다. 백성들은 병장기 가진 장교를 보고 화적으로 여기는지 초간한 데서는 천방지축 도망질들을 치고 가까운 데서는 목숨만 살려달라고 애걸들 하였다. 장교 하나가 어떤 여편네를 알아보고

 "자네 놋점거리 괴똥이네 아닌가?"
하고 물으니 그 여편네가 장교 앞으로 한두 걸음 들어서서 빤히 보다가

 "아이구, 이게 누구시오? 우리는 화적놈을 만난 줄 알았소."
하고 새된 소리를 질렀다.

 "대체 웬일들인가?"
 "아이구, 웬일이라니요. 장터에 화적 든 걸 모르시오?"
 그제는 여러 사람이 장교들이 묻기를 기다리지 않고 중구난방으로 지껄이는데 그중에

 "읍내 들어온 화적이 수가 얼만지 모른답니다. 장터는 그동안

벌써 도륙이 났을 겝니다."
호들갑을 떠는 사람도 있고
"원님은 어디루 도망하구 화적의 괴수가 삼문 잡구 관가루 들어갔답디다."
허풍을 치는 사람도 있고
"화적이 읍내 들어오며 바루 옥으루 가서 옥 앞에 관군과 접전이 났는데, 관군이 여지없이 패했답니다."
곧이들릴 소문을 전하는 사람도 있었다. 장교들이 피란꾼들에게 들은 말을 들은 대로 와서 옮기어서 좌우병방은 듣고 옥 앞에서 접전 났단 말 외에는 준신하지 않으면서도, 그래도 혹시 원님이 도망하였나 장터가 도륙이 났나 미심하게 생각들 하여 군사를 끌고 읍내로 들어오기 전에 먼저 사람을 보내보려고 영리한 장교를 두어 사람 고르는 중에 순령수˚ 하나가 급한 걸음으로 읍내서 나왔다. 그 순령수는 좌우병방에게 급히 회군하란 군수의 영을 받아가지고 가사리로 나가는 길이었다. 좌우병방이 번갈아가며 순령수에게 물어서 읍내 사정을 자세히 들었다.

좌우병방이 군사들을 끌고 가사리로 나간 뒤 얼마 아니 있다가 화적 한 패가 파옥하러 들이닥쳐서 옥을 지키던 군사들이 막으려고 한즉, 화적 중에 환도 가진 괴수가 단신으로 내달아서 순식간에 군사 칠팔명을 꺼꾸러뜨려서 군사들은 접전할 생의도 못하고 새떼같이 흩어져버렸다. 화적들은 거침없이 옥을 깨치고 옥에 갇힌 도적들을 꺼내어 미리 준비해가지고 온 말들에 태우려다가 박가 부녀는 말을 타나 길가는 장창杖瘡이 심하여 말을 타지 못하는 까닭에 환도 가진 화적 괴수가 졸개 몇을 데리고 동리 존위 집에 가서 동네 보교를 뺏어다가 길가를 태워가지고 읍내서 남쪽으로 풀려 나갔는데, 군수가 좌우병방에게 급히 회군령을 놓은 것은 화적의 뒤를 쫓으려는 것이었다. 좌우병방이 즉시 읍내로 들어와서 군사는 삼문 밖에 머물러놓고 순령수와 같이 관가에 들어와서 군수께 패전한 전말을 아뢰고 청죄할 사이도 없이 군수가 좌우병방더러 빨리 화적의 뒤를 쫓아가서 길가와 박가 부녀를 도로 뺏어오되, 만일 뺏어오지 못하면 군율을 당할 터이니 그리 알라고 분부하여 좌우병방은 엄령지하嚴令之下에 두말 못하고 삼문 밖으로 물러나왔다.

● 순령수(巡令手)
대장의 전령과 호위를 맡고, 깃발을 받들던 군사.

좌우병방이 육칠십명 군사를 거느리고 홍살문 밖으로 나올 때 우병방이 좌병방을 돌아보며

"화적패가 남쪽으루 갔다니 계촌 아니면 현암으루 나갔겠지?"
하고 말하니

"글쎄, 모르겠네. 먼저 계촌 나가서 물어보구, 그다음에 현암으루 올라가세."
하고 좌병방은 대답하였다.

"우리가 물어보구 다니는 동안에 화적패가 멀리 가버리면 어떻게 하나?"

"간 종적이나 탐지해가지구 들어오지 별수 있나."

"길가 하나만이라두 도루 뺏어가지구 들어와야지 빈손으루 들

319

어오면 우리는 죽는 사람일세."

"설마."

"설마라니, 이 사람 무슨 소린가. 패전한 죄에다가 죄수를 놓친 죄까지 겸쳐 뒤집어쓰구 군율을 면할 수 있겠나, 생각해보게."

"한칼에 칠팔명 군사를 무찔렀다는 화적패의 괴수가 장사요 검객인 꺽정이란 놈일 겔세. 지금 우리가 뒤쫓아가서 길가를 뺏으려다가는 우리두 그놈의 칼에 죽기가 쉽지 않겠나."

"군율에 죽느니버덤은 도둑놈 칼에 죽는 것이 잘 죽는 죽음일세."

"제명에 못 죽기는 마찬가지지, 잘 죽는 죽음이란 다 무엔가."

"우리가 도둑놈 칼에 죽으면 처자는 살지만, 만일 군율에 죽으면 처자까지 못 사네."

"그러구 보면 우리는 죽으러 가는 사람 아닌가. 집에들 가서 처자의 얼굴이나 한번 다시 보구 가세."

"우리가 집에 다니러 가면 군사들두 뿔뿔이 다 갈 테니 그걸 어떻게 다시 모을 텐가. 그런 소리는 입 밖에 내지 말게. 사중구생*이라니 죽을 작정하구 가보세. 혹시 살 도리가 있을는지 누가 아나."

"아이구, 나는 모르겠네. 자네 요량대루 하게."

좌우병방이 서로 지껄이는 중에 동리 장터 끝까지 다 나왔다. 피란 안 가고 남아 있는 장터 백성 서너 사람이 어느 집 앞에 몰려섰는 것을 보고 혹시 화적이 간 방향을 알까 하고 불러다가 물어보니, 서너 사람이 다같이 가현으로 나갔다고 가리켰다.

"계촌이나 현암으루 나가지 않구 정녕 가현으루 나가드냐?"

"개울 건너서 가현으루 가는 걸 저희들 눈으루 봤습니다."

좌우병방이 군사를 몰고 바로 가현으로 나왔다. 가현 사람에게 화적의 종적을 물어서 화적이 동네에 들어오지 않고 개울물을 끼고 위로 올라갔단 말을 듣고 개울 옆 작은 길을 횃불로 비춰본즉 여러 사람의 발자국이 남아 있었다. 횃불을 없애고 그 뒤로는 논틀밭틀 헤아리지 않고 쫓아가기 시작하여 내동 앞길에서 멀리 화적들의 떠드는 소리까지 듣고, 마침내 청량산 뒤 산상골 근처에서 화적의 뒤를 가까이 쫓아가게 되었다. 화적이 뒤쫓기는 줄 깨달은 뒤에는 두 패로 갈려서 한 패는 앞으로 나가고 한 패는 뒤로 돌아섰다. 칠팔명 화적이 우뚝우뚝 선 것을 어렴풋이 바라보고 좌우병방은 곧 군사들을 길로부터 길 옆 논 속에까지 벌려 세우고 활 가진 군사를 시켜서 활을 쏘이었다. 화적 한둘이 꺼꾸러지는 듯 다른 화적들이 이리저리 흩어지는 중에 화적 하나가 앞으로 뛰어오는데, 손에 휘두르는 것이 분명히 칼이었다.

● 사중구생(死中求生)
죽을 수밖에 없는 처지에서 한가닥 살길을 찾음.

"쫓아오는 놈을 쏘아라."

살이 맞지 않는지 칼로 받아버리는지 그 화적은 별로 지체도 않고 뛰어오며

"이놈들, 죽어봐라!"

하고 호통을 질렀다. 좌병방보다 다기진 우병방이 먼저 창을 들고 내달으며

"모두 함께 달려들어라."

하고 소리치니 좌병방 이하 여러 장교와 군사들이 창과 칼을 내두르며 전후좌우로 그 화적에게 달려들었다.

그 화적은 비호같았다. 동에서 번쩍 서로 닫고 서에서 번쩍 북으로 달았다. 사방에서 연해 나는 악 소리 중에 간간이 아이쿠 소리가 섞이어 나는데, 아이쿠 소리 나는 곳에는 반드시 사람 하나가 자빠지거나 꺼꾸러졌다. 화적의 칼에 찔리거나 찍힌 것이다. 여러 사람은 슬금슬금 뒤로 물러나며 화적이 가까이 대어들지 못하도록 칼이나 창을 내두르기만 하는데, 우병방만은 화적을 노리고 앞으로 나가면서 창끝을 놀렸다. 여러 사람의 악 소리들이 차차로 줄어드니 우병방이 사기를 돋우려고

"이놈이 화적 괴수 꺽정이란 놈이다. 이놈만 잡으면 길가 같은 놈 백명 놓쳐두 좋다."

하고 큰 소리를 질렀다.

"주제넘은 놈, 큰소리 마라."

그 화적 괴수가 우병방에게로 달려들었다. 우병방은 창을 앞으로 꼬나 들고 화적 괴수는 칼을 위로 치켜들었다. 우병방이 화적 괴수의 가슴 복판을 노리고 창을 내지르니 화적 괴수는 슬쩍 몸을 틀어 창끝을 한옆으로 흘리며 곧 한손으로 창목을 잡아 앞으로 채쳤다. 우병방의 몸이 고꾸라지자 칼이 번쩍, 목이 떨어졌다.

우병방이 삽시간에 죽는 것을 보고 좌병방은 뒤대어 나설 생각을 못하고 슬그머니 논으로 내려가서 도망질을 쳤다.

"좌병방 도망간다!"

어떤 군사가 외쳤는지 그 외치는 소리 한마디에 군사들이 와 하고 떼도망을 치게 되었는데, 화적 괴수는 도망하는 군사들을 뒤쫓지 않고 칼을 짚고 서서 한번 껄껄 웃고 돌아서서 뚜벅뚜벅 걸어갔다. 꺽정이 이하 청석골 두령들이 달골 곽능통이의 조력을 얻어가지고 안성 옥을 깨치고 길막봉이의 아내와 장인까지 구해냈다.

먼저 가사리 들어갈 때는 여러 두령이 다함께 갔으니 박유복이와 배돌석이는 능통이와 작은 두목들을 데리고 동구 밖에 남아 있었고, 곽오주와 황천왕동이는 십여명 졸개를 데리고 박선달 집 바깥마당을 지키고 있었고, 두 패로 박선달 집 안팎을 들이친 것은 꺽정이와 이봉학이었다. 읍내로 사람이 많이 뛰어가는 것을 보고 돌석이가 들어와서 말한 뒤에 꺽정이는 돌석이와 오주와 천왕동이더러 동네에 불을 지르라고 졸개 한 패를 주어서 뒤에 남기고, 봉학이와 같이 나머지 졸개를 끌고 동구에 나와서 동구 밖에 있던 패와 한데 합하여 가지고 읍내 편으로 들어오다가 봉학이는 유복이와 같이 각각 졸개 칠팔명씩을 데리고 중간에 떨어져서 길 좌우편 풀섶에 숨어 있고, 꺽정이는 능통이와 작은 두목들 외에 수십명 졸개를 거느리고 읍내 턱밑에까지 와서 길 옆 으슥한 곳에서 숨어 있다가 좌우병방이 군사를 거느리고 가사리로 나간 뒤에 읍내 들어와서 옥을 깨치고 갇힌 사람들을 구해냈다.

가사리 박선달 집부터 불을 지르기 시작하여 온 동네에 불을 지른 것은 막봉이의 원수도 갚으려니와 읍내 관군을 가사리로 끌어내자는 꾀요, 관군이 나올 때는 가만두었다가 들어갈 때 앞으로 막고 뒤로 엄습한 것은 파옥하는 동안을 만들자는 꾀였다. 이와같은 꾀를 낸 사람은 서림인데, 서림이는 복통으로 달골 능통이 집에 누워 있었다. 서림이가 꾀가 맞는지 틀리는지 몰라서 고시랑고시랑하며 기별 오기를 기다리는 중에, 처음에 떠들썩하며 곽능통이 패가 옥에 갇혔던 사람들을 호위하고 들어오고, 그다음에 왁자하게 떠들며 이봉학이 외 다섯 두령들 패가 함께 몰려오고, 나중에 또 떠들썩하며 꺽정이가 작은 두목 네 사람과 졸개 댓 사람을 데리고 돌아왔다. 여러 두령이 방에 드러눕힌 막봉이 옆에 와서 둘러앉아 들여다보니 우둥퉁하던 얼굴이 살이 쭉 빠져서 불끈 솟은 광대뼈와 더 커진 눈이 두드러져 보이었다. 여러 두령이 막봉이의 손도 만져보고 다리도 만져보고 하는 중에 능통이가 방에 들어와서 여러 두령을 보고 준비해놓은 술, 고기로 졸개들을 호궤한다고 말하여 꺽정이 이하 여러 두령은 능통이와 같이 밖으로 나가고 서림이 하나만 막봉이 옆에 남아 있었다.

여러 두령이 밖으로 나간 뒤에 윗목에 누워 있는 서림이가 아랫목의 막봉이를 바라보며

"내일 칠장사루 형제 결의들 하러 간다는데 길두령 어디 갈 수 있겠소? 만일 길두령이 빠지게 되면 곽두령은 모두 형들뿐이구

아우가 하나두 없어서 재미적어하겠지. 나는 도대체 의형제란 걸 재미적게 생각하는 까닭에 참례 않구 빠지기루 했소."

하고 이야기삼아서 지껄이니, 막봉이는 말없이 큰 눈만 끔벅끔벅하였다. 서림이가 한동안 잠자코 있다가 다시

"인제는 가는 것이 큰일인데, 길은 멀구 일행은 많으니 무슨 묘책이 있어야겠어."

하고 혼잣말같이 지껄일 때 능통이가 머슴아이에게 미음상을 들려가지고 들어오고, 그 뒤에 또 꺽정이가 막봉이의 장인과 아내를 데리고 들어왔다. 꺽정이와 능통이가 막봉이를 일으켜서 비스듬히 벽에 기대어 앉힌 뒤에 미음을 마시라고 권하니 막봉이는 꺽정이를 보고

"미음 고만두구 술을 주시우."

하고 말하였다.

"술을 먹겠나?"

"왜 못 먹겠소."

꺽정이 옆에 와서 앉은 막봉이의 장인은

"어느새 술이 다 무어냐?"

막봉이를 보고 말하고 그 아버지 곁에 붙어앉은 막봉이의 아내는

"약한 몸엔 술이 해롭지요."

아버지에게 빗대고 말하였다. 막봉이가 장인을 돌아보며

"나 땜에 고생하셨지요."

하고 비로소 인사 차려 말하는데 그 장인이

"네게 대면 우리야 고생이라구 할 것두 없지. 그러나 그런 이야기는 차차 하구 어서 미음이나 먹어라."
하고 말하여
"네, 먹지요."
하고 막봉이는 미음 그릇을 입에 대고 꿀꺽꿀꺽 마시었다. 윗목에 일어앉았는 서림이가
"여보 주인."
하고 능통이를 부르니 능통이는 머슴아이 시켜 미음상을 내보내고 뒤늦게
"네."
하고 대답하였다.
"죽은 사람과 상한 사람이 모두 몇이나 됩니까?"
"우리는 치지 말구 졸개들만 마흔둘인데, 그중에서 메줏고개 아이가 하나 죽구 셋 상하구 용머리 아이가 넷 상하구 이 동네 아이는 상한 놈두 한 놈 없소."
"그것쯤은 사상死傷이 없느니나 다름없소."
"그렇구말구요. 관군은 죽은 사람 상한 사람이 줄잡아두 삼사십명가량 될 것이오."
꺽정이가 능통이더러
"우리는 여럿들 먹는 것을 또 나가봐야지."
말하고 능통이와 같이 일어설 때 막봉이의 아내가 인사성으로 일어서는 것을 꺽정이는 같이 나가려고 일어서는 줄로 알고

"우리들 들어오기 전에 이야기나 하구 기시우."
하고 말하였다. 낯선 사람이 자리에 있으면 막봉이의 아내가 거북하여할 듯 짐작하고 서림이도 이번에는
"나두 좀 나가보겠소."
하고 같이 일어섰다.

막봉이의 장인과 아내가 다 오래 앉았기 거북하여 막봉이와 같이 느런히 누워 있는 중에 여러 두령이 졸개 호궤를 마치고 들어와서 막봉이의 장인과 아내는 따로 치워놓은 아랫방으로 내려보내고 결의할 일과 회정할 일을 의논들 하기 시작하였는데, 서림이가 출반좌하고 말을 꺼내었다.

서림이는 여러 두령이 알아듣도록 말하느라고 말을 길게 늘어놓았으나, 말의 요지는 불과 한두 마디로 다 할 수 있었으니, 칠장사 가는 것은 파의하고 한시라도 바삐 회정할 준비를 차리자는 것이었다. 언변 좋은 서림이가 이유 닿지 않는 말도 이유 닿게 할 수 있거든 하물며 이유가 서는 말이랴. 부처님을 새로 뫼시면 가근방에서 구경꾼이 많이 올 것이고, 사람이 많이 모이면 그중에 눈치빠른 사람도 더러 있을 것이라, 여럿이 몰려갔다가 종적이 탄로되면 설혹 당장은 무사할지라도 반드시 뒤에 탈이 나서 연락 혐의로 중들이 경을 치고 시주 관계로 부처님까지 누를 입어서 일껏 새로 뫼신 부처님을 관령으로 없애게 되지 말란 법이 없을 것이다. 칠장사 가는 것을 파의하자는 서림의 말에 이유가 서고, 안성 소문이 퍼지는 날이면 여기서 서울 가기도 어렵고 서울서

청석골 가기도 어려울 것이라 안성군수의 보장이 서울 올라가기 전에 서울을 지나가지는 못하더라도 적어도 서울 관문이 각처에 돌기 전에 청석골을 들어가야 할 것이다, 한시라도 바삐 회정할 준비를 차리자는 서림의 말에 이유가 섰다. 서림이의 말을 듣고 여러 두령이 우길 생각을 못하고 잠자코 있는 중에 박유복이가 꺽정이를 돌아보며

"칠장사를 다시 안 가드래두 큰 낭패될 건 없지만 불상 수공을 어떻게 할 테요?"

하고 물으니 꺽정이가

"갖다 줘야지."

하고 대답하니 서림이가 곧 뒤를 받아서

"이왕 준다구 말해놓은 것을 안 줄 수 없으니까 사람 시켜서 보내주는데, 일 맡은 중에게 기별해서 시주는 숨기두룩 하게 하우."

하고 말하니 꺽정이는 고개를 끄덕이었다. 결의가 파의되는 데 심사가 틀린 배돌석이가 좌우를 향하여

"인제는 여기서 더 볼일이 없지 않소. 지금 당장이라두 떠납시다."

말하고 막봉이를 가리키며

"저 사람은 벼슬한 양반이 타는 승교나 태워야 하지 않겠소?"

하고 특별히 서림이를 보고 물었다.

"승교를 태워가지구 가다가 중로에서 들키면 낭패 아니오?"

"말은 못 타니 승교 안 태우면 무얼 태우겠소?"

"내가 상중하 세 가지 계책을 생각한 게 있으니 들어들 보구 의논해 작정하시우."

하고 서림이가 여러 두령을 한번 죽 돌아본 뒤에

"상책은 상행喪行을 하나 꾸미는 것이니 길두령을 송장 대신 상여 속에 눕히구 우리가 상두꾼두 되구 상주두 되구 복인˚두 되구 또 지관두 되면 일행이 다함께 갈 수 있소."

하고 말하니 우선 배돌석이가 고개를 외치며

"승교 탄 사람은 들켜두 상여에 담은 사람은 들키지 않소? 그나마 하룻길이나 같으면 모르지만 며칠 길에 숙소하는 데서 들키기 첩경 쉬울 것 같소."

● 관문(關文) 조선시대에, 동등한 관부 상호간 또는 상부 관부에서 하급 관부로 보내던 공문서.
● 복인(服人) 일년이 안 되게 상복을 입는 사람.

탈을 잡아서 말하고 그다음에 곽오주가 빈정대는 말씨로

"멀쩡하게 산 사람을 왜 송장을 만들어? 별놈의 꾀두 다 많군."

하고 입을 비쭉거렸다. 서림이가 결정지어서 말해달라는 눈치로 꺽정이를 바라보는데 꺽정이가

"또 두 가지 계책은 무어요?"

하고 서림이의 중책과 하책을 물었다.

"우리는 각인각색으로 꾸며가지구 뿔뿔이 흩어져서 먼저들 가구 길두령은 여기서 잘 피신해가며 치료해가지구 나중 오게 하는 것이 중책이구, 우리 갈 때 길두령을 타향에서 병든 사람이 고향

으루 가는 것처럼 하구 아주 드러내놓구 승교바탕에 태워가지구 가는 것이 하책이오. 중책은 우리 일행이 다함께 못 가는 것이 흠이나 우리들만은 어떻게든지 기찰을 모면하구 갈 수 있지만 하책은 길두령을 포교 손에 뺏길 염려가 많소."

서림이의 말이 끝나자 이때껏 누워 있던 막봉이가 위 반몸을 일으키며

"나를 물건처럼 뺏길 염려할 것두 없구 송장같이 상여에 담을 것두 없소. 나만 여기 떨어져 있다가 나중에 갑시다."
하고 퉁명스럽게 말하였다.

돌석이가 탈잡고 오주가 빈정대는데 막봉이의 퉁명까지 받게 되어서 서림이의 상책이 중책에 밀리는 판에 여럿의 말을 꺾고 누르고 결정을 지을 꺽정이가

"각각 떨어져 가드래두 다들 잘 갈 수만 있으면 고만이지."
중책을 취하는 어취로 말하여 마침내 상책을 제치고 중책을 쓰기로 결정되었다. 박유복이가 나중에

"제일 상책을 두구 안 쓸 까닭이 무어요? 상여가 사위스럽다구 그러우?"
하고 상책을 거들어 말하였으나 대세가 벌써 기울어진 뒤라 유복이의 말은 뒷공론이 되고 말았다. 서림이가 상책 안 쓰는 것을 가석히 여겨서 한동안 쓴 입맛을 다시다가 꺽정이와 막봉이를 갈라 보며

"우리들 떠나기 전에 박서방 부녀는 두목들하구 먼저 보내면

좋을 것 같은데 어떨까요?"
하고 물으니 꺽정이가 한번 막봉이를 돌아보고 나서
"좋겠지."
하고 대답하였다.
"그럼 곧 떠나보내두룩 준비를 시킵시다."
"능통이를 불러들일 테니 서장사가 알아서 준비를 시키시우."
 꺽정이가 능통이를 방으로 불러들인 뒤에 서림이가 박서방 부녀 입힐 의복과 박서방 부녀 태울 말을 준비하여 달라고 말하니 능통이는 한참 생각하다가
"우리 집 안사람을 이번에 함께 보내면 안 될까요?"
하고 물었다. 능통이가 청석골로 같이 갈 것은 벌써 안성 파옥하기 전에 여러 두령과 상의하여 작정한 일이었다.

• 가석하다 몹시 안타깝다.

"안 될 것 없소. 아들 없는 박샌님이 하필 박샌님이라구 할 거 있나. 김샌님이나 이샌님이라구 하지. 하여튼지 진위나 용인 사는 어떤 샌님이 큰따님 작은따님을 데리구 장단이나 풍덕서 사는 형님의 환갑이나 진갑을 보러 간다구 하면 중로에 거침이 없을 거요."
하고 서림이가 웃으니 여러 두령 중에 이 사람 저 사람이
"됐거니."
"꾸며대는 말이 참말 같소."
"박서방이 샌님 노릇을 잘할까."
"천생 샌님이든데 샌님 노릇을 못하겠나."

하고 지껄이며 다들 같이 웃었다. 능통이가 밤을 새워가며 준비를 다 해놓아서 이튿날 아침때 신불출이 등 작은 두목 네 사람이 능통이 수하 졸개 두 사람과 같이 막봉이의 장인과 아내와 능통이의 아내를 배행하여 길을 떠나게 되었다. 막봉이의 장인은 능통이의 행세 옷을 얻어 입고 막봉이의 아내는 능통이 아내의 여벌 옷을 얻어 입었는데, 체수들이 비슷비슷하여 별로 얻어 입은 표가 나지 아니하였다. 막봉이의 장인은 고집 있는 사람이라 변성變姓은 죽어도 안 한다고 고집하여 박생원 행세할 작정하고 차양 넓은 갓을 쓰고 소매 달린 큰옷을 입고 한손에 쥘부채를 들고 안장마를 타고, 막봉이의 아내는 박서방의 외딸이 박생원의 작은딸로 변하여 양반댁 아씨 노릇하느라고 치마를 폭 써서 두 눈만 빠끔하게 내놓고 부담마에 올라앉고, 역시 부담마를 탄 능통이의 아내는 박생원의 큰딸 노릇을 하기로 하고 머리에 치마를 쓰고 품에 젖먹이 아들을 안았다. 능통이에게 너울도 있었으나 시골 양반의 집 부녀가 서울 시체 모양을 내면 도리어 보는 사람들 눈에 유표하다고 서림이가 너울을 두고 치마를 쓰게 한 것이었다. 작은 두목 세 사람은 견마잡이들이 되고 신불출이는 남아서 하인이 되고 능통이의 졸개 두 사람은 짐꾼들이 되었다. 짐꾼의 짐과 부담마의 부담에는 능통이 집 세간의 알천˚이 들고 길양식과 찬합과 요강 망태는 견마잡이 된 두목들과 하인 된 불출이가 가벼운 짐 네 개로 갈라졌다.

꺽정이가 청석골 가는 일행을 떠나보낸 뒤에 칠장사에 상목을 보내려고 다른 두령들을 보고 보낼 사람을 의논하니, 다들 말이 일 맡아보는 중에게 시주를 숨기라고 당부해두려면 그 중과 낯익은 사람을 보내는 것이 좋다고 하여 꺽정이가 황천왕동이더러

"너 좀 갔다오너라."

하고 말하였다. 천왕동이는 무명짐을 지고 가는 것이 귀찮으니보다 새 부처님을 구경하고 오는 것이 마음에 당겨서 꺽정이 말에 선뜻 네 대답하고 이십 필 무명을 졸개 둘과 셋이 갈라서 걸머지고 곧 칠장사로 떠나갔다.

이날 저녁때 천왕동이가 데리고 간 졸개와 같이 돌아오는데, 무명짐은 그냥 걸머지고 왔다. 이때 몇 두령은 빈 안방에 와서 드러누워 있고 몇 두령은 건넌방에서 막봉이의 장창에 약을 붙여주고 있었다. 약은 오황산五黃散이

• 알천
재산 가운데 가장 값나가는 물건.

니 청석골서 올 때 허생원에게 물어서 아주 여남은 봉을 지어가지고 온 것이다. 지난 밤에 한번 붙였는데 아픈 것이 적이 낫다고 하여 이날 벌써 두번째 새 약을 갈아 붙여주는 중이었다. 약 붙여주는 것을 보고 섰던 꺽정이가 밖에서 나는 신발소리를 듣고 방문을 열고 내다보며

"너 벌써 다녀오느냐?"

묻고 대답도 듣기 전에 또다시

"무명을 어째 도루 가지구 왔느냐?"

하고 물으니 천왕동이는 무명짐을 걸머진 채 봉당 앞에 들어와 서서

"쓸데없다구 받지 않기에 도루 가지구 왔소."
하고 대답하였다.
"쓸데없다구 받지 않다니, 무슨 소리냐?"
"죽산 읍내 부자 양반의 집 홀어머니가 시주루 나서서 불상 수공두 어제 벌써 다 치러주었답디다."
"우리가 줄 것을 중간에서 앞질러 준 년이 어떤 년이란 말이냐?"
"부자 양반의 집 홀어머니라니까."
"글쎄 그 홀어머니년이 어떤 년이란 말이야?"
"그렇게 자세히는 캐어물어보지 않았소."
"불상쟁이는 아직 절에 있지?"
"절에 있습디다."
"그럼 불상쟁이더러 먼저 받은 무명을 내놓으래서 발루 짓밟든지 아궁에 처넣든지 하구 가지구 간 무명을 수공으루 받으라구 내주구 올 것이지, 그걸 덜레덜레 도루 지구 온단 말이냐?"
"조용히 상좌중 갖다 주구 말 내지 말라구 당부하구 오라지 않았소. 상좌중이 안 받는 걸 어떻게 한단 말이오."
"받지 않으면 내던지구라두 오지 무얼 잘했다구 발명이냐."
"주구서 말 내지 말라구 당부하느니 안 주게 된 것이 되려 잘되지 않았소."
"도대체 상좌놈이 맨망스러운 놈이다. 내가 보내는 걸 기다리지 않구 어떤 더러운 년의 재물루 불상 수공을 주었단 말이냐. 아무리 선생님을 뫼시구 있든 놈이라두 버릇을 가르쳐놔야겠다."
 안방과 건넌방에 있던 다른 두령들이 다 봉당에 나와 섰는 중에 이봉학이가 천왕동이더러
 "걱정을 듣드라두 걸머진 짐이나 벗어놓구 올라와서 걱정을 듣게."
하고 웃으니 천왕동이는 골난 데 웃는 것을 보고 골이 더 나서
 "내가 걱정 들을 일 한 게 무어란 말이오?"
봉학이에게 들이대듯 말하고 졸개가 벗어놓은 짐 옆에 가서 짐을 벗어서 동댕이치듯 하고 즉시 안방으로 들어왔다. 다른 두령들이 천왕동이의 뒤를 따라 안방에 들어와서 앉은 뒤에 봉학이가 천왕동이를 보고
 "한강에서 뺨 맞구 서빙고 와서 눈을 흘겨두 분수가 있지, 형님한테 걱정 듣구 내게다 골부림을 한단 말인가."
하고 나무라듯 말하니 천왕동이는
 "형님이 공연히 사람을 야단치니까 그렇게 말했지, 골부림한 게 아니오."
하고 발명하였다.
 "어쭙지 않은 발명은 고만두구 칠장사 이야기나 좀 하게."
 "무슨 이야기요?"
 "대관절 불상이 잘됐든가?"
 "잘됐는지 못됐는지 그거야 내가 보니 아우? 하여튼지 보긴 좋습디다."

"어디다가 뫼셨든가?"

"별당 마루에 뫼신답디다."

"아직 뫼시진 않았든가?"

"뫼실 자리를 만드느라구 한참 뚝딱거립디다."

천왕동이가 봉학이의 묻는 대로 칠장사 이야기를 하는 중에 건넌방에 있던 꺽정이도 안방으로 건너왔다.

꺽정이가 방문 앞에 서서 방안의 천왕동이를 들여다보며

"절에 구경꾼이 많이 왔드냐?"

하고 물으니 천왕동이는 야단 만날 때 골난 것이 아직 안 풀려서

"많습디다."

대답하는 말소리가 볼메어 나왔다.

"너 골났구나?"

"사람이 부처님이 아닌 담에 애매하게 야단 만나구 골 안 나겠소?"

"너는 잘못한 게 없으니 고만두어라."

"잘못한 것 없는 줄은 형님두 아시는구려."

"불상을 아직 뫼셔놓지 않았드라지?"

"오늘 저녁때 뫼신다구 합디다."

"이왕 갔으니 구경이나 하구 오지."

"그러지 않아두 구경하구 오려다가 상좌중이 요전과 딴판으루 쌀쌀하게 굴기에 골이 나서 고만 와버렸소."

"내가 오늘 밤에 절에 가서 그놈 보구 말을 좀 물어봐야겠다."

꺽정이 말끝에 봉학이가

"물어볼 것두 없이 안성 소문을 듣구 겁이 난 게요. 사람이 많이 모였으면 그중에 소문 이야기할 사람이 없겠소?"
말하고 봉학이 말끝에 또 서림이가

"불상으루 보면 되려 잘된 셈이니 덮어두시는 게 좋겠소."
말하니 꺽정이는 길게

"음."
하고 잠깐 입을 다물었다가

"그럼 천왕동이보구 통정의 말이라두 있어야지."
한번 다시 짧게

"음."
하고 고개를 흔들었다.

저녁밥들을 먹은 뒤에 꺽정이가 여러 두령들을 보고 잠깐 칠장사를 갔다온다고 말하니 봉학이가 꺽정이더러

"형님, 이왕 갈 바엔 나하구 같이 갑시다."
말하고 나섰다.

"나 혼자 잠깐 갔다옴세."

"같이 가서 낭패될 일은 없지 않소."

"낭패될 일이야 없지."

"그럼 같이 갑시다. 선생님 불상을 이번에 못 뵈이면 언제 다시 와서 뵈입겠소."

"같이 가세."

봉학이게 동행을 허락하는 말이 꺽정이 입에서 떨어지자

"형님, 나두 선생님 불상을 뵈이러 가겠소."

하고 박유복이가 나서니 꺽정이는 두말 않고

"그래라."

하고 마저 허락하였다. 세 사람이 동행하기로 되었을 때 배돌석이가

"여럿이 같이 가면 어떻겠소?"

하고 꺽정이를 보고 묻는데 서림이가 꺽정이의 앞으로 나서서 대답할 말을 뚱겨나 주는 듯이

"여럿이 우 갈 건 없지요."

하고 말하였다. 돌석이가 서림이를 돌아보며

"서넛이 가나 여닐곱이 가나 마찬가지지, 여닐곱이 간다구 난장판을 벌이겠소?"

하고 성을 내서 말하니 서림이는 약한 말소리로

"내 생각엔 여럿이 함께 우 몰려가는 게 재미가 적을 것 같단 말이오."

하고 말하였다. 돌석이가 다시 꺽정이를 보고

"이왕이니 우리 여럿이 같이 가서 전날 작정했든 대루 결의들 하구 옵시다."

하고 말하여 꺽정이가 선뜻

"아무리나 하세."

하고 고개를 끄덕이다가

"그러나 저 사람은 어떻게 하나?"
하고 누워 있는 막봉이를 가리켰다.
 돌석이가 꺽정이의 말을 듣고 막봉이 옆에 와서
 "자네 어떻게 할 텐가, 빠질 텐가? 자네가 빠지면 재미없네. 교군이라두 타구 가세."
하고 말한즉 막봉이는 일어앉으려고 몸을 움직이었다. 돌석이가 막봉이를 거들어서 일으켜 앉히는데 다른 두령들은 막봉이가 일어앉는 것을 보고 곧 갈 의향이 있는 줄을 짐작하였으나, 서림이만은 막봉이에게 말해둔 간이 있어서 일어앉아서 가기 싫다고 말하려니 생각하였다. 막봉이가 두 팔을 뒤로 짚고 비스듬히 앉으며 무거운 입을 열어서
 "내가 이번에 여러 형님들 덕에 살아나와가지구 여러 형님들 결의형제하는 데 빠질 수 있소? 칠장사가 여기서 몇십리나 되는지 모르지만 가다가 다리루 걸어갈 수가 없으면 무릎으루 기어서라두 갈 테요."
말하고 여러 두령들의 얼굴을 죽 돌아보았다. 서림이 하나만 시뚝하고 그외에는 다들 좋아하는 빛이 있는데, 그중에 배돌석이와 곽오주는 싱글벙글 웃기까지 하며 좋아하였다. 여러 두령들이 막봉이를 태워가지고 가려고 공론하고 능통이를 시켜서 교군꾼을 얻어오는 동안에 박유복이가 서림이를 보고
 "서장사두 같이 갑시다."
하고 이끄니 서림이는 고개를 가로 흔들며

"나야 가서 무어하우?"

하고 말하면서도 같이 가자는 말이 나오기를 바라는 눈치로 꺽정이의 입을 바라보았다. 그 눈치를 꺽정이가 아는 듯 모르는 듯

"우리하구 같이 가서 결의하는 절차나 좀 일러주구려."

하고 말하니 서림이는 대번에

"결의하는 절차는 나두 모르는 걸 어떻게 일러드리겠소."

하고 대답하였다. 꺽정이가 다시

"모르는 대루 일러주어두 좋소."

하고 서림에게 말하는데 막봉이가 서림이를 보고

"서장사는 결의가 재미없다구 빠지기루 했다지요? 결의에 빠질 바엔 같이 가잘 것 없지 않소?"

하고 말하여 서림이는 갑자기 앞이마에 손을 대며

"나는 머리두 아프구 일찌거니 자겠으니 속히들 갔다오시우."

말하고 뒤로 물러앉았다.

여러 두령이 막봉이를 교군 태워가지고 칠장사로 오는데, 수곡을 지나고 초당마을을 지나서 북전고개를 올라올 때 앞채 멘 교군꾼이 어둔 데 실족하고 미끄러져서 주저앉는 바람에 교군 안의 막봉이가 앞으로 솟쳐나왔다. 여러 두령들이 쫓아와 붙들어서 막봉이는 별로 다치지 않았으나 앞채 교군꾼이 미끄러질 때 발목을 삐어서 꼼짝 못하겠다고 엄살하여 돌석이가 오주더러

"교군꾼들 다 고만두구 나하구 자네하구 교군하세."

말하고 곧 둘이 교군 줄들을 메고 나서는데, 막봉이는 걸어간다

고 교군을 타지 아니하였다. 꺽정이가 이것을 보고

"여기서 절이 얼마 안 되니 내가 업구 감세."

말하고 막봉이가 좋다 싫다 말할 사이도 없이 들쳐업었다. 꺽정이가 여러 두령들의 앞을 서서 고개 위로 올라오는데 뒤에 붙어오던 봉학이가

"절 안이 조용한가 누구 하나 보내봅시다."

하고 말하여 꺽정이는 황천왕동이를 먼저 보내고 고개 위에서 잠깐 동안들 앉아 쉬었다. 꺽정이가 교군꾼들더러 고개에서 기다리라고 말을 이르니 교군꾼들은 어둔 데 있기가 무섭다고 같이 가기를 원하였다. 천왕동이가 와서 절 안이 조용하더라고 말한 뒤 꺽정이는 다시 막봉이를 업고 다른 두령들과 교군꾼들을 앞뒤에 세우고 칠장사로 내려왔다.

● 영당(影堂)
한 종파의 조사나 한 절의 창시자, 또는 덕이 높은 중의 화상(畵像)을 모신 집.

꺽정이 일행이 닫힌 절문을 열라고 하고 절 안에 들어서며 바로 별당으로 향하는데, 중들은 모두 어리둥절하여 제법 말 한마디 물어보는 사람이 없었다. 별당이 영당˚으로 변하고 마루 안침에 불상을 뫼셔놓은 까닭에 여러 사람은 마루 앞에 와서 발을 멈추고 웅긋중긋 섰다. 꺽정이가 막봉이 앉힐 자리를 돌아보다가 방 앞 툇마루 위에 내려앉힐 때 방안에서 자던 젊은 중이 자다가 인기척에 놀라 깨어서 방문을 여는데 막봉이가 공교히 문짝에 얻어맞았다. 모르고 한 일에 골날 것이 없건만 꺽정이는 그 젊은 중을 벼르고 온 판이라 골이 나서 대번에

"이놈아!"

소리를 지르며 앞으로 달려들었다. 중은 잠이 덜 깼데다가 겁을 집어먹어서 꺽정이의 목소리를 못 알아듣고

"방에 들어와봐서 가져갈 만한 것이 있거든 다 가져가우."
하고 뒤로 물러서는데 꺽정이가 툇마루에 올라와서 손목을 잡아 내끌었다. 방안에 있는 희미한 등잔불이 꺽정이를 비추어서 중이 비로소 알아보고 '이게 누구요?' 하려고

"이게."
할 때 몸은 벌써 마당에 나가떨어졌다.

"아이쿠!"
여러 사람 중에서 박유복이가 쫓아와서 중을 붙들어 일으켜주었다. 중이 꺽정이를 치어다보며

"임서방, 이게 무슨 짓이오?"
하고 말하니 꺽정이는 툇마루에 선 채 내려다보며

"네놈은 버릇을 좀 가르쳐놔야겠다."
하고 불호령을 하였다.

"내가 잘못한 일두 없거니와 잘못한 일이 있기루서니 스님 생각을 하드래두 이렇게 막볼 법이 어디 있소."

"잘못한 일이 없다? 불상 수공을 내가 말해놨는데 네 맘대루 다른 년에게서 얻어다가 준 것이 잘한 일이냐?"

"그 일 때문에 화가 나셨소? 그건 스님 불상을 위해서 한 일이오. 불상에 뒷말썽이 있으면 우리가 다같이 황송하지 않겠소."

"그럼 먼저 통정이라두 해야지."

"어디 기신 데를 알면 내가 찾아가서 말씀을 했을 게요."

"내가 보낸 사람에겐 어째 말 안 했나?"

"여러 사람 보는데 수상하게 굴지 않으려고 서름서름하게 대접했소."

꺽정이가 한참 잠자코 섰다가 마당으로 내려오며

"다친 데나 없소?"

하고 물으니 중은

"나중 봐야 알겠소."

하고 대답하였다.

꺽정이가 불상 앞에서 결의할 것을 중에게 말하니 중이 내심에는 반갑게 여기지 아니하나 하릴없이 불전에 등불도 밝혀주고 향롯불도 담아주었다. 꺽정이가 봉학이와 의논하고 결의 절차를 정하여 꺽정이 이하 여섯 사람은 향탁 아래 엎드리고 봉학이는 향탁 옆에 꿇어앉아서 일곱 사람의 성명과 연령 적은 종이쪽을 손에 들고 축문 읽듯 읽었다.

"임꺽정이 신사생 삼십팔세."

"이봉학이 신사생 삼십팔세."

"박유복이 임오생 삼십칠세."

"배돌석이 임오생 삼십칠세."

"황천왕동이 을유생 삼십사세."

"곽오주 임진생 이십칠세."

"길막봉이 정유생 이십이세."

봉학이가 종이에 적힌 것을 다 읽은 뒤 그대로 마치기 심심하여

"결의형제 사생동고."

두 마디를 구고口舌로 보태었다. 그다음에는 꺽정이로부터 막봉이까지 한 사람씩 부처님 앞에 분향하고 절하고, 또 그다음에는 아우 되는 사람이 형 되는 사람에게 절을 하는데 꺽정이가 여섯 사람의 절을 받은 뒤 차례로 절이 한번씩 줄어서 오주까지 한 사람의 절을 받고 길막봉이는 꾸벅꾸벅 여섯 번 절하는 것을 여러 두령이 돌려가며 거들어서 시켜주었다. 꺽정이의 칠형제 결의가 끝난 뒤에 젊은 중이 꺽정이를 보고 조용히 의논할 말이 있다고 방머리에 붙은 누마루 으슥한 구석으로 끌고 갔다.

"전후 두 번 절에 오신 것이 관가에 입문이 되면 필경 절이 조용치 못할 터인데, 우리 중들만 탈을 당하구 말두룩 되지 않구 스님 불상에까지 누가 미치게 되면 어떻게 하우?"

"이 절 중들은 다 한통이오?"

"우리 중들은 공론한 일이 있어서 죽을 곡경을 당하기 전엔 말낼 리 없지만 우선 불상쟁이가 속을 다 알구 있으니 그 사람을 믿을 수 있소?"

"그 사람은 내가 데리구 갈 테니 염려 마우. 그외에는 또 말 낼 듯한 사람이 없소?"

"마당에 섰는 교군꾼들은 어떤 사람이오?"

"예사 교군꾼이 아니구 우리 액내 사람의 졸개니까 아무 염려

없소."

"제일 좋은 수가 한 가지 있는데 여러분께 어떨는지?"

"좋은 수가 무어요?"

"오늘 밤에 절어 왔다가신 것을 우리가 의수하게 꾸며서 죽산 관가에 고발해두면 절에는 대단 좋겠으나 여러분께 어떨는지 모르겠소."

"절에 좋두룩만 하우."

"그럼 뒤탈이 나더래두 우리 중들에게는 다소 침책이 있을는지 모르나 스님 불상은 염려없을 게요."

"불상쟁이가 어데 있소? 불러주우."

"불러드리는 건 유소혐의하니 판도방 옆에 붙은 작은 방에 가서 불러내시우."

● 의수(依數)하다
거짓으로 꾸민 것이 그럴듯하다.
● 침책(侵責)
간접적으로 관계되는 사람에게 책임을 추궁함.

꺽정이가 젊은 중과 쑥덕공론을 하고 나와서 다른 두령에게 대강 말을 이른 뒤에 곧 일행을 끌고 나서는데, 막봉이더러 절 문간까지 걸어가자고 말하고 다른 두령들 시켜 양옆에서 부축해주게 하였다. 판도방 앞에 와서 꺽정이가 불상 장인을 불러내서 수어 인사말을 마치고

"내가 다른 절에 가서 불상을 파게 해줄 테니 나하구 같이 갑시다."

하고 말을 붙이었다.

"절 이름을 가르쳐주시면 나중 가겠습니다."

"나하구 같이 가야 하우."

"지금 같이 가잔 말씀입니까?"

"그럼 지금 가잔 말이지."

"지금 어떻게 갑니까?"

"지금 못 갈 일이 무어요?"

"절에 셈두 해줄 것이 있구 지금은 갈 수 없습니다."

"못 간다면 잡아가지구 갈 테야."

"제가 무슨 죄가 있습니까?"

"내 말을 거역하는 것이 죄다. 네가 아직 나를 잘 모르겠지? 나는 어젯밤에 안성서 옥을 깨친 임꺽정이야. 지금 나하구 같이 갈 테냐, 안 갈 테냐? 얼른 말해라."

"가겠습니다."

"너의 행장을 다 가지구 나오너라."

불상 장인은 쉬이 떠나려고 불상 수공 받은 것을 여간행장˙과 같이 꼭꼭 묶어 짐을 만들어놓았는데, 짐이 두 개라 한 개는 꺽정이가 오주를 시켜 걸머지게 하였다. 꺽정이는 막봉이를 업고 다른 두령들은 불상 장인을 데리고 북전고개까지 와서 막봉이를 다시 교군을 태우려고 하는데, 발목 뻰 교군꾼 까닭에 오주는 뒤채 메었던 교군꾼을 앞채로 보내고 자기가 뒤채를 메겠다거니 돌석이는 앞뒤채 교군꾼들을 다 고만두고 자기가 오주와 같이 교군을 하겠다거니 막봉이는 자기를 붙들어만 주면 걸어가겠다거니 각각 자기의 말을 주장하여 여러 두령이 다함께 이러쿵저러쿵 지껄이게 되었다. 한참들 서로 지껄이는 중에 누가 먼저

"불상쟁이가 어디 갔어?"
하고 깨우쳐서 여럿이 다같이 살펴보니 불상 장인이 어느 틈에 짐도 벗어버리고 어둠 속에 없어져버렸다. 불상 장인이 가뭇없이 없어진 것을 보고 걱정이가 화증난 목소리로
"제놈이 도망하면 얼마나 도망했겠느냐? 어서들 사방으루 찾아보자."
말하여 여러 두령들이 곧 손을 나누어가지고 전후좌우의 풀밭을 뒤지는데, 막봉이만 교군꾼들을 데리고 고갯길에 남아 있었다. 사방으로 나가는 여러 두령들의 기척이 막봉이 앉은 자리에서 들리지 않게 되었을 때, 바로 막봉이 눈앞에 사람의 길이 넘는 억새가 흔들리는 것 같으며 조심스럽게 버스럭거리는 소리가 들렸다. 막봉이 옆에 앉았는 교군꾼들은 버스럭거리는 것이 혹시 큰 짐승이나 아닌가 의심하여 숨들도 크게 쉬지 못하는데, 막봉이가 두 팔로 땅을 짚고 몸을 떼어서 가만가만 앞으로 옮겨나갔다. 억새 속에서 나는 소리가 분명히 사람의 기척인 것을 알고 막봉이는

● 여간행장(旅間行裝)
여행 중에 가지고 다니는 물건.

"그놈 여기 있소!"
하고 고성을 질러 외쳤다. 억새 속에서 별안간 사람이 뛰어나오며 곧 고개 너머로 도망하려고 하여 교군꾼들이 앞을 막았다. 그 사람이 다시 뒤로 돌쳐서는데 그동안 일어선 막봉이가 팔을 벌리며
"이놈, 어디루 도망할라구."

하고 호령하니 그 사람은 막봉이를 업혀 오던 병인이라고 만만히 보았던지

"네깟놈이!"

하고 발길로 걷어찼다. 막봉이는 발길에 걷어채어서 펄썩 주저앉으며 어느 틈에 그 사람의 발목 하나를 움켜잡았다. 그 사람이 발목을 빼치려고 애를 쓰는 중에 교군꾼들이 쫓아와서 그 사람의 좌우 팔죽지를 붙들었다. 막봉이가 잡은 발목을 놓고 다시 일어서서 주먹으로 두어 번 복장을 질렀더니 그 사람이 칵 하고 무엇을 토하는데 비린내가 코를 거슬렸다. 막봉이가 다리에는 힘이 없을망정 철퇴 같은 주먹에는 명치를 질러서 사람을 죽일 힘이 남아 있었다.

여러 두령들이 돌아와서 불상 장인이 죽어 자빠진 것을 보고 송장 처치할 것을 공론하는데, 고개에 버리고 가자는 사람이 많았으나 꺽정이는 혹시 칠장사에 침책이 더할까 염려하여 가지고 가자고 말하였다.

막봉이의 교군은 돌석이와 오주가 앞뒤채를 메고 교군꾼들은 불상 장인의 짐을 지고 불상 장인의 송장은 꺽정이가 옆에 끼었다. 수곡길 어름까지 왔을 때 꺽정이가 여러 두령들더러

"나는 이 송장을 죽산 관문 앞에 갖다 놓구 갈 테니 먼저들 가거라."

하고 말하니 여러 두령 중에 이봉학이가

"왜 하필 관문 앞에다가 갖다 놓으실라우?"

하고 물었다.

"죽산현감더러 끌어 묻어주란 말이지."

"만일 되살아나든지 하면 탈이니 달골루 가지구 갑시다."

꺽정이가 한번 다시 생각한 뒤

"그러지."

하고 봉학이의 말을 좇아서 송장을 달골까지 끼고 왔다.

이튿날 식전에 칠장사 중이 죽산 관가에 들어와서 현감을 뵈입고

"어제 밤중에 화적패가 절에 들어와서 절을 뒤진 끝에 새 부처님 뫼신 것을 보구 무슨 맘으루들 부처님께 젓수려구˙ 하옵는 것을 중 하나가 밀막습다가 얻어맞아서 지금 굴신屈伸 못하구 누웠솝, 절에 와 있던 불상쟁이더러 불상 수공 받은 것을 내라구 하옵는데 선뜻 안 주구 앙탈하옵다가 끌려가서 이내 돌아오지 않았솝는데, 날 샌 뒤에 나가보온즉 절 뒤 북전고개 위에 낭자한 피 흔적이 있사와 불상쟁이를 고개에서 죽이구 갔나 의심이 드옵기루 전후좌우 두루 찾아보았사오나 화적들의 짓빠댄 형적만 처처에 있을 뿐이지 불상쟁이의 시체는 어디구 없솝다." ●젓수다 신과 부처에게 빌다.

하고 아뢰어서 현감은 일변 형리를 내보내서 실지 형적을 검사하게 하고 일변 장채를 내놓아서 화적의 종적을 수탐하게 하였다. 절에 도적 왔다간 형적과 고개의 피 흔적은 모두 확실무의確實無疑하다 하나, 혹시 중들이 불상 장인의 재물을 빼앗으려고 꾸민

일이 아닌가 의심이 들어서 현감은 칠장사 중들을 많이 잡아다가 장방에 구류를 시키었다.

칠장사 중들이 잡혀 갇히던 이튿날 새벽에 죽산 관속이 조사를 보려고 관가로 들어오는데, 바로 관문 앞에 거적송장 하나가 가로놓여 있었다. 관문에 송장 갖다 놓은 것은 전고에 없는 변괴라 육방관속이 들어오는 대로 떼떼이 모여 서서 쑥덕쑥덕하는 중에 이방이 작청의 어른값을 보이려는 듯이 관노를 시켜서 거적을 풀어젖히게 하고 수형리를 불러서 타살인가 보라고 하였다. 살옥 검시에 이골난 수형리가 송장이 눈 뜨고 입 벌린 것을 보고 벌써 타살인 줄 알면서도 말을 경하게 않느라고 타살같이 보이나 검시해보지 않고는 확적히 알 수 없다고 말하였다. 조사 끝에 이방이 현감께 사연을 아뢰고 현감의 분부를 물어가지고 즉시 검시 준비를 차리었다.

인명에 관한 중대한 일이라 현감이 친히 관문 밖에 나와서 검시를 하는데, 우선 법물法物 없이 건검乾檢을 시작하였다. 시신을 젖혀놓고 앙면仰面을 보고 엎어놓고 합면合面을 보니 눈을 뜨고 입을 벌리고 두 손도 벌리고 목에 줄 매인 자국이 있고, 심감˚에서 흉당˚에 걸쳐서 큰 손바닥 넓이만큼 살빛이 검붉고 그외에는 앙면, 합면에 별반 상처가 없었다. 목에 있는 줄자국이 살에 묻히도록 깊이 박혔으나 목매어 죽은 시신은 아닌 것이, 혀가 입 밖에 나오거나 이에 닿지 않고 그대로 놓였고 줄자국이 푸르거나 붉지 않고 희었다. 치명상은 구경 심감인데 필사必死, 속사速死의 심감을 몹시 걷어채었거나 무식하게 얻어맞았거나 한 것이 분명하였다. 원고原告도 없고 원척原隻도 없는 이 시신이 혹시 칠장사에서 도적에게 잡혀갔다는 불쌍 장인이 아닐까 생각하고 현감은 감방에 있는 칠장사 중 두엇을 데려내오라 하여 시신을 보인즉, 어떤 중은 시신을 향하고 합장하며 나무아미타불 찾고 어떤 중은 현감께 향하여 합장하며 불쌍쟁이가 틀림없다고 아뢰었다. 적도賊徒에게 죽은 사람은 면검˚도 하는 법이라 현감은 인읍隣邑 수령에게 복검覆檢을 청치 않고 상사上司에만 보할 작정하고 시장˚에 현록˚을 마친 뒤에 시신을 초빈하여 주라고 이방에게 분부하고 동헌으로 들어왔다. 현감이 보장을 꾸미려고 책방을 불러서 의논하는 중에 이방이 급한 걸음으로 들어와서

"홍살문 설주 위에 난데없는 화살 한 개가 박혀 있삽기에 빼내려다 보온즉 도둑놈의 글발이 살 위에 매여 있삽니다."

하고 아뢰고 난 뒤에

"그 글발을 감쪼시게˚ 하옵기가 황송하온데 어찌하오리까?"

하고 취품하였다.

"글발이란 게 무어란 말이냐?"

"안전께 고목告目한 꼴이온데 사연이 망유기극˚이옵디다."

"그대루 이리 올려라."

이방이 바치는 종이쪽과 화살을 급장이와 통인이 손이어 받아

● 심감(心坎)
사람의 가슴뼈 아래 한가운데의 오목하게 들어간 곳.
● 흉당(胸膛) 가슴 한복판.
● 면검(免檢) 뜻밖의 사고로 죽은 시체의 검시를 면제함.
● 시장(屍帳)
시체를 검안한 증명서.
● 현록(懸錄) 장부에 기록함.
● 감쪼으다 글이나 물건 따위를 윗사람이 살펴볼 수 있게 하다.
● 망유기극(罔有紀極)
기율에 어그러짐이 심함.

올려서 현감이 화살은 옆에 놓고 종이쪽을 펴서 보니 이방이 고목이라고 말하던 것이 고목이 아니요, 곧 배지다. 첫머리에는 겉봉 쓰는 일체로 죽산현감 즉견卽見이라 하고, 그다음에 사연의 대지는

"내가 불상 장인을 쓸데 있어서 칠장사에서 데려가는데 그자가 길에서 도망하려고 하야 버릇을 가르친다는 것이 죽이게까지 되었노라. 죽인 것은 본의가 아니라 측은한 마음이 없지 않으므로 장사나 후히 지내주고 싶으나 지금 총총히 회군하는 까닭에 그런 일을 알음할 겨를이 없어서 이 지방의 주인인 현감에게 부탁하니 아무쪼록 장비를 많이 들여서 안장하여 주기 바라노라."
한 것이고 끝에는 관함官啣을 두는 것같이 청석골 대두령 임林이라고 쓰이어 있었다. 청석골 두령 임이라니 바로 일전에 안성 와서 변을 일으킨 임꺽정이라. 현감은 어이없는 한편에 송구한 마음이 있어서 상사에 신보申報하는 보장은 즉일 발송하고 송장이나 또 갖다 안길까 겁이 났던지 읍내 각 동에 밤으로 순경을 돌리게 하였다.

임꺽정이는 작은 고을 장채를 가지고 근포할 수 없는 대적이라, 현감이 임꺽정이를 근포하게 할 생각은 당초에 염두에도 두지 못하고 도리어 임꺽정이가 읍에 와서 무슨 변이나 내지 아니할까 마음이 조마조마하였다. 아무 일 없이 며칠 동안 지난 뒤에 현감은 생각하기를 살인 흉범이 경내에 들어온 것을 알고 그대로 덮어두면 관성官聲이 좋지 못할 것이라, 꺽정이의 종적이나 탐지

하여 보리라 하고 뒤늦게 비로소 장채들을 내놓았다. 현감의 생각이 벌써 색책에 그치니 상탁하부정上濁下不淨으로 장교들은 한층 더 심하여 변변히 돌아다니며 탐문도 하지 않고 입들을 모아가지고 들어와서

"꺽정이가 경내에 와서는 묵은 형적이 없습디다."

"안성서 왔다가 안성으루 도루 간 것 같소이다."

하고 안성으로 밀어붙였다. 현감은 칠장사 중들이 살인에 관련 없는 줄도 알고 칠장사 새 불상이 꺽정이와 사제간이던 백정중인 줄도 알아서, 중들을 내놓을 때 새 불상을 집어치우라고 이르고 집어치우는 것을 보고 오라고 장교 두엇까지 안동하여 내보냈다. 중들은 관령을 거역할 길이 없어서 백년 천년 길이길이 공양할 불상을 새로 뫼신 지 불과 며칠 만에 들어내는데, 상좌중은 말할 것도 없고 다른 ● 근포(跟捕)
죄인을 찾아 쫓아가서 잡음.
● 안동(眼同)하다
사람을 데리고 함께 가다.

중들도 모두 허우룩 섭섭하여 마음을 지향하지 못하였다. 안동하여 나온 장교들을 후대하여 들여보낸 뒤에 상좌중이 별당 누마루 한구석을 정하게 치우고 들어낸 불상을 남 안 보게 뫼셔두었다.

칠장사 불상을 집어치우게 한 뒤 현감이 백성들에게 칭원稱冤을 받고 늙은 어머니에게 책망을 받아서 속으로 뉘우치는 마음이 없지 않던 중에, 남에 없는 것같이 귀히 아는 외아들 여남은살 먹은 아이가 어느 날 자다가 잠꼬대로 소리를 지르고 이내 병이 났다. 현감의 늙은 어머니가 현감을 보고

"그애 병이 심상치 않은 품이 칠장사 부처님의 동티인 것 같

다. 그 부처님이 영검스럽다는데 함부로 들어내게 했으니 어째 동티가 없겠느냐. 도루 뫼시게 하구 불공을 드려보았으면 좋겠다."

하고 말하니 현감은

"글쎄요."

하고 어머니의 말을 좇으려고 생각하다가 한번 결처한 일을 뒤집는 것이 체모에 손상될 염려가 있어서

"잘했든 못했든 한번 해놓은 일을 지금 와서 다시 어떻게 합니까?"

하고 고쳐 대답하였다.

"부처님을 다시 뫼셔놓으라구 네가 이르기 난중하면 내가 뒤로 사람을 보내서 이르겠다. 그리고 불공을 드릴 때 내가 친히 가서 부처님께 줏숩고 올 테다."

"불공을 드리라고 사람을 보내시는 건 몰라도 몸소 가실 건 없습니다."

내아 대부인 마님의 말씀으로 칠장사의 새 불상을 다시 들어내서 뫼셔놓게 되었다. 부처님의 영검이든지 의약의 효험이든지 또는 병이 절로 나을 때가 되었든지 현감의 아들 병이 공교히 새 불상에 불공 드리던 날부터 낫기 시작하여 며칠 후에 씻은 듯 부신 듯 다 나았다. 칠장사 새 부처님의 영검스러운 소문이 더욱 높아서 병 있는 사람은 병 낫게 해달라고 불공을 드리고 자손 없는 사

람은 손 보게 해달라고 불공을 드려서 한참 당시에는 일년 삼백 육십오일에 불공 안 드리는 날이 며칠이 안 되었다. 이 영검스러운 부처가 별명이 백정부처니 백정부처는 지금까지 칠장사에 남아 있다. 백정부처의 몸에 칼자국이 있는데, 중들의 전설을 들으면 어느 때 술 취한 양반 한 분이 백정부처를 와서 보고 '백정놈의 부처가 어디 있단 말이냐' 하고 칼로 찍고 곧 그 자리에서 피를 토하고 죽었다고 한다.

6

   안성군수가 적변을 겪던 이튿날 군민의 사상死傷을 조사하여 본즉 전망한 군사가 열세 명이요, 부상한 군사가 서른세 명인데, 전망한 수에는 우병방이 가외에 더 있고 부상한 수에는 좌병방이 한축 끼었다. 좌병방은 어둔 밤에 목숨을 도망하다가 돌부리에 채어 엎드러져서 팔 하나 분지른 것을 전장에서 부상한 양으로 군수를 속이었던 것이다.
   읍내 백성은 군사로 뽑혀나간 사람 외에 사상이 하나도 없고 가사리 백성은 상한 사람이 열이고 죽은 사람이 열아홉인데, 죽은 사람 중에 사내가 박선달 삼부자까지 여섯이고 젊은 여편네가 셋이고 그 나머지 열은 모두 세살 안짝의 어린아이였다. 죄 없는 어린아이가 많이 죽은 것은 쇠도리깨 도적 곽오주의 행실로 드러났다. 군수는 군민의 사상을 얼추 조사한 뒤 곧 급족*을 띄워서

• 급족(急足) 예전에, 급한 소식을 전하는 심부름꾼을 이르던 말.

포도청과 경기 감영에 보하고 진관 주장인 인천부사에게까지 보하였다. 안성은 본래 수원부 진관이었으나 삼십여년 전에 수원서 부모 죽인 강상죄인˚이 난 까닭으로 부府가 깎이어 군郡이 되고 진관은 인천으로 옮기게 되었다. 안성군수의 보장이 서울 올라와서 조정에서 안성 적변을 알게 된 뒤, 이량이 위에 아뢰고 처분을 물어내려서 조정 조처가 의외로 빨랐다. 포도청 종사관從事官 하나가 부장과 군사들을 거느리고 시급히 안성으로 내려오고 경기도 양성, 진위, 양지, 용인, 수원, 과천 등 여러 고을에서 안성서 청석골로 가는 육로 길목을 지키고, 또 청홍도 아산, 당진, 서산, 해미, 결성, 남포 등 연해沿海 각군에서 도적들이 수로로 도망하지 못하도록 떠나는 배를 기찰하였다.

  안성군수는 곧 파직되고 대가 나기까지 진위현령이 겸관을 보게 되었다. 포도군사들이 안성 와서 촌백성에게 행악하는 건 말할 것도 없고 육로, 수로 길목에서 관속들이 건뜻하면 행인들을 욕보이는데, 꺽정이의 수염 많은 것과 막봉이의 행보 잘 못하는 것이 기찰하는 목표가 되어서 수염 좋은 사람과 걸음 변변치 못한 사람에게 욕이 자심하고 말 탄 양반, 소 탄 양반도 군사들 눈에 거슬리면 욕들을 당하였다. 허찬성의 손자요, 허승지의 아들인 양천陽川 허교리가 음성 땅에 왔다가 양천 집으로 돌아가는 길에 용인 읍내 근처에서 기찰하는 장교들에게 붙잡혀서 실랑이를 당하였는데, 허교리가 말안장에 꽁무니를 벗겨서 말을 거북살스럽게 탄 것이 장교들 눈에 수상하게 보이어서 장교들이 말머리

를 막고 내리라고 하니 허교리는 화를 천둥같이 내고 호령질을
하였다.
"이놈들, 눈깔이 멀었느냐? 내가 도둑놈으로 보인단 말이냐!"
"누가 도둑놈이라구 합니까? 그저 잠깐만 내립시오."
"너희가 하마下馬하래서 하마할 사람이 아니다. 어서 저리 비
켜라."
"안 내리시면 길을 못 비켜드리겠습니다."
허교리가 마침내 할 수 없이 말께서 내려서 그 근처에 사처를
잡고 앉아서 용인현령에게 전갈하였더니, 현령이 허교리 대접으
로 장교들을 잡아들여다가 매개씩 때린 뒤 허교리에게 내보내서
대죄待罪들을 시키었다. 허교리는 교驕가 대단한 ● 강상죄인(綱常罪人)
사람인데 생외 처음으로 관속들에게 욕을 보고 예전에, 삼강오륜에 어긋나는
행위를 한 죄인을 이르던 말.
화가 좀처럼 풀리지 아니하여 대죄하러 온 장교들의 눈망울을 빼
놓는다고 야단야단쳐서 장교들은 참말로 팔자에 없는 소경이나
애꾸가 되는 줄 알고 등골에서 찬땀을 흘리었었다.
용인서 허교리가 당한 것보다 더 심한 일이 각처에 비일비재로
있었으나 당한 사람이 대개 만만한 상사람이거나 무세한 토반인
까닭에 당할 대로 당하고 말썽을 부리지 못하였을 뿐이었다.
이때 꺽정이 이하 청석골 두령들은 달골 구석에 가만히 있었을
까. 그럴 리가 만무한 것은 누구나 다 짐작할 일이다. 꺽정이의
칠형제가 칠장사에서 결의하고 돌아오던 이튿날 낮에는 회정할
계책을 정하여 준비하고 밤에는 불상 장인의 송장을 죽산 관문

앞에 갖다 놓았었다. 꺽정이가 북전고개서 송장을 옆에 끼고 올 때 송장이 주체궂은 데서 어째 우연히 관문 앞에 갖다 버릴 생각이 났다가 봉학이의 말을 듣고 고만두고 온 것을 서림이가 이야기로 듣고 재미있는 일이라고 부추겨서 구경 갖다 놓게 되었는데, 목을 매서 두벌죽음시킨 송장을 가지고 간 사람은 꺽정이요, 현감에게 보내는 편지를 쓴 사람은 서림이요, 또 편지 매인 화살을 홍살 문설주에 쏘아 꽂은 사람은 이봉학이었다.

꺽정이와 봉학이가 죽산읍에 갔다 나온 뒤 얼마 아니 있다가 날이 새었는데, 이날 새벽에 이봉학이와 배돌석이와 곽오주가 한 패로 먼저 길을 떠났다. 봉학이는 유신현維新縣(충주) 사는 윤선전尹宣傳이라고 가칭假稱할 작정으로 관인 복색을 차리고 말을 타고, 돌석이는 갓 쓴 하인으로 길양식 자루를 걸머지고 말 뒤를 따르고, 오주는 말구종으로 벙거지 쓰고 흑의 입고 선전 나리의 활과 전동을 엇메고 견마를 잡았다.

봉학이 일행이 달골을 떠난 것은 안성서 파옥한 뒤 사흘 되던 날이라 안성 소문이 인근 읍에 퍼져서 행인에 대한 기찰이 바이 없지 않았으나 그다지 까다롭지 않아서 충주 윤선전의 행차로 서울까지 잘 오고, 서울서 한온이를 만나서 임진나루에는 벌써 포도군관이 내려갔단 말을 듣고 연천, 삭녕 등지로 길을 돌아서 청석골까지 무사히 들어왔다. 박서방 부녀와 능통이의 내권을 데리고 먼저 떠난 작은 두목 일행은 나흘 앞서 들어와 있고 달골서는 뒤에 떠나고 서울서는 한날 떠난 황천왕동이는 이틀 전에 들어와 있었다.

 천왕동이는 장교 복색에 위조 장패將牌를 차고 가짜 공문을 가지고 죽산서 감영으로 올라간다고 서울까지 오고 서울 와서는 한온이의 도움을 받아서 정원사령政院使令으로 복색을 고치고 평안감사에게 가는 도승지의 위조 서간을 가지고 기찰이 까다로운 임진나루를 무사히 건너왔다.

 봉학이 일행이 떠나고 또 천왕동이가 떠난 뒤에 유복이와 서림이가 떠나는데, 유복이는 가짜 상제가 되어서 상옷을 입고 서림이는 가짜 지관이 되어서 쇠를 차고 구산求山하러 다니는 것같이 차리었다. 달골서 떠나서 양지 구봉산 줄기와 용인 보개산 줄기를 밟아왔을 때 연로沿路에 인심이 소동騷動되고 기찰이 심하여지는 것을 보고 서울길을 피하고 안산으로 작로하여, 안산 오자산과 인천 소래산 줄기를 밟아나와서 인천 미라원彌羅院 적당의 연신 있던 사람을 찾아서 만나가지고 배를 주선해달라고 청하여 풍덕 조강祖江까지 배를 타고 와서 청석골로 돌아왔다.

 다른 두령들은 이와같이 다 먼저 청석골로 돌아오고 꺽정이는 막봉이를 치료시켜가지고 오려고 능통이만 데리고 달골에 떨어져 있게 되었는데, 다른 두령 중에서 한둘이라도 꺽정이와 같이 떨어지지 못한 것은 꺽정이의 말을 꺾을 사람이 없었던 까닭이었다. 서울서 내려온 포도군사들이 화적들이 들고 난 방향을 대중잡고 며칠 동안 안성서 가사면加士面, 북좌면北佐面, 대문면大門面 등 각 면을 수탐한 뒤 바로 죽산 땅에 들어와서 서면西面 각 동을 수탐하되 가가호호 적간하다시피 하였다.

　포도군사들이 노루목서 집을 뒤졌다, 참나무정이서 사람을 쳤다, 소문이 빗발치듯 달골로 들어오니 꺽정이나 막봉이보다 능통이가 간을 졸이고 능통이보다 동네 사는 졸개들이 바늘방석에 앉은 것같이 안절부절을 못하였다. 졸개들이 능통이를 보면

　"잘못하면 몰사죽음하지 않겠습니까?"

　"어떻게 하실랍니까?"

　"이대루 앉아 배기실랍니까?"

　"무슨 좋은 도리가 있습니까?"

하고 부산하게 물어서 능통이는 이루 대답하기가 성가시었다. 능통이가 전 같으면 묻는 것들을 윽박질러서 묻지 못하게도 하였겠지만 위급한 즈음에 졸개들이 변심할까 염려하여

　"걱정 마라. 아무 염려 없다."

　"일이 만일 급할 것 같으면 내가 어련히 먼저 서둘겠느냐?"

　이런 말로 일일이 대답하여 안심들을 시키었다. 졸개들이 능통이의 말을 듣고 안심을 하는지 안 하는지, 정작 능통이는 안심할래야 안심할 수 없어서 꺽정이를 조용히 보고

　"어떻게 했으면 좋겠습니까?"

하고 물으니

　"글쎄, 어떻게 했으면 좋을까 나는 별루 생각한 것이 없네."

하고 꺽정이가 대답하였다. 꺽정이는 그동안 능통이와 친숙하여 외자하게˙ 하도록 되었던 것이다.

"아무 도리 없이 앉았다가 포도군사들이 별안간 들이닥치면 어떻게 합니까?"

"아따, 포도군사가 오면 몇천명이 오겠나 몇백명이 오겠나. 겁낼 거 없네."

"포도군사들 뒤에 몇천명, 몇백명의 대군이 들이밀는지 누가 압니까."

"몇천명, 몇백명의 대군이 지금 안성, 죽산에 둔치구 있다든 가."

"나라에서 하려면 팔도 군사를 안성, 죽산으루 다 모아들일 수 두 있지요."

"팔도 군사가 다 모여들두룩 우리는 여기 가만히 있나, 어디루 띄지." ● 외자하다 친숙하여 어느 정도 터놓고 말하게 되다.

"삼십육계에 줄행랑이 제일이라드니, 포도군사들두 오기 전에 뛰는 것이 제일 좋겠습니다."

"어디 좋은 데가 있나?"

"특별히 좋은 데는 없지만 여기버덤 안전할 듯한 데를 생각해 보지요."

"특별히 좋은 데가 없으면 급할 때 띌 작정하구, 아직 여기 있어 보세. 섣불리 자리를 옮겼다가 되려 해를 볼는지 누가 아는 가?"

"우리는 급할 때 띌 작정하드래두 동네 아이들은 미리 다른 데루 보내야겠습니다.

"메줏고개루 보낼라나?"

"모두 몰아서 청석골루 보내면 어떻겠습니까?"

"지금 청석골루 몰려가기가 어렵지 않겠나?"

"우선 메줏고개구 어디구 다른 데루 보냈다가 나중에 청석골루 모이라지요."

"그건 좋겠지. 고양 혜음령 근처에두 보내둘 만한 데가 있네."

"그럼 동네 아이들은 곧 헤쳐 보내겠습니다."

"아무리나 생각대루 하게."

"불상쟁이의 무명을 동네 아이들에게 나눠주어두 좋겠습니까?"

"내게 남은 것두 다 갖다가 함께 나눠주게."

능통이가 꺽정이와 의논을 마치고 나와서 곧 동네를 모이게 하였다. 동네랬자 이십 호도 못 되는 집이 한 도국 안에 모여 있는 까닭에 그중 한복판에 있는 능통이 집에서 소리를 조금만 크게 질러도 온 동네를 모을 수 있었다. 동네 사는 졸개들이 능통이 집 바깥마당에 모인 뒤에 능통이가 나서서 동네가 무사하기 어려운 형편을 대강 말하고 나서 동네를 비워버리고 우선 다른 데 가서 피신들 하고 나중에 청석골로 모이라고 말을 이르니, 졸개들 중에 살던 데를 버리고 가기가 섭섭하여 한숨을 짓는 사람이 더러 있었다. 능통이가 이것을 보고 졸개들에게 일일이 소원을 물어서 청석골로 가기를 원치 않는 사람은 소동이 진정된 뒤에 다시 달골 와서 살아도 좋다고 말하고 청석골로 갈 사람이나 달골로 다시 올 사람이나 차별없이 똑같이 무명들을 나눠주었다.

이때 안성, 죽산서는 큰 난리를 만난 것같이 인심이 소동되어서 각처로 피란가는 사람이 길에 널려서 남부여대*하고 가는 것이 남의 눈에 유표할 것이 없지만, 근 이십 호 칠팔십명 사람을 일시에 떠나보내는 것이 부질없어서 능통이가 띄엄띄엄 떠나보내는데, 꺽정이가 지시하는 혜음령으로 갈 사람은 먼저 떠나보내고 가까운 메줏고개로 갈 사람은 뒤로 돌리었다. 메줏고개 갈 사람이 두어 패 떠났을 때 포도군관이 포도군사들을 데리고 강촌까지 나왔다는 소문이 있었다. 능통이가 졸개들 떠나는 것을 보느라고 동네 나와서 돌아다니다가 이 소문을 듣고 바로 집에 들어와서 꺽정이를 보고

"포도군사들이 곧 여길 올는지 모른답니다. 우리두 어디루 피신해야겠습니다."

하고 말하였다.

"대체 어디루 갔으면 좋겠나? 여기서 가까운 데 옮겨 앉을 데가 없나? 우리두 메줏고개루 갈까?"

"메줏고개는 가근방 인심이 사나워서 재미없습니다. 졸개 아이들처럼 물덤벙술덤벙* 같이 섭슬려 지내지 못하면 여느 때두 가서 오래 있기가 조심스러운 뎁니다."

"그러니 어디루 가면 좋은가?"

"제가 곰곰 생각해봐야 제 외사촌에게 가서 얼마 동안 숨겨달라구 떼를 쓰는 것이 제일 나을 것 같은데."

● 남부여대(男負女戴) 남자는 지고 여자는 인다는 뜻으로, 가난한 사람들이 살 곳을 찾아 이리저리 떠돌아다님을 비유적으로 이르는 말.
● 물덤벙술덤벙 아무 일에나 대중없이 날뛰는 모양.

"외사촌이 어디 사나?"

"진천이방 말씀이올시다."

"이방의 집으루 가자니, 섶 지구 불루 들어가잔 말 아닌가?"

"제 생각엔 염려가 없을 듯한데 혹시를 몰라서 좀 주니가 납니다."

"자네부터 주니를 내면서 우리더러 같이 가자나?"

"저 혼자만 같으면 주니 낼 것두 없습니다."

"사촌형이니까 남과는 다르겠지."

"사촌은 말구 친동기라두 사람이 의심스러우면 말씀하겠습니까."

"그러면 주니 내는 건 무엇인가?"

"그 사람이 남의 급한 일을 잘 봐주구 남의 일을 봐주려 들면 제 몸이 으스러지는 것두 돌보지 않지만, 일이 하두 크니까 꼭 봐주려구 할는지를 모르겠습니다."

두 사람의 말을 잠자코 듣기만 하던 막봉이가 홀제

"형님."

하고 불러서 꺽정이가 막봉이를 돌아보았다.

"형님 혼자면 지금이라두 청석골을 가실 수 있을 테니 형님은 청석골루 가시구 곽서방은 진천으루 가구 나 혼자만 여기 있게 해주시우."

"그건 무슨 소리냐?"

"나는 지금 죽은 목숨이나 다름없으니까 죽어두 좋지만 형님은 살아 가야 하우."
 "그것두 네가 말이라구 하느냐? 나 살면 너두 살구, 너 죽으면 나두 죽는 게다. 그따위 되지 못한 말은 다시 입 밖에두 내지 마라."
 꺽정이가 막봉이를 꾸짖고 곧 다시 능통이를 돌아보며
 "자네는 진천으루 가게. 우리는 여기서 당하는 대루 당해보겠네."
하고 말하였다. 능통이가 어이없는 모양으로
 "그게 말씀이 됩니까? 그럼 저두 안 가구 여기 있겠습니다."
하고 말한 뒤, 말을 고쳐서
 "지금 제 생각엔 진천만한 데두 없으니 진천으루 가보십시다. 진천 가서 설혹 낭패를 본다손치드래두 여기 있느니만 못할 리는 만무합니다."
하고 진천 말을 다시 꺼내는 것을
 "자네나 갈라면 가게. 우리 말은 더 길게 할 거 없네."
하고 꺽정이가 막잘랐다. 능통이가 꺽정이에게는 다시 말을 못하고 막봉이를 바라보며
 "길두령 생각엔 어떻습니까? 진천은 고만두구 메줏고개루라두 가는 것이 여기 있느니보다 낫지 않습니까?"
하고 의향을 묻는 것같이 말을 붙이니 막봉이는 능통이의 말대답으로 겨우 고개 한번 끄덕하고 꺽정이를 돌아보며
 "형님, 진천으루 갑시다."

하고 말하였다.

"이랬다저랬다 하지 말구 네 맘부터 질정해라."

"형님 몸에 혹시 위태한 일이 있을까 봐 진천이방의 집이 재미적은데 형님이 나 땜에 여기 있는다구 말씀하니 곽서방 말이 옳지, 진천으루 가는 것이 여기 있느니보다 낫다뿐이오? 진천으루 갑시다."

"네가 진천으루 갈 테냐?"

"형님, 주체궂지만 데려다주시우."

꺽정이가 능통이를 보고

"여보게, 오늘 밤에 진천으루 가세."

하고 말하여 능통이는 한시름 덜린 듯이 좋아하며

"잘됐습니다."

하고 대답하였다.

"여기서 진천을 가자면 어디루 가나?"

"안성 대문면으루 내려가서 옥정이고개를 넘어서 바루 진천읍으루 갈 수두 있구요, 안성 땅을 밟지 않구 개자리란 데루 나가서 광혜원을 거쳐서 진천읍으루 갈 수두 있습니다."

"자네 요전 갈 때 어느 길루 갔었나?"

"개자리루 갔었습니다."

"오늘 밤에두 그 길루 갈 텐가?"

"옥정이루 가자면 안성 땅을 지나가는 게 재미없을 뿐 아니라 고갯길이 험해서 밤길루 갈 수 없습니다."

"개자리루 가는 데는 길이 험하지 않은가?"

"읍을 지나서 갈미고개란 데루 가는 길두 있지요만, 칠장사 앞을 지나가는 것이 길두 편하구 염려두 없습니다."

"개자리가 칠장사서 몇 리나 되나?"

"칠장사 앞에서 조금만 더 가면 개울 하나가 나서구 그 개울을 끼구 한참 내려가면 개자리 동네가 나섭니다."

"거기서는 진천 땅이 멀지 않은가?"

"거기가 죽산, 진천 어름입니다. 거기 사람이야말루 경기밥 먹구 청홍도 구실 한답니다."

"진천읍이 여기서 육십리라지? 아무리 밤길이라두 육십리야 날 새기 전에 가겠지."

"외사촌의 큰집은 읍에 있구 작은집은 읍에서두 한 십리 떨어져 있는데, 그 작은집이 조용해서 바루 그리 갈 생각입니다. 연전에 저두 그 집에 가서 피신했습니다."

"조용한 데루 가는 건 좋지만 주인이 없으면 어떻게 하나?"

"외사촌이 작은집에 나와서 잘 때가 많지만, 만일 큰집에서 자구 나오지 않았으면 그 소실보구 말하구 들어앉아서 읍으루 기별하지요."

"진천 형편을 우린 모르니까 모든 일을 자네 요량해 하게."

"짐을 한 짝 묶어야 할 텐데 병장기는 어떻게 합니까? 내버리구 가긴 아깝지요?"

"내버리구 가다니, 가지구 가야지."

"곽두령의 쇠도리깨는 짐에 넣기가 거추장스럽겠는데요."

"올 때 넣어가지구 온 긴 상자가 있지?"

"그럼 그 상자에 모두 주워담지요."

능통이가 긴 상자를 갖다 놓고 꺽정이 앞에서 짐을 꾸리는데 병장기를 상자 밑에 넣느라고 맨 먼저 곽오주의 쇠도리깨를 집어 들고

"이 도리깨는 도리깨 철편보다 채두 좀 길구 참말 도리깨와 모양두 흡사하니, 일부러 이렇게 만든 겁니까?"

"일 잘한다는 대장쟁이가 보름 동안이나 두구 만든 게라네."

"이런 무지스러운 것으루 어린애를 치니 대번에 박살나지 별조 있겠습니까."

"금은붙이는 의복 사이에 집어넣게."

"대체 금은붙이는 무엇에 쓸라구 가지구 오셨습니까?"

"혹시 손쓸 일이 있을는지 몰라서 가지구 온 겔세."

"준비성이 많으십니다."

능통이가 꺽정이와 이런 수작을 해가며 짐을 다 꾸린 뒤 안방, 건넌방을 다시 한번 돌아보는 중에 심부름하는 졸개 하나가 밖에서 들어와서

"남은 아이들은 한꺼번에 떠나보냅지요?"

하고 능통이에게 취품하였다.

"지금들 떠난다느냐?"

"일찍 저녁들 해먹구 떠나면 좋겠다구 합니다."

"그럼 저녁들을 얼른 해먹으라구 하구, 그러구 우리 저녁두 일찍 해라."

승석때 남은 졸개 너덧 집을 마저 다 떠나보내고 초저녁에 진천으로들 떠나는데 능통이가 짐질이 손방*이라, 꺽정이는 짐을 지고 길막봉이는 교군을 타고 앞에서 길라잡이 노릇하는 것은 능통이였다.

달골서 밤길로 떠난 일행이 광혜원을 지날 때부터 달빛을 띠고 빨리 걸어서 날 새기 전에 진천읍에서 십리 좋이 되는 이방의 작은집을 대어왔다. 삽작 앞에 와서 발을 멈추자 벌써 집안에서 개가 야단스럽게 짖었다. 닫아걸린 삽작문을 몇번 아니 흔들어서 안방문 여는 소리가 나며

● 손방 아주 할 줄 모르는 솜씨.

"이 개."

하고 개를 꾸짖고 나서

"밖에 누가 왔느냐?"

하고 해라로 묻는 것이 이방의 목소리였다.

"삽작문 좀 얼른 열어주게."

능통이가 말소리를 크게 하지 아니하여 이방은 잘 알아듣지 못한 모양이라 여전히 해라로

"대체 그게 누구냐?"

하고 소리질러 물었다.

"낼세."

"내란 게 누구야?"

"달골서 왔네."
이방은 그제사 비로소 목소리를 분간하여 능통인 줄 알고
"달골 형님이 왔소?"
하고 말하더니 한동안 안방문과 건넌방 문 여닫는 소리가 난 뒤에 건넌방에 등잔불이 키이고 계집아이년 하나가 나와서 삽작문을 열어주었다. 능통이가 일행의 앞을 서서 삽작 안으로 들어오며 지새는 달빛 아래 계집아이의 얼굴을 들여다보고
"너 어린년이지? 그동안 잘 있었니?"
하고 알은체하니 아이년은 잠이 덜 깬 목소리로
"녜."
하고 대답하였다.
"건넌방에서 누가 자느냐?"
"녜."
"녜라니 누가 자느냐구 물었어, 이년아."
"제가 잡니다."
"네가 자다 나왔으면 지금은 아무두 없지?"
"녜."
"상주께 건넌방으루 건너옵시사구 해라."
"녜."
"그년 녜녜 대답 잘한다."
능통이가 아이년을 웃은 뒤에 곧 꺽정이를 돌아보며
"제가 먼저 들어가서 말하구 나올 테니 여기 서서 잠깐만 기다

리십시오."

말하고 바로 건넌방으로 들어갔다. 이방이 안방에서 건너와서 능통이를 만나보고 온 곡절을 물을 때 능통이가 꺽정이, 막봉이 데리고 온 사연을 대강 말하고 얼마 동안 숨겨달라고 청하니, 이방은 머리를 송충이 대가리같이 내흔들었다.

"여보게, 자네를 꼭 믿구 데리구 왔네."

"여보 형님, 나하구 무슨 원수졌소?"

"그게 무슨 소린가?"

"저승사자를 둘씩이나 끌구 내 집에를 왜 온단 말이오. 내 집 식구를 다 잡아갈 작정 아니오?"

"여보게, 나는 자네가 이렇게 겁낼 줄 몰랐네."

"청석골 도둑놈들이 안성서 어디루 갔는지 몰라서 우리 도까지 수선한 판이오. 우리 고을 장교들두 요새 읍촌으루 개 싸대듯 하우."

"그럼 어떻게 하면 좋겠나?"

"두말 말구 다른 데루 데리구 가시우."

"지금 좀 있으면 날이 밝을 테니 다른 데루 갈 수 있나. 적어두 오늘 하루는 숨겨줘야겠네."

"하루 숨기는 것두 나중에 소문나면 큰일이오. 형님이 생각이 없지 어쩌자구 내게루 데리구 왔단 말이오."

"남의 위급한 일을 도와줄 만한 사내다운 사내가 나 아는 사람에는 자네 하나뿐이라, 그래서 자네게루 데리구 왔네."

"형님같이 남의 생각 못하는 이두 나 아는 사람에는 하나뿐이겠소."

내외종형제가 마주 서서 말을 서로 주고받고 하는 중에 꺽정이가 방문을 열고 들어서며

"우리를 받지 못하겠다면 가는 게지, 무슨 말을 그렇게 길게 하나?"

하고 능통이를 나무랐다.

꺽정이가 능통이에게 말하는 동안 이방은 꺽정이를 살펴보다가

"손님을 오래 밖에 서시게 해서 미안하우."

꺽정이가 영특하게 생기고 위엄스러워 보이는 데 이방은 기가 눌리고 마음이 꺾이어서 인사 차리는 말이 입에서 절로 나오게 되었던 것이다. 능통이는 이방의 말을 듣고 빙그레 웃으며 이방더러

"밖에 기신 손님 한 분을 마저 뫼셔 들여야지."

말하고 밖으로 나갔다. 이방이 손수 계집아이년의 자던 자리를 걷어치우고 나서 꺽정이를 앉으라고 권할 즈음에 능통이가 막봉이를 부축하고 들어와서 꺽정이는 막봉이를 옆에 데리고 앉고 이방은 능통이와 느런히 앉았다. 꺽정이와 막봉이가 이방하고 수인사를 다 한 뒤에 능통이가 이방을 돌아보며

"아랫것들을 어디다가 들여앉힐까?"

하고 물으니 이방은 선뜻

"그전 있던 행랑 사람이 일전에 나가구 지금 문앞의 행랑이 비

었으니 거기 가서 들어앉으라지요."
하고 대답하였다.

"길두령이 타구 오신 교군두 아주 치웠으면 좋겠는데, 어디루 치우랄까?"

"헛간엔 나뭇짐이 있어서 들여놓기 어려울걸. 나뭇짐은 부엌으루 옮기구 들여놓으라구 할까?"

"뜯어서 부엌 뒤 같은 데 매달아두어두 좋지."

"날이 밝은 뒤에 다시 어떻게 하든지 우선 나뭇짐을 한옆으루 밀구 헛간 구석에 들여놓으라구 합시다."

능통이가 이방과 같이 밖에 나와서 졸개들을 시켜 교군은 헛간에 들여놓게 하고 짐짝은 건넌방에 들여놓게 하고 졸개들까지 행랑방에 들여앉히고 나니 이방이 조사 보러 들어갈 때가 되었다. 능통이더러 주인 노릇하라고 말하고 안방에 들어와서 첩에게 대강 말을 이르니, 그 첩은 미간을 찌푸리며

"전에는 달골 나리 혼자 오셔서 기셨으니까 남들이 수상스럽게 보지 않았지만 이번엔 동무에 하인에 사람이 다섯이나 되니 남들 보기에 수상하지 않겠세요? 우선 지금 행랑 사람도 없는 때 그 시중을 누가 다 하나요?"

하고 잔소리를 내놓았다.

"내가 어련히 알아 할 것이니 잔소리 마라."

"내가 잔소리를 하고 싶어 하나요? 하게 하니까 하지."

"말대답을 납신납신하구 버르장이 없어 못쓰겠다."

"보리장도 간하는 데 쓰나요?"

"한마디라두 져봐라."

"기집사람이 질 줄을 아나요? 이기기나 하지."

"쓸데없는 주둥이 고만 놀리구 세숫물이나 놓으라구 해."

"입이란 말이 촉휘되지 않거든 어쩌다가 입이라고도 좀 해보시오. 밤낮 주둥이라니 주둥이가 무어요?"

"입이라니, 참말루 어린년이 입을 잘 단속해서 말 내지 않게 해."

"그것만은 염려 마세요."

이방이 소세한 뒤 조반상을 재촉하여 요기하고 안방에서 나올 제 건넌방 문을 열고 들여다보니 세 사람은 어쓱비쓱 누워서 모두 잠이 들었었다. 아침때가 지나고 점심때가 지나고 저녁때가 다 된 뒤에 이방이 나왔다. 이방이 나오는 길로 바로 건넌방에 와서 문 열고 들여다보며

"종일 심심들 하셨지요?"

"찬 없는 밥이나마 나우들 잡수셨소?"

하고 인사성을 보인 뒤에

"옷 좀 벗구 건너오리다."

하고 안방으로 건너갔다. 한동안 안방에서 이방과 첩이 지껄이는 소리가 난 끝에 어린년이가 건넌방에 와서 능통이를 보고

"상주께서 잠깐 안방으로 건너오시랍니다."

하고 청하였다. 능통이는 속으로

'옳지, 오늘 밤에 다른 데루 가라구 말할라는가 부다.'
하고 생각하며 꺽정이더러
"잠깐 건너가보구 오겠습니다."
말하고 어린년이를 앞세우고 안방으로 건너왔다. 능통이가 건너온 뒤 이방의 첩은 어린년이를 데리고 밖으로 나가고 이방이 능통이와 마주 앉아서 조용히 이야기하였다.
"그 사람네더러 다른 데루 가자구 말씀했소?"
"자네 말을 다시 한번 들어보구 말하려구 아직 말을 아니했네."
"대관절 며칠가량이나 있다 갈 작정이오?"
"길씨의 장독 난 것이 합창되어서 행보하게 되면 곧 청석골루 갈 겔세."

● 졸연히 갑작스럽게.

"장창이 심하면 졸연히˙ 나을 수 있소?"
"그동안만 해두 벌써 많이 나았네. 처음에는 운신을 잘 못하던 사람이 지금은 자네 보다시피 행보를 제법 하지 않든가. 원기 좋구 나이 젊은 사람이라 우리네와 다르데. 넉넉잡구 한 열흘쯤 더 지나면 완구히 다 나을 겔세."
"형님두 청석골루 가기루 했소?"
"그래서 내권은 먼저 청석골루 보냈네."
"달골 괴수가 청석골 졸개 되러 가는구려. 영위계구寧爲鷄口언정 무위우후無爲牛後란 말을 형님 아시우?"
"그게 무슨 말인가?"
"닭의 주둥이가 될망정 쇠 똥구녁이 되지 말란 말이오."

"설마 졸개 대접이야 하겠냐만 임두령 같은 당세 인물 밑에 말구종 노릇이라두 감심하구 하겠네."

"걱정이는 참말 인물입디다. 누구든지 선성을 듣다가 사람을 만나보면 사람이 선성만 못한 수가 많건만, 걱정이는 선성 듣던 것보담 사람이 더 낫습디다. 그 사람이 미천微賤으루 말하면 백정의 자식이건만 딱 대면하구 보니 백정의 자식으루 하대할 수가 없습디다."

"그 인물에다가 힘이 장사요, 검술이 귀신같은 것을 겸쳐 생각해보게. 내가 말구종 노릇이라두 감심한다는 것이 괴상할 거 없지."

"길가두 장사랍디다그려."

"청석골서 임두령 담가는 장사라데."

"그 사람네들 숨겨두는 것이 여간 큰일이 아니지만 형님 낯을 보드래두 궁지에 빠진 사람들을 안 봐줄 수가 없어서 얼마 동안 숨겨줄 텐데, 이 집에 숨어 있는 동안 아무리 갑갑하드래두 건넌방에 들어앉아 있어야지 밖에들 나가서는 안 되겠소."

"그건 내가 담당할 테니 걱정 말게."

"그러구 데리구 온 아랫사람들은 집에 두구 나무나 시킬 텐데 이 집에 둘씩 둘 수 없으니까 하나는 큰집에 갖다 두겠소."

"우리 집에서두 머슴 노릇하던 것들이라 나무 같은 건 잘할 것일세."

"인제 고만 건넌방으루 건너가시우. 나두 곧 건너가리다."

능통이가 건넌밭에 건너올 때 희색이 만면하여
"무슨 좋은 이야기를 듣구 왔나?"
하고 꺽정이가 물으니 능통이는 싱글벙글하며
"우리 일 잘 봐주마 하는 허락을 받았습니다."
하고 대답하였다.
"자네를 불러다가 생색을 내든가?"
"두 분 칭찬을 입에 침이 없이 하구, 두 분 같으신 당세 인물을 위급한 때 구해드리는 것이 자기의 본의라구 말합디다."
 능통이의 말을 듣고 꺽정이는 한두 번 고개를 끄떡이고 꺽정이 앉은 옆에 누워 있는 막봉이는 당세 인물 소리가 좋아서 입을 벌리었다. 이방이 건넌방에 건너와서 같이 앉아 이야기들 하는 중에 어린년이가 방문 앞에 와서
"저녁 진지가 다 됐는데 어떻게 하오리까?"
하고 물었다. 어린년이는 상을 들여올까 말까 묻는 것인데 이방은 상을 어떻게 차릴까 묻는 줄로 생각하고
"밥이 다 됐으면 두 겸상으루 차려서 들여오너라."
하고 일렀다.
"상주께서는 안방에서 잡수실 줄 알고 외상을 차려놨습니다."
"딴소리 말구 겸상 겸상해서 이리 가져오너라."
 어린년이가 네 대답하고 간 뒤, 한참 만에 겸상 둘을 들여와서 꺽정이는 막봉이와 같이 먹고 능통이는 이방과 같이 먹는데, 아침 점심에 없던 반찬이 많아서 상이 어두웠다. 이튿날 아침 셋 겸

상은 도로 전날 아침 점심과 같이 초초하여 능통이는 꺽정이와 막봉이에게 반찬을 사양하느라고 싱거운 밥을 먹지 않을 수 없었다. 아침상의 밥그릇 반찬그릇을 부시다시피 하여 내보낸 뒤에 능통이가 꺽정이를 보고

"밥을 좀 잘 얻어먹을라면 안주인에게 인심을 사두어야겠습니다."

하고 말하니 꺽정이는 빙그레 웃으며

"무얼루 사나?"

하고 물었다.

"짐 속에 있는 은붙이 몇가지만 선사루 쓰십시다."

"자네 맘대루 꺼내다 주게."

능통이가 짐짝을 풀고 금은붙이 중에서 은투호銀投壺, 삼작三作, 은가락지 한 벌을 꺼내가지고 안방에 건너와서 손님이 선사하는 것이라고 말하고 이방의 첩을 내어주니, 이방의 첩은 투호도 만져보고 가락지도 끼어보며 입이 한껏 벌어졌다. 이방이 첩으로 들여앉힐 때 예물로 은가락지를 해주어서 은가락지는 끼어보기까지 하였으나 은투호는 남 찬 것도 본 일이 없는 터이라 이방의 첩이 투호를 들고

"이것이 차는 노리개지요?"

하고 물으니 능통이가

"그게 대국서 나온 노리개라네."

하고 가르쳐주었다.

"이런 걸 받았다구 야단치지 않을까요?"

"안 주는 걸 달랬나, 야단칠 까닭이 있나. 만일 야단치거든 내게루 미루게."

"나리만 믿고 받아두겠습니다."

"염려 말구 받아두게."

이날 점심에는 은투호, 은가락지의 보람이 나서 반찬 가짓수가 아침보다 현수히 많았다. 능통이가 반찬을 가리키며

"염량이 어떻습니까?"

하고 웃으니 꺽정이와 막봉이도 다같이 웃었다. 세 사람이 점심밥을 먹기 시작하였을 때 밖에서 지껄지껄하는 소리가 나는데 이방의 목소리가 들리었다. 읍이 가깝지 않은 까닭에 일 없는 날이라야 저녁때 나와서 자고 가는 이방이 의외에 낮에 나와서 능통이는 대단 괴상히 생각하는 중에 이방이 건넌방으로 들어와서 앉지도 않고

● 현수(懸殊)하다
현격하게 다르다.

"서울 포교들이 읍에 왔소. 집뒤짐하러 나다닐지 모르니 안방 다락에 들어가서 숨어들 기시는 게 좋겠소. 지금 다락 안을 대강 치우라구 일렀소. 나는 곧 다시 가야겠으니까 자세한 이야기는 이따 저녁에 나와 하리다."

말하고 불불이 도로 나갔다.

점심들을 얼른 다 먹은 뒤에 짐짝을 가지고 안방 다락으로 옮기게 되었는데, 다락이 한 간이 넓어서 세간 나부랑이가 있건만 세 사람이 앉고 누울 틈은 넉넉히 남아 있었다. 다락으로 옮겨올 때

능통이가 껵정이와 막봉이를 이방의 첩과 인사시키어서 서로를 보았는데, 다락에 들어앉은 뒤에 이방의 첩이 와서 들여다보며
"참말, 까실 자리를 잊었구먼."
하고 기직자리를 들여주고 얼마 동안 뒤에 또 와서 들여다보며
"더우시지들 않으세요?"
하고 미선尾腺 두어 자루를 들여주었다. 이방의 첩이 다정하게 구는 것을 세 사람은 다 은붙이의 보람으로 생각하고 서로 보고 빙글거리었다.

해가 다 진 뒤에 이방이 나와서 들은 소문을 이야기하였다. 그 소문은 별것이 아니라 안성 있던 포도청 종사관이 죽산 와 앉아서 지휘하여 포도부장, 포도군사들이 죽산을 중심삼고 양지, 음성, 진천 등지로 나다니며 청석골 괴수들의 종적을 수탐하는데, 의심쩍은 일이 없어도 기광을 부리느라고 집뒤짐하는 일이 종종 있다는 것이었다. 이방이 이야기를 대강 다 한 뒤에
"요새 며칠 동안 아무리 갑갑하드래두 다락 속에들 숨어 기셔야겠소."
하고 말하니
"다락 속에 갇혀 있자면 좀 답답하겠네."
능통이는 걱정스럽게 말하고
"자구 먹구 먹구 자구 팔자 좋지."
껵정이는 뱃속 편하게 말하고 막봉이는 지난 고생을 돌쳐 생각하고

"칼 안 쓰구 차꼬 안 차구 땅방울 안 차는 것만 해두 옥에 갇힌 것보다는 저 위 낫겠지."
하고 말하였다. 이튿날 포도군사 서넛이 진천 장교를 앞세우고 이방의 작은집까지 왔으나 이방 다니는 사람의 집에 설마 적당을 숨겨두랴 생각하였던지 이방의 첩과 안방 세간만 들여다보고 그대로들 돌아나갔다. 이방의 첩이 간이 달랑달랑하던 것을 겨우 진정한 뒤에 다락에 와서 들여다보는데, 다른 때같이 다락문을 열지 못하고 빠끔하게 틈을 벌리고 가만히 들여다보았다. 능통이는 앉아서 벙어리 시늉을 내고 막봉이는 모로 누워서 능통이가 손짓하는 것을 바라보고 꺽정이는 다락 천장을 치어다보고 번듯이 누워 있었다. 능통이와 막봉이가 연해 서로 빙글거리고 꺽정이가 이따금 하품을 하는 것이 모두 생사관두生死關頭의 위경危境을 당한 사람들 같지 아니하였다.

그 이튿날도 포도군사들이 진천을 떠나가지 아니하여 세 사람이 다락 속에서 숨어 지내게 되었는데, 새벽에 이방이 나간 뒤로 자주자주 와서 다락문을 열어보던 이방의 첩이 마침 능통이와 막봉이가 낮잠이 들고 꺽정이가 혼자 눈 뜨고 누워서 배를 문지를 때 와서 다락문을 고이 열고 들여다보다가 꺽정이더러

"속이 거북하신가요?"
하고 물어서
"아니오."
하고 꺽정이는 일어앉아 대답하였다.

"소주 한잔 드릴까요?"

"속이 더부룩한데 소주 한잔 먹었으면 좋겠소."

"그럼 잠깐 내려오세요. 자는 사람들 틈에서 잡숫느니 건넌방에 가서 잡숫고 오시지요."

이방의 첩이 눈치가 다른 것을 짐작 못하지 않으면서 꺽정이가 짐짓

"내려가두 좋겠소?"

하고 물으니 이방의 첩은

"삽작문을 닫아걸었으니 염려 말고 내려오세요."

하고 대답하여 꺽정이가 계집의 눈치를 십분 수상하게 여기면서 건넌방에 건너와서 앉았는데, 이방의 첩이 앙가발이 술상을 들고 들어와서 꺽정이 앞에 놓고 잠시 머뭇머뭇하다가 소주 그릇을 들며

"술을 쳐드려야지."

하고 상긋 웃었다. 꺽정이가 속으로

'이년이 여우구나. 한번 혼뜨검을 내줄까.'

생각하다가

'염량 빠른 기집년의 노염을 샀다가 의외의 해를 볼는지 모르니 어루만져두리라.'

고쳐 생각하고

"친구 없이 먹는 술은 술 치는 사람의 손맛으루 먹소."

하고 허허 웃었다.

이방의 첩이 나이는 삼십줄이나 아이낳이를 못한 까닭에 젊은
티가 아직 빠지지 않고 사람이 워낙 나이 들어 보이지 않게 생겨
서 이십 안짝 계집같이 앳되어 보이었다. 걱정이가 이방을 삼씨
오쟁이 지우기 미안한 생각도 있고 계집이 꼬리치는 것을 괘씸히
여기는 생각도 없지 않건만, 계집의 마음을 사두는 것이 좋을 뿐
아니라 얼굴 곱살스러운 계집이 옆에 와서 부니는 것이 마음에
싫지 아니하여 계집을 손에 넣었다. 큰집에 심부름 보냈던 어린
년이가 돌아와서
　"샅작문 열어주세요. 샅작문 열어주세요."
여러 차례 소리를 지른 뒤에 이방의 첩이 비로소 건넌방에서 나
가서 샅작문을 열어주었다. 어린년이가 해찰하느　● 혼뜨검
　　　　　　　　　　　　　　　　　　　　　　단단히 혼남. 또는 그런 일.
라고 늦어서 주인에게 잔소리마디나 좋이 들으려
니 하고 왔더니 의외에 주인이 아무 소리도 아니하여 고개를 들고
주인의 얼굴을 치어다본즉 신관이 틀린 것이 병난 사람 같았다.
　"어디 편찮으세요?"
　"속이 거북해서 누웠다가 잠깐 잠이 들었다."
　"찬 건넌방에 왜 가서 누워 기셨세요?"
　"다락문 밑에 누웠기가 싫어서 건넌방으로 갔었다."
　"지금은 속이 어떠세요?"
　"잠깐 자는 동안에 속은 좀 너누룩해졌다. 그러나 저녁이 늦겠
다. 쌀 내줄게 이리 오너라."
　어린년이가 저녁쌀을 이남박에 받아가지고 샘으로 씻으러 나

간 뒤에 꺽정이는 다락으로 올라갔다. 막봉이와 능통이가 처음에 자다 깨어서 꺽정이 없는 것을 보고 혹시 뒤가 급하여 밤까지 참지 못하고 낮에 뒷간에를 갔는가 생각들 하는 중에, 건넌방에서 웃음소리가 나는 것을 듣고 능통이가 선뜻 짐작하고 막봉이와 서로 뒷공론들 하며 꺽정이 오기를 기다리고 있었다. 꺽정이가 다락에 올라와 앉은 뒤에 능통이가

"건넌방에 가서 기셨지요? 건넌방에서 무어하셨습니까?"

하고 물으니 꺽정이는

"건넌방에 가서 주인 기집을 상관했네."

하고 대답하는데 예사말같이 수월스럽게 대답하였다.

"그게 웬일입니까?"

꺽정이가 다락에서부터 건넌방에 간 뒤까지 남녀간 수작된 것을 대강 이야기하니 막봉이는 바로

"형님, 기집복두 무던하구려."

하고 웃고 능통이는 한참 생각하다가

"박차시지 않기를 잘하셨습니다."

하고 칭찬하였다. 그 뒤에 세 사람이 이방의 작은집에서 한 보름 묵는 동안 이방의 첩이 어린년이 하나를 데리고 삼시 공궤를 하고 간간이 땀찬 옷가지들을 빨아주고 막봉이가 장창약 한 제를 먹는 데 일재복˙하는 약시중까지 들되 군소리 한마디가 없었다.

막봉이가 약 한 제를 먹은 뒤에 장창이 전보다 훨씬 빨리 나아서 비스듬히밖에 못 앉던 사람이 꼿꼿이 앉게 되고, 번듯이 누우

려면 아랫도리를 드느라고 두 다리를 세우던 사람이 다리를 쭉 뻗고 번듯이 눕게 되었다. 꺽정이는 이방이 없을 때 그 첩을 가로차 가지고 노는 데 맛을 들였던지 막봉이의 장창이 다 합창된 걸 보고서도 떠날 의논을 먼저 내지 아니하여 막봉이가 꺽정이를 보고
"형님, 인제 고만 떠날 생각 좀 해봅시다."
하고 말하니 꺽정이는 대번에
"네가 지금 말을 탈 수 있겠느냐? 아직 좀더 있어야지."
하고 대답하였다.
"말은 고만두구 걸어라두 갈 수 있소."
"나 보기엔 아직 말두 잘 못 탈 것 같다."
"안장마구 부담마구 아무거나 다 탈 수 있으니 염려 마시우."

● 일재복(日再服)
같은 약을 하루에 두 번 먹음.

"그러면 곧 떠나지, 누가 붙들어서 못 떠나겠느냐."
"형님은 혹 붙드는 사람이 있는지두 모르겠소."
"말 같지 않은 소리 하지두 마라."
능통이가 옆에 있다가 꺽정이더러
"길두령 장독두 거의 다 낫구 했으니 연로의 소식이나 자세히 알아보구 속히 떠날 준비를 차리는 게 좋을 듯합니다."
하고 말하여 꺽정이는
"그래 보세."
하고 고개를 끄덕이었다. 청석골 가는 길에 기찰이 어떠한가 알아볼 겸 타고 갈 말들을 준비시키려고 능통이가 데리고 온 졸개

하나를 메줏고개까지 보내자고 의논이 되었는데, 이방에게 말 안 하고 보낼 수 없어 이튿날 보내기로 작정들 하고 있을 때 이방이 이날은 일찍 나와서 안방에 들어가 옷을 벗고 곧 세 사람이 있는 건넌방으로 건너왔다.

"오늘은 일찍 나왔네."

하고 능통이가 인사로 말하는데

"오늘은 별일두 없거니와 소식 들은 것이 있어서 얼른 와서 알려드리려구 일찍 나왔소."

하고 이방이 대답하여

"무슨 소식인가?"

"무슨 소식이오?"

세 사람이 다같이 이방의 입을 바라보았다.

"청석골의 괴수들이 상인들루 변복하구 도망해갔단 소문이 있어서 도망해간 경로를 탐지해본즉, 용인, 안성을 지나 인천 가서 배를 타구 풍덕 조강 가서 배를 내린 것이 형적이 확실한 까닭에 안성 내려왔던 포도부장과 포도군사들은 서울루 거쳐 올라가구 안성 인근 읍의 군총 뽑았던 것은 도루 다 헤쳤답디다."

이방이 말하는 소식을 듣고 꺽정이는 빙그레 웃고 능통이는 입을 막고 웃으나 막봉이는 너털웃음을 웃어서 이방이

"쉬, 쉬."

하며 손을 내저었다. 막봉이의 웃음이 끝난 뒤에 능통이가 이방을 보고

"그럼 청석골 가는 연로의 기찰두 풀렸겠네그려."
하고 말하니 이방은 고개를 외치며
"연로의 기찰은 그렇게 쉽게 풀릴 리 없소. 지금 청석골을 갈라면 딴 길루 돌아가야지 곧장은 못 갈 것이오."
하고 대답한 뒤
"내가 노정을 생각해본 일이 있는데 여기서 장호원으루 나가서 여주, 양근, 가평, 포천, 영평, 연천, 삭녕 여러 골 땅을 지나서 가면 무사히 갈 수 있을 것 같습디다."
하고 말하였다. 이방이 말하는 노정이 서울을 비키고 또 임진나루를 비키었으나 장호원이 안성, 죽산서 가깝고 연천, 삭녕이 임진나루서 멀지 아니하여 비록 직로는 아니라도 거침이 바이 없지 않을 것이라

"그렇게 돌아간다구 길이 안전할는지 모르겠소."
하고 꺽정이가 말하니
"강원도 땅으루 돌아가면 거침이 아주 없을 테지만 그러면 너무 많이 돌지요."
하고 이방이 대답하였다.
"이왕 길을 곧장 못 가구 돌 바에는 강원도 땅으루 돌아가두 좋소."
"그러면 더 말할 것 없이 강원도 땅으루 작로할 작정하시우."
"우리가 인제 수이 떠날 텐데 떠나자면 다소 준비할 것이 있소."
"준비할 것을 말씀하면 아무쭈룩 낭패 없두룩 해드리리다."

꺽정이가 능통이를 돌아보며

"다락에 가서 짐짝을 좀 들여오게."

하고 말하여 능통이가 상자짝을 가져온 뒤 꺽정이는 친히 상자를 열고 금은붙이를 몰수이 꺼내서 이방의 앞으로 밀어놓았다. 물건이 모두 봉지에 싸인 것이라 이방이

"이것이 무엇인가요?"

하고 물어서 꺽정이가 봉지들을 펴서 보이는데, 능통이가 전에 가지고 왔던 금은붙이 외에도 금은 패물에 값나갈 물건이 여러가지 더 있었다.

"이건 무어할 것이오?"

"우리 떠날 준비에 비용 드는 걸 이걸루 쓰시우."

"길 떠날 준비에 무슨 비용이 그리 많이 들리라구 이 많은 보물을 다 내놓으시우."

"우리 셋이 댁에 와서 신세진 건 물건으루 갚을 수가 없지마는 전에 얻어간 무명값과 이번에 드는 비용쯤은 우리가 내는 것이 좋지 않소?"

"그러면 이중의 한두 가지만 해두 넉넉하우."

"넉넉하구 못하구 따질 것 없이 다 받아두시우."

"주시는 게니 정으루 받겠소. 내가 연래에 포흠이 좀 생겼는데 이걸 변매變賣해서 포흠을 들여놓겠소."

"그건 처분대루 하시우. 단지 패물 중에서 몇가지만 남겨서 안주인을 주셨으면 좋겠소."

"향일에 주신 은투호를 밤저녁에 가끔 차구 나앉는 꼴이라니 참말 가관이오."

"받은 사람이 좋아해야 준 보람이 있지 않소?"

"말씀대루 이중에서 한두 가지 주리다. 그런데 준비하실 것은 무엇무엇이오?"

"첫째 우리 셋의 관망과 의복을 준비해야겠소."

"복색을 어떻게 차리실 테요?"

"셋이 다 호반 복색을 차렸으면 좋겠소."

"당상호반으루 차려서 망건 뒤에 옥관자까지 달두룩 준비하리까? 타실 것은 말이래야 쓰겠소그려."

"탈것은 내일 사람을 용인 보내서 준비시키자구 이야기를 했소."

"그럴 것 없소. 내가 다 준비하리다."

꺽정이가 의향이 어떠냐 묻는 것같이 능통이를 돌아보니 능통이가 이방더러

"견마잡이와 하인두 있어야 할 테니 어차피 사람은 한번 보내야겠네."

하고 말하였다.

"그러면 사람만 불러오두룩 하시구려."

"말을 한 바리두 아니구 세 바리씩이나 여기서 얻을 수 있겠나?"

"얻을 수 없으면 사지요."

"말은 고만두구 복색과 길양식이나 준비해주게."

"사람은 내일 식전 떠나보내시겠소? 남의 눈에 뜨이지 않두룩 밤에 가구 밤에 오게 하면 어떻소?"

"그럼 오늘 밤에 곧 떠나보내지."

건넌방에서 이야기들 하는 동안에 저녁때가 다 되고 나무꾼이 돌아왔다. 나무꾼이 저녁밥을 먹은 뒤에 능통이가 불러서 메줏고개를 다녀오는데 용머리도 들러오라고 말을 일러서 밤길로 떠나보냈다. 용인 보낸 사람이 삼사일 지나서 돌아오는데, 탈것을 세 필 얻어왔으나 세 필 중에 한 필은 나귀요, 한 필은 노새요, 한 필만 말이었다. 말 세 필을 얻어오라고 일러보냈는데 나귀, 노새로 수를 채워왔고, 그뿐만 아니라 사람을 네댓 데리고 오라고 하였는데 겨우 둘만 데리고 왔다. 간 사람이 심부름 잘못하였다고 능통이가 꾸짖기 시작할 때, 그 사람이 메줏고개 사정을 이야기하여 발명하였다.

메줏고개 밑에서는 달골서 간 사람들을 받아서 겨우 안접시키자마자 달골 사람들 온 것이 용인 관가에 입문되어서 새로 온 사람, 원래 살던 사람 여럿이 관가로 잡혀 들어갔는데, 괴수들이 있는 곳을 대라고 갖은 악형을 다 하여 그동안 장하에서 죽은 사람도 있고 아직 살아 있는 사람도 곧 서울 가서 능지陵遲를 당하게 된단 말이 있다고 뒤에 숨어 있는 식구들이 눈물로 날을 보내는 중이라 용머리 와서 말, 사람을 얻어가지고 왔다고 그 사람이 이야기를 마친 뒤에 능통이는 한참 동안 말이 없다가 나중에

"용머리서 사람이나 네댓 데리구 오지야."
하고 말하였다.

"처자식 있는 놈들은 오려구 하지 않습디다."

"내가 어디 있는 것을 알구 싶어들 하지 않드냐?"

"왜요? 대구들 캐어묻습디다."

"그래 어디 있다구 말했느냐?"

"새재 밑에 숨어 기시다구 말했습니다."

"여기 있다구는 말한 데 없겠지?"

"말 말라신 걸 말할 리가 있습니까?"

"잘했다."

능통이가 새로 온 두 사람을 앞으로 불러내서 그동안 용머리서 포도군사들에게 부대낀 것을 대강 물어본 뒤 행랑으로 내보내서 쉬게 하였다. 전에 데리고 온 사람 둘에 이번 새로 온 사람 둘을 합하면 사람이 모두 넷이라 견마 잡히고 길양식 지우기에는 수가 부족할 것이 없었다.

세 사람의 관망과 의복이 준비 다 되어서 인마 오기를 기다리고 있던 차라, 이 밤에 다른 준비를 다 하여가지고 첫새벽 떠나려고 작정하여 떠날 사람들은 말할 것 없고 떠나보낼 사람도 밤을 새우게 되었다.

이튿날 동이 트기 전에 꺽정이와 막봉이와 능통이가 반달 동안 숨어 있던 진천이방의 작은집을 떠나는데, 이방의 첩은 방안에서 인사하고 어린년이는 마당에 내려와서 하직하고 이방만 삽작 밖

에 나와서 작별하였다. 작별할 때 꺽정이가 이방더러

"아쉰 일이 있거든 우리게루 기별하구 급한 일이 있거든 우리게루 오시우."

하고 말한 뒤 한참 있다가

"내가 상주의 첩을 상관했소. 그러나 나를 배은망덕한 놈으룬 알지 마시우."

하고 말하였다. 꺽정이는 은혜 진 사람의 첩을 상관한 것이 마음에 궂은고기 먹은 것 같아서 궂은고기를 토하는 셈으로 토설하였지만, 이방은 어이가 없고 귓구멍이 막혀서 작별인사도 탐탁하게 못하였다. 꺽정 일행이 진천서 떠난 뒤 강원도 땅으로 휘돌아서 청석골을 잘 간 것은 이야기할 것 없고 진천이방의 일을 마저 이야기할 것이 있다.

이방은 꺽정이의 임발시臨發時 말 한마디에 분이 났었다. 자기에게 사랑을 받는 첩이 사랑을 저버린 것이 분하고 자기에게 덕을 본 꺽정이가 덕을 모르는 것이 분하였다. 분이 악심으로 변하여 별 생각이 다 났는데, 그중에 꺽정이를 붙들어서 못 떠나게 하고 시비를 차리고 싶은 생각도 났고, 꺽정이의 가는 노정을 관가에 밀고하여 체포시키고 싶은 생각도 났었다. 꺽정이를 붙들지 못하고 떠나보낸 뒤엔 밀고할 생각이 더럭 많아졌으나 한번 돌쳐 생각하니 꺽정이가 만일 체포되면 자기를 죽을고에까지 끌고 들어갈 것이 명약관화한 일이라 밀고하기도 어려웠다. 꺽정이게 대한 분까지 함께 겸쳐서 첩에게 분풀이를 톡톡히 하고 싶으나 그도 역시 왁자하게 할 수 없어서 분을 꿀꺽 참고 수일 동안 아무 일 없이 지내었다. 이방이 소견이 좁지 아니하여 첩이 부정한 짓 한 것쯤 용서하고 덮어둘 만도 하건만, 분하고 괘씸한 생각이 끈히 속에 있어서 첩을 대할 때 자연 눈치가 좋지 못하였다. 꺽정이 떠난 뒤 사흘 되던 날 밤에 이방이 자리에 누워 있는데 첩이 옆에 와서 눈치를 살피면서

"다리 좀 주물러드릴까요?"

하고 물으니 이방은 첩이 다른 생각이 나서 와서 부니는 줄로 짐작하고

"예끼 더러운 년! 저리 가거라!"

하고 소리를 질렀다. 첩이 얼굴을 붉히고 무어라고 입속말로 종알종알 지껄이는데 이방이 벌떡 일어앉으며

"이년아, 무얼 종알거리느냐!"

하고 꾸짖으니 첩은 이방을 빤히 바라보면서

"왜 이러시요?"

하고 비양스럽게 대답하였다.

"떨어 내쫓을 걸 가만두니까 괜 듯싶으냐?"

"나를 건드리지 마시오. 건드리면 당신께도 이로울 거 없으리다."

"서방 있는 기집년이 부정한 짓 하구 되려 큰소리냐!"

"도둑놈들을 집에 두지 말지."

"이년이 죽구 싶은가."

"내 입 한번 뻥끗하면 죽을 사람 따로 있지."

이방이 분에 눈이 뒤집혀서 첩의 머리채를 움켜잡고 들두들기니 첩이 바로

"살인이야, 살인이야!"

하고 외치었다. 행랑은 아직 비었고 이웃은 모두 멀어서 쫓아올 사람이 없고 집안에 있는 어린년이는 어느 구석에 가서 숨어 있는지 기척도 없었다. 이방이 분김에 벽장 속에 있는 작은 환도를 꺼내어서 첩을 찌르고 한번 피를 본 뒤에는 미친 사람이 되어서 첩을 난도질하여 죽이었다. 이방은 그날 밤에 집도 버리고 도망하여 나갔는데 어디로 갔는지 영영 아는 사람이 없었다.

진천 살인옥사는 원고도 없고 원척도 없고 오직 증인 하나가 있었으니 이것은 어린년이었다. 청석골 화적의 괴수 셋이 이방의 첩의 집에서 보름 동안이나 숨어 있다 간 것이 어린년이 초사에 드러났다. 이방을 잡으려고 각처에 이문을 부쳤으나 마침내 잡지 못하고 해포 지나서 옥사를 그대로 결말짓게 되었는데, 그때 이방을 화적의 패당으로 몰아서 가산은 적몰하고 계집과 딸 형제는 관비를 박고 화적 괴수들 숨겨두었던 집은 파가저택하였다. 그 집터가 오늘날까지 늪으로 남아 있는데, 진천 근방 사람들은 이것을 꺽정이 집터라고 일컫는다.

〈의형제편 끝〉

임꺽정 ❻ 의형제편 3

1985년	8월 31일	1판 1쇄
1991년	11월 30일	2판 1쇄
1995년	12월 25일	3판 1쇄
2007년	8월 15일	3판 15쇄
2008년	1월 15일	4판 1쇄
2022년	1월 31일	4판 9쇄

지은이	홍명희
편집	김태희, 박찬석, 조소정, 이은경
디자인	오진경
제작	박흥기
마케팅	이병규, 양현범, 이장열
홍보	조민희, 강효원
출력	블루엔
인쇄	천일문화사
제책	정문바인텍
펴낸이	강맑실
펴낸곳	(주)사계절출판사
등록	제406-2003-034호
주소	(우)10881 경기도 파주시 회동길 252
전화	031)955-8588, 8558
전송	마케팅부 031)955-8595 │ 편집부 031)955-8596
홈페이지	www.sakyejul.net
전자우편	literature@sakyejul.com
블로그	skjmail.blog.me
페이스북	facebook.com/sakyejul
인스타그램	instagram.com/sakyejul

ⓒ 홍석중 2008

값은 뒤표지에 적혀 있습니다. 잘못 만든 책은 구입하신 서점에서 바꾸어 드립니다.
사계절출판사는 성장의 의미를 생각합니다. 사계절출판사는 독자 여러분의 의견에 늘 귀 기울이고 있습니다.
이 책은 저작권법에 따라 보호받는 저작물이므로 무단 전재와 복제를 금합니다.

ISBN 978-89-5828-266-2 04810
978-89-5828-260-0 (세트)